女子大で和歌をよむ

うたを自由によむ方法

kimura saeko

木村朗子

青土社

女子大で和歌をよむ　目次

女子大で和歌をよむ　うたを自由によむ方法

はじめに

『源氏物語』などの平安宮廷物語には、登場人物たちの詠んだ和歌が必ず含まれています。なぜか。平安宮廷社会の人々が日常的に和歌を詠み、それをおくりあっていた現実を写している側面もあるでしょう。しかし、それ以上に、和歌は物語になくてはならない必須のものだったようなのです。歌がなくてははじまらない！とどうやら考えられていたらしいのです。

一方で、『源氏物語』は、心理描写に優れた、現代人が読んでもやはりすばらしいと感じられる小説作品でもあります。現在一般に流通する散文小説に慣れていると、登場人物が途中でうたいだすのはむしろ余計なことのように感じられるかもしれません。『源氏物語』を楽しむ読者であっても、和歌はとばして読んでいたという方も少なくはありません。実際に和歌をとばして読んでも物語の筋を追うのにほとんど支障はありません。

一九二五年から一九三三年にイギリスで『源氏物語』の英語訳を出版したアーサー・ウェイリーも、すべての和歌を歌として訳したわけではありませんでした。英詩というれっきとした韻文の文化がある英文学の世界にとって突如はさまれる登場人物の歌は散文小説とは折り合えないものとみられていたのかもしれません。

けれども歌を織り込んで構成された物語に読み慣れていた当時の読者はそこでどのような歌がうたわ

れるのかを楽しみに読んでいたでしょうし、歌こそを場面のハイライトシーンと感じていたにちがいありません。現在でも歌を中心においた演劇として能やオペラ、ミュージカルがありますが、たとえばミュージカルに歌がないなどは考えられないことです。歌があってこその物語ですし、歌がなくては物語もはじまりません。その意味では、『源氏物語』はミュージカルに似ている形式だったのかもしれません。本書では、そのように発想を逆転して、歌のほうにスポットをあてて物語をながめてみることにします。取り上げる作品は『源氏物語』、『伊勢物語』、『和泉式部日記』です。

『源氏物語』と『伊勢物語』では『伊勢物語』のほうが先に成立した作品ですが、あえて『源氏物語』からはじめている理由は、本書を『女子大で『源氏物語』を読む――古典を自由に読む方法』（青土社、二〇一六年）の続編としているためです。本書で扱った『源氏物語』の和歌については、『女子大で『源氏物語』を読む』で扱った範囲からそのつづきへと読み進めていくかたちになっています。

本書は、前著同様、津田塾大学の日本古典文学の講義をそっくり収録したものです。和歌は古語ですから、難しいイメージがあるかもしれません。そこで、毎回の講義のはじめには現代短歌の紹介をし、導入としています。現在は空前の短歌ブームで、新しい歌人のおもしろい歌集が続々と出版されています。こうした歌集のなかから現代短歌史などにはおかまいなしに、いまの学生たちが入り口とするのに最適だと思う歌集を選んで挙げています。

また毎回の講義後には学生たちに実際に短歌をつくってみてもらいました。毎回の課題に合わせて提出された学生たちの力作を掲載しています。現代短歌にふれ、自ら実作もしてみることで、古典文学作品の和歌の世界がぐんと身近に感じられるようになっていくのが手にとるようにわかるように、講義後に寄せられた学生たちのコメントも収録しました。

二〇一八年の後期に最初の収録をしてから、回を重ねているうちにコロナ禍の二年にちょうどあたってしまいました。オンライン授業のなか、毎週、学生たちが詠んだ短歌を講義で共有できたことは、お互いの支えになったようです。作品をとおして同じようなことを考えている人がいると思うだけで安心できたという声も聞かれました。その意味で、とくにコロナ禍に行われた講義においては、学生短歌はたいへん重要な役割をもち、歌の力を身をもって知る、またとない機会となったのです。

本書で使用した『源氏物語』の本文は、最新の注釈書である岩波文庫版（全九巻）を用いました。『伊勢物語』、『和泉式部日記』他の本文は、コロナ禍にオンラインで行われた授業での学生たちの便宜のために ジャパンナレッジに登録されている新編日本古典文学全集（小学館）を採用しました。新編日本古典文学全集にない歌集は、新日本古典文学大系（岩波書店）、和歌文学大系（明治書院）から引用しています。ただし、おどり字を補うなど適宜、表記は変えたところがあります。古典和歌には便宜のためにすべてに番号が振られています。本書の和歌の引用では、その歌番号を示していますから、たとえば『古今和歌集』の、どの出版社の版を見ても同じ和歌をさがしだすことができるようになっています。

平安宮廷社会であれほどにも重要だった和歌とはいったい何だったのでしょうか。和歌にはどのような意味があったのでしょうか。この講義でぜひ答えを見つけてください。

第一回　和歌をよむための基礎知識

本書の構成

この講義では平安時代の和歌を読んでいくわけですが、古語で書かれた和歌は少しとっつきにくい印象があるかもしれません。そこで和歌の理解を深めるために現代語で書かれている短歌にも目を向けていきたいと思います。和歌と短歌は、いずれも５７５７７の三十一文字の短詩型で、時代が違うだけで同じものをさしています。古典語と現代語とを合わせてよむことで歌への理解を深めていきたいと思います。それぞれの回のはじめに、いま旬の歌人の、いま読まれている歌を紹介します。現代短歌を読むことで短歌の世界に現代語でなじみつつ、古典文学の和歌の世界を学んでいくという構成です。

まず講義で扱うのは、『源氏物語』に登場する和歌です。平安時代の物語作品は散文による小説作品なのですが、なかに必ず和歌が含まれています。現代人であるわたしたちは、話の筋にはかかわらないからといって、なんとなく和歌を読みとばしてしまいがちですが、当時の人々は、物語の和歌を集めて、バラバラにして、ぴったりの二つを並べて競わせる物語歌合《うたあわせ》をしたりもしていて、物語に描かれた場面の情趣とともに和歌そのものを楽しんでいたのです。

次に、書かれた順序が逆になりますが、『伊勢物語』を扱います。『源氏物語』よりも前に成立していた文学ジャンルとして歌物語というものがありました。歌物語は歌のほうがメインで物語が付随的についてくるようなスタイルです。『伊勢物語』は『源氏物語』と並んで江戸時代までずっと美術の意匠としても親しまれた作品です。

最後に、紫式部と同時代の有名な女性歌人、和泉式部が自らの恋愛の顛末を描いた私小説のような作品『和泉式部日記』のなかの歌を鑑賞していきたいと思います。

短歌と俳句

まず和歌とは何かということをおさえておきましょう。和歌あるいは短歌とよく似た形式に俳句があります。和歌は一首、二首と数え、俳句は一句、二句と数えます。和歌は57577の三十一文字ですが、俳句は575の十七文字です。時代的には俳句のほうが後に誕生します。『源氏物語』が書かれた平安時代にはまだ俳句という形式はありませんでした。

平安時代に主に貴族たちが行っていた和歌文化は、のちに市井にも広まります。そのときみんなで集まって歌い合う連歌という形式があらたなブームとしてやってきます。連歌というのは、誰かが575と詠んで、それにほかの誰かが77を付ける、これを延々と繰り返す歌のかたちです。いまでいうとラップのようなものですが、貴族ではなく、市井の人たちがやっていたのが連歌でした。連歌のコール＆レスポンスのコールすなわち575の部分だけ残したものが俳句になります。連歌で一番初めにコールするのを発句というのですが、それが俳句というかたちで残ることになったんですね。俳句がブームになるのは江戸時代以降です。松尾芭蕉の『奥の細道』はみなさんもよくご存じだと思いますが、江戸時代のものですね。

和歌にはなじみがないけれど、短歌は知っているという方もいるかもしれません。短歌も57577の三十一文字です。和歌と短歌は基本的には同じです。古典のものは和歌と呼び、近代以降のものは短歌と呼びわけています。和歌は形式として短歌と同じわけですが、この短歌ということばは、長歌の反対語としてあるのです。つまり短歌ができたときには、長歌というものがあった。長歌と区別するために短歌という呼び名があったのです。

短歌とはなにか

日本ではじめて編まれた歌集は『万葉集』で、主に飛鳥時代から奈良時代までに詠まれた歌がおさめられています。「令和」の元号の出典となったことで改元の年に注目されていましたね。

『万葉集』の歌には、言祝《ことほ》ぎ歌《うた》とでもいうような長歌が多く収められています。次に引くのは、巻第一の二番目に収められている舒明《じょめい》天皇の歌です。歌の前についている説明書きのようなものを『万葉集』の世界では「題詞《だいし》」と呼んでいます。これが『古今和歌集』になると「詞書《ことばがき》」とよばれるようになるのですが、同じものです。この歌には「天皇、香具山《かぐやま》に登りて望国《くにみ》したまふ時の御製歌《おほみうた》」と題詞がついています。

大和には　群山あれど　とりよろふ　天の香具山　登り立ち　国見をすれば　国原《くにはら》は　煙《けぶり》立つ立
つ　海原《うなはら》は　かまめ立つ立つ　うまし国そ　あきづ島　大和の国は

（新編日本古典文学全集『萬葉集①』小学館、一九九四年、二四〜二五頁）

天皇が山の上から自らの治めている国を眺めて、国原に煙が立ち上り、人々が飢えていないことを「煙立つ立つ」と言祝いでいます。「よきかなよきかな」と言っている感じがしますね。つぎに海原に「かまめ」つまりカモメが幾羽も飛んでいるというのが「かまめ立つ立つ」です。なぜカモメが飛ぶのが国にとってよいことなのかわかりませんが、魚が下にたくさんいるという意味でしょうか。「うまし国そ」は、りっぱな国だな、という意味です。「あきづ島」は「大和」を引き出す枕詞です。こうして世界をことばに変換して把握することで国の繁栄を予祝する、つまり、あらかじめ祝って安泰であることを願うわけです。長歌とはこうしたかたちのものをいいます。

『万葉集』の女性歌人、額田王《ぬかたのおほきみ》の長歌をみてみましょう。題詞には次のようにあります。「天皇、内大臣藤原朝臣に詔《みことのり》して、春山万花《しゅんざんばんくわ》の艶《えん》と秋山千葉《しうさんせんえふ》の彩《いろ》とを競ひ憐れびしめたまふ時に、額田王、歌を以《もち》て判《ことわ》る歌」。天智天皇が、藤原鎌足をよんで、満開の花咲く春山と紅葉で彩られた秋山のどちらが優れているかを議論させたときに額田王が判じて答えた歌ということです。いまもそうですが、春と秋は人気の季節です。このどちらがすてきかを議論することを春秋論争というのですが、これは『源氏物語』にも出てきます。秋がいいと答えたので秋好中宮《あきこのむちゅうぐう》とよばれている人は、六条御息所の娘です。これに対して春がよいと答えたのが源氏の正妻格にある紫の上でした。さて額田王はどちらが優れていると答えたのでしょう。

冬ごもり　春さり来れば　鳴かざりし　鳥も来鳴きぬ　咲かざりし　花も咲けれど　山をしみ
入りても取らず　草深み　取りても見ず　秋山の　木の葉を見ては　黄葉《もみち》をば　取りてそしのふ

青きをば　置きてそ嘆く　そこし恨めし　秋山そ我《あれ》は

（『萬葉集①』、三四頁）

「冬ごもり」は春を導く枕詞です。春が来れば、今まで鳴いていなかった鳥も来て鳴くし、今まで咲いていなかった花も咲くけれども、山は茂っていて山に入っても草は深いしその草花を取って見たりはしない。秋山で木の葉をみるときは紅葉したものをとってめでるものだ。青い葉は、がっかりして置いておく。そういうことがあるから秋山がよいですね、という答えです。紅葉の秋に青い葉を見過ごすということは秋のほうがいいということだという論理は奇妙な気もしますが面白い答えですね。ここでは、春の山と秋の山のどちらが優れているかを歌にして答えているところが重要なのです。『源氏物語』にも春秋くらべが描かれますが、やはり和歌でやりとりがなされています。光源氏は、六条御息所から譲り受けた土地に六条院という大きな邸をつくります。そこを四つのパートに分けて、それぞれに春夏秋冬の景を表わす庭をつくります。春の町と呼ばれるところにいるのが紫の上で、秋の町と呼ばれるところには秋好中宮《あきこのむちゅうぐう》がいます。ちょうど六条院に皆が移り住んだのは秋のことでした。そこで、秋好中宮は、箱の蓋に色とりどりの花と紅葉をのせたものに、こんな歌を添えて紫の上に贈ります。

心から春待つ園はわが宿の紅葉を風のつてにだに見よ

（「少女」『源氏物語㈢』岩波文庫、二〇一八年、五三八頁）

季節は秋ですから、春が好きで春の町を選んだ紫の上は春を心待ちにしているでしょう。私のところの紅葉を風の便りにもみてください、という歌です。

紫の上はすぐに箱の蓋に苔を敷いてその上に岩を模した石を置いて、松の枝に次の歌を付けて返します。

風に散る紅葉はかろし春の色を岩根の松にかけてこそ見め

（「少女」『源氏物語㈢』五四〇頁）

風に散る紅葉は軽々しいものです。春の緑色を岩根の松にみてください、という歌です。ちょっとなんだかけんか腰？　これをみた光源氏が、負け惜しみみたいだからこの歌のお返事は春になさいよと言います。季節がめぐって春になると源氏は春の町で盛大な花見の宴を催します。それを秋好中宮はうらやましく思っているのですが、中宮が御読経といって仏事を催しているときに紫の上は歌を贈ります。この演出がすごいのですが、小さな子どもに鳥のかっこうをさせて銀の花瓶に桜をさしたのをもたせ、蝶のかっこうをした子どもに金色の花瓶に山吹をさしたのをもたせて、邸をめぐらせてある池から舟に乗せて登場させたのです。そこに添えられていたのは次の歌です。

花園の胡蝶《こてふ》をさへや下草に秋まつ虫は疎《うと》く見るらむ

（「胡蝶」『源氏物語㈣』岩波文庫、二〇一八年、一八二頁）

花園の胡蝶でさえも、草の下で秋をまつマツムシは気に入らないものとみるのでしょう、という歌です。これに対する中宮の返事はたいへん素直で、昨日は、見物できずに泣きそうでした、とあって、次の歌です。

こてふにも誘《さそ》はれなまし心ありて八重山吹を隔《へだ》てざりせば

来い来いといってくれる、胡蝶に誘われて行きたかった、八重山吹が隔てなければ、という歌です。このように歌で春秋を競いあうかたちは、春秋歌合なども形成します。歌でこそ論じ合うべきことなのですね。

さて、『万葉集』に戻って、さきほどの額田王の春秋論の歌の次に収められている同じく額田王の歌「額田王、近江国に下る時に作る歌、井戸王《ゐのへのおほきみ》の即《すなは》ち和《こた》ふる歌」をみてみましょう。額田王が近江遷都に際して奈良を離れるときに作った歌で、それに対して井戸王という女性が返歌をしています。まず額田王の歌です。

味酒《うまさけ》　三輪の山　あをによし　奈良の山の　山の際《ま》に　い隠るまで　道の隈《くま》　い積もるまでに　つばらにも　見つつ行かむを　しばしばも　見放《みさ》けむ山を　心なく　雲の　隠さふべしや

「うまさけ」は、三輪を呼び出す枕詞です。神社に捧げた酒を御神酒《おみき》、つまりミキといいますが、当時は「ミワ」といっていたようです。「あをによし」は奈良を引き出す枕詞です。奈良に別れを告げて近江に行くのです。三輪の山、奈良の山が山際に隠れてしまうまで、道を折るようにどんどん進んでいってても、じっくりと見つめて去りたいと思うのに、なんども振り返ってみる山を、心なく雲が隠してしまうなんて！（ひどい）、という歌です。名残を惜しんでみつめていた奈良の山が雲に隠されて見えなくなってしまったということですね。

これに対して「反歌」とあって、井戸王の次の歌がつづきます。

三輪山を　然《しか》も隠すか　雲だにも　心あらなも　隠さふべしや

（『萬葉集①』三五頁）

三輪山をこうして隠してしまうのか、雲だって心があるでしょう、隠さないでちょうだいな、という歌です。額田王の長歌を短くまとめたような歌ですね。『万葉集』には、このように長歌に対して「反歌」として短く内容をまとめたような「短歌」が付随する形式のものがいくつかあります。この「反歌」が5７5７7になっているのがわかるでしょうか。これが和歌の一般的な形式として定着していったのだということが、『万葉集』をみるとよくわかります。

それではいかにも和歌らしい額田王の歌をひいてみましょう。題詞には「天皇、蒲生野《かまふの》に遊猟《みかり》する時に、額田王の作る歌」とあります。

あかねさす　紫草野《むらさきの》行き　標野《しめの》行き　野守は見ずや　君が袖振る

「あかねさす」は「紫草」を引き出すための枕詞です。紫草野を行き、標野を行って、野守が見ないでしょうか、あなたが袖を振って求愛するのを、という歌です。これに対して「皇太子の答ふる御歌」とあって、大海人皇子《おおあまのおうじ》、のちの天武天皇の返歌です。

紫草《むらさき》の　にほへる妹《いも》を　憎くあらば　人妻故に　我《あれ》恋ひめやも

紫草のように　においたつ美しいあなたを憎いと思ったら人妻なのに私が恋するでしょうか、という歌です。額田王は天武天皇とのあいだに十市皇女《とおちのひめみこ》とよばれる娘がいるはずですが、ここで「人妻」といっているのは、それ以前に額田王が天智天皇に仕えていたことをさすのかもしれません。なんだか秘密の恋愛めいている歌ですが、このように歌集に収録されているのですから、狩りにでかけたときの宴会の余興として恋愛歌を楽しんだものだろうと言われています。

『万葉集』では部立といって、和歌を種類分けして分類しているのですが、その代表的な分類は、「雑歌」「相聞歌」「挽歌」となっています。「相聞」は二人で読み合う歌、「挽歌」は死者を哀悼する歌で、その他すべてを「雑歌」としています。実は、額田王と大海人皇子の歌は、「雑歌」に含まれているのですが、これも「相聞歌」ですよね。『万葉集』では、儀礼のために詠まれる歌のほかに、二人が読み合う歌が大事にされています。和歌のはじまりから恋愛歌が大事なものとして考えられていたことがわかります。

『古今和歌集』の序文

平安時代に『万葉集』に倣ってあらたに『古今和歌集』がつくられました。これが最初の勅撰和歌集になります。「勅」というのは尊い人が命じることなので、天皇が命じてつくらせた歌集が勅撰和歌集で、この後、『後撰和歌集』、『拾遺和歌集』、『後拾遺和歌集』、『金葉和歌集』、『詞花和歌集』、『千載和歌集』、『新古今和歌集』などなど、室町時代までに二十一集がつくられつづけます。『万葉集』と『古今和歌集』のあいだには一〇〇年ほどの時間がありますが、その間にいろいろな人が詠んだ歌がいったいどうやって残っていたのか、よくわかっていません。個人的に家の歌を集めた私家集のたぐいのなかにあったのか、物語のなかに残されていたのか、あるいはみんなが暗唱していたのか。ともあれ、そうした歌を集めてきちんと冊子として定着させようと考えたわけです。後世に残しておきたい和歌の決定版として勅撰和歌集は編まれ続けました。

最初の勅撰和歌集『古今和歌集』の平安貴族社会への文化的影響は絶大で、『源氏物語』もその影響下にあります。『源氏物語』のなかの和歌はもちろん、地の文にも『古今和歌集』からの引用が見られます。歌の一端を聞けば、ああ『古今和歌集』のあの歌ね、とみんながわかる時代でした。このことは『源氏物語』だけに言えることではなく平安宮廷物語のすべてに言えることです。ですから現代のわたしたちが『源氏物語』を読んでいまいちピンとこないのは当時の人たちが共有している文化的な基礎をわかっていないせいだともいえます。逆に言えばそれだけです。本書を通じて和歌における文化的な背景を知っていけば、『源氏物語』の世界もぐんと身近なものになるはずです。

『古今和歌集』は紀貫之などの歌人に命じて撰集させているのですが、ここに選者による仮名序と真名序というものが付いていて、和歌とはなんぞや、ということが説明されています。真名というのは漢字のことです。つまり漢文で書かれているわけです。どうして仮名書きの和歌に漢文で書かれた序文があるのでしょう。実は『古今和歌集』が編まれる前に、すでに勅撰集が作られていました。それは和歌集ではなくて、漢詩集だったのです。

そもそも宮中の公式行事の歌はすべて漢詩文でした。『源氏物語』でもたびたび男性たちが漢詩文をつくる場面が描かれています。たとえば「桐壺」巻で光源氏が高麗の相人という中国から来た人相見の人にあって、将来を占ってもらう場面があります。そのときに中国からきた人と一緒に漢詩をつくりあっています。当時、漢文学は男性官人の学ぶべき学問でした。学問は男性のもの、女性が学問の知識をひけらかすのはみっともないと考えられていたので、女たちはたとえ漢籍の知識があっても知らないふりをしていました。『源氏物語』の書き手は女性ですから、登場人物の漢詩をつくって載せることまではしていないのです。漢学者の娘の紫式部なら漢詩ぐらいつくれたと思いますが、そうした知識をひけらかすようなことはしていないのです。

ともあれ貴族男性にとって漢詩文をつくることは大事な文化的、学問的素養でした。またすべての公式文書、日記や宮中行事の記録は漢文で書かれていました。この漢文の影響は明治ぐらいまでずっと続いていました。夏目漱石も漢詩をつくりましたし、図書館に行って昔の新聞を遡ってみれば、明治期の新聞は、ほとんど漢文訓読体のような文体で書かれていることがすぐにわかります。

あるいは一九四五年八月一五日にラジオで放送された終戦の詔という、昭和天皇によるいわゆる「玉音放送」などをみると、昭和の時代になっても漢文体が維持されていることがわかります。「朕深ク世界ノ大勢ト帝国ノ現状トニ鑑ミ非常ノ措置ヲ以テ時局ヲ収拾セムト欲シ茲ニ忠良ナル汝臣民ニ告ク。朕ハ帝国政府ヲシテ米英支蘇四国に対シ其ノ共同宣言ヲ受諾スル旨通告セシメタリ」とはじまって、返り点などがついていそうな文体ですが、これはまさに漢文訓読体の文章なのです。このように昭和の時代まで、公文書はすべて漢文訓読体で書くべきだという伝統がありました。ですから、詩歌の世界でもまずもって大切だとされたのは漢詩文でした。とはいえ、漢文というのは学校に行って習わなければならない外国語ですから、一部のエリートだけが操れる言語だったのです。それはちょうど明治時代に、一部のエリートだけが英語、ロシア語、フランス語、ドイツ語などの外国語を読み書きできたことと似ています。外国語は、多くの場合、ネイティヴスピーカーがすぐそばにいない状況で習いますから、書物という書き言葉から入ることになります。つまり読み書きができる人しか基本的には外国語にアクセスできないわけです。日本に住んで日本語を話す人なら、だれでも日本語の読み書きができると思って生きているかもしれませんが、話すことと読み書きは実はまったく別の能力で、日本で生まれ育っていればだれでも日本語を話すようにはなれますが、その読み書きができるようになるためには学校に行って習わなければならないのです。

そのように考えると古代の人々は、読み書きの能力とは別にすでに歌というジャンルを手にしていたはずでしょう。というのも『万葉集』には方言が入った東国人の歌だとか、労働歌なども入っているからです。これらは必ずしも文字の読み書きができる人たちの歌というわけではないと思います。労働歌のような歌は東アジアにはたくさんあって、たとえば砧を打ちながらうたわれる労働歌ですとか、そういった耳で覚えて伝え聞いたリズムのある歌がありました。みなさんは子どもの頃に遊んだ、かごめかごめの歌などをまだ覚えているでしょうか。この歌を文字として覚えた人はおそらくはいないと思います。歌というのは、文字を介さずに耳づたいに伝えられていったのが本来の姿なのです。

さてこうして伝わった歌を集めた『万葉集』は、まだひらがな表記の文字をもっていない時代に作られました。日本語にとって漢文表記は表意文字としての意味は十全に伝えられますが、わたしたちが話しているとおりに記録する表音文字の機能はそのままでは果たせません。そこで『万葉集』は、仮名の音を漢字で当て字にした万葉仮名という特別な表記を編み出して書かれました。ですから、『万葉集』は漢字だけで書かれているのですが、それは漢文とは異なっていて、中国の人にはぜったいに通じない漢字文で書かれたものだったのです。さきほどの額田王の「あかねさす」の歌は『万葉集』では次のように表記されています。

茜草指《あかねさす》　武良前野逝《むらさきのゆき》　標野行《しめのゆき》　野守者不レ見哉《のもりはみずや》　君之袖布流《きみがそでふる》

このようにほとんど平仮名と同じ用法で使われた漢字によって、『万葉集』は意味ではなく「音」を留めることができました。そのおかげで『万葉集』は方言の発音を記録することができたわけです。方言がどのようにみられるのか、確認しておきましょう。

宇倍児奈波《うべこなは》　和奴尓故布奈毛《わぬにこふなも》　多刀都久能《たとつくの》　努賀奈敝由家婆《ぬがなへゆけば》　故布思可流奈母《こふしかるなも》

「うべ」はなるほど、といった意味。「児なは」は、「児らは」の訛り、「わぬ」は「われ」の訛り、「こふなも」は「恋ふらむ」の訛り、「たとつく」は「立つ月」の訛り、「ぬがなへ」は「流らへ」の訛り、「こふしかるなも」は「恋しかるらむ」の訛りだと言われています。このように万葉仮名は平仮名や片仮名のように発音そのものを記録できたわけです。そのように考えるならば、『万葉集』の世界とはまず音の世界、つまり発声された音声言語の世界であったことがわかります。

最初の勅撰和歌集『古今和歌集』が作られたときには漢詩が重要視されていたわけですし、天皇の命を受けてつくった和歌集となれば公式文書ということになるわけですから、やはり序文は漢文であるべきだと考えられたのでしょう。しかし和歌の世界はすべて仮名で書かれている。ということで『古今和歌集』の序文は真名と仮名の両方で書かれたものがついているのです。

では和歌ということばにはそもそもどのような意味があったのでしょう。『古今和歌集』の仮名による序文には次のようにあります。

和歌とはなにか

やまとうたは、人の心を種《たね》として、万《よろづ》の言の葉とぞなれりける。世の中にある人、ことわざ繁きものなれば、心に思ふことを、見るもの聞くものにつけて、言ひ出《いだ》せるなり。花に鳴く鶯、水に住む蛙《かはづ》の声を聞けば、生きとし生けるもの、いづれか歌をよまざりける。力をも入れずして天地《あめつち》を動かし、目に見えぬ鬼神《おにがみ》をもあはれと思はせ、男女の中をも和《やは》らげ、猛《たけ》き武士《もののふ》の心をも慰むるは歌なり。

（新編日本古典文学全集『古今和歌集』小学館、一九九四年、一七頁）


「やまとうたは」と説明し出していますが、これが和歌なのです。つまり和歌というのは「やまと」の「うた」の意味なんですね。それは漢詩に対する日本の歌という意味でもあるわけです。逆に言うと現在は、公的な文書がすべて漢文で書かれるわけでもありませんし、日本語だけで世界がなりたっていますから、もはやわざわざ「和歌」と言う必要はないのですね。短歌といえばやまとうた、つまり和歌のことに決まっているというわけです。

「万の言の葉」には、『万葉集』の万葉が入っていますね。この『古今和歌集』に先行する歌集として

『万葉集』が視野に入れられています。

「世の中にある人、ことわざ繁きものなれば、心に思ふことを、見るもの聞くものにつけて、言ひ出せるなり」とあって、和歌というのは、心に思うことを見るものや聞くものに仮託してうたうものとして始まったとあります。「月」を詠みながら、実はさみしいという気持ちをうたうなどです。

「花に鳴く鶯、水に住む蛙《かはづ》の声を聞けば、生きとし生けるもの、いづれか歌をよまざりける」というのは、花の枝でさえずる鶯の声や池のなかで鳴く蛙の声を聞いたりすれば、生きとし生けるものみんな、歌を詠みたくなるでしょう、という意味ですね。歌というのはそういうもので、いいな、きれいだな、というときに心から湧いてくるものなのだというのです。

「力をも入れずして天地《あめつち》を動かし、目に見えぬ鬼神《おにがみ》をもあはれと思はせ、男女の中をも和《やは》らげ、猛《たけ》き武士《もののふ》の心をも慰むるは歌なり」とありますが、歌は、世の中を震わせるような力もあるし、目に見えないような神や鬼を感動させたりもできるし、男女の仲をやわらげることも、コワモテの武士の心をなぐさめることもできると説明されています。ちょっと大袈裟だと思うかも知れませんが、「天地を動かし」たり、「目に見えぬ鬼神をあはれとおもはせ」たり、というのは実際に和歌の効用としてあったことです。

たとえば、干ばつがつづいて雨乞いをするといったときに歌を詠みあげて雨を降らせることがありました。あるいは、神社で神に歌を詠みかけて、拝殿のなかから聞こえてくる神からの返歌をいただく。こうした神が詠んだ歌も勅撰集の『後拾遺和歌集』以降には収録されるようになります。神は歌をうたうものであって、歌は神と人間とをつなぐツールでもあったのです。

『古今和歌集』仮名序のつづきです。

この歌、天地のひらけ初まりける時よりいできにけり。しかあれども、世に伝はることは、久方の天《あめ》にしては下照姫《したてるひめ》に始まり、あらかねの地《つち》にしては、素盞嗚尊《すさのをのみこと》よりぞ起りける。ちはやぶる神世には、歌の文字も定まらず、素直にして、言の心わきがたかりけらし。人の世となりて、素盞嗚尊よりぞ三十文字、あまり一文字はよみける。

（『古今和歌集』一七～一八頁）

歌というのは、天地開闢、つまりこの世が出来たときからはじまっているのだと言っています。これは注釈によると、『古事記』、『日本書紀』に語られるイザナギとイザナミが国土《くに》づくりをしたときの歌をさしています。どちらも同じ話ですが、ここでは『古事記』から引用します。男女の二神は、天の御柱という柱を立てて、そのまわりをまわって、声をかけあいます。まずイザナミが「あなにやし、えをとこを」（まあ、なんていい男でしょう）、イザナギが「あなにやし、えをとめを」（まあ、なんていい女でしょう）と言い合う。するとヒルコといって不完全な子が生まれたので葦船に乗せて流します。国産みが不調に終わったので原因を探ると、女が先ではなくて男が先に声をかけるべきだということになります。そこで今度は男から声をかけると無事に国が生まれます。ここで男女が言い合った「あなにやし、えをとめを」「あなにやし、えをとこを」が歌のはじまりだと『古今和歌集』を編んだ人たちは考えていたわけです。ですから、「神世には、歌の文字も定まらず、素直にして、言の心わきがたかりけらし」とあるように、素直に心のままに言葉にしていて、歌の文字数は定まっていなかったというのです。それが三十一文字の歌のはじまりとなるのは、やはり神話世界に描かれる素盞嗚尊の歌からなのだというのですね。

素盞嗚尊は天照大神の弟ですが、たいへんな乱暴者で天照大神を困らせてばかりでついに追放されてしまい、出雲へ向かいます。出雲では、八つの頭を持つ大蛇（八岐大蛇）が土地の娘たちを喰らっていました。素盞嗚尊は八岐大蛇を殺して櫛名田比売《クシナダヒメ》を助け、妻にします。そこで詠んだのが次の歌です。

八雲《やくも》立つ出雲八重垣《やへがき》妻籠《つまご》めに八重垣つくるその八重垣を

これが5757 7になっている最初の歌ということなんです。三十一文字しかないのに「八重垣」を三度もくり返していて、ほとんど何も言っていない歌です。これは呪術的な歌、つまりうたうことで霊力を発揮するような歌だと言えるかもしれません。いまでも歌謡曲にリフレインがあるようにくり返しはリズムをつくりだす効果もあったでしょう。この歌を『古今和歌集』でははじめての和歌としているのです。

他に仮名序に書かれていることで興味深い指摘をいくつかご紹介します。

難波津の歌は、帝の御初《おほんはじ》めなり。安積山《あさかやま》の言葉は、采女《うねめ》の戯《たはぶ》れよりよみて、この二歌は、歌の父母のやうにてぞ手習ふ人の初めにもしける。

「難波津」の歌とは次のものです。

難波津に咲くや木《こ》の花冬こもり今は春べと咲くや木の花

これを天皇がはじめて詠んだ歌だとしています。それから采女が戯れに詠んだ歌。

安積山かげさへ見ゆる山の井の浅くは人を思ふものかは

この二つの歌が「歌の父母」のようにして、手習いではじめに習う歌だというのです。このことは『源氏物語』でも幼い若紫が手習いする場面に確認できます。

この序文では、『万葉集』を範として引いて、とくに柿本人麿と山部赤人の名を挙げています。人麿は、中世に歌聖《うたひじり》としてあがめられ、人麿の肖像画をかかげてその前で歌会をする人麿影供ということも流行します。『古今和歌集』の仮名序は、次のように閉じられています。

人麿亡くなりにたれど、歌のこととどまれるかな。たとひ時移り事去り、楽しび悲しびゆきかふとも、この歌の文字あるをや。青柳の糸絶えず、松の葉の散り失せずして、真拆《まさき》の葛《かづら》長く伝はり、鳥の跡久しくとどまれらば、歌のさまを知り、ことの心を得たらむ人は、大空の月を見るがごとくに、古《いにしへ》を仰ぎて今を恋ひざらめかも。

（『古今和歌集』三〇頁）

人麿は亡くなったけれど、歌は残っているというのですね。たとえ時が過ぎて世が変わって、楽しみ悲しみが移り過ぎても歌は残る、といっています。そうして千年前につくられた『古今和歌集』が現在にも残っていて、わたしたちが読んでいるわけですね。

基本的に和歌のテーマは恋

『古今和歌集』が全二十巻なのは、『万葉集』の構成に倣ったためです。『万葉集』の歌の分類は先に述べたように「雑歌」「相聞歌」「挽歌」です。形式としては長歌、短歌、仏足石歌、旋頭歌があります。一方、『古今和歌集』では、つぎのような部立で歌をまとめています。

春歌上下、夏歌、秋歌上下、冬歌、賀歌、離別歌・羇旅歌、物名、恋歌一～五、哀傷歌・雑歌上下、雑躰歌、大歌所御歌・神遊びの歌・東歌

春夏秋冬の歌があって、春と秋だけ上下巻に分かれて倍の分量になっていることがわかりますね。お祝いの歌、お別れの歌、旅の歌などさまざまあるうちの、恋歌が五巻にもわたってあって、恋歌が圧倒的多数を占めていることが一目でわかると思います。恋の歌については今後じっくりとみていくことになりますので、ここでは変わった歌をご紹介しましょう。「物名《もののな》」という部立にはどのような歌があるかというと、たとえば、こんな歌です。

いま幾日《いくか》春しなければうぐひすもものはながめて思ふべらなり
（あと幾日も春という日が残っていないのでうぐいすも物思いに沈んでいるようです）

春の歌ですが、ここに「すももの花」ということばが隠されています。

あしひきの山たちはなれゆく雲の宿りさだめぬ世にこそありけれ
（山から離れていく雲のように宿の定まらない人生だ）

「あしひきの」は「山」を導き出す枕詞です。この歌にはタチバナが隠されています。このようにして、別の文脈のなかにある文字を隠すようにして入れ込む歌ばかりを集めたのが「物名」歌です。また「雑躰歌」には『万葉集』にあったような長歌や旋頭歌が収められています。旋頭歌のいちばんはじめに収められている歌には聞き覚えがあるかもしれませんね。

うちわたす遠方人《をちかたびと》にもの申すわれ　そのそこに白く咲けるは何の花ぞも

『源氏物語』「夕顔」巻で五条に住む乳母を訪ねた源氏が、垣に咲く白い花をみて「遠方人にもの申す」と口ずさむと、「そのそこに白く咲けるは何の花ぞも」にピンときた随身が、「あれは夕顔という花でございます」と答えるという場面に引用されていました。

さて『古今和歌集』の圧倒的多数をほこるのが恋の歌です。だとすれば、和歌の基本は恋の歌だと考えていいのではないでしょうか。季節のことを詠んだ春の歌のなかにも恋の歌はまじっています。恋の歌を詠むということは相手がいたということです。相手がいたということは、ただ独り歌を詠んでいただけではなく、歌をやりとりしていたはずです。ですから、これから『源氏物語』でみていくように、光源氏がどこかの女に会いに行ってそこで歌を交わす、といった世界が日常にもあった。いろんな人が歌を詠みかわして恋愛をしていたということです。ならば恋愛を描いている『源氏物語』や『伊勢物語』、『和泉式部日記』を読むことは、和歌を理解することにダイレクトにつながるのではないでしょうか。

【みんなのコメント❶】

● 『万葉集』や『古今和歌集』から千年経った現代の歌であるJ-POPでも、同じように恋愛に関する歌や春の桜に関連した歌が多いなと思い、今も昔も日本に住んでいる人が歌にするものはあまり変わっていないのかなと考えました。ただ、『古今和歌集』では夏や冬の歌が春と秋に比べて少ないのに対し、今の日本には平安時代にはなかったクリスマスの文化や、夏と冬特有のレジャーや学生の場合長期のお休みがあるので夏と冬の歌がJ-POPにはかなりあるように思います。『万葉集』や『古今和歌集』のように、現代の歌謡曲を分類したらどのような結果になるのか気になります。

● 物語や随筆よりも和歌の方が技巧が凝らされていて読むのが難しそうという印象を持っていたのですが、大体同じようなことを繰り返しているだけだったりして、意外とシンプルなのかもしれないと感じました。

● 『源氏物語』は何回か読んでいましたが、やはり和歌の部分はなんとなく読みとばしてしまっていました。授業で『源氏物語』の和歌を中心に学ぶことで新しい見方を発見できるのではないかと思って楽しみです。

第二回　和歌はうたう歌か――『源氏物語』「桐壺」～「花宴」巻

短歌はポピュラーな文芸ジャンル

現在、短歌と俳句はたしなんでいる人がもっとも多い文学ジャンルだろうと思います。というのも新聞各紙は「歌壇」や「俳壇」というコーナーを設けていて、読者が応募してきた短歌や俳句を毎週、掲載しているからです。ちなみに「壇」というのは世界という意味です。ほぼすべての全国紙にはこのコーナーがあります。

私が日頃読んでいるのが『日本経済新聞』と『東京新聞』なので、これらの「歌壇」のコーナーを実際にみてみましょう。たとえば『日経新聞』の「応募規定」は以下のようになっています。

「はがき1枚に3首（句）まで、未発表の自作。住所、電話番号、氏名（本名でも筆名でも構いません。筆名の場合はカッコ内に本名を書き添えてください）、希望選者名を明記。同じ作品を2人の選者に送ることはできません」とあります。つまり応募者が選者を選べるわけです。自分が好きだと思う短歌をつくる歌人に選んでもらいたいと思うでしょうね。『日経新聞』の選者は三枝昂之と穂村弘です。穂村弘はいまもっとも人気のある歌人のひとりです。どんな作品が選ばれているのかをみてみましょう。一人の選者につき、十二首選ばれていますが、これは良かった順番に並べられているのです。ですからはじめの五首にだけ選者の解釈がついています。五番以内に入って、選者のコメントをもらいたいと誰もが思うでしょう。二〇一九年九月十四日付「歌壇」で、穂村弘が選んだのは次の歌でした。上から二首あげましょう。

はみだすと言ふは老いてなほ楽しつんつるてんになつた股引（潮田清）
まず上に〇つぎに下に〇を書くわたしの8に「ふーん」と言う君（古賀たかえ）

まず表記に注目してください。一首めの歌は、旧かなづかいで表記していますね。「老い」をうたう歌なら旧かなづかいもしっくりきます。でもこの歌では「つんつるてんになつた股引」をはいてはみだした足をみて、はみだすというのは、楽しいことだなと言っているので、旧かなづかいの厳めしさはなくひょうひょうとした趣き。表記と楽しさのギャップが引き立つようにみえますね。

二首目の歌は、「まる」と発音すべきところを記号の「〇」で表記しています。そうでなくては、「8」の文字の書き方につながらないからですね。それから「君」の言ったことばに「ふーん」とかぎかっこがつけられています。元来、短歌にかぎかっこは必要ではないのですが、あえてかっこを使って表現の幅をひろげたりもできます。わざわざかっこでくくられていると、この一言しか言わなかったのだという感じがよく出ますね。このように表記も書き方も非常に自由なのが現代短歌の世界です。

さてここに次のような選評がついています。

〇潮田清氏。「つんつるてんになつた股引」を「楽し」と思う「老い」の自由さ。成長期の子どもの感覚が甦るような。〇古賀たかえ氏。「わたし」の分身のような「8」が「ふーん」と流されてしまった淋しさ。

選評を読むと、選者がどのようにこの歌を理解したのか、解釈のポイントがわかります。二首目の「8」を「「わたし」の分身」であると読んでいて、だから「流されてしまった淋しさ」が導かれるのですね。歌の表現としては表にでてこない「淋しい」という気持ちが読み込まれているのです。

選者の穂村弘は、たとえばこんな歌を詠む人です。

ハロー　夜。ハロー　静かな霜柱。　ハロー　カップヌードルの海老たち。

（『手紙魔まみ、夏の引越し（ウサギ連れ）』小学館、二〇〇一年。のちに小学館文庫）

この歌も表記に特徴がありますね。ハローのあとの空白。また短歌には句読点は必要ないのですが、三度の呼びかけごとにわざわざ句点で区切っているところにも特徴があります。「霜柱」というからには冬なのでしょう。カップヌードルのフタをめくるとあたたかい湯気がたちのぼって、中をのぞけばうそみたいに小さな海老が入っている、そんな情景が浮かびます。「ハロー」と呼びかけているところもチャーミングですね。またこの歌は、たしかに三十一文字でできていますが、57577の韻律どおりに作られてはいないですね。このように現代短歌は、57577に区切らないで三十一文字で書いた短詩型のようにしてつくられるものが多くあります。表記だけではなく形式も自由なのですね。

別の回にゆっくり紹介しますが穂村弘は東直子とくんで男女の恋人同士が交わす短歌という設定で連作短歌集『回転ドアは、順番に』（ちくま文庫、二〇〇七年）を出しています。東直子は、『東京新聞』の

「東京歌壇」の選者をつとめています。二〇一九年九月十五日付の「東京歌壇」から一首だけ紹介しましょう。

　やすやすと暮れてゆく日の白飯にひかえめにふりかけるのりたま（三縞まちか）

これに対して次のような選評がついています。

　これといったことが何もできないまま一日が終わってしまう。ひらがな表記が、ぱらぱらと散る「のりたま」と淡い後悔の浮かぶ心に響きあう。

後半のひらがなは、「ぱらぱらと散る「のりたま」」のイメージも表しているのですね。「やすやすと暮れてゆく日」は、やるべきことがあったのに達成できなかった日だということでしょうか。東直子はここに「淡い後悔の浮かぶ心」を読み込んでいます。

「のりたま」は海苔と卵でできたふりかけですけれど、みなさんもご存知でしょう。「カップヌードル」「のりたま」と歌に出てきても、現代人ならそれが何だかわかるし、そうしたものが喚起するイメージも共有しているのです。だから、現代短歌をよむと、わかる！という感覚がまず先に出てくると思います。

いま古典語で私たちには読みにくくなっている和歌も、もとはこのようなものだったのです。同時代人にならぱっとわかることで構成されていたのですね。

さてでは、和歌をみていくことにしましょう。

和歌はうたう歌か

『源氏物語』の和歌に入るまえに、ひとつ確認しておきたいことがあります。和歌はやまとうた、つまり歌なわけですが、これはうたう歌なのかということです。藤井貞和『〈うた〉起源考』（青土社、二〇二〇年）によれば、催馬楽《さいばら》という種類の歌謡や風俗歌、舟歌、田植歌などは「うたふ」ものだとしても、『源氏物語』に書かれている57577（短歌形式）の「絶対多数は〈うたわない〉」（六一頁）のだといいます。その意味で、催馬楽などの節のある歌謡と和歌は異なるものだと位置づけています。

『源氏物語』のなかで催馬楽は楽器をともなってうたわれており、たしかにこれはうたう歌なのだとわかります。たとえば、宮中の「楽所」には楽器を専門とする音楽家たちがいましたし、「唱歌の殿上人」と言って歌を専門とする歌い手もいました。貴族たちにも楽器の名手たちはいて、宴会となると決まって音楽会が催されたのです。こういうときにうたわれる歌は催馬楽だったようです。「若紫」巻で、わらわ病みにかかった光源氏は北山の僧都を訪ねていきますが、その帰り道、光源氏の正妻葵の上の兄である頭中将の一行が源氏を迎えにきます。そこで酒を飲みながらの宴会となって、頭中将は懐から笛を取り出し吹き始めます。

頭中将、懐なりける笛取り出でて、吹きすましたり。弁の君、扇はかなう打ち鳴らして、「豊浦《とよら》の寺の西なるや。」

とうたふ。人よりはことなる君たちを、源氏の君いといたううちなやみて岩に寄りゐたまへるは、たぐひなくゆゆしき御ありさまにぞ何事にも目移るまじかりける。例の、篳篥《ひちりき》吹く随身、笙《さう》の笛持たせたるすき者などあり。僧都、琴をみづからもてまゐりて、

「これ、ただ御手ひとつあそばして、同じうは山の鳥もおどろかし侍らむ。」

とせちに聞こえ給へば、

「乱り心ちいと耐へがたきものを。」

と聞こえ給へど、げににくからず搔き鳴らして、みな立ち給ひぬ。

（「若紫」『源氏物語㈠』四一六頁）

頭中将が笛を吹き始めると、弁の君という人が扇で拍子をとりながら、催馬楽「葛城《かづらき》」を歌い始めます。「葛城」は次のような歌詞です。

葛城《かづらき》の　寺の前なるや　豊浦《とよら》の寺の　西なるや　榎《え》の葉井《はゐ》に　白璧沈《しらたましづ》くや　真白璧《ましらたま》沈くや　おしとと
とおしとと
しかしてば　国ぞ栄えむや　我家《わいへ》らぞ　富《とみ》せむや　おおしとと　としとんと　おおしとんと　としと
んと

（新編日本古典文学全集『神楽歌　催馬楽　梁塵秘抄　閑吟集』小学館、二〇〇〇年、一五〇～一五一頁）

「おしとと、とおしとと」は、足拍子の擬声語から出た囃子ことばだと説明されています。掛け合いのようにこうした言葉を入れていたのでしょうか。このように意味のないことばのくり返しがあると俄然、うたう歌らしくなってきますね。頭中将が笛を吹き始め、これに篳篥、笙の笛なども加わって合奏

となったわけですね。すると僧都がとっておきの琴を持ち出して、光源氏にぜひ一曲弾いてほしい。山の鳥をおどろかしてやってほしいと頼み、源氏が弾いてみせたというのです。貴族たちはみな楽器をたしなんでいるのです。

あるいは「紅葉賀」巻で、光源氏が、父帝に仕えていた五七、八歳の女房、源典侍と関係する場面では、源典侍のうたう歌声に惹かれて源氏がうたいながら寄ってくるという趣向になっています。

……夕立ちして、なごり涼しきよひの紛れに、温明殿のわたりをたたずみありき給へば、この内侍、琵琶をいとをかしう弾きゐたり。御前などにても、をとこ方の御遊びにまじりなどして、ことにまさる人なき上手なれば、ものうらめしうおぼえけるをりから、いとあはれに聞こゆ。

「瓜作りになりやしなまし。」

と、声はいとをかしうてうたふぞ、すこし心づきなき。鄂州《がくしう》にありけむむかしの人も、かくやをかしかりけむと、耳とまりて聞き給ふ。弾きやみて、いといたう思ひ乱れたるけはひなり。君、東屋を忍びやかにうたひて寄り給へるに、

「おし開いて来ませ。」

とうち添へたるも、例にたがひたる心ちぞする。

（「紅葉賀」『源氏物語(二)』岩波文庫、二〇一七年、六六～六八頁）

源典侍は琵琶の名手で、宮中の音楽家たちに交じって天皇の前でも披露することもあるほどの腕前です。琵琶を弾きながら、催馬楽「山城」をうたっています。歌声もすばらしいのです。けれども源氏

はもともとこの恋愛には乗り気ではないせいもあって、いかにも上手に歌うのを「すこし心づきなき」、ちょっとおもしろくないと評しています。「山城」の歌詞は次のとおりです。

山城の　狛《こま》のわたりの　瓜つくり　なよや　らいしなや　さいしなや　瓜つくり　瓜つくり　はれ
瓜つくり　我を欲しと言ふ　いかにせむ　なよや　らいしなや　さいしなや　いかにせむ　いかに
せむ　はれ
いかにせむ　なりやしなまし　瓜たつまでにや　らいしなや　さいしなや　瓜たつま　瓜たつまで
に
（『神楽歌　催馬楽　梁塵秘抄　閑吟集』一四二頁）

この催馬楽にも「なよや」「らいしなや」「はれ」といった調子を整えるためだけにあるような囃子ことばが入っています。源典侍がこの歌をうたっていたのは「我を欲しと言ふ　いかにせむ」（私を恋人にしたいという、どうしょう）というところがうたいたかったからでしょう。琵琶を弾きやめて物思いに沈んでいる様子です。源氏は、催馬楽「東屋」をうたいながら近づいていきます。

東屋の　真屋のあまりの　その雨そそき　我立ち濡れぬ　殿戸開かせ
鎹《かすがひ》も　錠《とざし》もあらばこそ　その殿戸　我鎖さめ　おし開いて来ませ　我や人妻
（『神楽歌　催馬楽　梁塵秘抄　閑吟集』一二四頁）

もともと「東屋」は男の呼びかけに女が答えるかたちの歌です。雨が降っていて、私は立ち濡れてしまった、戸をあけておくれ、という最初の部分を源氏がうたうと、後半部を源典侍がうたいます。掛けがねも錠も、あるなら私はさしましょう。さっさと開けていらっしゃい、私が人妻だとでもいうのですか（遠慮はいりませんよ）という具合です。人妻かどうかというのは、このあとの伏線になっていて、実際に源典侍には夫がいたのです。それなのに源典侍は頭中将とも関係していたのですが、光源氏をおどかしてやろうと考えた頭中将が夫のふりをして夜の寝所に忍び込むという修羅場が演じられます。

さて、催馬楽は楽器をともなってうたわれる歌であって、光源氏がうたいかけた「東屋」も節をともなってうたわれたのだと思います。

ところがこれに続いて、源典侍と光源氏は和歌を読み合いますが、ここはたしかに「うたふ」とは言っていないのです。

立ち濡るる人しもあらじ東屋にうたてもかかる雨そそきかな

とうち嘆くを、われひとりしも聞き負ふまじけれど、うとましや、何事をかくまでは、とおぼゆ。

人妻はあなわづらはし東屋の真屋のあまりも馴れじとぞ思ふ

とてうち過ぎなまほしけれど、あまりはしたなくやと思ひ返して、人にしたがへば、すこしはやりかなるたはぶれ言など言ひかはして、是もめづらしき心ちぞし給ふ。

（「紅葉賀」六八頁）

ここでの和歌は「東屋」の歌詞をふまえています。源典侍の和歌は、わたしのために雨に打たれて立っている人などはいないはずなのに、この東屋には疎ましくも雨がふりそそぐのですね、という意味ですが、これを「とうち嘆くを」と受けていて、ため息交じりに言ったようなのです。源氏の返歌は、人妻との関係はいかにも面倒なので、東屋になれなれしく近づくまいと思うのですよ、というもので、なんだか拒絶しています。「とてうち過ぎなまほしけれど」と続いて、このまま通り過ぎてしまいたいけれども、というのです。しかしそれはあんまりだというので、相手に合わせるようにして戯れ言を言い交わしてみるとやっぱりそそられるのです。

さて、いま私たちが歌というと西洋音楽のようなメロディーがあるものを思い描きますね。しかし古代歌謡というのはそれほどメロディアスなものだったのか、という疑問があります。催馬楽はいまでも雅楽として宮内庁付きの音楽家によって演奏されていますから動画サイトでみることができます。これをみるとわかりますが、たしかにうたう歌だということはわかるものの、西洋音楽のメロディーとは異なっていることがわかると思います。

あるいは中世になって盛んになる能舞台を思い出してください。能の演目は曲と呼ばれていて、「地謡」が能のストーリーをうたい語り、役者もときにはうたいながら台詞を言うのです。笛、鼓や太鼓などの楽器も伴いますが、現代人のわたしたちにはそれをメロディーのある歌とは認識できないかもしれません。しかし、普通の台詞とは違う節のついたものは謡《うた》いなのです。

藤井貞和は『〈うた〉起源考』において、「歌謡であることをやめた和歌」もまた「うた」と呼ばれていることに着目し、節のあるうたとは違うが、ふつうの発話とも異なるものとして和歌に一種「《詩的》」な感じのするものがあるとし、「〝うた状態〟とでもいうべきオルギー（orgie）、騒乱状態を古代に想定したい」(四七頁)としています。この「〃うた状態〃」を理解するための補助線として、藤井貞和は、アイヌのカムイユカラの研究をした金田一京助がいう「ウツロとかウツケとか、「放心状態」」とする説を引き合いにしています。アイヌの歌は、いまマレウレウ(MAREWREW)という女性ボーカルグループが現代風にアレンジしたアルバム『もっといて、ひっそりね。』(二〇一二年)、『mikemike nociw』(二〇一九年)などに収められた曲が参考になるでしょう。動画サイトにもありますので探してみてください。同じリズムのなかで高まっていくような、一種トランス状態になるような歌の様子がわかると思います。

『源氏物語』での和歌は、「うち誦じ」たり、「ひとりごち」たりするもので、主に「いふ」「のたまふ」などのことばで語り取られています。だからといって57577が節をともなってうたわれることがまったくないとは言えないような気もします。というのも、『源氏物語』「若紫」巻では、幼い若紫に懸想する源氏が、その幼さに物足りなさを感じて、いかにも恋の情趣のある霧模様の空の下、埋め合わせをするようにかつて通った女の家を訪れる場面で、どうも和歌をうたっているようだからです。

門を叩いてみたけれども予期せぬ来客だったので気づいて開けてくれる人もいない。そこで光源氏は、従者のなかで声のいい人に次の歌を「うたはせたまふ」のでした。

いみじう霧りわたれる空もただならぬに、霜はいと白うおきて、まことのけさうもをかしかりぬべきに、さうざうしう思ひおはす。いと忍びて通ひ給ふ所の、道なりけるをおぼし出でて、門うちたたかせ給へど、聞きつくる人なし。かひなくて、御供に声ある人してうたはせ給ふ。

あさぼらけ霧立つ空のまよひにも行き過ぎがたき妹《いも》が門かな

と二返《ふたかへり》ばかりうたひたるに、よしある下仕ひを出だして、

立ちとまり霧のまがきの過ぎうくは草の戸ざしに障《さは》りしもせじ

と言ひかけて入りぬ。

（「若紫」『源氏物語㈠』四六二〜四六四頁）

「あさぼらけ」の和歌は、声のいい従者によって、「二返ばかりうたひたるに」とあって二度にわたってうたわれたのです。下使いの者がでてきて、返歌をしますが、この逢瀬は不首尾に終わります。

あるいは「須磨」巻で慣れない土地にきた光源氏は、寝付かれず琴をかき鳴らしてみるのですが、音が闇夜にひびいて不気味だったので弾きさして、かわりに次の和歌を「うたひ給へる」のです。

琴をすこし掻き鳴らし給へるが、我ながらいとすごう聞こゆれば、弾きさし給ひて、

恋ひわびてなく音《ね》にまがふ浦波は思ふ方《かた》より風や吹くらん

とうたひ給へるに、人々おどろきて、めでたうおぼゆるに、忍ばれで、あいなう起きゐつつ、鼻を忍びやかにかみわたす。

（「須磨」『源氏物語㈡』四五〇〜四五二頁）

ここでは５７５７７の和歌が従者たちが起き出すほどの音量でうたわれているのです。すると

5577の和歌のかたちでも、節をつけて歌われたことはあったということです。それは現代演じられているようなかたちの節ではなかったかもしれませんが、普通の会話や発話とは違う何かであって、やはり「うた」の一種として和歌は捉えられていたのでしょう。

このことを頭の片隅に入れながら、和歌を見ていきましょう。

『源氏物語』最初の和歌

さていよいよ『源氏物語』を見ていきます。

『源氏物語』の第一巻である「桐壺」巻に最初に出てくる歌は桐壺更衣、光源氏を産んだ母親が亡くなる前に詠んだ歌です。天皇が桐壺更衣を寵愛したことで光源氏が生まれるわけですが、そのために桐壺更衣はほかの女たちに恨まれていじめられて衰弱してしまいます。

ちなみに、桐壺更衣との悲恋譚は中国の白居易のつくった漢詩「長恨歌」の、玄宗皇帝が楊貴妃を寵愛する話を下敷きにしていると言われています。「長恨歌」では、楊貴妃が亡くなったあと、玄宗皇帝が導師——道教のお坊さんのような人です——を冥界に送って、冥界の楊貴妃からかんざしをもらってくるというお話になっています。

さて、桐壺更衣は衰弱したので、実家に帰してほしいと天皇に頼むのですが、天皇は会えなくなるのが嫌なので帰しません。ぎりぎりの状態までずっと宮中にとどめていました。ようやく許されて、宮中を出て行くというときに桐壺更衣が天皇に向かって詠んだ歌、これが『源氏物語』に最初に登場する和歌です。

限りとてわかるる道のかなしきにいかまほしきは命なりけり

（「桐壺」『源氏物語㈠』二二頁）

いまは限りということであなたと別れる道のかなしさに、行きたい道は命の道です（生きていたい）、という歌です。この桐壺更衣の歌に対して天皇は返歌をしていません。これは不思議なことです。彼女が亡くなったあとで天皇は自分に仕えていた女房を実家に送って様子を聞きに行かせます。もちろん天皇はみずから直々に行ったりはできません。その女房が桐壺更衣の母と話をして楊貴妃のかんざしならぬ装束と髪上げの道具を形見として受け取って天皇のもとに帰ってきます。ここも冥界から楊貴妃にかんざしをもらって帰ってきたという「長恨歌」が下敷きになっていることを感じさせる展開ですね。

本書では、「新日本古典文学大系」をアップデートした『源氏物語』岩波文庫版を使用していますが、岩波文庫版の解説には、その形見の品を見て詠んだ桐壺帝の歌が、桐壺更衣の歌の返歌になっていると解釈しています。その天皇の歌が次です。

尋ねゆくまぼろしもがなつてにても玉のありかをそこと知るべく

（「桐壺」四四頁）

この歌も「長恨歌」を下敷きにしていて、魂をたずねていく導師がいればなぁ、そうすれば魂がどこにあるのかわかるのに、という歌です。今生と来世、生きている世界と死後の世界とをむすぶような歌として解釈されています。桐壺更衣にたいする直接の返歌ではないですが、死後に遅れて返された歌と解釈されているわけです。

光源氏は母親が亡くなったあと、宮中で育ちます。桐壺更衣が亡くなった悲しみに天皇は耐え切れずずっと元気がありません。その様子に見かねた女房が、桐壺更衣にとてもよく似ている方がいますよと天皇に言います。その人は前の天皇の四の宮、すなわち内親王で天皇家の娘なのですが、この人をあたらしくむかえることになります。この人は藤壺といいます。藤壺は光源氏よりも五歳年上なのですが、幼少のころから天皇は光源氏に藤壺を母だと思っていいよと言い、藤壺にも自分の子だと思ってなじんでくれと言って、プライベートルームに入れていました。ですから、自分の父親の恋人と一緒に光源氏は幼少期を過ごしています。そして、光源氏は長じて藤壺と恋に落ちることになります。光源氏はさまざまな女性と恋愛をしますが、最愛の人物として設定されているのは父帝の後宮に入った藤壺です。言い換えれば、光源氏は天皇の后を寝取った男であり、父親の妻を寝取った男でもあるわけです。

藤壺と光源氏が詠む歌というのも『源氏物語』の読みどころです。この二人の秘密の関係は読者には知らされていますが、天皇やほかの登場人物は知りません。藤壺に仕えている王命婦という女房ともうひとりの女房ぐらいしか知らない関係です。ですから、秘密を分かち合う読者のほうでもバレたらどうしようとドキドキしながら読みすすめることになるのです。

たとえば「花宴」巻に、藤壺が光源氏を想って密かにうたった歌があります。春の桜の盛りのころ、天皇は桜の花見の宴を催します。春宮がしきりと光源氏に舞いを所望し、源氏は袖を返して、ほんのひとさし踊ります。輝くばかりの美しさに、藤壺は魅了されて、次の歌を詠みます。

大方《おほかた》に花の姿を見ましかば露も心の置かれましやは　（「花宴」『源氏物語(二)』九四頁）

何の秘密もない状態で普通にあの花の姿（光源氏）を見たのだったら、少しの気兼ねもしないですばらしいわと言えたであろうに、という歌です。この歌の直後に面白いことが書いてあります。

御心の内なりけんこと、いかで漏りにけむ。

心の内で思ったことなのにどうしてもれたのでしょう、というのです。『源氏物語』は実際に光源氏のそば近くで見聞きしたこと、あるいは見た人から伝聞で聞いたことをリアリズムで書いているという設定になっています。二人の秘密の関係は読者しか知らない。物語の世界の人たちは知らないわけです。この歌は意味深で秘密が暴露されてしまうような危険な歌ですよね。ですから、こうした歌が表に出るはずはないのに、なぜこの歌が外にもれて読者に知らされているのでしょうか、ということを語り手は書いているわけです。よく考えると奇妙なコメントですね。

藤壺はそのように心のなかで思ったのであった、と書けばいいのですが、どうしてかここでうたってしまう。藤壺は心のなかに秘めた想いをついうたってしまっているわけです。さきほどの桐壺更衣の歌もそうです。あの歌をうたったとき桐壺更衣はもう虫の息、まさに瀕死の状態なのに、なぜいま？とつっこみたくなりますが、うたってしまっているのです。

この展開、やけになじみがありませんか。

普通に会話をしていたかと思ったら急にうたい出してしまう。心に思うことを、朗々と声をあげてうたい上げてしまう。まさにミュージカルがこれですよね。そこでうたうの？というところでミュージカルも急にうたい出します。観客のほうでは、歌がはさまれることによって登場人物の心情がよくわかって感情がゆさぶられたりします。そういう場面が、『源氏物語』にも結構登場するのです。和歌は、単に手紙につけてやりとりするだけのものではなく、いま瀕死の桐壺更衣が天皇と会話をしている、この会話のところに歌が出てくるように、盛り上げたいところに入ってくるものでもあるのです。

今日の光源氏は素敵だった！というときに、心のなかの密かな想いがわっと歌となって溢れ出してくる。よく考えればおかしいです。しかし、こういうおかしなことをわたしたちはミュージカルでは認めていますよね。平安時代の宮廷物語に和歌の入っていないものはありません。その意味で、平安時代の物語は歌なしにははじまらないミュージカルのようなものだったとみるべきでしょう。

歌は物語の進行には直接には関わりません。ですから現代の読者は、『源氏物語』を読んでいても、和歌の箇所を読みとばしがちです。けれども、これをミュージカルだと考えるならば、歌こそがもっとも大切な読みどころになるのではないでしょうか。セリフの部分を切って、歌を集めたアルバムがあるように、ミュージカルなら、芝居よりもむしろ歌こそがハイライトシーンなのですよね。この講義では『源氏物語』をミュージカルのように読んでみたいと思います。いつもはつい読まずにおいてしまう和歌にスポットをあてて物語を読んでいきましょう。

儀礼の歌

瀕死の桐壺更衣が歌う場面は、ちょっとやり過ぎなぐらい極端な例です。『源氏物語』には現代人にも容易に納得がいくような儀礼的な歌を詠み合う場面もあります。「桐壺」巻での光源氏の元服の儀式の天皇と左大臣の和歌をみてみましょう。

光源氏は十二歳で元服します。元服というのは成人式です。十二歳になるともう社会人で、役付きになって宮廷社会に入っていくことになります。元服の際に、ただちに結婚もします。光源氏の妻となるのは左大臣家の娘です。

左大臣と右大臣は権力闘争の代名詞のようなもので、平安宮廷物語に出て来ればたいがいは政権争いをしています。左大臣と右大臣だと左大臣のほうが格上です。光源氏の母たる桐壺更衣がいじめられているのは、天皇が第一の妻としている弘徽殿女御が右大臣家の娘だからです。天皇は母を亡くした光源氏のバックアップを左大臣に頼もうとしています。どのように光源氏のサポートをさせるかというと左大臣家の娘との婚姻によってです。この縁組みを天皇は光源氏の元服の儀式のあとの宴で左大臣に和歌でほのめかすのです。

いときなき初元結ひに長き世を契る心は結びこめつや

（「桐壺」『源氏物語㈠』六六頁）

元服のときに何をするか。元服までは男女ともに髪を長く伸ばしています。時代劇を思い出してもらえればと思いますが、幼い男の子はおかっぱですね。平安時代の貴族もああいう風に子どものときは髪を伸ばしています。その髪を元服のときに切ります。そしてまげを結って冠をかぶります。冠といっても雛人形の男雛がかぶっている形のものです。まげを結う紐が「元結ひ」です。ですので「初元結ひ」というのは初めてまげに結ったことを言っています。この幼い初元結いの今日に長い世の約束をむすび込めてくれたでしょうか、という歌になります。「世」は男女の仲を想起させることばですから、左大臣は結婚のことを言っているのだな、とすぐにわかって次の歌を返します。

結びつる心も深き元結ひに濃き紫の色しあせずは

心深く結んでいますとも、濃い紫の色さえあせないのなら、という歌です。ふりかけに「ゆかり」というのがありますが、あれは紫色の紫蘇のふりかけですね。紫というと「ゆかり」つまり「縁」ということばがひきだされます。なぜかというと、紫草という草があるのですが、紫草というのは地下茎でつながっていて、みためには離れて咲いているものが同じ根から出ていたりするからです。ですから、実は血縁で結ばれているという関係にも「紫のゆかり」などというわけです。『源氏物語』では、光源氏が恋い慕う藤壺の宮と源氏の正妻となっていく紫の上がおば姪関係にあることに関わって使われます。

さて桐壺帝に「末永くよろしく頼むよ」と頼まれた左大臣は「ええ、末永く面倒を見ますよ」と返答し、このあと庭に降りて行って、一節舞います。この喜びの日を言祝ぐために、左大臣は舞いを見せるわけです。和歌と舞い、そして音楽はこんなふうに芸能のなかに位置づけられていたのでしょう。

『源氏物語』ではたくさんの宴会場面がありますがいつでも音楽があり、舞いがあり、和歌の交換があります。ちなみに公式行事の場合には男たちは漢詩をよみあいます。ただし『源氏物語』には登場人物がつくった漢詩は書かれていません。漢詩もあったけれど、それは省いたと書いてあります。宴会の歌に関してもすごくいい歌がたくさん詠まれたが省略しましたと書いてあります。まあ当然と言えば当然です。なぜなら『源氏物語』に登場人物が披露する和歌はすべて紫式部が作っているわけですから、宴会の歌をそのたびにすべて作っていたら大変ですよね。

さて、今回から実際に短歌を詠んでみてもらいましょう。三十一文字におさまっていれば57577にこだわらなくても良いです。今回は、身近なニュースを短歌に詠んでみましょう。

【みんなの短歌】

大宇宙長旅終えたはやぶさが地球に届けた星屑の夢

二〇二〇年十二月六日に、日本の宇宙科学研究所、ＪＡＸＡが打ち上げた小惑星探査機「はやぶさ2」が地球に帰還しニュース報道が沸きました。小惑星リュウグウから持ち帰った物質がカプセルに入れられて地球まで届いたわけですが、それを「星屑の夢」と表現したのがいいですね。

「お揃いの苗字で2人生きようね」君は良くても私は喪失

選択的夫婦別姓法案が出されても、なかなか実現しないニュースをみて、婚姻して苗字が変わる女の側の気持ちを詠んだ歌ですね。

巣ごもりで外はいつしか仮想の世電源いれぬテレビ久しい

コロナ禍でステイホームをしていた頃の歌です。なんだか世界がSFのようになってしまって家にいるというのにテレビをみる気もしないという歌。「外はいつしか仮想の世」というところがいいですね。

戸田恵梨香　松坂桃李　結婚し　なぜか取られた気がするオタク

お二人の結婚は二〇二〇年十二月に発表されています。芸能人の結婚など自分とは関係ないはずですが、「取られた」気がするというのはファン心理としてよくあること。それを「オタク」の心理と捉えている自虐がおもしろいです。

結婚はしたくはないと思うけど孤独死だけはどうしてもヤダ

まだ学生のうちから「結婚はしたくはないと思う」とは！さいごの「ヤダ」がきっぱりしていていいですね。

横浜でガンダム動いた!!　すごいです!!　沸いてるキャスター　久々に見た

横浜の湾岸にガンダムが置かれたのは二〇二〇年十二月のことでした。ガンダムが動くところがテレビで報道されたのですね。コロナ禍で暗い話題ばかりのところ、キャスターが沸いているのを久々に見たというのですね。

スーツ着て報道陣に囲まれて頭を下げる誰に対して

テレビでよくみる謝罪会見。頭を下げている図をたびたびみますが、いったい誰に対して謝っているのだろう、という歌ですね。

「若者は自粛しない」と言うニュースそんな言葉を家で聞く我

ニュースで若者が自粛しないので新型コロナの感染が広まっていると報道しています。けれどもずっと家にこもりきりの若者である「我」もいる。若者とひとくくりに語られることへの憤りとこもりきりの自分のあり方への懐疑がまざりあった歌ですね。

【みんなのコメント❷】

● 短歌や俳句をあまり身近に感じたことはありませんでしたが、考えてみると祖父が俳句を詠んでいて廊下などに俳句が飾ってあったり、母が買った『サラダ記念日』という短歌の本が家にあったり、新聞で歌が扱われているということで、自分が思っていたよりも身近に俳句や短歌の世界があったのだとわかりました。

● 和歌には不思議な力があると思います。ちなみに私は、和歌（短歌）をみると何となく節をつけて読んでしまいます（笑）。

● 内容があまりわからなかったとしても、物語のなかで和歌で表現されている部分は、すごく重要なことを言っているように感じていました。古典作品の中で和歌を見ると、必ずと言っていいほど抱いていた印象なのですが、今日のお話の中で、先生が「トランス状態」と表現されたのを聞いて「なるほど！これだ!!」と思いました。和歌（短歌）には、一気に別世界に飛ばす（？）ような力があるのでしょう。

● 今日のように和歌を内容的にではなく、音声的な面から捉えるのは新鮮でした。もし、タイムスリップ出来るなら、当時の人々がどのように和歌を詠んでいたのか聞いてみたいものです。

● 今日の授業を聞いて一番気になったのは『源氏物語』のミュージカル性です。歌うはずがない場面で和歌を詠んだり、独り言が歌として見どころの一つになったり、ミュージカルっぽい部分があることを知り、面白いと思いました。自分で読んでいては気が付かなかった点でした。

第三回　誘う歌、下手な歌――『源氏物語』「夕顔」「末摘花」巻

現代口語短歌のはじまり

現在の口語による自由な短歌の流れをつくったのは、一九八七年に刊行された俵万智『サラダ記念日』という歌集でしょう。この歌集は今も版を重ねて売られていますが、歌集としては異例の売れ行きをしめしました。母親の本棚にこの本があるという方もいらっしゃるようです。俵万智の短歌に惹かれて歌人になったという人が多くいます。どんな歌だったのか、『サラダ記念日』（河出書房新社。のちに河出文庫）から引いてみます。

大きければいよいよ豊かなる気分東急ハンズの買物袋

八〇年代のバブル経済の雰囲気あふれる一首です。千年後の読者のことを考慮せずに東急ハンズのような時代の風俗を詠みこむところにも現代短歌の特徴があります。

俵万智は、恋歌に定評のある歌人ですが、『サラダ記念日』のヒットも恋歌への共感が大きかったと思います。

「また電話しろよ」「待ってろ」いつもいつも命令形で愛を言う君
「寒いね」と話しかければ「寒いね」と答える人のいるあたたかさ
「嫁さんになれよ」だなんてカンチューハイ二本で言ってしまっていいの
「この味がいいね」と君が言ったから七月六日はサラダ記念日
文庫本読んで私を待っている背中見つけて少しくやしい

どの歌もとても有名で、長く多くの読者の心に残っているものばかりです。いまみなさんが読んでもすっと理解できてしまう短歌ばかりでしょう。５７５７７の韻律や句の切れ目は現代短歌にとっては重要ではないのです。ごく日常の言語にちかいことばで書かれているのに、三十一文字のかたちを持つと、とたんに詩的に感じられます。短歌や和歌は英語では単に short poem といいますが、三十一文字という制約が詩的言語を成立させているのですね。

それから表記も重要です。「また電話しろよ」「待ってろ」がかぎかっこでくくられ彼の口調がそのまま留められているのがわかります。「嫁さんになれよ」の歌は、「カンチューハイ」がカタカナであることで軽さが出ていて、プロポーズという人生の決定的瞬間をそんなふうに流されてしまったことがわかります。

歌集『サラダ記念日』のタイトルのもととなっているのが、「この味がいいね」の歌です。のちに俵万智が語ったところによると、そんなことがあった日は実は七月六日ではなかったのだそうです。音の調子を整えるために変更されたといいます。「しち」に含まれる「し」の摩擦音が「サラダ」の食感をあらわしている感じがしますね。

デートで待ち合わせをしていて、そわそわ待っていてくれているかと思いきや、文庫本を読むのに没頭している様子なのを見つけて「少しくやしい」と思う。「くやしい」という表現自体が若さの象徴のようでもあります。

俵万智は福井県の出身で大学進学で東京にでています。以下の歌は、上京を経験した大学生のみなさんにも響くものがあるのではないでしょうか。

東京へ発つ朝母は老けて見ゆこれから会わぬ年月の分
買い物に出かけるように「それじゃあ」と母を残してきた福井駅

現代短歌のおもしろさは、歌人の人生のステージによって詠まれる歌が刻々と変化するのを目の当たりにできるところにもあります。歌人と一緒に人生の時間の経過を楽しめるわけです。『サラダ記念日』で母性について「母性という言葉あくまで抽象のものとしてある二十歳《はたち》の五月」と詠んでいた俵万智も、二〇〇五年には母となって子育てをしているようです。『プーさんの鼻』には次の歌があります。

バンザイの姿勢で眠りいる吾子よ　そうだバンザイ生まれてバンザイ
たんぽぽの綿毛を吹いて見せてやるいつかおまえも飛んでゆくから

（『プーさんの鼻』文藝春秋。のちに文春文庫）

二〇〇五年には生まれたてのようであった子も、二〇一三年には元気な少年へと成長していることが

『オレがマリオ』からわかります。

振り向かぬ子を見送れり振り向いたときに振る手を用意しながら
「オレが今マリオなんだよ」島に来て子はゲーム機に触れなくなりぬ

（『オレがマリオ』文藝春秋。のちに文春文庫）

二〇一一年の東日本大震災を受けて、俵万智は仙台から沖縄の石垣島に居をうつしました。島は男の子にとっては冒険に満ちているのでしょう。すっかりゲーム機に触れなくなったというのです。そのときの息子のセリフがふるっていますね。「オレが今マリオなんだよ」と言ったというのです。成長した息子は、しだいに親離れして、見送りにいっても振り向きもしないで去っていってしまう。それはうれしい成長ですが、母親にとっては少しさびしいことですね。これらの歌は、東直子、佐藤弓生、千葉聡らが一千年後に届けたい現代短歌のアンソロジーとして編んだ『短歌タイムカプセル』（書肆侃侃房、二〇一八年）に俵万智の代表作として選ばれています。

二〇二〇年に出た歌集『未来のサイズ』では、すっかり大きくなった息子の姿が次のように詠まれています。

ほめかたが進化しており「カフェ飯か！　オレにはもったいないレベルだな」

こうして順々に歌集を読んでいくと俵万智と人生の軌跡をともにしながら時を経ていく感覚がありま

す。

さて、『未来のサイズ』には二〇二〇年の春に世界に広がったコロナ禍も詠まれています。短歌はパーソナルなものでありながら、時事を映す側面もあります。

トランプの絵札のように集まって我ら画面に密を楽しむ
ドア、マイク、スイッチ見慣れたものたちを除菌しており儀式のように
ゴミ出しのおかげで曜日の感覚が保たれている今日は火曜日
やっと読む『夏物語』小説の中でも我は密を気にして
外出というにあらねど化粧してメガネをはずすパソコンの前
鏡見て前髪なおすその人の表情を知るＺＯＯＭの画面

みなさんももうすっかりおなじみになってしまったＺＯＯＭでのオンライン授業ですが、短歌会もそのように行われているのでしょう。画面に人々が並ぶ様子を「密」だというのはコロナ禍にはじめて生まれた表現です。みなさんは同時代に表現が立ち現れているのを見届けていることになるのですね。ドアやマイク、スイッチさまざまなものを除菌スプレーで拭いていますが、これは本当に意味があるのかどうか効果が目に見えません。だから「儀式のように」行うほかないわけですね。ゴミ出しのおかげで曜日感覚が保たれているというのは、二〇二〇年春に第一回目の緊急事態宣言が出た頃の歌でしょう。その後は、同じ緊急事態宣言とはいっても外出制限はだいぶゆるみましたね。

『夏物語』は川上未映子の小説で英語訳が世界で読まれている話題作です。遅れてコロナ禍に読んで

いるわけですが、そうするとコロナ以前の世界の出来事が全部「密」にみえて、ちょっとどきどきするというのですね。

みなさんはZOOMの授業だと、寝巻きのまま参加していることもあるのかもしれませんが、仕事など、大人の付き合いではちゃんとでかけるときのように化粧をしてコンタクトを入れて準備するという歌です。

ZOOMの画面に映る自分の姿をみて髪を直したりしている人をみたことはありませんか。ふつうなら鏡に向かってすることをみんなに向かってやっているのを思いがけず見てしまうことがあります。

このように、短歌は日常を詠みこむことができる分、ずっと自分につきそってくれる文芸なのかもしれません。ところで、俵万智が短歌をはじめたきっかけは、早稲田大学の授業だそうです。歌人として知られている佐佐木幸綱の講義に出て、短歌をつくりはじめ、佐佐木幸綱の主宰する短歌会「心の花」に足を運ぶようになって、あっという間にデビューしました。俵万智にぜひとも自分も短歌を詠んでみたいと思わせた佐佐木幸綱先生は、いったいどんな歌を詠んでいる方なのでしょうか。俵万智が、与謝野晶子をはじめ近現代の短歌のなかから恋の歌百首を選んで編んだ歌集『あなたと読む恋の歌百首』（朝日新聞社、一九九七年。のちに文春文庫）で、俵万智が選んだ佐佐木幸綱の歌は次のものでした。


肌の内に白鳥を飼うこの人は押さえられしかしおりおり羽ぶく

たいへん艶っぽいセンシュアルな歌で、性行為のまっただ中をうたった短歌です。「押さえられしかし」とあって、相手の上にのしかかるようにしている人が詠み手で、下にいる人が、まるで白鳥が羽をバタつかせるようにときどき暴れる、その様子を言っているのですね。俵万智の解説には次のようにあります。

（……）君とかあなたとか恋人とかではなくて、この人。ベッドをともにしていながら、なお謎を感じさせる女性であることがうかがわれる。と同時に、「この人には、つくづく手こずらせられることだよ」と、ちょっと愚痴っぽく言いながら、その言外に愛しさがあふれている——そんなニュアンスも感じられる。愛する人をこづきながら「このヤロー」と言ったりするときの、ニュアンスである。

作者にとっては、やはり「羽ぶく」ところが、いいのだろう。なにか、自分のものになりきらない感じ。しっかりと意志を持ち、自己主張してくる手ごわさ。そういったことを男性がプラスとしてとらえているところが、この歌の魅力なのだと思う。従順なだけの女性を求める心からは、このような歌は生まれない。

（『あなたと読む恋の歌百首』文春文庫、二〇〇五年、一四二〜一四三頁）

こういう短歌を詠む男性にならら、ぜひとも自分の短歌をみせてみたいと思うのではないでしょうか。他に佐佐木幸綱の歌として次のものが挙げられています。

泣くおまえ抱《いだ》けば髪に降る雪のこんこんとわが腕《かいな》に眠れ

（『夏の鏡』一九七六年）

この歌では、雪や「こんこん」と「こんこん」と眠るが掛け詞になっています。恋人を抱きしめている様子が、しんとした雪のイメージとともに凝縮されています。

あるいは、これはいかにも『サラダ記念日』のヒントとなったのではないかと思われる歌があります。

サキサキとセロリ噛みいてあどけなき汝《なれ》を愛する理由はいらず
（『男魂歌』一九七一年）

ことばは文語ですが、セロリがいかにも現代的です。セロリをはむ音が「サキサキ」と捉えられていて、そうやってセロリを噛み噛みするあなたが愛おしい。それに理由はいらないだろう、という歌です。この歌の場合、「サキサキ」と「セロリ」の取り合わせこそが重要で、このセンスが『サラダ記念日』に結実したのだと思うのです。

俵万智は、大学の授業をきっかけに歌人になりました。この授業からも未来の歌人が生まれたらうれしいです。

誘う歌

さて今回は和歌のなかでも中心となっている恋歌を『源氏物語』のなかからみていきましょう。まずはじめに『源氏物語』「夕顔」巻をみてみます。十七歳になった光源氏が「雨夜の品定め」と呼ばれる男たちの恋愛談義をきいて以来、中の品の女、上流階級でも下層でもない女性との恋愛に目覚めて恋の冒険をはじめます。

このころ光源氏は六条御息所という東宮妃だった高貴な女性のもとに通っています。東宮が亡くなったため、いまは未亡人となっているのです。のちに嫉妬に狂って生霊となり、光源氏の正妻、葵の上を取り殺す人です。この女性は京都の六条に住んでいるので六条御息所と呼ばれています。

光源氏の里邸は二条にあります。光源氏が六条に行く途中に五条があるわけで通り道にあたります。五条には光源氏を育てた乳母《めのと》の家があります。このごろ病いに伏せっているというので源氏は見舞いに立ち寄るのです。

当時の貴族はみんな生みの親には育てられずに、乳母という人を雇って育ててもらっていました。乳母と書いて「めのと」と読みます。光源氏には三人の乳母がいたということになっています。そのうち、もっとも光源氏がなついていた乳母は、惟光という従者の母親です。惟光の母親は、光源氏が生まれる前に惟光を産んでいましたので母乳が出たわけです。その母乳で自分の子どもと主人の子どもの両方を育てました。逆に言えば、乳母であるためには母乳が出なければならないわけですから主人の子どもと同じくらいの時期に自分の子どもを産んでいる女性でなければならないことになります。そうすると乳母には主人の子と一緒に育つ乳母の子どもがいることになります。一緒に育ちますので同じ母親から生まれた兄弟よりも近い関係をもって幼少期を過ごします。これを乳母の子なので乳母子《めのとご》と言います。同じ母親から生まれた子どもでもそれぞれに別の乳母が付くので、兄弟として育っているわけではありません。ばらばらに育っている感じです。むしろ現代のわたしたちの感覚で兄弟のように育っているといえるのは乳母子のほうです。

その乳母子の惟光と一緒に経験した恋の冒険が「夕顔」巻に描かれています。五条に住んでいる惟光の母親、光源氏にとっての乳母の体調が悪く、光源氏は彼女を見舞いにいきます。先ほど、このとき光源氏は六条御息所のところに通っていると言いましたが、これは表立った関係ではなくて秘密の関係です。ですので、牛車も見ただけで光源氏が乗っているとわからないように少しランクが低いものに乗って出かけています。五条の乳母の家に着いたのですが、惟光が家の鍵がないと言い出して少しバタバタしているあいだ、光源氏は牛車のなかからたくさん夕顔の花が咲いているのを目にします。そこで近くにいた従者に、この花はなに、と聞きます。すると従者は夕顔の花です、こういう貧乏くさいところに咲くんです、と答えます。それを聞いて、光源氏は、では一房折って持ってきてくれ、と頼みます。乳母の家の隣の家の夕顔をとりに従者が出かけていくと、その家のなかから小さな童が出てきて、このうえに載せてもっていったらいいですよと扇を渡してくれます。その扇の上に花を載せて従者は光源氏のもとに届けます。光源氏がその扇をひらくと歌が書いてありました。

心あてにそれかとぞ見る白露の光添へたる夕顔の花

（「夕顔」『源氏物語㈠』二四二頁）

あて推量にそうなのではないかと思って見ています、白露の光が添えられた夕顔の花を、という歌です。「光添へたる」と詠んでいるので光源氏のことを言っていることがわかります。つまり「それ」というのが光源氏を指している歌で、「あなたは光源氏様ではありませんこと？」という歌として読めます。これが女性から送られた歌です。

それに対して光源氏は返歌をします。女性は扇に歌を書いていましたが、源氏は畳紙という懐紙のようにたたんで持ち歩いている紙に歌を書きます。

寄りてこそそれかとも見めたそかれにほのぼの見つる花の夕顔

（「夕顔」二四六頁）

「あなたは光源氏ですか」という歌が来たので、「近寄ってそうかどうか見たらどう？　たそがれにぼんやりと見た花の夕顔を」と言っています。「夕顔」と詠まれているのが光源氏の顔であるということがわかります。この歌は女性が先に送って男性がそれにこたえるかたちになっていますので、女が誘う歌でしたが、一般的に男女の恋愛の和歌の作法では、男性が先に歌を詠みかけます。ちなみに、天皇と臣下だったら臣下が先です。下から上にいきます。ということは、男女の関係は男のほうが下なのかと驚くかもしれません。男からの求愛で恋愛ははじまり、女がそれに対して反発したりいなしたりしながらやりとりが進みます。ところが、この「夕顔」巻ではふっと見かけた光源氏に女のほうから歌を送ってきたわけです。

長い間、この歌について、女が男を誘うなどはありえないという前提であれこれ議論されてきました。たとえば、女は光源氏に歌をおくったのではなくて、夫たる頭中将とまちがえて歌をおくったのだという説もありました。いったいどうやったら夫と他の男とをまちがえるというのでしょうか。

男がやってくるとき、女たちは従者の顔ぶれで誰が来たかを判断します。身分の高い人たちは車のなかにいて見えないからです。いつも見なれているはずの従者ですから、自分の夫の従者と光源氏の従者とが見分けられないわけはないのです。現に、のちに夕顔の家の女たちがまわりの従者を見て頭中将たちが家の前を通ったと大騒ぎする場面があります。このことを考えると夫と間違えてうっかり源氏に歌を送ったと考えるほうが無理があります。百歩譲って、夫と間違えて歌を送ってしまったという物語上の設定なのだとしたら、あとで二人が知り合ったときに「あれは勘違いだったのだわ」というような気づきがあるはずで、何もなかったかのように光源氏との恋愛が進んでいくのはやはりおかしいです。夫とまちがえた説などそもそもあり得ないお話なのです。

もうひとつの混乱は、この巻の女君が「夕顔」とよばれていることによります。そもそも『源氏物語』の登場人物の名前はほとんど明らかになっていません。光源氏だって通称ですし、彼がどんな名前を持っていたのかはわからないのです。ましてや当時の女性は、紫式部だってあだ名であって本名は知られていないわけですから、天皇の妻にでもならない限り本名が知られることなどなかったのです。唯一の例外に、夕顔の女が頭中将とのあいだになした子、玉鬘が「藤原の瑠璃君」と呼ばれていますが、『源氏物語』の女君たちの、たとえば空蝉、夕顔、末摘花といった名前は、すべてあだ名です。したがって、この巻のヒロインは通称夕顔ということになっていますが、これは「夕顔が咲いていた家の女」という意味にすぎないのです。ところが、女のほうが、夕顔の女と呼ばれていることが考慮されて歌の解釈にも影響してくるようになりました。「心あてにそれかとぞ見る白露の光添へたる夕顔の花」の夕顔の花をなんとしても、夕顔の女君をさすものとして読もうとする説があります。けれども素直に読めば、あなたは光源氏でしょう?という問いかけの歌で、白露の光が添えられた夕顔の花は光源氏をさしているはずです。

そもそも、こうした異様な解釈があらわれるのは、女が男に誘う歌を詠みかけることはないというジェンダーバイアスによるものです。極めて男性的な考え方、解釈の仕方だったと言わざるを得ません。

女の返歌はいじわるなほうがいい

光源氏と夕顔の女はすぐに恋愛関係になります。この恋愛は怪奇譚めいた展開をみせます。光源氏は、自らが所有している領地の使っていない邸に行って、誰にも知られぬままに夕顔とのんびり過ごします。

その廃屋のような邸で一夜を過ごすうちに夕顔の女は物の怪に襲われて死んでしまうのです。お互い素性を隠しての恋愛でしたから、何度も逢瀬を重ねていながら光源氏はずっと夕顔に顔を隠していたという設定になっています。そういう設定もあって夫と間違えた説も流布することになったわけです。ちなみにどういうふうに顔を隠していたのかは描写されていませんが一時期まで映画でこのシーンが再現されるときには、四角形の布に紐がついたものをマスクのように垂らす演出がなされていました。ともあれ当時、知り合ってすぐの男女が顔を見せ合わないように隠すことは普通でした。さて、素性を知られぬようにしていた光源氏も顔を隠していましたが、関係が親密になったのでいよいよ顔を見せようということになります。そこで光源氏が詠んだ歌です。

夕露に紐《ひも》とく花は玉鉾のたよりに見えしえにこそありけれ　（「夕顔」二八四頁）

こうして夕べの露に紐をといて花開くように顔を見せるのは、あのとおりすがりの道中でお会いした縁によるものだったのですね、という歌です。この歌に源氏は一言添えています。

「露の光やいかに。」

これは、はじめに夕顔が扇に書いておくった「心あてにそれかとぞ見る白露の光添へたる夕顔の花」の歌に対する返答になっていて、あのとき「白露の光添へたる」と言っていたけど、私の顔、どうですかというのです。つまり顔をみせて正体を明かして、「光源氏はどんなものだったかな?」と尋ねているわけです。

このやりとりから分かるように和歌は、送りっぱなしというわけではありません。二人の恋愛を象徴し、象る役割を果たしているのです。話が進んでいってもそのときに送ってきた歌が二人の頭のなかに、そして読者のなかにもずっとあるのです。恋愛の歌というのは、物語や駆け引きのあいだずっと生きているものなのです。

源氏の問いかけ「露の光やいかに」に、夕顔の女は次の歌でこたえます。

光ありと見し夕顔のうは露はたそかれ時のそら目なりけり

光があるように見えたのはたそがれ時の見間違いでした、という歌です。光源氏が「で、オレの顔どう？」と聞いているのに対して、「美しいと思ったのはたそがれどきでよく見えてなかったせいでした」と答えているわけです。ここでは夕顔の扇の歌に対して光源氏が返歌した「寄りてこそそれかとも見めたそかれにほのぼの見つる花の夕顔」をふまえて、たそがれどきでよく見えないだろう？　もっと寄ってみてごらん、というこの歌の「たそかれ」を引いて答えているのです。

あなたとの関係はあのときの縁なのですね、という、二人が一緒になれてよかったねという意の光源氏の歌に対して、見間違えでした、思ったほどたいした男ではなかったです、と答えている。

夕顔、失礼じゃない？と思うかもしれませんが、こうしたやりとりが当時の恋愛歌の基本形だったのです。男が「好き好き好き」と言ってきて、女がそれに私も「好き好き好き」と答えるのではつまらない。「別に興味ないけど？」というふうで、うまい答えをするほうがよほどおもしろい相手だと思われたのです。男女の恋愛歌において、男の求愛に対して、女は男が言ってきた歌ことばをちょっとひねっていじわるに返すのが基本だったのです。このいじわるの度が増せば増すほどいい女だと認定されることになっているようで、とくに光源氏は、お相手の歌がこういうつれない感じで返ってくるとだいたい喜んでいます。このときも、夕顔の女の歌について、「をかしとおぼしなす」とあって源氏はいいと思っているわけです。そのあと二人は打ち解けてくつろいだ時間を過ごしますが、いまだ素性は明かされないまま、廃屋で夕顔が物の怪にとり殺され急死する展開になります。光源氏は、のちに夕顔につきそっていた彼女の侍女である右近を邸に引き取って事情を聞きます。そこで夕顔の女が、実は頭中将が「雨夜の品定め」で語った女だということが判明するのです。夕顔は頭中将との間に女の子を産んだんだけれども、頭中将の北の方すなわち正妻に圧力をかけられて身を引くようにして消えたというのです。

夕顔の女は光源氏とつき合ってすぐにあっさりと死んでしまうわけですが、物語のずっと後になって夕顔の女が生んだ娘、玉鬘が見出され、光源氏に引き取られます。

ちょっと脇道に話がそれますが、宮中に仕えている女房階級というのは受領階級、すなわち地方官となる貴族と縁づくケースが多いです。たとえば、紫式部は、父親の赴任について越前、いまの福井県の武生に下って住んでいました。

玉鬘もそうした受領階級のもとに、九州で育ったという設定になっています。そして都に帰ってきたところを源氏に見出されて、源氏が自分の家から玉鬘に婿どりすることになるのです。光源氏が玉鬘は実は頭中将の娘だと明かすまでのあいだは、頭中将の息子たちが求婚してきます。逆に言うと、腹違いでも、きょうだいであれば、求婚の相手にはならないということです。

『源氏物語』でのちに玉鬘物語として展開する壮大な物語の一部として、「夕顔」巻の怪奇譚があるのです。夕顔が亡くなってしまったあとで光源氏がうたった歌が次です。

見し人の煙を雲とながむれば夕べの空もむつましきかな

（「夕顔」三四四頁）

この歌には続いて「とひとりごち給へど、えさしいらへも聞こえず」とあります。右近という夕顔の女付きの女房がいる脇で、「ひとりごち」すなわちぼんやりとつぶやいた歌ということです。

当時の葬送は火葬で行われました。昔は土葬だったと思いがちですが火葬でした。都の東のはずれに運んでいってそこで焼きます。亡骸を焼きますから煙があがりますよね。焼き場まで行かずに自邸から東のほうを眺めて、ああ天に煙が上っていくな、という歌です。死を悼む歌は『古今和歌集』などでも「哀傷歌」としてまとめられています。つき合っていた人が焼かれて煙が空にのぼっていって雲になっているのだと眺めると夕べの空にも親しみを感じる、ああ彼女はあそこにいるんだ、という気持ちを詠んだ歌です。哀傷歌は相手が亡くなっているのでだいたい独詠になりますが、二人で故人を忍ぶやりとりもあります。

こうしてみると「夕顔」巻には誘う歌、いなす歌、そして悼む歌が登場していることが分かります。

紫式部がすごい作家であることはわかっていると思いますが、何がすごいかというと下手な歌というのもちゃんと書き分けていることです。末摘花という女性がいます。末摘花が登場する「末摘花」巻は物語のなかでもコメディタッチの巻です。

惟光と同じように光源氏の乳母子として一緒に育った女性がいます。その人は宮中に仕えて大輔命婦《たいふのみょうぶ》とよばれる女房になっています。その人もかなり色好みの女性です。恋多き女で、そのことで源氏にもからかわれたりしています。誰か面白い女性はいないの、という話になって、大輔命婦が里邸にしているところに常陸宮《ひたちのみや》のお姫様がいますと教えます。それを聞いた源氏は、じゃあ今度ちょっと手引きして会わせてよ、といって、大輔命婦を導きに末摘花との関係がはじまります。

実はここにはいろんな面白いからくりがあります。女房が里邸にしている家に源氏が出入りするとどうなるか。有力貴族の男が出入りするようになれば、そのたびにいろいろなお土産や贈り物をくれたり、邸をきれいにするように手配してくれたりする。つまり男出入りがあると家がちゃんとするんです。末摘花と光源氏がつきあえば、邸にいる大輔命婦にも良いことがある。大輔命婦はそうなってほしいという気持ちがあって、どうやら光源氏を誘ったのではないか。末摘花がどういう人なのか源氏にははっきりと伝えずじらしているそぶりからそんな下心がすけてみえます。

末摘花はどういう人かというと宮家の出ですが、非常に古風で、気の利かない女なんです。気の利かない女であることがどのようなところにあらわれるかというと、まず歌が詠めない。男女が夜過ごしていて、話しかけても気の利いた返事もない。歌を詠みかけても周りの女房が代理で返事をしてくる。紫式部が女房として仕えたのも良家のお嬢様のサロンでしたが、良家の娘に紫式部のような物語作者や和泉式部などの文芸スキルの高い人が必要なのは、姫君が男性とお付き合いするときの歌の代作をするためでもあります。男が訪ねてくると女は御簾ごしに対面します。このとき男性と女性のあいだにはすこし距離があって、そのあいだに女房が控えていてそれぞれの言葉を伝える役割を果たすわけです。ですので、男の歌に受け答えをするのは直接には女房です。女房は、あたかも女主人が詠んだかのように歌を上手に返しさえすればいいわけです。ですから歌のうまい歌人をサロンにたくさん控えさせておけば、いい恋愛がはじまるということになります。夕顔のように直に歌を送るというのは実は少ないのです。とはいえ、だんだん男女の仲が深まっていくと、いつも側に従者がいるわけではないですから自分で歌を詠まなければならなくなります。このときに下手な歌が出てくるわけです。

源氏と一夜を過ごしたあと、源氏は、末摘花になかなか打ち解けてくれなくてつらい、という意図から次のような歌を詠みます。

朝日さす軒の垂氷《たるひ》はとけながらなどかつららの結ぼほるらむ　（「末摘花」『源氏物語㈠』五五六頁）

寒い日です。軒にあるつららは溶けているのにあなたの心はなぜ解けないの、という歌。末摘花は「「むむ。」とうち笑ひて」と続きます。やってしまったという感じですね。源氏の歌に返事することもできなかったわけです。これだけではありません。

この時代、お正月に着物を用意して贈り物としておくるということがありました。男が出世して同居するまでは通い婚です。男の衣装は女の家が自身の財力で整えます。正月のように公式行事が目白押しになるときには、美しく仕立てた着物を贈るわけです。末摘花も光源氏の女になったということで勢いこんで着物を送ってきます。そこに添えられた歌が次です。

唐衣《からころも》君がこころのつらければたもとはかくぞそほちつつのみ
（「末摘花」五六四頁）

「唐衣」というのは『伊勢物語』にも「唐衣着つつなれにしつましあればはるばる来ぬる旅をしぞ思ふ」という有名な歌に出てきます。ちょっと古臭い感じがあります。ここでは衣を贈っているので、べつに唐の衣というわけではないですが「唐衣」が出てきているのですね。あなたの心がつめたいのでたもとは涙でぬれています、という歌です。

「君がこころのつらければ」と読みぶりは歌の意味そのままですね。この歌にはレトリックが使われていなくて、わかりやすい。『源氏物語』は他の物語作品に比べて格段に読みにくいのですが、それはレトリックがたくさん使われた凝った文章だからなのです。私たちにとってむずかしいというのは格調高い文章だからでしょう。たとえば『伊勢物語』の「むかし男ありけり」の文体のように、古語でもシンプルに言い表すこともできる。末摘花の歌の下手さ加減は、現代の読者にも何を言っているかすべて分かってしまうほど技巧がないことにあります。「夕顔」巻に出てくる歌と比べてみてもわかるでしょう。こんな下手な歌を詠ませる作者の紫式部もそうとう意地が悪いですね。

そんな末摘花ですが、光源氏が政治的に追いやられて須磨、明石に蟄居しているあいだも、ひたすら光源氏を待ち続けて源氏の帰還後には、源氏の里邸二条東院に引き取られて暮らすようになります。源氏の邸としては六条御息所にゆずりうけた六条院が中心で、そこに紫の上などの正妻格は集っているのです。ですから末摘花は源氏の女性たちのなかでは格下の扱いともいえますが、「玉鬘」巻で正月に源氏が女たちに衣を贈るときに末摘花にもきちんと贈られます。「柳のおり物の、よしある唐草を乱れおれる」ものというので「唐草」模様の織物です。末摘花は礼状として、陸奥国紙といって男女の恋文というよりは公式文書につかうような硬い紙質の、少し経年劣化して黄ばんだものに次の歌を書いてよこします。

着てみればうらみられけり唐衣返しやりてん袖を濡らして

いただいた衣を着てみるとつい恨めしく思ってしまう、唐衣は返してしまいたい、涙で袖をぬらして、という歌です。これをみた源氏は「古代《こたい》の歌詠みは、唐衣、袂濡るるかことこそ離れねな」（古代の歌詠みは、唐衣、袂濡るるという表現から離れられないのだね）と言います。いつも唐衣、袖が濡れる、袂が濡れるという組み合わせで送ってくるので、これは嫌味ですよね。このとき、紫の上を相手に源氏は話をしているわけですが、自分も年寄りだから、古風な方に入るかな（「まろもそのつらぞかし」）、とつづけていて、源氏が和歌論を語っていますのでみておきましょう。

「（……）さらに一筋にまつはれて、いまめきたる言の葉にゆるぎ給はぬこそ、ねたきことははた、あれ。人のなかなる事を、をりふし、御前などの、わざとある歌詠みの中にては、まとゐ離れぬ三文字《みもじ》ぞかし。むかしの懸想のをかしきいどみには、あだ人といふ五文字《いつもじ》をやすめ所にうちおきて、言の葉のつづき、たよりある心ちすべかめり。」

など笑ひ給ふ。

「よろづの草子、歌枕、よくあない知り、見尽して、その内の言葉を取り出づるに、詠みつきたる筋こそ強うは変はらざるべけれ。常陸の親王《みこ》の書きおき給へりける、紙屋紙《かうやがみ》の草子をこそ、見よとておこせたりしか。和歌の髄脳いとところせう、病避るべき所多かりしかば、もとよりおくれたる方の、いとどなかなか動きすべくも見えざりしかば、むつかしくて返してき。よくあない知り給へる人の口つきにては、目馴れてこそあれ。」

とて、をかしくおぼいたるさまぞいとほしきや。

（「玉鬘」『源氏物語㈣』一一六～一一八頁）

末摘花が習ったとおりの古代風の和歌を信奉していて、今風なところを取り入れようともしないのは残念ではあるが、天皇の前で詠む歌などには作法というものがあって、「まどゐ（円居）」という三文字を入れておけばいいだとか、昔の恋歌には「あだ人」という五文字を「やすめ所」にあたる第三句におくと、言葉のつづきがよく、おちつくといった決まりがあるのだと源氏はいいます。

実際に第三句に「あだ人」を入れた歌にはこんなものがあります。『古今和歌集』八二四番歌。

秋といへばよそにぞ聞きしあだ人の我をふるせる名にこそありけれ

秋ということばはよそごとのように聞いていたけれど、浮気な人（あだ人）が私をすてたことをいう「飽き」だったと気づいたよ、という歌。「秋」は「飽き」と掛け詞で恋人に「飽き」られて捨てられるという意味で、歌によく出てきます。

さらに続けて源氏は、いろんな本を読んで勉強しても、詠みぶりはそうは変わらないだろうと言います。末摘花はこともあろうに、父親の常陸宮が自ら書いた和歌の指南書を源氏に送ってきたこともあるのです。源氏は、難しいことを考えると歌なんて詠めなくなりそうだったのですぐに返しちゃいましたというのですが、紫の上はいい人なので、とっておけば姫君の教育に使えたのに（「などて返し給ひけむ。書きとどめて、姫君にも見せたてまつり給ふべかりける物を」）と答えています。

のちに「行幸」巻で、玉鬘の裳着（成人式）のお祝いに皆が贈り物を送ってきたときに、末摘花の贈り物に添えられていた歌。

我身こそ恨みられけれ唐衣君が袂に馴れずと思へば

（「行幸」『源氏物語㈣』四四六頁）

我が身がうらめしいです、あなたの涙をふくたもとになれない、私をそばにおいてくれないので、という歌です。また「唐衣」と言っていますね。さきほどの歌からずいぶんあとに出てくる歌なのですが、ほとんど同じ言葉を使っている。たもとで涙をふく、という発想以外はぜんぜんないんだなという感じです。この歌をみた源氏の歌が次です。

唐衣又から衣からころもかへすがへすもから衣なる

ここは笑うところですよね。この歌を送ろうとしたところ、そばにいた玉鬘は、ばかにしているみたいじゃない？とまっとうなことをいってとどめます。
末摘花の歌として、唐衣と袖に涙の歌を連打してきた最後に、この光源氏の歌がくる。和歌からみても末摘花の物語は笑いに満ちた喜劇の恋愛譚だったということがわかります。
今回は、夕顔の歌にちなんで誘う歌を詠んでみましょう。

【みんなの誘う歌】

次は言う決めてからもう三つ目の交差点でもまたつぎにする

二人で歩いていて、次の交差点にきたら告白するぞ、と思いつつ、もう三つ目の交差点を過ぎてしまっているというのですね。「女性でも誘っていいじゃないか‼と思う反面、実際に考えてみるとなると本当に難しいと思った。ぎりぎりまで考えようと思ったが、照れくささ30％、難しさ70％と、思いつかなかった。誘うためにぱっと歌が思い浮かぶ人たちは、ある意味ロマンチストだなあと思った」という意見もありました。

「チケットが余っている」と嘘をつきLINEで誘う午後11時

これは王道の誘い方ですね。そのチケットは誘うためにあらかじめ用意したもの。余ったわけではないのですね。午後11時という時間が入っているのもいいです。いまどきはLINEのメッセージでこういうやりとりをするんですね。

『午後6時　郵便局の曲がり角』ノートの切れ端　夏のはじまり

こちらは待ち合わせ場所のメモを渡したところ。「夏のはじまり」とあるので夏休み前なのでしょうか。夏は恋の季節ですものね。

〝誘い方〟分からずググった2am世界中が私の味方

どうやって誘えばいいのか、悩んだ挙句、深夜に「誘い方」と検索してみたという歌。そうしたらいろんなアドバイスが出てきたのでしょうね。「世界中が私の味方」というのがいいです。

【みんなのコメント❸】

● 俵万智さんの、『サラダ記念日』はタイトルだけ知っていたが、内容は一切知らなくて、今日初めてふれた。時代は違えど共感する部分が多くて関心を持った。またどこか懐かしさを覚えたのは、小中学生の時に、よく西野カナさんの曲を聴いて共感した感覚に似ているからだと思った。自分の気持ちを代弁しているような歌詞にどっぷりハマってしまったことを思い出した。俵万智さんは曲ではないから簡潔ではあるが、短い言葉ながらも十分に共感できて、想いも伝わってきた。

●俵万智の『サラダ記念日』の母への部分に、共感するところが多かった。私も上京してしばらくたち忘れていた最初の気持ちを、思い出させてもらったような気がしました。母との思い出が蘇ってきてどこか切ないような、懐かしいような気持ちになりました。

●俵万智さんは有名すぎるほど有名ですが、正直なぜそこまでインパクトがあったのかわからないと思っていました。しかし、恋愛をしている現代の女子の共感を得られるような、それでいて「短歌」の歴史の系譜にのった新しい表現は、たしかにおしゃれだし私もその時代だったら買っていただろうと思いました。今なら、インスタグラムやピンタレストといった、画像SNSでイメージ画像と共に投稿すると流行りそうだと思いました。

●『サラダ記念日』に収められている短歌のなかで、私はやっぱりタイトルにもなっている「「この味がいいね」と君が言ったから七月六日はサラダ記念日」という歌が一番素敵だと感じた。たったの三十一文字の表現だがこの歌からは多くの情報を得ることができる。そしてたったの三十一文字の表現だからこそ、この歌を読んだ人はそこから十人十色の想像をふくらますことが出来る。私はこの歌を読むと、恋人のためにキッチンで一生懸命にサラダを準備している彼もしくは彼女の姿が脳裏に浮かぶ。

● 下手な歌の例として末摘花の歌があげられて、それらは確かにあまり上手とは言いがたいですが、この時代に求められていた歌のレベルは高かったのではないかと思います。歌のセンスの有無でその人の人物像が作り上げられていたのかと思うと、私にとっては生きていくには難しい時代です。

● 紫式部はキャラクターに合わせて下手な歌をもかいていたことに驚きました。紫式部は上手な歌も下手な歌も詠むことができ、さすがだと思いました。

● 「夕露に紐とく花は〜」の歌ですが、光源氏は自分に自信があるからこそあのような歌を思いついたのだと感じました。自分に自信があるのはいいことですが、大勢の女の人を惑わさないでほしいです！

● 『源氏物語』に載っている歌の数々は、全て上手い歌だというイメージを持っていたので下手な歌があるのがまず意外でした。下手と言われても、私は下手な部分を説明してもらうまでピンとはきませんでした。

第四回　はじめての歌、下品な歌――『源氏物語』「若紫」「紅葉賀」巻

与謝野晶子『みだれ髪』

前回、一千年後に残したい現代短歌を集めた『短歌タイプカプセル』をご紹介しました。これ以前にも、こうした試みがあって、明治時代の現代語の短歌から現代までを網羅して百首選んだ『新・百人一首――近現代短歌ベスト100』（文春新書、二〇一三年）があります。選者は、岡井隆、馬場あき子、永田和宏、そして若手として穂村弘です。俵万智、穂村弘までが入っていますが、現在はさらに若手の歌人がたくさん出ていて、それを含んでいるのが『短歌タイムカプセル』という位置づけです。

古代から連綿とつづいた和歌の世界が明治時代に入って、その当時の現代語をいかした新しい短歌へと移っていきます。なかでも強烈なインパクトを残した近代女性歌人で『源氏物語』の現代語訳も手がけた与謝野晶子の歌を紹介しましょう。

明治時代、俵万智『サラダ記念日』のように一世を風靡したのが明治三四（一九〇一）年に刊行された与謝野晶子『みだれ髪』でした。藤島武二の装丁で、アールヌーボーの雰囲気が、西洋的で開化的な女性をイメージさせましたし、恋をうたった女歌は驚きと熱狂をもって受け入れられました。『みだれ髪』は与謝野晶子が二二歳のときに刊行された第一歌集で、その点でも明治の『サラダ記念日』だったわけです。馬場あき子選による『新・百人一首』の晶子の歌は次のものです。

髪五尺ときなば水にやはらかき少女《をとめ》ごころは秘めて放たじ

明治時代の女性はまだまだ長い髪を結っていましたから、眠るときにも性的関係のときにも今のように髪を解いたりはしないのです。その硬く結ばれた髪を洗髪のときには湯に解き放つわけですが、あなたと共寝してもそんなふうに心を解き放ったりはしないわ、という歌ですね。

また「さらに読みたい――秀歌二首」として次のものが選ばれています。

やは肌のあつき血潮に触れも見でさびしからずや道を説く君

恋人同士で過ごしていて、君と呼びかけられているお相手がなにやら夢中で話をしている。でも「やは肌」の若い女はその肌の下に「あつき血潮」をたぎらせているのです。女の肉体に見むきもしない相手に「さびしくはないの」とききながら、その態度をさみしく思っているという歌ですね。

もう一首はこちら。

春みじかし何に不滅の命ぞとちからある乳《ち》を手にさぐらせぬ

女は相手の手をとって自らの乳房を触らせています。実際にはこの二首は『みだれ髪』のなかでは離れたところに入っているのですが、こうして続けて読むと、私がやは肌である「春」はみじかいのよ、と言って業を煮やした女が大胆にも誘っている歌として読めますね。

かなり扇情的な歌だったとわかると思います。しかし、文語調で少し難しく感じたかもしれません。この『みだれ髪』の短歌を、俵万智が『サラダ記念日』のような現代語に訳した『チョコレート語訳　みだれ髪』（河出書房新社、一九九八年。のちに河出文庫）がでています。なぜ「チョコレート語訳」とされているかというと、一九九七年に俵万智が出した第三歌集のタイトルが『チョコレート革命』（河出書房新社。のちに河出文庫）だったからです。

順に俵万智訳でみてみましょう。

たっぷりと湯に浮く髪のやわらかき乙女ごころは誰にも見せぬ
燃える肌を抱くこともなく人生を語り続けて寂しくないの
春みじかし不滅の命などないと弾《はじ》ける乳房に君をみちびく

現代短歌に訳されるだけでぐっと身近に感じられるようになったのではないでしょうか。今回はみなさんにも与謝野晶子の短歌の現代短歌訳に挑戦してもらいます。

手習いの歌

さて、前回は「夕顔」巻の誘う歌と「末摘花」巻の下手な歌を見ました。「夕顔」巻で知り合った夕顔の女は廃屋で物の怪にとり殺されてしまいました。死の穢れにふれた光源氏は、つづく「若紫」巻冒頭で、わらわ病みという病いにかかっています。病気といっても原因は物の怪に触れたことですから、物の怪封じをしてもらわねばなりません。そのために北山の験力ある僧都を呼ぼうとします。ところが年を取っていてもう都に降りていくのはむずかしいといわれたので、光源氏は惟光などの気の置けない従者とともに北山へ向かいます。ここで光源氏は、生涯の妻となる紫の上を見出します。紫の上というのは主婦然とした呼称ですので、まだ少女時代の彼女は若紫と通称されています。

『源氏物語』最初の巻である「桐壺」巻で、光源氏の母桐壺更衣の死後に、桐壺更衣によく似ているというので迎えられたのが藤壺です。通常、男性はおつきあいしている関係になければ女性とは御簾ごしにしか対面できないのですが、桐壺帝は幼い光源氏を連れて女たちと逢っていたので、光源氏は天皇と関係のあるあらゆる女性たちの顔をみていました。なかでも藤壺の美しさに惹かれ、恋をしてしまうのです。この恋は相思相愛で、二人は子をなします。もちろん秘密の関係ですから、子どもは表向き桐壺帝の子として育ち、のちに冷泉帝として即位します。こうした光源氏の秘められた恋の相手は、父の妻であり、天皇の后であるわけで、自分のものにはできません。あきらめきれない思いでいたところ、藤壺によく似た子を発見し引き取るのです。

北山で、源氏は女の姿の見える家をみつけます。光源氏は惟光を連れて、そこを覗きにいきます。そこで垣間見しているとかわいい女の子が雀の子を逃がしちゃったのと泣きながら走り出てきます。ここは高校の古典の教科書でもとりあげられているところですね。源氏はその姿を見て目が離せなくなります。なぜ目が離せないのだろうと思うと、その少女の顔が藤壺の顔とそっくりなことにふと気が付いて、はらはらと涙を流します。あとで調べるとその女の子は藤壺の姪だということがわかります。親戚関係にあるので顔が似ているのです。源氏はその女の子を引き取ろうとするのですが、まだ結婚適齢期になっていないので、その子の祖母にあたる尼に申し入れても相手にしてもらえません。

光源氏はせっせと若紫に和歌を贈り続けていましたが、尼君がいつも返歌していました。いままた光源氏が歌を贈りますが、尼君は「まだ難波津をだにはかばかしうつづけ侍らざめれば、かひなくなむ」(まだ難波津だってきちんと書けないのですから、甲斐のないことです)と書いて自らが返歌します。ここにあがる「難波津」というのは、第一回で紹介した『古今和歌集』仮名序に、学ぶべき歌のいろはのいとして登場した和歌「難波津に咲くや木の花冬ごもり今は春べと咲くや木の花」です。これを「はかばかしうつづけ侍らざめれば」というのですから、すらすらとつづけて書けないといっているのです。文字が書けないわけではなくて、さらさらとつづけて書くスタイルの草書体で書けないといっているのです。和歌や手紙はそのように書かれるものですが、一方で、はじめに文字を習うときには、一字一字を放ち書きするかたちで習うのだということもわかります。そこで光源氏は「かの御放ち書きなむ、なほ見たまへまほしき」と手紙に書きます。一字一字を放ち書きにしたものを、やはり見たいのです、として、次の歌を送ります。

あさか山浅くも人を思はぬになど山の井のかけ離るらむ

(「若紫」『源氏物語(一)』四三〇頁)

『古今和歌集』仮名序には、「難波津」の歌ともう一首とをあげて「この二歌は、歌の父母のやうにてぞ手習ふ人の初めにもしける」とありました。それが次の歌です。

安積山かげさへ見ゆる山の井の浅くは人を思ふものかは

尼君が手習いの「難波津」の歌もきちんと書けないというので、おなじく手習い歌である安積山の歌を引いているのですね。あさか山の「あさ」に「浅い」がかけられて想いが浅いという意味で使われています。深い浅いは水深を連想させるので水を呼び出し「山の井」と結びつくのですが、もとの歌のあなたへの想いが浅いわけがない、つまり深く想っていますという歌意をそのまま引用して、浅い気持ちではないのに、なぜ山の井に映る影のようにかけ離れているというのだろう、と詠んだのです。この歌への尼君の返歌は以下のものです。

汲みそめてくやしと聞きし山の井の浅きながらや影を見るべき

ここにはもう一首、『古今和歌六帖』（和歌文学大系45、46、明治書院、二〇一八、二〇二〇年）と呼ばれ、円融天皇代のころ編まれた私撰和歌集の九八七番に入っている次の歌が引かれています。

くやしくぞ汲みそめてける浅ければ袖のみ濡るる山の井の水

汲み初めてみてはじめて山の井の水が袖が濡れる程度で浅いと気づいて悔しい、という歌ですが、つきあいはじめてみたら、そんなに深く想っていなかったとわかって悔しいということです。この歌を「汲みそめてくやしと聞きし」とそっくり引用して、その山の井の水のように浅い想いでいるのにどうして影を見ることができると思うのでしょう、というのです。浅い心ではないよ、と光源氏がいい、尼君が、浅い心でしょうと言い返しているのですが、ここには手習い歌をはじめ、あさか山の歌から山の井の歌へと既存の歌を引き合いにした応酬がなされています。当時の読者は、その引用されているもとの歌にピンときて読み解いていたのでしょう。和歌というのは、はじめからおわりまで完全にオリジナルでつくられるものは少なくて、こうして『古今和歌集』などの、すでによく知られている歌を引用しながら詠むのが基本です。

さてここでは尼君は若紫を光源氏に託すつもりはまったくないと拒絶しているのですが、そうこうしているうちに尼が病いに伏し、若紫が成長したら迎えてやってくれと頼まれます。

「若紫」巻では、別に源氏が心から想っている藤壺と忍び逢い、藤壺が妊娠してしまったことが語られていて、ますます厳重に光源氏は藤壺から遠ざけられています。そんななかで藤壺に似た少女をみつけたわけですから、なんとしてもそばにおきたいと思う。その気持ちを詠んだ歌が次です。

手に摘みていつしかも見む紫の根に通ひける野辺の若草　（「若紫」四四八頁）

手に摘んで早くみたい、というのは歌のなかでは若草ですが、それが若紫と呼ばれる少女をさすわけです。若草が「紫の根に通ひける」といわれています。この「野辺」に咲く「若草」は紫草で、この植物は地下茎でつながっていて、とおく離れたところに咲いている花が一本の根でつながっていたりするのです。そこで、藤壺と根がつながっている若草（若紫という少女）を摘みたいという歌意になるのです。ここには『古今和歌集』の八六七番歌がふまえられています。

紫のひともとゆゑに武蔵野の草はみながらあはれとぞ見る

紫草は地下茎で一本につながっているのだから、武蔵野の草はすべていとしく思える、という歌です。紫草の咲く大地は武蔵野だということになっています。

さて尼君が急に亡くなってしまいました。このままでは若紫は父親で藤壺の兄にあたる兵部卿宮に引き取られてしまいます。そこで、光源氏は先回りして迎えにいき、自分の里邸の二条院に若紫を連れ帰るのです。

光源氏には葵の上という正妻がすでにいます。ところが、葵の上は男児を出産後、六条御息所の生霊に憑かれてとり殺されてしまいます。光源氏が若紫とはじめて性的関係を結ぶのは、葵の上が亡くなった後でした。この若紫が、葵の上の死後に正妻格におさまるわけです。

若紫を自邸に連れ帰ったあとも性的関係を結ばなかったのは、おそらくまだ生理が来ていなかったからだろうと思います。年齢より幼い感じの子でしたから、光源氏は人形遊びをしたり、お絵かきしたり、若紫が喜ぶようなことをしてもてなします。そうしたなかで手習いをする場面がでてきます。

光源氏は紫の紙に「武蔵野と言へばかこたれぬ」と書き、その横に小さく次の歌を書きつけます。

ねは見ねどあはれとぞ思ふ武蔵野の露分けわぶる草のゆかりを

（「若紫」四八八頁）

まず「武蔵野と言へばかこたれぬ」ですが、これは次の『古今和歌六帖』の三五〇七番歌を引いているのです。

知らねども武蔵野といへばかこたれぬよしやそこそは紫草《むらさき》のゆゑ

武蔵野といえば恨み言をいいたくなる、それはひとえに紫草のせい、という感じでしょうか。この歌の一部を引いて「紫草のゆゑ」を響かせているのです。そのわきに書いた光源氏の歌は、一本につながっているという根は見ていないが、いとしいと思う、露をわけあぐねるように咲いた紫草のゆかりであるあなたを、というのです。ここでの「根は見ねど」は「寝はみねど」とも掛け詞になっていて、まだ男女の関係にはなっていないがいとしく思っているのだということも強調されています。紫のゆかりというのは、藤壺と若紫の血縁関係をさしているわけですね。

この歌を書いて、光源氏は若紫に返歌をうながします。「いで、君も書い給へ」（さあ君も書いてごらん）と言いますが、若紫は「まだようは書かず」（まだ上手に書けないの）と源氏を見上げながら答えます。その様子が非常にかわいらしい。源氏はそれに対して「よからねどむげに書かぬこそわろけれ。教へきこえむかし」（よくなくても書かなくてはダメだよ、教えてあげるから）と言います。

当時の女性は学校に行ったりすることはありませんので、字の書き方から歌の詠み方まで家で習います。当代一のいい筆跡の人の書いたものをもらってそれを手本にして真似て練習したりします。光源氏が北山の若紫に「いはけなき鶴《たづ》の一声聞きしより葦間になづむ舟ぞえならぬ」（まだ小さな鶴の声を聞いてから葦のあいだに行きなずむ舟のようにどうにもならない）という歌をおくったとき、「ことさらをさなく書きなし給へるも」とあって、わざと幼い筆致で書いて送っています。これをみた若紫側の女房たちは「やがて御手本に」と言い合っていて、これを若紫の習字の手本にしようと考えます。このように美しい文字で書かれたものを手本として字を習っていくわけです。

文字の書きぶりを「手」と言いますが、このようにして学ぶのですから、家ごとに相伝されるものになります。書き方を見ればどの家かわかるような感じですね。ここで紫の上がはじめて書いた歌の筆跡をみて源氏は「故尼君のにぞ似たりける。いまめかしき手本習はばいとよう書いたまひてむ、と見給ふ」（亡くなった尼君の筆跡に似ている。今風の手本で習ったらもっと上手に書けるようになるだろう、と見ている）とあって、いま若紫の筆跡は字を教えていた尼君の筆跡に似ているのです。源氏は尼君と和歌のやりとりをしていましたから、よく見知った書きぶりなのですね。尼君は若紫の祖母にあたるわけですから、すこし時代遅れの書きぶりなのでしょう。今の若い人たちの書きぶりを学んだら見違えるようになるだろうと源氏は思うのです。そのかっこうの教師として源氏は自ら名乗りを上げているわけですが、のちのち、源氏が紫の上の字に対して、自分が教えてしまったから自分風になってしまったな、もっと女っぽい手つきにしたほうがよかったのに、という場面も登場します。

筆跡といっても、いつも同じように書くのではなくて、たとえば夕顔にはじめて返歌したときには、源氏は自分の筆跡だとわからないように書いたとあります。そうやって筆跡を変えてみせることもしますし、また和歌を詠むような場合には源氏も女性が手本にしてもよいと思わせる字を書くでしょう。それはおそらく公的な文書や漢詩などを書くときとは異なる書きぶりであったにちがいありません。和歌や物語に使われるひらがなが多い文字は「女手」と呼ばれていて女性ジェンダー化されています。もちろん男性も和歌を書くわけですが、それは「女手」として書かれたはずです。源氏の歌は若紫の手本にするくらいだったわけですから、彼は女手の名手であったわけです。源氏は女性ジェンダーの文字も非常にエレガントに繊細にかき分けていたのです。

さて、源氏にうながされて若紫は返歌を書きます。源氏から隠すようにしている姿や筆をつかんでいる手の様子などが非常に幼げだと描写されています。書き終えて若紫は「書きそこなひつ」（失敗しちゃった）と言って隠そうとするのですが、無理にみてみると次の歌がありました。これが若紫のはじめての歌です。

かこつべきゆゑを知らねばおぼつかないかなる草のゆかりなるらん

源氏が「武蔵野と言えばかこたれぬ」と書いたことをふまえて、恨まれる理由を知らないのでおぼつかない、いったいどんな草のゆかりだというのでしょう、という歌です。源氏は頭の中で若紫と藤壺をつないで先ほどの歌をうたったわけですが、その源氏の歌のことばを入れ込んだ返歌は、藤壺のゆかりだという核心に迫る歌でもあり、若紫本人は知らぬことですが、読者にはこの巻に同時に展開している藤壺密通と出産から、紫のゆかりを求めていることが直接的に示される歌として響きます。

このように相手が言ってきたことばを使って応答するというのが和歌の贈答の基本形です。この若紫の歌は、はじまりの和歌のお手本のようでもあって、なるほどこうやって歌は作るんだなと誰でも分かるようになっている歌でもあります。

下品な誘う歌

前回、末摘花の歌に源氏がうんざりしたという話をしました。喜劇的な演出として和歌が使われていました。もうひとり源氏のお相手で喜劇を演じることになる人がいます。第一回で少しお話した源典侍という宮廷に仕える女房です。源典侍は源氏の父親である桐壺帝に仕えていた女房で、源氏の父帝と関係のあった女性です。桐壺帝は、当代一の美女や当代一の歌詠みなどを集めてサロンを作っていました。ですから正妻格の女性だけでなく、その女君に仕えている女房たちも超一流の女性でした。

いま十七歳の光源氏は、父帝の相手であった源典侍にふと興味をそそられて誘惑します。源典侍はたちまち盛り上がってしまうのですが、この二人のやりとりをのぞき見た父桐壺帝はなかなかあの子も見る目がある、と思ったりしています。桐壺帝は源典侍と源氏の関係を容認していますが、一方で藤壺と源氏が関係していることは知らない。これは絶対の秘密としてあるわけです。こうした裏と表の関係が同時進行で進んでいくというスリリングな部分です。

源氏は、源典侍の裳の裾をつんつんと引っ張って気を引きます。源典侍は扇をひらいて顔を隠しながら振り向きます。目の下を扇で覆っているわけですが、みえている目のところが、まぶたが黒ずんで落ち窪んでいる。髪の毛もほつれ乱れている、と書かれています。要するに老けているわけです。源氏は、いま源典侍が顔を隠している派手な扇をとって、自分の使っている扇と取り替えます。彼女の扇を手許で見てみると、赤い紙に森のような絵が描いてあり、その下に「森の下草老いぬれば」と書いてあります。これは『古今和歌集』八九二番歌の一部です。

大荒木の森の下草老いぬれば駒もすさめず刈る人もなし

大荒木の森の下草は年老いているので、馬も好んで食べないというので刈る人もいない、というのですが、源典侍が私は老いてしまったので誰も私をかりにこない、といっている歌として読めます。『古今和歌集』の歌がすぐに浮かんだ源氏は「森こそ夏の、と見ゆめる」と答えます。これは源信明《みなもとのさねあきら》の歌を集めた『信明集』二八番、あるいは『新拾遺和歌集』二三一番にある同じ大荒木の森を詠んだ次の歌を引いているのです。

ほととぎす来鳴くを聞けば大荒木の森こそ夏の宿りなるらし

源典侍が、だれも来ないというのに対して、いやいやほととぎすが来て鳴いているではないですか、森は多くの男の夏の宿になっているのでしょう、というのです。ここで源氏は、相手をしてくれる男がいないと嘆く老いた女に対して、いやいやモテモテでしょう、と返している。老女に対して、年寄りがいい加減にしろ、というようなことは言わないわけです。これが源氏のいいところです。

この答えに気をよくした源典侍は次の歌を詠みかけます。

君し来《こ》ば手馴《たな》れの駒に刈り飼はむさかり過ぎたる下葉なりとも

（「紅葉賀」『源氏物語(二)』六二頁）

あなたが来るならあなたの手に慣らした馬に私の下草を食べさせてあげましょう、盛りが過ぎた下草ですが、という歌です。さきほどの扇にあった歌の「森の下草老いぬれば」と「さかり過ぎたる下葉」とが対応関係にあって、要するに老いた下草だけれど食べさせてあげますよ、ということになる。この「下草」とか「下葉」というのが女性の下半身を思わせる歌いぶりで、なんとも直接的で下品な感じがします。これに対して源氏は次の歌を返します。

笹分けば人や咎めむいつとなく駒なつくめる森の木隠れ

あなたが来ればあなたの馬に私の下草を刈らせてあげます、という源典侍に、笹を分け入ってそこに入っていけば誰かが咎めるでしょう、なぜならそこにはもうなついている馬がいるでしょうから、と源氏は返します。つまりもうあなたにはお相手がいらっしゃるでしょう、ということです。実際、源典侍には夫がいるのです。

ちなみに女房出仕して男主人に仕えている女房は男主人と性的関係になっていることが往々にしてあります。その一方で夫がいるということもあります。源典侍の場合は、夫がいるにもかかわらず桐壺帝と関係しているということです。平安宮廷社会は一夫多妻制でしたが、それは同時にお相手の女性にとっても一妻多夫制的で、夫がいるからといって他の男性と関係しないということにはなりませんでした。

それにしても源典侍とのやりとりはかなり露骨です。「下草」を「刈る」という表現がモロに下ネタ的ですし、「駒」つまり馬が何度もでてきていますが、馬というのは男性器を思わせるものでしょう。仏教で、陰馬蔵《おんめぞう》という言い方がありますが、たいがいの仏像は裸体でつくられるときも、男性器の部分は渦巻きを描くなどをして飛び出す性器を表現しません。なぜなら色欲を逃れたブッダの性器は馬の男根のように身体にしまわれていると考えられていたからです。馬の性器の、普段は表にでていませんが、いざというときに身体から出て来るという特徴を陰馬蔵と表現しているわけですから、馬は必然的に男根の象徴ということになります。馬が下草を食べるとか食べないと言っているのですから、これはかなり下品に性器をさした表現ということになります。こんなことを女が歌に詠めるとは、さすが五十八歳の貫禄という感じですね。それにたじたじとなりながらあなたにはたくさんのお相手がいるんでしょうと押し返しているのが十七歳の光源氏です。その意味でもこの場面は喜劇的なところでしょう。

こんなやりとりから一気に性的関係になだれこむのが、源典侍が琵琶を弾きながら催馬楽をうたっている歌声を源氏がきく場面です。源氏はふと雨の日に宮中をうろうろしていると源典侍が歌をうたっているのを耳にします。その歌声がとてもきれいなんですね。すーっと源氏は誘いこまれるように彼女のそばに行って、そこで関係することになります。彼女は歌の力、芸の力で男性を手に入れたわけですね。第一回に紹介したように、「山城」の歌をうたっている歌声に惹かれて源氏は近づいていき、「東屋」の歌で二人は結ばれていくわけです。ここはなかなかにロマンティックな展開ですが、しかしそうは問屋が卸しません。

光源氏に対してはなんでもライバル心を燃やして対抗しようとしている頭中将という同世代の男がいます。光源氏の正妻である葵の上の兄にあたる人です。源氏が末摘花の垣間見をしているところにもふいに頭中将が現れたりしたのですが、光源氏とはりあう気持ちの強い頭中将は、光源氏と源典侍との噂をききつけて興味を持ち、自分も関係します。つまり源典侍は、当代一の貴公子の光源氏と頭中将との両方と関係していたわけです。あるとき、光源氏と源典侍が一夜を過ごしているところへ、頭中将が源典侍の夫として知られている修理大夫のふりをしてつかつかと入ってきます。声を出すと頭中将だとバレてしまいますので、怒っているふりをしてがたがたと屏風をたたんで、太刀を引き抜いておどします。源典侍はただ「あが君、あが君」（あなた、あなた）と言いながら、両手を拝むようにすりあわせています。源氏はびっくり仰天しますが、相手が頭中将だと気づき、「まことはうつし心かとよ」（まじかよ）といいながら脱ぎ捨ててあった直衣を着ようとするのですが、頭中将がそれを着せまいとする。源氏は頭中将の帯をといて脱がせようとする。もみあって衣はほつれてしまいます。そこで頭中将は次の歌を詠みます。

つつむめる名や漏り出でん引きかはしかくほころぶる中の衣に

包み隠そうとしていた噂が漏れ出てしまうことでしょう、引っ張り合ってこのように中の衣と二人の仲がほころんでしまったのですから、という歌です。源氏も負けずに言い返します。

隠れなき物と知る知る夏衣きたるを薄き心とぞ見る

薄い夏衣では隠れなきものと知ってはいたが、それを知りながらここへ来たあなたを薄情な人だと思いますよ、という歌です。

光源氏の袖がやぶれ、頭中将は帯がほどけた状態になりました。頭中将の残した帯を源典侍は光源氏のものと思って歌をつけて送ってきます。

うらみても言ふかひぞなき立ちかさね引きて返りし波のなごりに

恨んでも言う甲斐もないことです、重ねて二人がやってきては帰った波のなごりには、という歌です。

二人が同時に押し寄せてきたことは波のような災難だったというわけですが、ここには波にかかわることばが次々と重ねられています。「うらみ」は恨むと浦とに重なっていて、「かひ」は甲斐がないと貝とにかかっています。立ちかさねの「立ち」は、頭中将が抜いた「太刀」にかかっています。「浦」「貝」「重ね」「引き」「波」「なごり」はすべて海にまつわる縁語関係になっているというわけです。こんなに凝った和歌をおくってくるとは、さすがは源典侍。

光源氏はそれに対してつぎの返歌をします。

荒だちし浪には心はさわがねど寄せけむ磯をいかがうらみぬ

荒々しく襲ってきた波である頭中将には心騒ぐということはなかったものの、頭中将の思いを寄せているあなたを恨まずにはいられません、という歌。源典侍の、波が襲ってきたという歌を利用して、やはりここでも光源氏は、源典侍が他の男を寄せていることを恨む返歌をしているのです。こうしたところに、光源氏の人気の秘訣があるのではないでしょうか。ちょっとげんなりするけれど、それでいて興味がひかれる五十七、八歳の女性に対して、女がいくら、わたしは年をとっています、終わった女ですと言い続けても、源氏は、いやいやあなたはモテモテじゃないですか、と応答しつづける。それは結果として、あなたは魅力的ですよ、という褒め言葉になっていて、源典侍としては、十七歳の貴公子に認められたというエピソードになっているのですね。

ところで俵万智は『愛する源氏物語』（文藝春秋、二〇〇三年。のちに文春文庫）で、『源氏物語』の和歌を現代語訳しているのですが、源典侍と光源氏の歌を次のように訳しています。

君し来ば手なれの駒に刈り飼はむさかり過ぎたる下葉なりとも
訪れがあれば御馳走いたします盛りの過ぎた私を添えて

笹分けば人や咎めむいつとなく駒なつくめる森の木がくれ
行ったなら恨まれましょう大勢の馬がなついている君の森

さて今回は、短歌の現代語訳に挑戦してみましょう。いきなり古語からは難しいかもしれませんので与謝野晶子の次の二首を訳してみることにしましょう。

その子二十櫛《はたち》にながるる黒髪のおごりの春のうつくしきかな
天の川そひねの床のとばりごしに星のわかれをすかし見るかな

【みんなの現代語訳】

二十歳の娘《こ》流れるような黒髪の自信に満ちた青春の美よ

「おごりの春」を「自信に満ちた青春」としているのですね。「うつくしきかな」は「美よ」としてきりっとまとめています。

髪流し背筋を伸ばし春歩く今日の私は輝いている

いまちょうどみなさんがこの年齢にあたっているのですよね。「おごりの春」を「背筋を伸ばし」歩く姿とし、「今日の私は輝いている」と言い換えたところが新鮮です。

二十歳黒い艶髪靡かせた誇りに満ちた人生の春

「櫛にながるる黒髪」を「黒い艶髪」としているところ、それを「靡かせ」ているところがいいです。「おごりの春」はここでは「誇りに満ちた人生の春」となっています。

七夕に彼と見たのは星のわかれもうそろそろ潮時かしら

「星のわかれ」をみながら、彼との別れを予感しているのですね。「もうそろそろ潮時かしら」と考えはじめているという歌。

天の川君のとなりに添い寝する星のわかれを追いかけながら

「星のわかれ」を「追いかけ」て、別れとは無縁のまま「となりに添い寝」しつづけようとする歌ですね。

恋人と眠った晩に見えたのは二つの星の別れの時間

「そひねの床」を「恋人と眠った晩」としているのがいいです。「星のわかれをすかし見るかな」を「二つの星の別れの時間」として現代風に見事に変換されています。

【みんなのコメント❹】

● 与謝野晶子の歌は、今の私たちにとっても少しドキッとしてしまうような描写だったので、男女の差別がいまより強かった明治時代にあのような歌を詠める勇気がすごいなと思いました。

● 与謝野晶子の短歌を現代語訳した短歌を、授業の中で見ていた時はあまり深く考えずに見ていました。しかし、今回の課題で自分も現代語訳に挑戦してみるとすごく難しくて、俵万智の現代語訳がどれだけすごいかがわかりました。短歌を現代語訳すると言うことは、ただ古文を現代語訳するということとは全く別の話なのだなと思いました。やはり、短歌を上手に現代語訳するには、まず自分自身が上手に短歌を詠むことが大切なのかもしれませんね……。

● 光源氏が頭中将の様な同年代の男性とやり取りをしている場面は、何だか新鮮な感じがしました。光源氏は、女性を沢山誘っているイメージの方が強く、どちらかと言うと色っぽい（？）イメージがあるので、頭中将とのやり取りはもっと若者らしい（男らしい？）感じがします。何だか、この感じって女子が、男子同士でふざけあっているのを見て惚れちゃうのと同じなのでしょうか？（笑）今回の授業の中で一番のお気に入りのくだりでした。

● 紫式部の教養の深さ、そして登場人物をその教養を使って描き分ける技量には驚きました。特に源典侍の「うらみても～」の歌は、一つの歌に不自然さもなく掛け詞に縁語にとあれだけ技巧を凝らしていることに驚きです。またそれに対する源氏の歌も美しくありながら皮肉が込められていて、技巧や内容、送られた歌との対応関係など、考えることがたくさんあるのに即興で作れるのはすごいなと感じました。

● 相手の歌に詠まれている場所やモノ（大荒木など）を自分の言いたいことに合致するように、同じものが詠まれているほかの歌から引用するというスゴ技が現代人の私には想像もできません。

第五回　女をさがす歌――『源氏物語』「花宴」巻

東直子、穂村弘のリレー短歌

今回は、東直子、穂村弘の『回転ドアは、順番に』（ちくま文庫、二〇〇七年）を紹介します。いま人気の歌人二人が、男女の恋人同士になりきって短歌を送りあい、物語の補助線になりそうな短いことばを付け加えている恋愛連作短歌です。

『源氏物語』の和歌をよむと、和歌の基本は登場人物たちの贈答歌にあり、相手の言葉に呼応して返歌していく例が多くみられます。ところが、これまで紹介したように現代短歌というのは、たいていの場合は独詠歌のかたちをとっていて、贈答歌としてあらわれることがありません。『回転ドアは、順番に』は順番に歌を詠み合うことで、少しずつ架空の男女の関係が深まっていって、恋愛物語が進んでいくようになっているところがおもしろいのですが、なにより二人の歌人が相手の言葉に呼応して次の歌をつけていっていることが興味深いところです。いわゆる贈答歌とはちがいますが、現代短歌のなかに和歌の世界がかいまみられるように思います。

次の引用は、月夜の晩に出かけた男女を詠んでいる部分です（東＝東直子、穂＝穂村弘を示します）。

東＝くしゃくしゃのシャツの男と夏の月見上げておりぬ　船はまだですか

穂＝終電を見捨ててふたり灯台の謎を解いてもまだ月の謎
東＝膝たててふたりは座る真夜中のきれいなそらにしみこむように
穂＝月を見ながら迷子になった　メリーさんの羊を歌うおんなを連れて
東＝永遠の迷子でいたいあかねさす月見バーガーふたつください
穂＝夜の海に向かってきみが投げたのはハンバーガーのピクルスだった

はじめの歌で、女は男と月を見上げている。「くしゃくしゃのシャツ」を着ているということは、ちょっとさえないタイプの男でしょうか。「船はまだですか」とあるので二人が海辺にいるとわかります。つづく男の歌で、その海には灯台が立っていること、そして二人は終電を逃して、どうやら帰るあてがないことがわかります。次の女の歌で、二人は膝をたてて砂浜にすわって夜空を見上げています。次の男の歌で、女がくり返し「メリーさんの羊」を歌ってはしゃいでいるらしいことがわかります。男は「迷子になった」といっていて、この状況に少々困惑ぎみのよう。つづいて、どうやら二人は店に入ってハンバーガーを注文した様子。女はこの状況を楽しんでいるようで、「永遠の迷子でいたい」と言っています。続く男の歌で、女がハンバーガーに入っていたピクルスを海に向かって投げたというのは、やはり困惑をあらわしているのでしょうか。こうして、ことばが連鎖することで、短歌によって物語が進んでいくようになっているのです。

次の隕石を詠みこんだ歌も、返歌のような応答とは違いますが、呼応関係によって成り立っている歌です。

東＝隕石で手をあたためていましたがこぼれてしまうこれはなんなの
穂＝隕石のひかりまみれの手で抱けばきみはささやくこれはなんなの

こうした短歌をみると、平安時代の和歌の世界も意外に身近に感じられるのではないでしょうか。

女をさがす歌

『源氏物語』のはじまりのほうの巻々では、若き光源氏がさまざまな恋の冒険をします。そんな光源氏が恋愛によって手酷い痛手を負います。朧月夜との恋愛が発覚すると、そのために政界を追われ、須磨での蟄居を余儀なくされるのです。

いったいどうしてそのような展開になるのかというと、要は左大臣と右大臣の権力闘争に巻き込まれたからです。光源氏の正妻は葵の上で、葵の上の父親は左大臣ですから光源氏は左大臣の庇護下にいます。左大臣家の息子である頭中将は右大臣の娘を正妻としていて、政略結婚が成立していますが、頭中将はこの正妻とは嫌々おつき合いしている感じで、政略結婚をしなければならないほどの闘争関係にあったというわけなのです。もともと右大臣家は源氏の父桐壺帝の正妻として弘徽殿女御を出していますが、弘徽殿女御が産んだ第一皇子がいるにもかかわらず、桐壺帝は光源氏を溺愛しました。一時は、第一皇子を差し置いて光源氏が東宮に決まるのではないかと右大臣家はやきもきしていました。結局、桐壺帝は、光源氏を即位させる意思はないと人々に示すために源の氏《うじ》を与え、臣籍降下させて即位の可能性を断つわけです。この時点で次の天皇には、右大臣の孫が即位すると決まったわけですから、いま光源氏を庇護する左大臣にある権力はいずれ、右大臣へと移っていくのは必然です。そうした左大臣から右大臣へと権力が移っていく最中に起こったのが光源氏の左遷です。朧月夜は、弘徽殿女御のずっと下の妹にあたっています。次の天皇となるべき第一皇子のお相手として入内することが目指されていました。甥と叔母の婚姻ということになるわけですが、平安時代の当時、こうした結婚はめずらしくはありませんでした。右大臣家は弘徽殿女御の産んだ第一皇子がきちんと天皇に即位してくれることを願っているのですが、光源氏が天皇に寵愛されてやきもきしたかとおもえば、こんどは光源氏の母親の死後、天皇が迎えた藤壺が非常な寵愛を受け男児を産んだことで不安を抱えています。この子をまた桐壺帝は溺愛するのです。この子は、のちに冷泉帝として即位しますが、実はこの子の本当の父親は光源氏だということはすでに言及しました。

帝の后と関係する男、父親の妻と関係する男が裏では密やかに描かれています。その表舞台では何が起こっているのでしょうか。藤壺が桐壺帝の一番の寵愛を受けます。そして藤壺が弘徽殿女御よりも先に中宮になってしまうのです。中宮というのは后のことです。いま想像する皇室や王族などとちがって平安宮廷社会では結婚したからといって后になれるわけではありませんでした。たとえばいまの天皇制では東宮に嫁いだ人が東宮后となり、東宮が天皇に即位すれば自動的に皇后になります。これは一夫一妻制だからです。ところが平安宮廷社会は一夫一妻制ではなく、一夫多妻制でした。妻がたくさんいるわけですから、そうしたたくさんの妻のなかで子どもを産んだ妻にあとから后の位をつけていくわけです。藤壺の登場は弘徽殿女御および右大臣家には政治的に負けてしまうという焦りをうみだしました。こうした状況下に朧月夜という魅力的な女性が東宮（弘徽殿女御の第一皇子です）へかなり位の高い女房として出仕する話が浮上します。ところがその朧月夜と光源氏が関係を持ってしまったというわけです。

つまり、天皇の后となるべく入内する予定の女と関係したことがバレた、というのが表向きの事件です。このことが原因で光源氏は、須磨、明石に蟄居せざるをえなくなります。明石では源氏のことを、「帝の妻をあやまつ」すなわち帝の妻と関係をするような男と噂されます。それは、表向きは朱雀帝の妻となるべき朧月夜との関係をさしていますが、その裏に私たち読者だけが知っている桐壺帝の妻、藤壺との密通関係が示唆されているわけです。すなわち読者にとって「帝の妻をあやまつ」というのは、ズバリ藤壺との密通関係をさしているのです。こうした巧妙な仕掛けがあって、主人公と秘密を共有している読者としては、いったいどこまでバレているのかとハラハラさせられるわけです。

この朧月夜との関係が、よりにもよって彼女の父親、右大臣に見つかってしまいます。源氏は偶然に朧月夜と関係してしまい、そのあとも朧月夜に会うために右大臣邸に忍び込むわけですが、そこを右大臣に見つかってしまうのです。右大臣は直情的な人で、このことをすぐに弘徽殿女御に言いつけに行き、結局、都に居てもらっては困ります、という話になって源氏は須磨へ蟄居することになります。こうして光源氏は都の政治的な中心から退くことになるのです。

さて、朧月夜と源氏の出会いの場面に戻って見ていきましょう。「花宴」という巻に出てくるお話です。花の宴というのは現代でも同じですが桜の花見をする宴会です。宮中で桜が見事に咲いて宴が催されました。宴のあと、ほろ酔い気分の光源氏は、藤壺の部屋に忍びこみたいと思って、ふらふらと藤壺の局のほうにいきますがきちんと戸締りがしてあって隙もありません。こんなお客人が多く集った晩には、戸締まりをするにこしたことはないのです。あきらめきれない光源氏はあろうことか弘徽殿女御方の局のほうへ行きます。すると、開いている扉があるんですね。弘徽殿女御自身は桐壺帝のところに行ってしまって不在です。その奥の戸も開いていています。源氏は「こうして男女の過ちが起こるのだな」などと思いながら、中をのぞいてみます。すると若い女が「朧月夜に似るものぞなき」といいながら、こちらに近づいてきます。この歌は、大江千里の『新古今和歌集』五五番歌です。

てりもせずくもりもはてぬ春の夜のおぼろ月夜にしく物ぞなき

この歌の「おぼろ月夜にしく物ぞなき」を「朧月夜に似るものぞなき」と変えて、それを「うち誦じて」やってきたわけです。朗々とうたっていたわけではないでしょうが、おぼろにかすんだ月を見上げながら、この和歌があたまにうかんで口ずさんでいるのでしょうね。ここには、「こなたざまには来るものか。いとうれしくて、ふと袖をとらへたまふ」と続いて、なんと「女がこちらへ来るじゃないか！」と源氏の視点で情景を語り取っています。源氏は思わず女の袖をつかんで引き止めます。

夜中に突然、袖をつかまれたのですから、びっくりして、女は「あなむつつけ。こはたそ」（まぁ気味が悪い。誰なの）と言います。夜中ですから気持ちが悪いし怖いですよね。女が「誰なの？」と問うので、源氏は歌を詠みます。

深き夜のあはれを知るも入る月のおぼろけならぬ契りとぞおもふ　（「花宴」『源氏物語(二)』九六頁）

こんな夜更けに寝られずにいるのも、入り方の朧月に気を引かれているのでしょうか、ここで出会ったのも、おぼろではない前世の縁があったものと思います、という歌です。「深き夜」の「夜」は「世」とも掛け詞になっています。「世」は男女の仲をさしもしますから、「深き夜のあはれを知る」のは、眠れずに月をみに出てきた女と眠れずに月をみながら女のもとにやってきてしまった源氏という二人の関係をさしていることになります。「入る月」は朝に向かって夜空をわたって沈んでいく月をさしていますが、女のもとへと入ってきた源氏をもさしています。春の朧月に引かれた二人の縁は「おぼろ」ではなく深いものだ、といいたいのですね。源氏が女を誘う歌です。言いながら、源氏は女を抱き上げて中へと入っていったようです。「やをら抱き下ろして、戸はおしたてつ」とあって、抱き下ろして、戸を閉めた。私のイメージではお姫様抱っこをして部屋のなかに入って戸を閉めたということです。女のほうは「ここに人がいます。誰かきて」(「ここに、人」)と助けを求めようとしますが、源氏は「私は人に許されている者ですから、あなたが誰を呼んだところで何にもなりませんよ。ただ静かになさいませ」(「まろはみな人にゆるされたれば、召し寄せたりとも、なでふ事かあらん。ただ忍びてこそ」)というのです。その声を聞いた女は「あ、光源氏だ」(この君なりけり)とわかりました。このとき女は、日頃人々が大騒ぎしているあこがれの光源氏が自分のもとにやってきたことを察知したわけです。女性読者の心をつかんだストーリー展開だと私は思います。女は、光源氏だとわかったので関係します。若くてやわらかいおっとりした人で拒絶するタイプの人ではなく、源氏はかわいらしいなと思います。夜が明ける前に部屋から出ないとこの情事がバレてしまいますので、夜明けにあわただしく出て行こうとします。女は相手が光源氏だとわかりましたが、光源氏はこの段階では相手の女が誰かわかっていません。たんに風流な人としてつき合っています。そこで「名前を名乗ってください。このあとどうやってあなたとやり取りしたらいいのでしょう」と言います。名乗れと言われて名乗る女はいませんので、彼女は次の歌で返答します。

うき身世にやがて消えなば尋ねても草の原をば問はじとや思ふ

「憂き」「世」に生きる「憂き」「身」である、不幸せな私がはかない世からそのまま消えてしまったら、草の原を分けてでも尋ねてはくださらないのですね、という歌です。「草の原」は火葬をするような野辺をイメージさせます。この歌を言う様子が「艶になまめきたり」とあって非常に艶っぽい。死後の魂を尋ねるというのは、「長恨歌」で楊貴妃の死後、玄宗皇帝が道士に死後の魂のあるところを訪ねさせたことを思い出させます。死んでしまった後でも、訪ねたいと思ってくれる強い愛を朧月夜は求めているのですね。それを聞いた源氏は「ことわりや。聞こえたがへる文字かな」（そのとおりだね、私の言い方が間違っていました）と言いつつ、あきらめずにやっぱり教えてくださいな、という歌を詠みます。

いづれぞと露の宿りを分かむ間に小笹が原に風もこそ吹け

あなたが誰だか分からないままだと、どの露の宿りかわからないで探しているうちに、噂の風が吹いて仲が絶たれてしまうでしょう、という歌です。

前回にも引いた俵万智『愛する源氏物語』ではこのやりとりはどのように訳されているでしょうか。そのまえに、俵万智と瀬戸内寂聴との興味深い対話が引用されていますので、まずそれをみてみましょう。瀬戸内寂聴に「万智ちゃんは「源氏」の中では誰がいちばん好き？」と聞かれて、俵万智が「私は朧月夜の君が好きなんです」と答えたところ、瀬戸内寂聴が「私も好きなのよ。いいわね。じゃ、相当あなた、悪い子よ。（笑）」と言った、とあります。俵万智が朧月夜を好きな理由は「源氏に対する恋の仕方が、すごく積極的で」あるところ。自分がもし『源氏物語』のなかで役が与えられるとしたら朧月夜がいいと彼女は言っています（『愛する源氏物語』八九〜九〇頁参照）。

まず最初の、源氏の誘う歌「深き夜のあはれを知るも入る月のおぼろけならむ契りとぞおもふ」にはどういう訳が付いているでしょうか。

美しい朧月夜よあなたとのおぼろげならぬ出会いと思う

「深き夜のあはれを知る」という部分を「美しい朧月夜」としているのだと思いますが、下の句の「おぼろけならぬ」がそのまま残っているので直訳したような歌になっています。

一方で朧月夜の「うき身世にやがて消えなば尋ねても草の原をば問はじとや思ふ」はどうでしょう。

悲しくて消えた私を探しても墓場にまでは来ないでしょうね

あなたは私がいなくなったらたずねてこないわけ？という返しになっています。次の源氏の「いづれぞと露の宿りを分かむ間に小笹が原に風もこそ吹け」は、次のように訳されています。

君はどこ？　草原分けて探すうち噂の風が吹いてしまうよ

結局このとき二人の間では名前はかわしません。しかし慌てて扇をとりかえます。当時の人たちはあおぐためにではなく扇を常に携帯しています。常に扇を身につけているというのはどういうことかというと、自分が付けている香の匂い、その人物だとわかる匂いが扇についているということです。ですから扇をとりかえるというのは、ある意味では自分の身の一部を渡すイメージがあると思います。もっと親しい性的関係のあとには一番下に着ている下着をとりかえたりすることもあります。男女ともに袴を穿いて、上半身の一番下には白い下着のような一重の衣を着ています。白い裾の短い浴衣をイメージしてもらえればいいと思いますが、それを交換するのです。着物はよほど太っている場合は別ですが、前であわせるものなので男女でそんなに大きさは違いません。夜の情事のあと、男女でそれをとりかえるのです。下着ですから、体臭からなにから一番匂いがするものですよね。その相手の匂いが残っているものをとりかえて着て、家に帰ってからも自分の身体から相手の匂いが漂ってくる。そういうエロスを愉しんだ時代です。

源氏はすごく朧月夜にほれこんで、ぜひまた会いたいと思っています。そうしたおりに、右大臣家からまだ咲いている桜があり、その花を見ながら宴会をするので光源氏に来てほしいとお誘いがあります。なぜ光源氏に来てほしいかというと、やはり源氏が来ると盛り上がるのです。あのかっこいい光源氏様が今度の宴会――パーティのほうがぴったりくるかもしれません――に呼ばれているらしいと知られれば、期待も高まります。また私のパーティには源氏がいらっしゃるんですよ、というのも社交会でのアピールになります。そこで右大臣家に源氏は訪ねて行きます。堂々と右大臣家の邸内を源氏が歩いているわけですが、源氏が歩いていると御簾ごしに女たちが光源氏を見たくて居並んでいるのがわかります。簾がある廊下を歩いているとその向こうから女たちが見ていることを源氏は承知しているのです。源氏は自分と一夜をともにしたあの女はいったい誰だったのだろうと、その女を探そうと考えます。そこで源氏は「扇を取られて、からき目を見る」と言ってみるんですね。ここには催馬楽の「石川」という曲が引かれています。

石川の　高麗人《こまうど》に　帯を取られて　からき悔《くい》する
いかなる　いかなる帯ぞ　縹《はなだ》の帯の　中はたいれなるか
かやるか　あやるか　中はたいれたるか

（『神楽歌　催馬楽　梁塵秘抄　閑吟集』一四九頁）

この催馬楽もかけあいの歌で、「石川の高麗人に帯を取られてつらくて後悔しているよ」「どんな帯なの、縹の帯で、中が切れているものなのか」というやりとり。中が切れているのは布地が破けているというだけではなく、仲が切れているということに掛けられています。

これは前回みた源典侍と光源氏が過ごしているところへ頭中将がやってきてもみあった末、頭中将が源氏の片方の袖をひきちぎって持ち帰ったあと、「これをまず縫い付けたまえ」と言って送りつけてきたお返しに送った源氏の歌にも引用されていました。

なか絶えばかことやおふとあやふさに縹《はなだ》の帯をとりてだに見ず

もしあなたと源典侍との仲が絶えてしまったら、恨みをおうのではないかと危ういので、縹の帯は取ってみることもしません、という歌です。源氏は源典侍からまちがって送られてきた頭中将の帯にこの歌をつけて返したのです。

これに対して、頭中将はすぐに次の歌をよこします。

君にかく引きとられぬる帯なればかくて絶えぬるなかとかこたむ

こうして、あなたに帯を取られたわけですから、かくして源典侍との仲は絶えたものとして恨みます、という歌です。催馬楽の歌を利用した気の利いたやり取りになっています。

さて、「花宴」巻で、光源氏は「扇を取られて、からき目を見る」とおっとりとした声でうたった（「うちおほどけたる声に言ひなして」）のです。よくみんながうたっている歌の替え歌のような感じで言ったんですね。催馬楽の「石川」をうたっているのだとすぐにわかった女房が、「あやしくもさま変へける高麗人かな」と応答します。取られたのは帯のはずなのに、扇だなんて、随分と変わった高麗人ですこと、というのですね。するどい返事ではありますが、源氏は扇をとりかえた女を探しているのでハズレです。はたできいている朧月夜は、ああ、その答えじゃないのにといった風情で、そこで返事はしないものの嘆いていいます。その気配を几帳の向こうに感じた光源氏は、そちらのほうに寄って行って、几帳ごしにぱっと女の手をとらえて、次の歌を詠みます。

梓弓いるさの山にまどふ哉《かな》ほの見し月の影や見ゆると

「梓弓」は「射る」を引き出す枕詞で、月が「入る」や「いるさの山」の「いる」が導かれるのですね。「いるさの山」は但馬（兵庫県）の「入佐山」で歌によく詠まれる場所です。月が入っていった山に迷いこんでいますよ、ほの見た月の影がみえるのではないかと思って、というのです。月が「入る」と、月は女なので女がそこに「いる」が導かれているのですね。これに対する彼女の答えが次です。

心いる方ならませば弓張りの月なき空にまよはましやは

「弓張りの」は「月」を導く枕詞です。心にかけている人であるならば、月のない空であっても迷うことがありましょうか、という歌です。「月なき」は「つきなし」とも掛け詞になっていて、お似合いではない、ということも含んでいます。お似合いじゃないということから、全体で「あなたに気がないからそんな風に迷っているのではないの」と切り返した表現になっています。

この「花宴」巻の最後が「と言ふ声、ただそれなり。いとうれしきものから」でぱっと幕切れとなるのもいいですね。源氏は、あ、あの人の声だ、とわかって、うれしくなって……。で、どうなったの？となりますよね。あとはご想像におまかせします、といった感じでしょうか。

最初に源氏と関係をむすんだあとで、どうやって今度会ったらいいのか、と問う源氏に、私が消えたら探してくれないの、というように切り返す。女の歌は、「探しに来ないの」「なんで迷うの」という感じでした。男がどんなに情熱的に言い寄ってきてもつれなく言い返すというのが女歌の基本形です。恋愛歌はツンデレでやりとりするものなのです。

これが源氏と朧月夜との出会いですが、これでようやく源氏はお相手が右大臣家の六の君だと分かります。その後、二人は密会を重ねます。そして、明け方部屋から出て来たのを人に目撃され、噂が立ちます。そしてついには右大臣に直接見つけられてしまうわけです。次の「賢木」巻では朧月夜の密会と藤壺との密会を交互に読者は読んでいく構成になっています。表の事件と裏の事件とが交差するようになっているわけです。

結局、この事件のあとに源氏は須磨に行くことになります。しかし、朧月夜は須磨にいる源氏ともこっそりやりとりをしています。源氏が須磨にいる間に彼女はどうしているかというと、源氏の異母兄、朱雀帝の後宮に尚侍として出仕しています。要するに源氏は、兄にあたる天皇の妻とこそこそ関係をしているという状態が続くことになります。源氏が須磨に流されてしまう原因であるにもかかわらず、朧月夜のすごいところは源氏との恋愛を絶対にやめないこと。光源氏のことを絶対にあきらめない。こんなことがあって親にもバレて叱られるわけですが、でもあきらめない。朱雀帝は朧月夜と源氏がこそこそ付き合っているのを知っています。それで朱雀帝は朧月夜に文句を言うわけです。「君とはずっと付き合っているけれども子どもも生まれないね。別の人とだったら生まれるのかなぁ」とあてこすりを言う。まあ嫌みを言われるわけですが、それでもやめない。

光源氏が須磨に流されることになり、朱雀帝は源氏と自分にとっての父親である桐壺帝から源氏を大事にしてくれと頼まれていたのにそれを違えるようで心苦しいと泣きます。それを見て朧月夜はもらい泣きするんです。その朧月夜の涙を見たときの朱雀帝の言葉が次です。「さりや、いづれに落つるにか」。その涙は私のためですか、須磨に流された彼のためですか、と聞くわけです。源氏と関係していることも知られ、その涙は私のためではなく源氏のためじゃないの、と責められても、それでも源氏をあきらめない。この朧月夜と対照的な人物として空蝉という女性がいます。空蝉は光源氏と一回関係をしますが、夫がいるから二度と会わないと決心する女性です。朧月夜は源氏にとって政敵である右大臣家の娘です。政治的にこんなにまずいことになっていても絶対にやめないという恋愛への執着ぶり。朧月夜は本当に特別な登場人物だと思います。

このあと須磨に行くことになった源氏のためにいろいろな女が歌を詠みます。次回はその別れの歌を見ていきたいと思います。

さて、今回は穂村弘の最新歌集『水中翼船炎上中』の次の和歌の上の句に下の句を付け句してみましょう。

なんだろうときどきこれがやってくる互いの干支をたずねる時間
守護霊はいつもみつめているらしく恥ずかしかったトイレとお風呂
夕闇の部屋に電気を点すとき痛みのようなさみしさがある

【みんなの付け句】

なんだろうときどきこれがやってくるラーメン食べろと悪魔のささやき
なんだろうときどきこれがやってくる好きな彼氏がキモく見える時
なんだろうときどきこれがやってくるリア充爆発沸騰ジェラシー

もともとの穂村弘の短歌の下の句をみないで書いてもらいましたが、意外にも元の歌のテイストに似ているものがありました。なんだろうときどきこれがやってくるには、ラーメンなんてふだん食べないのに無性に食べたくなったりすること、彼氏がキモくみえること（なんで？）、リア充の人への嫉妬心などがむくむくと湧き上がるさまが詠まれています。

守護霊はいつも見つめているらしく一人旅でもすられたことない
守護霊はいつも見つめているらしくだから私は今も生きてる
守護霊はいつも見つめているらしく浮気する度道のゲロ踏む

守護霊が見守ってくれると考えるか、見られていると考えるかで意味が変わってきますね。穂村弘のは見られていると思うので恥ずかしいと感じる歌。見守ってくれると考えると、旅先で守られていること、そもそも自分が生きていることにつながります。守護霊は天罰を与える神のような存在だとすると、浮気という悪さをするたびに、「ゲロ」を踏むはめになるのですね。

夕闇の部屋に電気を点すときいつも聞いちゃう誰かいるの？
夕闇の部屋に電気を点すときつい思い出す「おかえり」の声
夕闇の部屋に電気を点すとき私の部屋も夜景の一部

穂村弘の歌で、電気を点すときに「痛みのようなさみしさがある」のは一人暮らしだからでしょうか。一人のはずなのに、「誰かいるの？」と聞きたくなると、ちょっとホラーの風味。昔は家で待っていてくれる人が

「おかえり」と言ってくれたことを思い出すというのは、穂村弘の歌と同じくさみしさが響いてきます。三首めは、電気を点した部屋の中ではなく、それを外から俯瞰的に眺めてみる視点をとっているところが面白い。部屋のあかりが夜景の一部になっているイメージが美しいですね。

【みんなのコメント❺】

● 短歌にちょっとはまりそうです。俳句は季語を入れたりして考えるのが難しいけれど、短歌は現代語なら意外と簡単に作れるので楽しいです。恋人と歌の交換してみたいです。

● 『源氏物語』のストーリーは以前習ったことがありましたが、和歌だけにフォーカスしていくと意外と女性も気が強いと感じた。なんとなくずっと光源氏がグイグイいくようなイメージだったのが少し変わりました。ツンデレは昔から萌えの王道なんですね。

● 個人的に「うき身世にやがて消えなば～」の歌がとても可愛いなと感じました。言わないと探しにきてくれないの？というような少し小悪魔的でツンデレのような態度が、男心のツボをついており、くすぐっているなと思いました。

●お香にしろ帯にしろ、昔も今も「好きな人のもの」って強力なんだなと思いました。現代の卒業生の第二ボタンのやりとりは、一番心臓に近いボタンだから第二ボタンなのだそうですけど、昔のねっとりした恋愛の名残かななんて思います。特に香りって強いと思います。忘れたつもりでいても彼と同じ匂いがしてきたら無意識に思い出してしまう、近くに感じてしまうなど。『香水』という歌が流行ったのもそれだなと心底思いました。源氏のように、手紙に匂いをつけたり、自分のものにはならない相手のベットに自分の香水をこっそり振りかけたり、手を繋ぐときに香るように爪の間に塗ったり……と、時代を超えて共感できるコンテンツだなと感じます。

第六回　別れの歌――『源氏物語』「花散里」「須磨」巻

石川啄木歌を土地ことばに訳す

今回は、新井高子編著『東北おんば訳　石川啄木のうた』（未來社、二〇一七年）をご紹介します。詩人の新井高子は、二〇一一年三月一一日の東日本大震災のあと、二〇一四年一一月から津波の被災地であった大船渡へ通って、地元の人々と石川啄木の短歌を土地ことばに訳すプロジェクトをはじめました。その成果がこの本です。「おんば」というのは年配の女性をさす土地ことばです。

大船渡といえば、山浦玄嗣が土地ことばを「ケセン語」と呼んで『ケセン語大辞典』を編むなどしていることで知られている地域です。キリスト教の信者でもある山浦は、聖書をもっと自分たちの馴染みのあることば、しっくりくることばで訳したいというので、『ケセン語訳新約聖書』を完成させました。これをバチカンに送り、当時のローマ教皇、ヨハネ・パウロ二世に祝福を受けたということも知られています。つまり「おんば訳」は別のいい方をするならば「ケセン語訳」ということもできるわけですね。

さて、石川啄木（一八八六〜一九一二）は明治時代の歌人で、岩手県出身ではありますが、彼の短歌は標準語で書かれています。これを岩手の土地ことばにしてみたらどうなるのでしょう。

まずは有名な『一握の砂』のなかから。

はたらけどはたらけど猶わが生活《くらし》楽にならざりぢつと手を見る
稼《か》せぇでも稼せぇでもなんぼ稼せぇでも楽《らぐ》になんねァじィっと手っこ見っぺ

ふるさとの訛《なまり》なつかし停車場の人ごみの中にそを聴きにゆく
ふるさどの訛《なまり》ァ懐《なつ》がすなぁ停車場《てーさば》の人だがりン中《なが》さ聴ぎさいぐべぇ

とかくして家《いへ》を出づれば日光《にっくわう》のあたたかさあり息ふかく吸ふ
なんだかんだで表《おもで》さ出はればおっ日《しゃ》まの温《ぬぐ》さあってほぉーっとしたぁ

こうしてみてみると、土地ことばを記述するには、なかなか工夫が必要だということがわかります。濁音に聞えるところは、漢字にしてしまうとわからなくなってしまうのでルビにしたり、小さなカタカナ書きの「ア」やひらがなの小さな「あ」を駆使して独特の語尾を表現しています。土地ことばは、やはりネイティヴによる発音を聞いてみないことには実際にどのように読めばいいのかわかりません。この本にはQRコードがついていて、スマホで読み取ると「おんば」が朗読した声が聞こえるしくみになっているんです。ありがたいですね。

お気づきだと思いますが、新井高子は、「方言」という言い方をしていません。方言と言ってしまうと、ある種の正解があるような一面的なもののように感じられますが、標準語だって実際には、人によっていろんな言い方をしているものなのです。両親の出身地の影響を受けたり、人それぞれの癖や個性が発話されることばには張り付いています。文字で書くと、それらはなかったことになってしまいますが、実際にはいろいろな発音を私たちは聞いているはずなのですね。標準語圏に生まれて、いわゆる方言をもたない人々にだって、その人固有の話し方はあるはずで、それらを含めて土地ことばと呼んでいるのです。

またこの本のおもしろいところは、一度おんば訳をとおしてみなおしてみると、石川啄木の短歌が新鮮な響きをもってみえてくることです。たとえば次のうたをみてみましょう。

思出《おもひで》のかのキスかともおどろきぬプラタスの葉の散りて触れしを
あん時《とぎ》のセップンかどたんまげたぁ銀杏《はっぱ》ァ散って頬《ほ》っぺださ触《さ》わったれば

新井高子の解説によると、このうたはプラタナス（プラタス）の葉をもっとおんばたちに馴染みのある葉に変えてしまおうというので、銀杏か桑かで議論があったのだそうですが、銀杏と書いていながら「はっぱ」と読ませているのですね。枝から葉が落ちて、ほっぺたに触れたとき、かつて誰かが頬にキスしたときのことをふいに思い出したという歌ですね。おんば訳をとおして啄木歌をみると、「キス」、「プラタス」など、ずいぶんと現代的な主題を詠んでいたのだと逆に気づかされます。

花散里

前回ご紹介した朧月夜との恋があだとなって、光源氏は、須磨へと蟄居することになります。その直前にあるのが「花散里」という非常に短い巻です。桐壺帝亡きあと、弘徽殿女御の生んだ皇子が朱雀帝として即位し、情勢がすっかり左大臣方から弘徽殿女御の父である右大臣方に移ってしまっているころのことが描かれています。

源氏は左大臣家の娘である葵の上と婚姻していましたから、政治的にも左大臣家と結ばれています。この結婚は第二回でみたように、桐壺帝が左大臣に打診して源氏の元服とともに結ばれたものです。つまり左大臣は桐壺帝の信任が厚かったのです。ところが、桐壺帝が亡くなって、天皇が右大臣の孫になったとたんに世の人々は右大臣家にすりよっていくのです。桐壺帝が亡くなって左大臣家が弱体化すると、源氏のもとからも人々が離れていくようになります。そこへ、発覚したのが、右大臣が天皇に入内させるために大切に育てていた娘、朧月夜と源氏の関係です。右大臣は、なんなら朧月夜に源氏を婿どりさせてもいいと考えますが、弘徽殿女御は許しません。源氏とは徹底抗戦の構えです。

宮中には出られないし、いよいよ都にも居づらくなっている、このように政治的形勢が一変した状況を端的に示しているのが「花散里」巻なのです。

桐壺帝の後宮の女君の一人に麗景殿女御《れいけいでんのにょうご》がいました。子どもを産まなかったので、桐壺帝が亡くなってしまうと頼れる者もいない状態で里邸に引っ込んでいます。この女御には妹がいて、源氏はこの妹と宮中で関係をもっていたのでした。花散里と通称されている女性です。源氏は、父桐壺帝の思い出を分かち合う、この姉妹の邸を訪ねて行きます。

この非常に短い巻でのエピソードは『源氏物語』のなかでも、うっかり忘れてしまいそうなほど目立たないものです。第一、花散里との出会いの場面も描かれていないですし、そもそもどういう恋愛だったのかはわからないのです。それでも長いお別れの前に会いにいく相手であり、また源氏が須磨、明石を経巡って都に帰還したのちには、源氏に引き取られて生涯をともにする女君の一人ともなります。

この花散里というのは物語にとっていったいどんな女君なのでしょうか。花散里は源氏にとっては父帝の妻の妹です。いま、須磨へと流離する発端となったのは、朧月夜との関係なわけですが、彼女も、父帝の正妻、弘徽殿女御の妹にあたっているわけです。ほとんど同じような関係のなかにあって、花散里との関係のようにはいかなくなっている。それはひとえに右大臣、弘徽殿女御が源氏を排斥しようとしているからにほかなりません。つまり、似たような関係性を違うパターンで見せ、そこからの差異を示しているように読めます。

さて、その麗景殿女御の邸を訪ねていく途中、中川のあたりで、よく手入れされた庭の邸から琴を弾く音が聞えてきます。みてみると、源氏がかりそめの関係をした女の家だとわかります。ちょうどそのとき、ほととぎすが鳴く声がしました。源氏は引き返して、惟光に次の和歌を届けさせます。

をち返りえぞ忍ばれぬほととぎすほの語らひし宿の垣根に

（「花散里」『源氏物語(二)』三七二頁）

昔に立ち返って、あなたとつかのま語らった宿の垣根で、こらえきれずに鳴いているほととぎすです、という歌です。しかし女からの返事はつれないものでした。

ほととぎす言問ふ声はそれなれどあなおぼつかなさみだれの空

語りかけてくる声は昔のほととぎすのものですが、はてはっきりしませんねぇ、五月雨の降る空模様のように、というのです。しらばっくれる態度に惟光はむっとして、「よしよし、植ゑし垣根も」と言って出て行ってしまいます。これは『紫明抄』という鎌倉時代に書かれた『源氏物語』の注釈書によれば、次の歌をふまえています。

花散りし庭の木の葉も茂りあひて植ゑし垣根も見こそわかれね

花が散ったあとの庭木の葉が茂っていたので、かつて植えた垣根だったかどうか見分けられなくってしまいました、という歌です。訪ねどころを間違えましたというのですね。女は内心、とても残念だと思っているのですが、惟光は、いま光源氏との関係は用心しなければならないことなのだと理解を示してもいます。

光源氏のたまさかの訪れを狂喜乱舞していた女たちが、潮が引いたように消えていきます。そうしたなかで変わらぬ情愛を交わすのが、花散里の女君なのです。この巻には、光源氏と父桐壺帝の後宮の女御だった麗景殿女御とが交わす和歌しか出てこないのですが、花散里は、いよいよ源氏が須磨へと行ってしまうときに歌を交わす女君として登場します。

麗景殿女御との歌のやりとりをみておきましょう。父帝が存命だったころの思い出話をしながら源氏は思わず涙を流します。すると、さきほど冷たい態度であしらわれた女の家のそばできいたほととぎすの声が、またしてくるのです。自分を慕ってついてきたみたいだな、と源氏は思って、「いかに知りてか」と小さな声で「うち誦じ」ます。これは『古今和歌六帖』二八〇四番の次の歌の一部です。

いにしへのこと語らへばほととぎすいかに知りてか古声のする

昔のことを語らっていると、どうして知っているのか、ほととぎすが昔の声で鳴く、という歌ですが、ここでは、どうして、私がここに来ているってわかったのかな、という意味で口ずさんでいるのですね。そして詠んだ歌。

たちばなの香をなつかしみほととぎす花散る里を尋ねてぞとふ

（「花散里」三七六頁）

橘の香りを懐かしんで、ほととぎすは花散る里を探して訪ねたのです、という歌です。当時の人は、『古今和歌集』一三九番の次の歌を思い出したでしょう。

五月まつ花橘の香をかげば昔の人の袖の香ぞする

五月を待って咲く橘の花の香りをかぐと、昔の人の袖の香りを思い出す、という歌です。袖の香りというのですから、抱きしめられたときの香りを思い出しているのでしょうね。衣には香をたきしめていますから、橘の花の香りに似たお香があったのかもしれません。

この歌は「読人しらず」とあって作者不詳なのですが、『伊勢物語』六十段に入っています。宮仕えの仕事が忙しく、妻のことをほったらかしにしたので、妻は別の男と恋愛して、九州の宇佐に男とともに行ってしまいました。あるとき男が宇佐にきて、元妻が再婚した家だと知って、おたくの妻に盃をいただくのでなければ呑まない、といいはります。男は酒のつまみとして出ていた橘――みかんのようなものですね――を手に取って、先の「五月まつ」の歌を女にうたいかけたのです。昔の人の袖の香りがします、と言われて、女は、ああ、元夫だったと気づいて、なんと尼になってしまったという話になっています。橘は昔の人を思い出させるものだというイメージなのですね。

さらにこの歌は『万葉集』一四七三番の次の歌をも思い出させます。

橘の花散る里のほととぎす片恋しつつ鳴く日しそ多き

橘の花の散る里のほととぎすは、片想いして鳴く日が多い、という歌です。橘の花、花散る里、ほととぎすという連関のなかで、片想いのような恋い慕う気持ちが詠まれているわけですが、先ほどの『古今和歌集』の歌になると、昔つき合っていた人を懐かしむ想いへと変わっていますね。この二つの歌のエッセンスから、源氏の、橘の香りがなつかしくて花散る里を訪ねてきたのです、という歌が構成されているのです。具体的には、桐壺帝の存命中の日々がなつかしくてその女御たるあなたを訪ねてきたのです、という意味ですね。これに対する麗景殿女御の返歌は次のものです。

人目なく荒れたる宿はたちばなの花こそ軒のつまとなりけれ

人目につかないような荒れ果てた宿ですから、橘の花こそが軒先でほととぎすを呼び寄せるよすがになっていたのですね、という歌です。まぁ、こんな荒れ果てた寂しい邸へよく来てくださいました、という思いがこめられている返歌です。このように、花橘、懐かしい、恋しい、橘の花の香りに誘われるほととぎす、などの歌ことばの世界でいいたいことを組み上げて、あなたに会いに来ました、会いに来てくださりありがとう、といった挨拶を彩っているのです。

源氏はこのあと、昔、つきあいのあった麗景殿女御の妹（花散里）に会いにいき、なつかしく語らいます。そうして源氏を歓待してくれたこの女君と、道中で声をかけてはみたものの冷たくあしらわれた女とを比べて、こんなふうに変わってしまったのは「世のさが」なのだと思うことにしたといってこの巻は終わります。

別れの歌

次の「須磨」巻は、光源氏がますます都での居心地が悪くなっていき、都を離れて須磨へと退去しようと思うようになったというところからはじまります。源氏と深い関係にある女たちはみなそれを悲しんでいます。さきほどの麗景殿女御の妹もここで「かの花散里にも、おはし通ふことこそまれなれ、心ぼそくあはれなる御ありさまを、この御陰に隠れてものし給へば、おぼし嘆きたるさまもいとことわりなり」というように出てきます。会いにいくことは稀だったのだが、桐壺帝の庇護を頼めなくなって心細い日々を源氏の差配で過ごしてきたので、嘆き悲しんでいるのも無理もないことだということです。花散里と光源氏との具体的な恋愛場面が描かれることはないのですが、こうして世の中が源氏から離れていったときに裏切らなかった人として、以後ずっと物語のなかに出てくるようになります。須磨、明石へと流離したあと、都に戻ってきた源氏は栄華を極め、六条院という大きな邸を構え、かつてつきあった女たちを呼び寄せます。このときに花散里も呼ばれます。男女の仲は絶えているのだけれども、源氏の信頼は厚く、源氏と亡くなった葵の上とのあいだの息子、夕霧の教育係をつとめるようになるのです。

さて、須磨退去がきまって、源氏は女たちと歌を交わします。まずはじめは、紫の上との歌です。これより三つ前の「葵」巻で、正妻の葵の上は亡くなっていますから、源氏の正妻格となっているのは紫の上です。源氏の母方の里であった二条の邸に共に住まっています。他の女たちは源氏と同居しているわけではなくて源氏が通っているだけですが、紫の上にとって源氏がいなくなるというのは、ずっと一緒に暮らしている人と離れることになります。

源氏の詠みかけた歌です。

　　身はかくてさすらへぬとも君があたり去らぬ鏡の影は離れじ　　（「須磨」『源氏物語(二)』四〇八頁）

我が身はこうしてさすらおうとも、あなたのそばにある鏡みたいにずっと側にいるよ、という歌です。これに対して紫の上は次のようにうたいます。

　　別れても影だにとまるものならば鏡を見ても慰めてまし

お別れしてもあなたの影が鏡にとどまっているのなら、その鏡を見て慰めにできるのに、という歌です。なぜここで鏡が出てくるのでしょうか。ちょうど鏡台のところで源氏の髪を整えているときなのです。もちろん整えているのは女房で紫の上ではありません。髪を整えてもらっているわけですから、源氏の目の前に鏡があってそこに源氏が映っているわけです。源氏が自分の映っている鏡を前にして、いなくなっても鏡のなかに残っているからね、という歌を詠んだのです。紫の上も鏡のなかにいま映っている源氏がそのまま残っているということを想像しながら歌を詠んでいます。この想像は現在ではまったくピンとこないと思いますが、当時は一般によくある考え方でした。ひとつ例を挙げてみてみましょう。

『御伽草子』という作品があります。室町時代につくられた、きれいな絵をつけた短編集です。そのなかのひとつに「花鳥風月」という物語があります。花鳥と風月という姉妹の占い師の話です。この人たちは、口寄せと言って亡くなった人の霊を降ろして死者の声を媒介する呪術士です。現在の口寄せは、たとえば青森のイタコや沖縄のユタなど、その占い師自身に亡くなった人の霊をとり憑かせて降ろします。しかし、花鳥と風月は呼び寄せた霊を鏡に寄せるのです。鏡というのは、私たちからすれば目の前にいる人しか映さないものですが、当時の感覚としては、目の前にないものが映る、この世ならざるものが映るものと考えられていました。恋しくなったら、鏡をみれば、源氏の姿がさっと映って鏡ごしに会えるというのは、なんだか二次元の映像でやりとりするインターネット社会のことのようですが、映るものとしての鏡はそんなメディアとして考えられていたのですね。ちなみに、ここで花鳥と風月が降ろす霊は、なんと光源氏と末摘花です。末摘花は鼻が普賢菩薩の乗り物みたい、つまり象みたいだと言われたのがくやしくて成仏できないと訴えます。『源氏物語』の登場人物は現実世界の人ではないのに、それが霊としてやってくるというのが面白いところです。

さて、「須磨」巻に戻って、次に歌を詠み合う相手は花散里です。源氏はあまりに心細そうにしているので花散里の邸（麗景殿女御の邸）を訪ねて行きます。夜を過ごし月がすっかり入りはてるころ、帰ろうとするのですが、沈んでいく月をみているとまるで須磨行きの別れを知らせるようです。花散里は歌を詠みかけます。花散里の歌の直前の地の文に「女君の濃き御衣《ぞ》に映りて、げに濡るる顔なれば」とあります。花散里の衣の袖に月の光が映っていて、ほんとうに「濡るる顔」のようで、というのですが、まず当時の人々は、涙を袖でふくことになっていたので、袖が濡れるというのは泣いているという意味になります。それだけではなく、ここで言われる「濡るる顔」は、次の『古今和歌集』七五六番歌の一部を引用しているのです。

あひにあひて物思ふころのわが袖に宿る月さへ濡るる顔なる

「あひにあひて」はピッタリ合っていて、という感じでしょうか。まったくもって私の気持ちにぴったりで、物思うころの私の袖に映る月さえ涙で濡れたような顔だ、という歌です。物思うというのは単に考えごとをしているのではなくて、恋に悩んでいること、恋煩いで悶々としているということをさします。袖に月など映るわけがないんですが、お月さまを袖ですくい取るイメージがあるようなのですね。これは女性歌人の伊勢の歌ですが、ここでは花散里が伊勢の歌を引用しているわけではないということに注意が必要です。「げに濡るる顔なれば」（まことに、濡るる顔といった風情で）のように地の文に引いているのです。当時の読者は「濡るる顔」と言われれば、先の伊勢の歌が浮かぶわけで、物語の地の文が花散里の心情を表現するのに、それを引用しているのです。このように、『源氏物語』は物語内で詠まれる和歌に古歌が引用されるだけではなく、地の文も歌ことばの引用で成り立っているのです。壮大な歌ことばのネットワークのなかに、『源氏物語』の表現はあるのですね。そこで花散里が詠んだ歌が次です。

月影の宿れる袖はせばくともとめても見ばや飽かぬ光を　（「須磨」四一二頁）

月の光があたっている袖は狭いけれどもそこに光をとどめて見たい、という歌です。月の光とはここでは光源氏のことですね。源氏をずっとここにとどめておきたい、と言っているわけです。さて、源氏の返歌です。

行きめぐりつひにすむべき月影のしばし曇らむ空なながめそ

行きめぐってついには澄むでしょう、しばしの間月の姿が曇っている空を眺めないでおくれ、という歌ですね。源氏は罪人として須磨に行くわけですが、しかし自らは潔白の身であると主張していて、そのことがじきに分かるだろうといいたいのですね。きっと身の潔白がわかるから、いまのこの曇った状態を見ないで我慢してくれ、というのです。光源氏は須磨退去にあたって女たちと別れの歌を詠みあうわけですが、恋愛の顛末も描かれることなく前の巻で突然出てきた女君にすぎない花散里が急に重要人物となるのも面白いところですね。

次に藤壺とのやりとりをみてみましょう。藤壺にとっての夫、源氏にとっての父親にあたる亡き桐壺帝のお墓に行くので何か言伝でもありませんか、と源氏が藤壺に声をかけます。その返事が次の歌です。

見しはなくあるはかなしき世の果てを背きしかひもなくなくぞ経《ふ》る

藤壺は「賢木」巻で亡くなった桐壺帝のための法要のあとで出家してしまいました。出家した理由は自分と天皇の間に生まれている息子——のちに冷泉帝として即位します——が、実は源氏の子どもであるということを絶対の秘密として隠すためです。なぜ出家する必要があったのかというと、源氏はずっと藤壺に執着していて会いに来たりしているので、二人の関係が、朧月夜との関係のように表沙汰になったら藤壺の子の出自に疑いがもたれるだろうと考えたからです。さらに、藤壺は、自らに執着し続けている源氏にこれで終わりにしましょうという意味をこめて出家を決意しました。

出家というのは、政界から退くという意思表示でもあります。右大臣家の弘徽殿女御からみれば、藤壺は桐壺帝の中宮だったわけですから、源氏の子だとは知らないまでも、今の天皇を廃して、光源氏を後ろ盾として藤壺の産んだ皇子を擁立して天下を取る可能性がないともいえません。藤壺出家は、そのような政権奪取の意図はないということを示す狙いもあるのです。

さて、藤壺の歌ですが、「見しはなく」はかつて見ていた人である桐壺帝が亡くなっていること、「あるはかなしき」は今生きている光源氏は須磨流離という悲しいめにあっている、そんな「世の果て」に、藤壺は出家した甲斐もなく泣きながら過ごしていますというのです。

源氏の返歌です。

別れしにかなしき事は尽きにしをまたぞこの世のうさはまされる

父である桐壺帝と別れて悲しいことはすべて終わったと思っていたのにこの世を憂うことはいやましにましています、という歌です。この贈答歌のあと、光源氏は「賀茂の下の御社《みやしろ》」に参拝し、つづいて桐壺帝の墓にお参りにいきます。

まず賀茂神社の前で源氏と従者の男が歌を詠みあいます。まず従者のうたです。

引き連れて葵かざししそのかみを思へばつらし賀茂の瑞垣《みづかき》

（「須磨」四二〇頁）

かの葵祭の際には、光源氏がこの世の栄華を極めていて、馬に乗ってパレードする光源氏を一目みたいと沿道に大勢の人々が集りました。源氏との仲がすっかり冷めていたにもかかわらず六条御息所はやはり見物に来ていたのでした。ところがあとからやってきた源氏の正妻、葵の上の車に追いやられてみじめな思いをします。それがきっかけとなって六条御息所は恨みつらみをつのらせ、葵の上が出産するときに生霊となってとり殺してしまうのです。

葵祭は賀茂社のお祭りですから、従者は輝かしい葵祭の日のことを思い出し、行列をつくって葵をかざした昔を思い出すとつらいですと詠みます。源氏も馬から降りて、賀茂の神にお別れを言って、次のように詠みます。

うき世をばいまぞ別るるとどまらむ名をばただすの神にまかせて

憂き世つまり悩み多き世をいまこそ離れます、あとにとどまるうわさの真偽は糺の神にまかせて、という歌です。賀茂神社の森は「糺《ただす》の森」と呼ばれているのですが、この「糺」が「正しい」との掛け詞になっていて、自分は罪を犯していないのだから、正しい糺の神の采配が私の運命を決めてくれるでしょう、というのです。

このあと光源氏は桐壺帝の墳墓に参ります。「御山に詣で給ひて、おはしましし御ありさま、ただ目の前のやうにおぼし出でらる」とあって、亡き父帝の姿が目の前にいるかのように思い浮かぶんですね。幽霊が出たというわけではないのですが、思い出したというよりは、まるで眼前に出現したような感じで描かれています。のちに須磨で桐壺帝の霊が姿を現わす予兆のようにも読めます。

さて、いよいよ須磨に出掛けるという場面で、最後の歌を源氏と紫の上が交わします。まずは源氏が歌を詠みます。

生ける世の別れを知らで契りつつ命を人に限りけるかな

（「須磨」四二八頁）

生きている間にこんなふうに別れてしまうことを知らないで命の限り一緒にいようと約束してしまったのだな、という歌です。紫の上はそれに対して次のように詠みます。

をしからぬ命に代へて目の前の別れをしばしとどめてしかな

自分の命など惜しくないのでその命に代えてこの別れをとどめたい、という歌です。さきほどの紫の上の歌もそうですが、非常に素直で言いたいことがはっきりとわかる歌です。第四回に見た紫の上がはじめて詠んだ歌と比べればだいぶ大人っぽい歌になっているのがわかります。相手の出してきた鏡、別れ、命という言葉をそのまま引き受けながら、心のままに素直に思いを返しています。もちろんほかの人たちもここの場面では素直な気持ちを詠んでいるわけですが、女たちのなかでも特に紫の上の詠みぶりというのは、源氏の愛を少しも疑っていない、ぴったりと源氏に寄り添うものです。最後に紫の上と歌を交わして、光源氏はいよいよ旅路に向かいます。

『源氏物語』で光源氏が都を離れていくのは、この須磨、明石への退去のほかは住吉詣でに行く場面ぐらいです。都を離れて須磨へと下るというのは、当時の読者にとって『伊勢物語』の東下りを想起させるものだったでしょう。在原業平がどういうわけか都にいられなくなって京都から関東へ下る。そこで都に残してきた妻のことを想いながら歌を詠む場面があります。『伊勢物語』は『源氏物語』よりも先に成立していますから、おそらく業平の東下りをイメージとしてこの場面も創造されたのでしょう。『伊勢物語』では旅の途中でさまざまに歌を詠みますが、地名を入れながら歌を詠むことが一大ジャンルとして発展していきます。

たとえば、光源氏は、渚に寄せ返る波をみて「うらやましくも」と「うち誦じ」るのですが、これは『伊勢物語』第七段で京に居づらくなって東に下ったとき、伊勢、尾張のあたりの海ぞいで浪が白くたつのを見て詠んだ歌の一部です。

いとどしく過ぎゆく方の恋しきにうらやましくもかへる浪かな

「いとどしく」はますます激しくという意味で、過ぎ去っていく都のほうがますます激しく恋しく思われるのに、うらやましくも波は返っていくのだなぁ、という歌です。寄せては返す波を見て、返る波はうらやましいなぁ、自分も帰りたいなぁというつもりで「うらやましくも」と言ったのです。

さて源氏が旅の途中で詠んだ歌にはたとえば次のようなものがあります。

唐国に名を残しける人よりもゆくへ知られぬ家居《いへゐ》をやせむ

「唐国」というのはいまの中国をさしていて、要するに外国ですね。外国に行った人よりも、もっとどうなるのかわからないところへ住まうのだ、という歌です。唐国で名を残したというのは何のことでしょうか。そういう中国の故事があるのだそうです。楚国の王族であった屈原という人が、讒言にあって失脚し、絶望のあまり川に身を投げて死んだというのですから、なかなかに物騒な話です。源氏がこの歌を詠んだ場所は「大江殿」というところで、荒れていて松だけが生えているような土地ですが、現在の大阪の淀川下流にあたっています。京の都から海外に出ていこうとする場合、川筋を船で大阪湾のところまで下ってくる。そこから瀬戸内を通って、九州の北を経て、大陸や朝鮮半島に向かったわけです。江戸時代に朝鮮通信使が来ていましたが、彼らが来ていた経路も同じです。源氏のこの歌は、その土地がどういう場所なのかを知っていて、それを踏まえて詠んでいます。旅のルートの地名が結び付いて歌になっているわけです。地名が何度も歌に詠まれるようになると、それが歌枕となって定着していきます。第十回でくわしくみますが、三河の八橋などは、『伊勢物語』にはじまって脈々と詠まれつづける地名です。

海へ出て、いま来た道の山ははるか遠くに霞んでみえています。「まことに三千里のほかの心ちするに、櫂の雫も耐へがたし」とあって、ここには漢詩が引用されています。「三千里外」というフレーズは、さまざまな漢詩にあるのですが、『白氏文集』〇六九五番の「冬至　楊梅館に宿す」（新釈漢文大系99『白氏文集㈢』明治書院、一九八八年、九二頁）にある「十一月中　長至の夜、三千里外　遠行の人。若為《いかん》ぞ　独り宿する楊梅館、冷枕　単床　一病身。」からとられているといいます。都を離れて三千里の遠方へ行く人。どうして独り楊梅館に宿をとったのだろうか、冷たい枕に独り寝して病身を横たえている、という詩ですから、なんとも縁起が悪い。

また「櫂の雫」は、『伊勢物語』第五十九段で京に居づらくなって東山に住んだ男が、病にかかり死んでしまったので、顔に水をかけたら生き返って詠んだ歌からとられています。

わが上に露ぞ置くなる天の河とわたる船のかいのしづくか

私の上に露がかかるのは、天の河を渡る彦星の船の櫂の雫がふっているからでしょうか、という歌です。天の河を渡る船のイメージはロマンティックですが、『伊勢物語』では都にいられなくなった男が死にかけたという話なので、やはりかなり縁起が悪い感じがします。つづけて源氏の詠んだ歌が次です。

古里を峰の霞は隔つれどながむる空は同じ雲井か

霞がかかっていて遠くは見えない、古里である京の都も見えない、けれども、ここから見ている空の雲と都から見えている空の雲は同じかな、という歌です。源氏が須磨の道中で詠む歌は、『伊勢物語』の東下りのイメージ、都を離れていく男のイメージが踏まえられています。また女たちと詠み合う歌とは異なって、男歌らしく漢詩の世界を引き寄せて構成されています。とはいえ、すべて紫式部がつくった歌なのですから、紫式部がこうして男歌、女歌を詠み分けているということですね。

源氏の歌によると、須磨行きはもう死んでしまうほどの絶望のなかにあるということがありありとわかります。

ところでなぜ源氏は須磨に行ったのでしょう。おそらくはそこが源氏の所領だったからだと思います。貴族ですから自分の管轄地である荘園を持っていて、そこからのあがりで暮らしている。都の人は地方に官人を送っていますよね。ということは、地方にも一族の所領があって、任官した人だけではなく都にもあがりがくるようなシステムになっている。源氏はそうして須磨に来たわけですが、たいした屋敷ではないうえ、大嵐がやってきて結局そこにはいられなくなって、嵐の翌日、迎えにきた人の船に乗って明石まで行くことになります。

今回は、『東北おんば訳　石川啄木のうた』に倣って、石川啄木の次の歌を土地ことばで訳してみましょう。標準語圏に育った人はワカモノことばにしてみましょう。

大といふ字を百あまり砂に書き死ぬことをやめて帰り来《きた》れり
或る時のわれのこころを焼きたての麺麭《ぱん》に似たりと思ひけるかな

【みんなの啄木歌土地ことば訳】

大ちゅう字を百あんまい砂に書いて死んことをやめて戻っきた
あっときのおいの心は、焼きたてのパンに似ていると思もた

鹿児島のことばだということです。うまく三十一文字に入っていますね。

大の字《ず》ば百個ぐれえ砂浜さ書いで死《す》なずに帰ってぎだよ
ある時《どぎ》の　自分《ずぶん》の心《こごろ》焼ぎだでの　パンさ似でるど思ったごとよ

こちらは山形のことばだそう。ルビを駆使して濁音をうまく取り込んでいます。

大という字を百以上砂に書き死ぬをやめて帰ったじゃんね
あるときの私の心焼き立てのパンに似てると思ったらあ

こちらは三河のことばだそう。「じゃんね」「だらあ」の語尾がいいですね。

大ちゅう字を百回くれえ砂に書いて死ぐこんやめて帰って来た
ある時の私の心焼きたてのパンに似てると思ったじゃんね

こちらは山梨県甲州のことばだそう。「じゃんね」の語尾はこのあたりでも使うのですね。

大っていう字ば百くらい書きよって死ぬことばやめてから帰って来たっさ
あん時のおいの気持ちば焼きたてん麵麭に似とるって思ったっさね

こちらは長崎佐世保のことばだそうです。「おい」という自称語が使われるのですね。

砂浜に野望かいたら気付いてん死ぬタイミング今とちゃうやん
ある時のうちのこころが焼きたてのパンに似てると思ってもうた

こちらは地名がありませんでしたが、ワカモノことばとのミックスになっているのがおもしろいところ。「大といふ字を百あまり砂に書き」を「砂浜に野望かいたら気付いてん」となっているのがいいですね。「大」の字を書くというのは、そうか「野望」を書くことなんだと気付かされました。「死ぬことをやめて帰り来れり」が「死ぬタイミング今とちゃうやん」になっているのもいいです。

大となんべんも書いでたら死ぬことばやんだくなって帰ってきたたは
できたてのパンはあの人ば思うおらのこころみてえだにゃ

こちら地名がありませんでしたが「やんだくなって」、語尾のところがユニーク。自称語はここでは「おら」なのですね。

大の字を砂にめっちゃ書きなぐるこんなところで死んじゃいけん
あの時の私の気持ちはほかほかのコメじゃなくてパンしか勝たん

こちらはワカモノことばでの訳。「めっちゃ書きなぐる」と「こんなところで死んじゃいけん」という気持ちがわいてきたのですね。「〜しか勝たん」という表現、今回はじめて学びました。啄木歌の「或る時のわれのこころ」が「焼きたての麵麭に似たり」という表現をあの気持ちを表すのは「パン」しかない、というのですね。

【みんなのコメント❻】

● 今まではツイッターで書ける文字数は少なくて上手く相手に伝えられないと思っていたけれど、和歌を訳す練習をしている中で三十一文字という限られた文字でも十分に相手に伝えることができ、そして少ない文字数だからこそ相手に様々な想像をさせることができるということを知り、一文字一文字がもつ言葉の力はすごいなと思い知らされました。

● おんば訳は初めて知ったが、土地の言葉で詠むことで、元の歌よりもその人の生の感情のように感じた。

● 土地言葉や現代語で訳すことによって、昔の歌人の心情の理解がより容易になり、変に現代語訳するよりも親近感がわきすんなり自分の中に入ってくる気がしたが、そこでいじりすぎてしまうと解釈が少し異なってしまうのでは?という怖さも感じた。

● 鏡の歌は印象的でした。鏡の中に人が留まっていると思っていたこと、またその人の怨念や愛情のようなものがあれば鏡の中に現れると思っていたということから、鏡の中で姿を見たい、鏡の中に現れるでしょうなどという歌を詠んだということが面白かったです。現代のように、何もかも解明されていくのは便利ですが、少し味気ないですね。

● 須磨に流される原因となったのは女性問題であるのに、その女性と歌を詠みあい気持ちを確かめ合っているのは源氏らしくて衰えぬ女好きとメンタルの強さを感じました。

● 須磨に左遷され、辛酸をなめるような時代も描かれているからこそ源氏はどこか人間臭く感じますし、物語の奥深さも感じることができます。平安時代の宮中はどの時代の宮中よりも華やかな印象がありますが、光と闇も激しかったのだと想像できました。

● 「花鳥風月」の鏡の話がすごく面白かった。受験勉強の時は古文を理解するために覚えなければいけないものとして捉えていたけれどこうして授業で聞いていると、知れば知るほど歌が面白くなって自分の中での理解が深まると気づくことができた。

●『源氏物語』を見ているとたくさんの和歌が出てきて、この時代に生まれてこなくてよかったなと思いました。私だったらこんなにもセンスのある和歌を詠めずに一生未婚のままだっただろうなと思いました。紫の上に対する別れの歌を見て、光源氏はスペックも高くて改めてモテる要素があるなと思いました。

第七回　遠くの人と交わす歌――『源氏物語』「須磨」巻つづき

学習した言語で短歌を詠む

　みなさんの多くは、日本語を母語だと感じていて、自然と話せるようになったと感じていると思いますが、読み書きができるようになるためには学校などで漢字の読み書きや文章の書き方を学ぶ必要があります。みなさんも漢字テストをたくさんしたでしょう。その積み重ねの末に今に至っているわけですね。日本の多くの学校は第一言語を日本語としていますので、みなさんは学校教育によって日本語の読み書きを修得したわけです。その意味では英語などの外国語の学習とさほど変わらないわけで、英語で全部授業を受けるような学校に通えば、英語の読み書きはなんなくできるようになるはずですね。逆にいうと、日本語だからといって決して自然に読み書きできるようになったわけではないということです。

　たとえば、アイヌのように自らの言語には文字がなく、口承文芸のみでやってきた民族が、明治時代以降の同化政策で学校に入れられ日本語を学習するようになると、日本語でアイヌの神謡を翻訳して知らしめるなど日本語文芸に参画するようになります。なかでも違星北斗という人は、二七歳で早世したこともあってアイヌの石川啄木と呼ばれたといいます。『違星北斗歌集　アイヌと云ふ新しくよい概念を』（角川ソフィア文庫、二〇二一年）の山科清春の解説によると、違星北斗は「土人学校」としてアイヌのために作られた小学校ではなく、日本人の子弟の通う「尋常小学校」に通い、ひどくいじめられたといいます。遠星北斗の歌をみてみましょう。

お手紙を出さねばならぬと気にしつつ豆の畑で草取してゐる。

文字言語を獲得し、「お手紙」をやりとりする。文人としてものを書く人でもある。その一方で、畑で豆を育ててもいる。違星北斗はそんな暮らしをしていたのでしょう。大正時代につくられた作品ですが、さいごに句点がぽつんとあるのが新鮮ですね。

酒故か無智故かは知らねども見世物のアイヌ連れて行かるる。
利用されるアイヌもあり利用するシャモもあるなり哀れ世の中
シャモといふ優越感でアイヌをば感傷的に歌をよむ、やから
アイヌッ！とただ一言が何よりの侮辱となって燃える憤怒だ
獰猛な面魂をよそにして弱い淋しいアイヌの心
単純な民族性を深刻にマキリで刻むアイヌの細工

アイヌの同化政策のその裏には厳しい差別がありました。アイヌの顔に入れた刺青や独特の風貌、衣装などは見世物ともされたのでしょう。シャモというのは和人をさしています。これらの歌には、アイヌの直面した差別の諸相が活写されています。

暦なくとも鮭くる時を秋としたコタンの昔慕はしくなる
ひらひらと散ったひと葉に冷やかな秋が生きてたアコロコタン

アイヌの一年の時間の流れは、漁期など、自然の季節感と一体だったのでしょう。コタンとは村を意味するアイヌ語です。暦などがなくても鮭が川に戻って来れば、秋になったと感じていたアイヌの村の暮らしを「慕はしくなる」と表現しています。実はこの歌は何度も改編されていて結句を「したはしきかな」「思ひ出される」「したはしいなあ」などとする歌も残っていますが「慕はしくなる」がしっくりくると思います。アコロコタンは我がふるさとという意味です。アイヌにとって秋という季節は暦のような人工的な時間区分ではなく、自然のなかに息づいていたのだという歌ですね。

俺はただ「アイヌである」と自覚して正しき道をふめばいいのだ

違星北斗は、「アイヌである」ことを引き受けて書き手となったのだとわかります。この時代、アイヌが日本語を学ぶことで生まれた文学は他に知里幸恵の『アイヌ神謡集』などがあります。
大学生になってからは第二外国語としてさまざまな言語を学習する機会があると思います。こうしたあとから習った学習言語で文学作品を書く人たちが増えています。たとえばインドにルーツのある作家のジュンパ・ラヒリはロンドンで生まれ、幼い頃にアメリカに移住し、アメリカの学校で勉強をしたので英語で小説を書いたのはごく自然なことでした。ところが、四十歳を過ぎてからイタリアに移住し、イタリア語を習い覚えて、現在はイタリア語でエッセイや小説を発表しています。日本で生まれ育って、大学を出てから留学生としてドイツに行って、その後ドイツに住み続けている作家の多和田葉子は、ドイツ語と日本語で作品を発表していますし、同じく大学卒業後にフランスのパリに行った関口涼子も日本語とフランス語で作品を書いています。また李琴峰は台湾から留学生として日本にやってきて、その後も日本に住まい日本語で小説を書いています。『彼岸花が咲く島』（文藝春秋、二〇二一年）が二〇二一年の芥川賞を受賞したのでご存知の方もいるかもしれません。

こうして、あとから学習した言語で文学活動をするケースはますます増えていっていると思いますが、短歌の世界でも韓国から留学生として日本にやってきたカン・ハンナが第一歌集『まだまだです』（角川書店、二〇一九年）を発表しています。

カン・ハンナはテレビの番組で短歌をつくることを覚えたそうで、角川短歌賞も受賞しています。歌集のタイトルは、次の歌からとられています。

「日本語が上手ですね」と言われると「まだまだです」が口癖になり

「まだまだです」というのは、日本語特有の謙遜した言い方で、こうした表現を使えるほどに「日本語が上手」なわけですが、でも自分ではまだまだ足りないとも思っているところもある、というような感じですね。

次の短歌はみなさんも留学先で経験したことがあるかもしれません。あ、ちゃんと話せてる、と気づくような夢をみたりすることがありますよね。

夢の中の登場人物全員が日本語になった来日五年目

帰省したときや電話での会話で母親を詠む歌も多くあります。

ソウルの母に電話ではしゃぐデパ地下のつぶあんおはぎの魅力について

次の歌は、牛丼というがっつりごはんを選んでいながら「女」らしくサラダをつけているというのですね。

牛丼にサラダをつける「わたし女ですから」というような顔して

次は日本の神社や八百万の神についての新たな発見を詠んだ歌ですが、ハングルが交じっているのが効果的ですね。

参拝の仕方も知らず日枝神社へ下手な日本語で神様を呼ぶ

空にいる古い木にいる川にいるニッポンの神　アンニョンハセヨ

次の歌は、外国語学習の苦労を知っているみなさんにも親しみのあるものではないでしょうか。

一ページ読み終えるのに一時間ルビだらけになる『日韓関係史』
難しい漢字とたたかう日本の書、付箋を貼っても海を越えない
ペンだこを何度も触る夜中二時海なんてない火星のように
読み終えた『異文化理解』の中からは見つけられない日韓の距離

日本で勉強することがおのずと日韓関係に思いを至らせるのですね。恋もして失恋もする。そんな歌もあります。

完璧な恋は望まない、わかってる、わかってるからこそ難しい
千切りのキャベツの山をしぼませるドレッシングはまるで君のよう
花が散り愛する人も去ってゆく今欲しいのは母のごつい手

口語短歌の自由さは、このような新しい歌人を産み出す原動力となっていると思います。

手紙のなかの歌

『源氏物語』「須磨」巻の続きを読んでいきましょう。光源氏は都を離れ、須磨へ辿り着きました。長雨に降り込められたつれづれに恋しく思い出すのは都に置いてきた女君たちのことです。光源氏はさっそく紫の上に長い手紙を書き、藤壺をはじめとする女君たちに歌を送ります。

まず光源氏から藤壺へ送られた歌。

松島のあまの苫屋《とまや》もいかならむ須磨の浦人しほたるるころ　（「須磨」『源氏物語(二)』四三四頁）

松島の「松」は「待つ」との掛け詞、あまは「海人」と「尼」との掛け詞。藤壺は出家していますから「尼」なわけですが、私を待っているあなたはどうしているかしら、須磨で浦人となっている私が泣いているころ、という歌です。「しほたるる」はしょっぱい水が垂れている感じがありますが、涙を流す比喩になっています。この歌に源氏は、次の文句をつけて送っています。「いつと侍らぬなかにも、来し方行く先かきくらし、汀《みぎは》まさりてなん」。この「汀まさりて」に、『貫之集』（和歌文学大系19『貫之集・躬恒集・友則集・忠岑集』明治書院、一九九七年）に収められている七一一番歌を引いています。詞書によると兼輔の近衛佐が甲斐に行く友におくった別れの歌です。

君惜しむ涙落ちそふこの河のみぎはまさりてながるべら也

あなたの旅立ちを惜しんで涙を流したものだからこの川の水量が上がっています、という大袈裟な歌ですが、その一部「汀まさりて」を記して、先の歌の「しほたるる」涙の度合いをさらに強調して、これほどにもあなたを恋しく思って泣いているのですよ、という意味を添えているわけです。この歌に対する藤壺の返歌は次のものでした。

しほたるることをやくにて松島に年経るあまもなげきをぞ積む
（「須磨」四三八頁）

「しほたるる」「松島」「あま」はみな源氏の歌からとられたことばですね。「しほたるる」は泣くという意味ですから、泣くのが役割みたいになって、待つ島（松島）で年を経る間に、尼であるわたしは嘆きを積んでいます、という歌です。要するに、私も悲しいわ、という意味です。ここでは、「やく」に役割の「役」と「焼く」が響き合っています。あとで出てきますが、海辺の歌ことばには、製塩作業を思わせる「塩を焼く」という言い方もあって、「焼く」がでてくるのです。和歌のやりとりをしているのは貴族たちなのに、彼らが絶対にたずさわることのない製塩の労働が歌ことばになっているのは面白いことですね。また「嘆き」を積むには、「投げ木」を積むということばも隠されています。源氏はいま海辺にいるので、海のことばを尽くして歌を送り、藤壺も同じことばづかいでそれに答えているのですね。

源氏は須磨行きの直接の原因となった朧月夜にもこっそり歌を送っています。こんな歌です。

懲りずまの浦のみるめのゆかしきを塩焼くあまやいかが思はん
（「須磨」四三四頁）

わたしは懲りもせずに、あたなに会いたいと思っているのだけど、塩焼く海人のあなたはどう思っているかしら、という歌です。自分で「懲りずまに」と言っているのがおもしろいところですが、まぁ性懲りもなく、朧月夜に会いたいと思っているのですね。平安時代には、表記上、清音と濁音の区別がありませんでしたので、「懲りずま」は「こりすま」で、ここに「須磨」という地名が隠されてもいるのです。さらに「みるめ」は「見る目」と海藻を意味する「海松布」との掛け詞で、あなたを「見たい」つまり会いたいというのを海の縁語を使って表現しているわけです。実はこの歌は、『古今和歌六帖』一八七〇番に収められているの次の歌のことばから構成されています。

白波は立ち騒ぐともこりずまの浦のみるめは刈らんとぞ思ふ

白波が立ち騒ぐようにうわさになっても懲りずにあなたに会いたいし、あなたを「刈」りとるように自分のものにしたいと思っています、という大胆な歌です。懲りずにあなたを求め続けていますという先行歌の歌意をそのまま引っ張ってきて自分の歌にしているわけですね。意味もほとんど同じです。朧月夜の返歌です。

浦に焚《た》くあまたにつつむ恋なればくゆる煙よ行く方《かた》ぞなき
(「須磨」四四〇頁)

いまや源氏の異母兄にあたる朱雀帝に入内している身でありながら、源氏のストレートな求愛にやはり直球で応えています。みんなに包み隠す内緒の恋なので、心を燃やす煙も行き場がないのです、という歌。「あまたに」は「大勢に」という意味の「あまた」と海の縁語の「海人」が掛け詞になっています。また「恋」は古典語では「こひ」と表記するので、「ひ」に「火」がかかっていて、煙を「燻ゆる」がでてくるわけです。「くゆる」には、うわさがたったことを「悔ゆる」意味も隠されています。一人の貴公子を政界から追いやるようなスキャンダルですが、どうあってもこの二人の恋情はさめることがないようです。歌からもその情熱が伝わってきますね。

この巻には、前回も少しふれたように朱雀帝が朧月夜に、源氏との恋愛についてあてこする場面も描かれています。朱雀帝が「源氏がいなくなって宮中も光が失せたように寂しいね」「父桐壺院の意に背いて、罪を得ることになるだろうな」と涙ぐみます。朧月夜も思わず涙を流すのですが、朱雀帝は「ほうらごらん、この涙も私か源氏かどちらのために流しているのだか」と言うのです。自分の妻格としたにもかかわらず、心が自分ではなく源氏のほうにあることを朱雀帝もわかっているのです。

さて、ここで光源氏が紫の上に送った歌が示されていません。長い長い手紙を書きおくったとあるだけで紫の上の返歌だけがぽつんとおかれています。


浦人のしほくむ袖に比べみよ波路隔つる夜のころもを　（「須磨」四四〇頁）

須磨の浦にいる人が塩水を汲み上げて濡らしている袖と比べてみてください、波路を隔てられて独り寝の夜に泣き濡れている私の衣とを、という歌です。「しほくむ」も製塩の作業をさす表現ですが、塩は涙と連関していること、また涙は袖で拭くことになっていましたから、袖が濡れるというのは涙を流す、つまり泣くことを意味していたのです。須磨の浦にいる光源氏と残された紫の上との対比が詠まれているのですが、源氏の歌への返歌としていない分、どんなにか心のこもった歌が送られただろうと想像させもします。源氏は紫の上の姿が、昼も夜も目に浮かんでくるので、この歌とともにこまやかに書かれた手紙を読んで、こっそりと紫の上を須磨の地に呼び寄せてしまおうかと思うのですが、やはり精進潔斎につとめようと心を強くします。

さて都から離れてみて、源氏は、恋の妄執を絶つために伊勢に下った六条御息所と近しい気持ちで歌のやりとりをするようになります。六条御息所から送られてきた手紙には次の歌が添えられていました。

うきめ刈る伊勢をの海人を思ひやれ藻塩たるてふ須磨の浦にて

（「須磨」四四二頁）

「うきめ」には「憂き目」と海藻を意味する「浮海布」がかけられています。ここでも「しほたるる」と同じような表現「藻塩たる」ということばが使われています。憂きめにあっている伊勢の海人である私を思い出してください、藻塩たれるという須磨の浦で、という歌です。ここで「藻塩たるてふ」のように、須磨というのは藻塩たると言われているでしょう？といっているのは、『古今和歌集』九六二番歌に次の在原行平の歌があるからです。詞書に「田村の御時に、事にあたりて津国の須磨といふ所にこもり侍りけるに、宮のうちに侍りける人につかはしける」とあって、文徳天皇代にある事件にかかわって須磨にこもることになった在原行平が宮中にいる人に送った歌です。

わくらばに問ふ人あらば須磨の浦に藻塩たれつつわぶとこたへよ

「わくらばに」はたまたま、とか、まれにという意味で、まれにも私のことを問う人があらば、須磨の浦で藻塩草から潮水が垂れるように涙をこぼしながら、心細く過ごしている（侘ぶ）と答えよ、という歌です。須磨の浦で泣いているということを「藻塩たれ」ると表現しているのですね。その須磨の浦にいま光源氏がいるのです。源氏の須磨行きは単にそこに所領があるという話だけではなくて、『古今和歌集』の在原行平の歌を踏まえた文学的想像力に依拠していることがわかります。

六条御息所のもう一首の歌が次です。

伊勢島や潮干《しほひ》の潟に漁《あさ》りてもいふかひなきは我が身なりけり

伊勢島の潮が引いた干潟であさり貝をあさっても貝がないように、甲斐がない我が身です、という歌です。「あさり」と「漁り」、「貝」と「甲斐」が掛け詞になっています。こちらも海にまつわることばでまとめられた歌ですね。

源氏の返歌です。

伊勢人の浪の上《うへ》漕ぐ小舟《をぶね》にもうきめは刈らで乗らましものを

（「須磨」四四四頁）

伊勢人が浪の上で漕いでいる小舟に、うきめを刈らずに乗れば良かった、という歌です。うきめは例によって海藻と憂き目とが掛け詞ですから、憂き目をみる、つまり須磨に来るのではなくて、六条御息所のいる伊勢に行ったほうがよかったというのです。あんなに厄介な女君だったのに本心かなと思ってしまいますが、女のいない須磨という地では人恋しいのでしょう。さてここには、節をもって歌われる「伊勢人」という歌が隠されています。

伊勢人は　あやしき者をや　何《な》ど言《て》へば　小舟に乗りてや

波の上《へ》を漕ぐや　波の上を漕ぐや

それで「浪の上漕ぐ小舟」が出て来るわけですね。舟の船頭さんがうたう歌だったのかもしれません。さらに源氏の一首がつづきます。

海人《あま》が積むなげきのなかにしほたれていつまで須磨の浦にながめむ

海人が積む投げ木のように、嘆きのうちに泣き濡れていつまで須磨で物思いをするのでしょうか、という歌です。「ながめ」は「眺める」ということですが、和歌のなかではたいてい「長雨」と掛け詞になって出てくることばで、雨に降られて部屋のなかからぼーっと庭をみているような感じです。ぼーっとみているのは、考えごとをしているからで、それはたいていの場合、恋の悩みを悶々と思い返しているのですが、ここでは、寂しい須磨という場所にいることそれ自体について思い沈むわけです。ああ、いったいいつまで悲しみに暮れて須磨にいなければならないのでしょう、と少し甘えたようにいうのは、六条御息所が年上の女性だからでしょう。また都を離れ、伊勢で暮らしているわけですから、どうやり過ごしているのかを知りたい思いもあるのです。ここで源氏は伊勢から手紙を携えてきた従者を二、三日、邸にとどめて、伊勢の話をきいています。

花散里からも手紙がきました。そこには次の歌がありました。

荒れまさる軒のしのぶをながめつつしげくも露のかかる袖かな（「須磨」四四六頁）

「しのぶ」には「忍ぶ」つまり我慢するというのと「しのぶ草」が掛け詞になっています。また「ながめ」には先ほど説明したように「眺め」と「長雨」が掛け詞となっていて、「露」が引き出されるのですね。露が袖を濡らすというのは、泣いていることをあらわす言い方です。

前にみたように、花散里は麗景殿女御の妹で、麗景殿女御は桐壺帝の妻格だったわけですから、桐壺帝の死後、経済的な支えを失っています。源氏と花散里のつきあいによって、源氏のサポートを受けて生活をしている状態なのです。ところが源氏も須磨へ下ってしまった。そこで、邸は「荒れまさ」り、「軒」にはしのぶ草が生えてきている。それを眺めながら、物思いに沈んで泣いていますという歌です。わりと直接的に、困窮状態を訴える歌ですね。源氏もすぐに了解して、京にいる自分の所有地となっている荘園で働く者を行かせて修繕するように命じています。

男たちの源氏への歌

ある日の夕暮れ時、源氏は「釈迦牟尼仏弟子」と名のりを上げながら経を読み上げています。沖のほうから船乗りがうたいながら漕ぎゆく声が聞えます。ちょうどそのとき、雁が連なって飛んできて、その鳴き声が舟を漕ぐ楫の音に似ていると思います。源氏はふと顔をあげてはらはらと涙をこぼし、それを黒い数珠を持った手でかき払います。その姿を見て、一緒についてきた従者の男たちは「古里の女恋しき人々、心みな慰みにけり」とあります。都に置いてきた女たちが恋しいな、という気持ちが、源氏が泣いて涙をぬぐっている手つきを見てなぐさめられた、というのです。親兄弟や妻や恋人と離れて源氏に同行して須磨に来た男たちは、性愛関係があってもなくても光源氏とゆるやかな情愛の関係で結ばれています。光源氏が好きだ、光源氏は美しい、と思っている男たちなのです。さて、源氏は雁の声を聞いて次の歌を詠みました。

初雁は恋しき人のつらなれや旅の空飛ぶ声のかなしき

（「須磨」四五四頁）

雁というのは渡り鳥です。渡って会いに行く、あるいは戻って会いに行くというイメージがあります。「初雁」というのはその季節に初めて渡ってきた雁のことで、それに自らを重ねているのです。雁は単独ではなくて、アルファベットのVの字のように連なって飛んできます。その連なりの「連」と同類、仲間を意味する「つら」がかけられていて、あの雁は恋しく思う人の仲間だから、旅の空を飛ぶ声が悲しく聞えるのだね、というのです。それを聞いていた良清という従者が次のように詠みます。

かき連ねむかしのことぞ思ほゆる雁はその世の友ならねども

雁の連なりのように次から次へと昔のことを思い出しています、雁はその昔には友として一緒にいたわけではないけれども、という歌です。こんな目にあうとは昔は思わなかったというようなニュアンスも少しあるでしょうか。この歌を詠んだ良清という人は実は「若紫」巻に一度でてきています。光源氏がわらわ病みにかかって、北山の僧都に会いにでかけたときに従者としてついてきていて、明石にはどうも娘を都に送り込みたいと意気込んでいる男がいて、都人と結婚できないなら海に飛び込んで死ね、とか言っているらしいですよ、というように次の「明石」巻に登場する女君の噂話をしていた人なのです。明石のあたりに知り合いがいる人なのでしょう。須磨についてから、良清は明石の女君のことを思い出して手紙を送っています。父親が直に会って話したいことがあると返事してきたのですが、良清はどうせ娘を手に入れられまいと思うので行くのを躊躇しています。

さて次に民部大輔《みんぶのたいふ》という人が歌を詠みます。民部大輔とは誰かと思うかもしれませんが、これは惟光のことです。「夕顔」巻で活躍した人物で、源氏の乳母子ですね。乳兄弟として育った乳母子は、どんなときでも一緒にいてくれる心強い従者です。

心から常世を捨てて鳴く雁を雲のよそにも思ひけるかな

自分の意志でずっと住んでいた世を捨てたけれど、故郷が恋しくて鳴く雁のことを雲のよそごとのように自分とは関係ないと思ってきたなぁ、という歌です。渡り鳥の雁のように遠くに旅をするなどということが自分の身に起きると思わなかったというのですから、あぁ、なんてひどい目にあっているのだろうという愚痴のようにも聞えます。さすが気の置けない従者だけのことはあります。そこで右近の将監《ぞう》がとりなす歌を詠みます。

常世出でて旅の空なる雁がねもつらにおくれぬほどぞ慰む

ずっと住んでいるべき常世を出て旅の空にいる雁も仲間に遅れずにいられる間は慰められます、という歌です。こんな寂しいところへ来たといっても、光源氏のそばにいられるのなら慰められます、という意味ですね。

源氏の雁の歌からの男たちの連携プレーは、良清が昔のことを思い出してさみしいと言い、惟光がこんな目にあうとは思いもよらなかったと言うと、最後に、でも源氏といられれば慰められる、という構成で、最後の歌に、男たちの気持ちが収斂されるのです。男たちは歌を詠みあいながら、源氏と一緒にいられるから幸せなんだとゆるやかな源氏をめぐる情愛の連帯を確認しあっているのです。

都に残してきたのは女君ばかりではありません。遠く京の都から源氏のことを思っている男もいます。源氏が元服のときに婚姻関係を結び、六条御息所にとり殺されて亡くなった葵の上の兄、頭中将です。左大臣家の惣領息子なわけですが、桐壺帝亡きあと、朱雀帝の代となって、政治の中核は朱雀帝の母方の右大臣家に移っています。源氏と仲良くしたら時の権力者の右大臣に睨まれるようなこのご時世に、頭中将はわざわざ源氏に会いに須磨までやってきます。男が訪ねてきてやることといえば宴会。「文つくりあかす」とあって、男同士で漢詩を詠みあうなどします。男たちが漢詩を詠みあうのは、音楽の合奏などと並ぶ宴会の余興のひとつです。

漢詩を作る文化は脈々と続き、明治時代までは確実に続いていたことがわかります。夏目漱石と正岡子規が漢詩を作り合ったということがありますし、森鷗外『ヰタ・セクスアリス』という小説を読むと漢詩を上手に作りたいと思って友達と一緒に近所の先生のところに習いに行く場面が出てきます。明治期に英文学に倣って、日本の文学、いわゆる国文学が立ち上げられたわけですが、日本古典文学だけでなく漢文も重要な文芸だという認識が強く残っていました。そういうわけでいまでも国語の授業では古文だけではなく漢文も学習することになっているのですよね。

しかし、現在では、漢詩を自ら作って漢文を機知として楽しむ文化は失われてしまいました。和歌のほうは、百人一首や現代短歌となって生き延びましたが、漢詩を詠む文化のほうは読むことすらも廃れてしまいました。廃れた理由のひとつに、日本独自の文化を強調するには中国からの影響関係をとりたてるのは不都合だったということもあるでしょう。実際には、東アジア全体が漢字文化圏であり、仏教の経典を含め古代の書物は漢字で書かれたものを共有していたわけですし、日本の文学の伝統に漢詩文は欠かせないものでしたが、いつしか日本の伝統、日本の文化は仮名による和歌なのだということになってしまいました。

ちなみに『源氏物語』のなかでは漢詩を詠みあうのは男ばかりで、そこに女性は参入していませんし、男たちが作った漢詩がでてくることもありません。それは作者の紫式部が女性で漢詩を作れなかったからではありません。おそらく彼女も立派な漢詩をつくれたと思います。天皇の命で作られる勅撰和歌集の前身として勅撰漢詩集がつくられていますが、そこには女性が作った漢詩も入っていますから。

さて、夜通し共に過ごして、朝、頭中将は都に帰ります。朝ぼらけの空に、また雁が連れ立って渡っていきます。源氏は次の歌を詠みかけます。

古里をいづれの春か行きて見んうらやましきは帰る雁がね　（「須磨」四八〇頁）

故郷にはいつの春に帰れるだろう、うらやましいのは帰っていく雁だよ、という歌です。帰っていく雁とはここでは都に戻る頭中将のことをさしています。つまりあなたは都に帰れてうらやましいと言っているわけです。それに対して頭中将は次の返歌をします。

飽かなくにかりの常世を立ち別れ花のみやこに道やまどはむ

「飽く」は心が満たされて満足するという意味なので、まだ満たされていないのに、「仮」の住まいを「雁」は立ち別れて、花の都への道中で道に迷ってしまうでしょう、という歌です。常世は大袈裟な言い方ですが、住まう場所といった意味で男たちの歌にくり返されていました、それを「仮」の住まいだというところに「雁」との掛け詞があるのですね。つまり、光源氏と別れて源氏のいない都に帰るなんてまどってしまいそうだ、と言うのです。源氏はお土産に「黒駒《くろこま》」つまり黒毛の馬を贈ります。この贈り物には『拾遺和歌集』九一一番の次の歌が隠されています。

我が帰る道の黒駒心あらば君は来ずとも己《をの》れいななけ

私が帰る道で、黒駒よ、私を思いやる心があるなら、あの人は一緒に来ないけれど、おまえがいないて励ましてくれ、という歌です。ここでの帰っていく「我」は頭中将をさすはずですが、源氏が黒駒に呼びかけているかたちですね。源氏自身がおのれの不在、つまり別れの悲しみを黒駒に託して贈っているのです。頭中将が、いつまた会えるかな（「いつ又対面は」）、と言うので、源氏は次の歌を詠みます。

雲近く飛びかふ鶴《たづ》も空に見よ我は春日のくもりなき身ぞ

「雲居」は空高いところ、というので天皇や宮中をさすことばですから、宮中近くで飛び交う鶴であるあなたも、しっかり空を見てください。私は春の日の雲のない空のように、くもりなき身、罪なき身ですよ、という歌です。こんな目にあったけれども自分は潔白であるというのが源氏の主張です。それに対して頭中将が次のように返歌します。

たづかなき雲井にひとりねをぞ泣くつばさ並べし友を恋ひつつ

源氏のうたで頭中将は鶴にたとえられていましたので、それを受けて「たづ」が鳴く、つまり私は宮中でひとり泣いています、かつて翼を並べた友が恋しくて、という歌です。

「たづがなき」には「鶴が鳴き」のほかに、「たずきなし」という、よるべがない、方法がないということばも掛けられています。よるべない宮中で一人泣いているというのです。また「鶴が鳴き」には、『詩経』(新釈漢文大系111『詩経(中)』明治書院、一九九八年、二六九頁)という漢詩集にある「鶴鳴」を響かせているのかもしれません。「鶴鳴于九皋　聲聞于野」(鶴九皋《きうかう》に鳴き　聲野に聞こゆ)とはじまる詩ですが、鶴は山野に身を隠しているが彼らを重用すれば天下がよく治まるという教訓をいうのだといいます。源氏が須磨のようなところにいることを暗示して、それでは天下は治まらないという含意がありますす。つづく場面で、嵐がやってきて都も荒れ放題となり天皇も眼病を患う展開がここに予告されているともいえます。

源氏と頭中将との和歌やりとりからは濃密な男同士の絆が読み取れます。源氏と頭中将の関係は、源氏が宮中に復帰すると政界のライバル関係になって張りあうことになります。すごく仲が悪くなってしまうわけではないのですが、若い時代の二人の睦ましさは失われます。それを思うとこんなにも純真に男たちが情愛を傾け合うのは若い青年ならではのはかないものなのかもしれません。男同士の和歌のやりとりは、漢詩を踏まえるなどして男女の和歌とはまた違った趣きがあります。とくに「須磨」巻での男たちの和歌は男同士の情愛の表現の可能性をとことん追求したものといえるでしょう。

歌で嵐を呼ぶ

三月になりました。源氏は三月三日の上巳の祓えを行います。三月三日といえば、現代ではひな祭りの日です。いまでも地方によっては流し雛の習俗がありますが、平安時代には、悪いものを身代わりとして人形につけて流すお祓いを行う日でした。源氏は、須磨に蟄居するような禍いを身に受けているわけですから、それを祓おうと陰陽師を呼んで、舟に人形をのせて海に流す儀式をします。そこで源氏が和歌を二首詠むのですが、その歌が嵐を呼ぶのです。須磨の海辺だけではなく、都も嵐となって、いわゆる天変地異が起きる展開となります。天変地異というのは、単なる気象現象ではなくて、魔界、霊界の力で引き起こされるものです。結局、この天変地異をきっかけとして、源氏は都へ召喚されます。源氏の運命を変えることになる二つの歌を見ていきましょう。

知らざりし大海《おほうみ》の原に流れきてひとかたにやはものはかなしき　（「須磨」四八四頁）

見たこともない大海原に人形のように流れてきて、ひとかたならず悲しい思いをしている、という歌です。「ひとかた」に「人形」と「ひとかたならず」がかけられているのですね。こんな知らない土地に流されてきて、悲しいということです。これからどうなるのだろうと不安になった源氏は、つづけて次の歌を詠みます。

やほよろづ神もあはれと思ふらむをかせる罪のそれとなければ

八百万の神も私をあわれと思うだろう、何の罪も犯していないのだから、という歌です。八百万の神に呼びかけてしまったのですね。私は罪をおかしていないのに！と訴えて。すると「にはかに風吹き出でて、空もかきくれぬ」（急に風が出て、空が真っ暗になった）。雨が降り出します。まだお祓いの儀式も途中でしたがあわてて帰り仕度をします。海の上は、雷で光っていて、雷鳴がとどろきます。人々は「あのまま、あそこにいたら波にさらわれていたかもしれない」「高潮というものにあっというまに人がのまれるときいていたけれど、こんなことははじめてだ」などと言い合って、この世の終わりをみたように不安がっていますが、源氏は落ち着いて、静かに経を読み上げています。

暁方に源氏はうとうとと転《うた》た寝をします。その転た寝の夢に正体不明の人が出てきて「なぜ宮からお召しがあるのに参らぬのか」と言って探し回っているのを見ます。源氏は目を覚まし、さては海の中に棲む竜王が、ものをひどく愛でるというから、自分に魅入ってしまったのだな、と考えます。海の底には竜王という怪物すなわち神がいると考えられていますが、海辺で歌などを詠みかけたがために、神が源氏の美しさに魅せられてつかまえようとしていると源氏は考えたわけです。源氏のあまりの美しさに、周囲の人々は、たびたび「ゆゆし」と表現していますが、神は美しいものを欲しがるので、神に魅入られると早死にしてしまうと考えられていました。こうして、源氏は、この住まいにいるのを耐えがたいと思うようになった、という一文で「須磨」巻が終わります。続く「明石」巻で、明石へと移り住むことになるのです。

今回は「須磨」巻にちなんで別れの歌を詠んでみましょう。

【みんなの別れの歌】

秋空に揺れるふたつのランドセルまたねバイバイやまびこ響く

別れの歌といっても、深刻な別離ではなく、小学生が学校帰りに交わす挨拶を詠んだ歌ですね。「またねー」「バイバーイ」と言い合っている声が「やまびこ」のように聞こえているのですね。

物置部屋が増えたわとこぼす母を背にし荷造り一人暮らし

一人暮らしをはじめることになった娘が荷造りをして、部屋はがらんとしています。そのさみしさに母親は、物置部屋が増えたといったのですね。

八十五しわくちゃの手を握りつつあなたの孫でしあわせでした

こちらは今生の別れの歌です。八十五歳で亡くなった祖母か祖父、その手を握って「あなたの孫でしあわせでした」と見送ったのですね。

さようなら告げた後って残酷で楽しい記憶しか浮かばない

恋人との別れの歌。自分から別れを宣告したのに、どうしてか楽しい記憶ばかりが浮かんでくる。それを「残酷」だと表現しているのがいいですね。

突然のLINEブロック既読無視へアオイルとか返してほしい

別れの実感がないままに、LINEでブロックされ既読無視されたままに終わることも。恋人の部屋に残してきた「ヘアオイル」、あれ高かったんだけどな、返してほしいわ、などと思っている冷静さがいいですね。

【みんなのコメント❼】

● 私が好きな別れの歌は、俵万智さんの「樹は揺れるあなたが誰を愛そうとあなたが誰から愛されようと」です。恋人と別れて相手がどんな生活をしようと私の生活はいつも通りという凛々しい感じが受け取れてかっこいいなと感じました。

● 霊を呼ぶ歌があったことに驚きました。和歌は恋の歌の印象が強かったのでこのように霊がいると信じていた文化が和歌から読み取れることは面白いと思いました。また、自分で別れの歌を作ってみてとても難しいと思いました。昔の歌に別れの歌がこんなにもあり、素敵なものも多いので、昔の人は表現が豊かだと思いました。

● 源氏が須磨にいく原因となった朧月夜との歌のやりとりが印象に残った。源氏は尽きることのない女好きパワーに突き動かされて生きている印象だったが、失脚の原因ともなった女性と懲りずに歌を読み合っているのだから正真正銘の女好きであるし、ここまで来ればとことん女好きを極めて欲しいとすら思ってしまう。

● 光源氏と朧月夜がまだ文を交わしているということがまずすごいなと思いました。源氏は、朧月夜と関係を持ったからひどい状態になってしまったのに、よくまだつき合っていられるなと思いました。お互いの為にも、もうコミュニケーションを取らなければいいのに（笑）。そうまでして引き留めておきたいと思わせる朧月夜はどれだけ魅力的な女性なのでしょうか。

● 「やほよろづ神もあはれと思ふらむをかせる罪のそれとなければ」と言う源氏の歌とその解説を聞いて、正直「え?」と思いました。あそこまで、女性とガンガン関係を持っておいて、「罪はない」なんてよく言えるものですね。十分罪深いと思うのは私だけでしょうか。少なくとも光源氏的には罪の意識はないのでしょうね。

●貴族である彼らが民衆の労働を歌に使うということが面白いと仰っていたことが印象に残っています。確かに、そうだなと私も感じました。貴族は絶対に海士の仕事なんてしないのに、あたかも自分の仕事のように扱い、自らの感情と照らし合わせているのです。光源氏たちはよっぽど教養があったのか、あるいは想像力があったのか……。

●やはり今回も頭中将とのやり取りが素敵でした。私的には、毎回の惚れポイントです（笑）。

●文のやり取りの中に、その人の気持ちや願い、はたまた経済状況等、様々なものが現れていて面白かったです。

●源氏は様々なことをやらかしてしまっていて敵も多いと思うのですが、同時に慕ってくれる人もまた多いのだということがよくわかりました。源氏と恋仲にある女性たちが源氏の左遷を悲しむのはもちろんですが、一定数の男性も気にかけていることで、源氏の人望の厚さを感じます。正直、源氏にはもっと敵が多くて心配してくれる人は少ないと思っていましたが、天性の人たらしなんだと思いました。

第八回　光源氏の帰還――『源氏物語』「明石」巻

女子歌を読む

今回は、書肆侃侃房があたらしく出し始めたシリーズ「現代短歌クラシックス」のなかから、飯田有子『林檎貫通式』を紹介します。この歌集は、二〇〇一年に出版されたものですが、シリーズ第一巻として二〇二〇年にあたらしくこのかたちで再刊されました。縦長の歌集らしい判型でつくられています。

次の歌は、体育の時間を思い出すような馬跳びのことをいっていますが、次々と背中に腕がのしかかってきて「永遠」に馬としてかがみ続けている、そんな夢の歌です。情景が浮かんでくる歌ですね。

のしかかる腕がつぎつぎ現れて永遠に馬跳びの馬でいる夢

さて次の歌は、小学校五年生ぐらいのときに「女子」たちが経験した、性教育の時間のことを思い出させますね。膝をかかえて床にすわって話をきいている、いわゆる体育座りの姿が、「パラシュート部隊」のようだというので、なんだか決死隊のような、すごいミッションを聞かされている感じが出ていますね。

女子だけが集められた日パラシュート部隊のように膝を抱えて

他に、トイレで便器に流れ出た経血をみている歌、胸囲をはかられることについて、などなど、女子ならではの経験が詠まれています。

水中にのびちぢみする血をみてましたメスのペガサスのような瞳で
ホールドアップされて乳房に巻尺を巻かれるときだけ素直なあたし
それどけてあたしに勝手に当てないでそんな目盛りあたしに関係ない

結婚式の日にだって生理になっちゃうことはあるでしょう。

駈けてゆけバージンロードを晴ればれと羽根付き生理ナプキンつけて

「羽根付き生理ナプキン」をつけるというのは、長丁場への備えだと女子ならピンとくる。そんな女子のための女子の歌ですね。

次の歌は、ドラム音が「ｄｒｒｒｒ」という表記になっていて、それでいてちゃんと三十一文字におさまっているのがおもしろいですね。

さてごはんにかけたらいやなものの第一位はｄｒｒｒｒ除光液でした

除光液も、マニキュア、ペディキュアをする女子アイテムの一つです。
飯田有子の歌集で注目したいのは、女性同士の欲望を切り取った短歌群です。

ふたりとも生理だったの後ろ手にかちかちふるえる袖ボタンたち

「かちかちふるえる袖ボタン」はブレザー系の制服の袖ボタンでしょう。女子の日常服でそんなに大きなボタンのついているものは制服ぐらいでしょうからね。ですからこれは学校での出来事。すると、次の「トイレットペーパーホルダーに映ってる」歌も女子が二人でトイレの個室に入っているところを想像させます。

トイレットペーパーホルダーに映ってるわたしたちまざって新しい生き物

銀色のトイレットペーパーホルダーに映った二人の姿は絡み合って新しい生き物のようにみえるし、二人の関係が新しい生き物の関係でもあるという暗示にもなっていますね。

たき火くさいポニーテールをぶつけあうそれには二つの意味があります
あんまりにやわらかい頬触れたからとがりはじめるわたしの爪は

これらも女性二人の関係を詠んでいるのですが、説明しすぎないことで「それには二つの意味があります」というのはどんな意味だろう、と考えさせる歌になっています。やわらかい頬に触れたとあるのは、やはり女の子の頬でしょう。

トムとジェリーのアニメみたいに彼女の形の穴があいているんだと思う

トムとジェリーのアニメで、壁にぶつかると、そのかたちがすっぽり抜けて穴になるというのがありますが、自分の体のなかに、「彼女の形の穴」がズドーンとあいているんだといっています。

指ぜんぶからめる仕方でみつめれば星座の交尾のようにさみしい

この歌では、二人は指と指をからませるように手をつないで星空を見上げている。そういう手のつなぎ方はそれなりに親しいことの証しでもありますが、けれどもただ指先がからまるだけのふれあいは、まるで星座の交尾のようにどこか遠くて寄り切れないさみしさがあるというのですね。

女子の学校での経験を詠んだ歌は、同じ経験をしてきたわたしたちにはすぐにわかるのではないでしょうか。こうして同性愛的な欲望を読みとることをクィア・リーディングと言いますが、これらの短歌をクィア短歌と名づけることもできそうです。学校ならではの経験からみなさんにもさまざま思い出すこともあるかもしれません。

神にささげる歌

さて『源氏物語』の前回のつづきに入りましょう。「須磨」巻は、源氏が海辺で祓えをしていて神に歌で交信したところ、とつぜん嵐になって終わりました。つづく「明石」巻は、このつづきとなっていて、その後何日も、雨風やまず、雷がとどろきつづけている、とはじまります。源氏は、このままここで死んでしまうのかしら、と絶望的な気持ちになっています。そこへ都の紫の上から、嵐なのに海辺のほうにいる源氏の様子を心配して手紙がやってきます。その手紙には次の歌が書かれています。

浦風やいかに吹くらむ思ひやる袖うち濡らし波間なきころ

（「明石」『源氏物語(二)』五〇〇頁）

すっかりおなじみになった表現、「袖うち濡らし」は泣いているという意味ですね。非常に素直に心配していることが伝わる歌ではないでしょうか。須磨の浦ではどのように風が吹いているのでしょうか、泣きながら心配しています、という歌です。袖を濡らしつづけていて、波が途切れることがない、袖が乾くことがない、ずっと泣いていますということですね。この手紙を持って来た使いの人が京都のほうでもこの嵐が「物のさとし」ではないかと言われていると話します。天変地異というのは異界のものが人間に間違いを知らせるために起こすものと考えられています。そこで都では、仁王会という鎮護国家の法会をして嵐を鎮めようとしています。台風で誰も外に出られないので宮中もがらんとしていると話します。

海は高潮で荒れ狂っていますし、雷がしきりと鳴って近くに落ちています。源氏の従者は弱気になって「わたしはどんな罪を犯して、こんなに悲しい目にあうのだろう。父母にも会えず、いとしい妻子の顔も見ずに死んでしまうのか」と嘆きます。その横で、源氏は心を静めて幣帛《みてぐら》といって神への供え物を捧げて「住吉の神、近き境《さかひ》を静め守り給ふ。まことに迹《あと》を垂れ給ふ神ならば、助け給へ」と祈ります。ここで出てくる「住吉の神」というのは住吉神社に祀られている住吉明神のことです。住吉神社は川や海の神として信仰があり、いまでも大阪の淀川下流の海のそばにあります。京の都から海にでるには淀川を下っていきますので、いざ海へというところに建っている神社は航海の守り神でもあります。「迹を垂れ」るというのは、本地垂迹説ということばで、聞き覚えがあるかもしれません。この時代、仏教と神道との関係は、仏の世界の尊格が人間世界に現れ出たかたちが神だと考えられていたのです。ですから、本当に住吉明神が仏の世界からこの世に顕現しているのなら助けてください、と祈ったわけです。源氏の祈りを聞いて、ぼやいていた従者も、せめてこの人だけでも救ってほしいと祈りはじめます。ところが、ますます雷が鳴りとどろいて、源氏のいる部屋につづいている廊に落ちて火事になります。目の前で火の手があがり、あわてて大炊殿《おほひどの》という、食物がおいてあるような、ふつうなら貴人がいるべきではない部屋に避難します。波が高く、これ以上、嵐がつづけばこの邸も水をかぶってしまいそうだと聞き、源氏は次の歌を神に詠みかけます。

海にます神の助けにかからずは潮のやほあひにさすらへなまし　（「明石」五〇八頁）

海にいる神の助けがなければ、潮にのまれてさすらっていたことだろう、という歌です。源氏はこの歌を詠んだあと少しうとうとと転《うた》た寝をします。すると亡くなった父桐壺院が生きていたときの姿そのままで夢に現われ、「など、かくあやしき所に物するぞ」、どうしてこんな所にいるんだ、と言うんですね。そして桐壺院は源氏の手をとって立ち上がらせようとします。そして「住吉の神の導き給ふままには、はや舟出して、この浦を去りね」（住吉の神の導きなされるままに、早く舟を出してこの浦を去りなさい）と告げます。すっかり弱気になっている源氏が、桐壺院が亡くなってから悲しいことばかりなのでこの渚に身を捨ててしまおうと思います、と言うと、桐壺帝は、「いとあるまじきこと。これはただいささかなる物の報いなり」（決してあってはならないことだ。これはちょっとした報いなのだ）といさめます。さらに桐壺院は、自らの在位中に過ちはなかったのだが、生きていれば自ずと罪はあるもので、その罪を清算するのに忙しく、死んだあと現世のことを振り返る暇がなかった。ふと振り返ったら源氏がひどい目にあっているので、海に入って渚にのぼってたいへん疲れたが、天皇に言うことがあるのでいまから都に行ってくる、と言って立ち去り、源氏はそこで目を覚まします。

その翌朝、明石の浦から小舟がやってきます。明石の女君の父親は、かねてから娘を都人に縁づけたいと住吉明神に祈ってきたのですが、夢にお告げがあったのです。「十三日にあらたかな霊験を示そう。舟を用意して、必ず雨風が止んだらこの浦に漕ぎ寄せよ」というお告げです。そうして舟を出してみると、不思議な風が吹いて自然と須磨の浦に辿り着いたのだといいます。源氏も夢で桐壺院に住吉明神の導きのままに、舟出せよと言われていました。住吉の神が縁を結ぶかたちで、光源氏は明石に逃れ、明石の女君と出会うことになるのです。

ここには、神に捧げる歌が多く出てきましたが、こうして和歌を通じて神と交信することは、平安時代には一般的に行われてきたことです。天皇の命によって編まれる勅撰和歌集のなかでも紫式部の同時代に成立する『拾遺和歌集』の「神楽歌」にはじまって、『後拾遺和歌集』以降、神に詠みかける「神祇歌」《じんぎか》や仏教世界を詠む「釈教歌」《しゃっきょうか》があらたにジャンル分けされて収められるようになります。

勅撰和歌集の神祇歌にはどんな歌が収められているのでしょう。たとえば『後拾遺和歌集』（新日本古典文学大系、岩波書店、一九九四年）一一六二番には和泉式部の次の歌があります。まず詞書に状況説明があります。「男に忘られて侍りける頃、貴布禰《きぶね》にまゐりて、御手洗川に蛍の飛び侍けるを見てよめる」。男に捨てられて、貴船神社に参って、御手洗川のほとりで蛍が飛ぶのを見て詠んだのですね。

もの思へば沢のほたるもわが身よりあくがれ出づるたまかとぞ見る

ここでのもの思いは恋の悩みをさしています。恋に悩んでいるので、蛍の光が、自分の身からふわりとあくがれて出ていった魂のように見えるよ、という歌です。つづけて「御返し」とあって、貴船明神から次の返歌があるのです。

奥山にたぎりておつる滝つ瀬のたまちるばかりものな思ひそ

奥山でいきおいよく流れ落ちる滝の水しぶきが玉のように飛び散るように、魂が抜け出るまで思い悩むのはやめなさい、という歌です。要するに思いつめるな、という歌が返ってきたわけですね。おもしろいことに、この歌には、次のような解説が付け加えられています。「この歌は貴舟の明神の御返しなり、男の声にて和泉式部が耳に聞えけるとなんいひ伝へたる」。貴船明神の返歌は、男の声で和泉式部の耳に聞こえた歌だったのですね。

貴船神社は、能の「鉄輪《かなわ》」という演目で、夫に浮気された女が、藁人形に五寸釘を打って浮気相手の女を呪う場として出てきますが、恋に悩んだときに行くところだったのですね。とくに恋に悩んだ女たちが参っていたとすると、やはりそこには悩みを聞いてくれて、今後を占う巫女がいたのではないかと思います。この歌に、わざわざ「男の声にて」と言っているのは、実際には巫女による返歌だったからではないかと私は考えています。男神である貴船明神が女の巫女にとり憑いて告げた歌だったのではないかと。

勅撰和歌集にこうした神祇歌が収められるようになったということは、和歌が神との間をとりむすぶものとして重要な役割を担っていたからでしょう。平安宮廷貴族にとって、和歌は神とのコミュニケーションのツールでもあったのです。

それに対して釈教歌は、もう少し内省的というか、仏道への帰依を自ら詠むような歌が多いです。例として『千載和歌集』（新日本古典文学大系、岩波書店、一九九三年）のなかから、一二〇六番の清少納言の釈教歌をあげておきましょう。詞書に次のようにあります。


菩提といふ寺に結縁講しける時、聴聞にまうでたりけるに、人のもとより、とく帰りねといひたりければつかはしける

菩提寺で、仏と縁を結ぶ「結縁講」を催しているのを聞きにきたところ、すぐ帰ってこいと言ってよこした人がいたので、その人に送った歌。

求めてもかかる蓮《はちす》の露をおきて憂き世に又は帰るものかは

自分から求めてでもかかりたい蓮の露をおいて、憂き世に帰っていくものですか、という歌です。「露をおきて」に、蓮に朝露がかかることと、置いていくことが掛け詞になっています。蓮の花は蓮華座といって仏の乗るところですから、仏のいるところの露を受けようという、仏道への帰依の心を詠んだものといえるでしょう。その他、仏典にあるお話にちなんだ歌を詠むなど、女性の歌が多く収められています。

明石の君との歌、浮気をとどめる歌

さて、源氏は明石の女君と交際をすることになります。はじめに源氏が明石の女君に歌を送りますが、ここのやりとりは、どんな紙に書いて贈られたかで二人の距離がわかるようになっています。手紙として送られる和歌は、紙質や筆跡も重要な情趣の一部だったのです。最初の源氏の歌は「高麗《こま》の胡桃色の紙」に書かれています。舶来品である高麗の紙を使うことで、彼の身分の高さを示していますし、そうした貴重な紙に書くということは、相手に対する敬意も示されていることになるでしょう。ただ恋愛のためには、少しばかり格式ばっている紙といえるかもしれません。そこに書かれていたのはこんな歌でした。

をちこちも知らぬ雲居にながめわびかすめし宿の木ずゑをぞ問ふ

（「明石」五四二頁）

行く先も知らぬ空を眺めながら辛く思って、ほのめかされた宿の梢を訪ねて参りました、という歌です。この関係は、もともと明石の女君の父親がお膳立てしているものなので、「かすめし宿」、つまりここに寂しく暮らしている女君がいるとほのめかされている宿というのです。源氏が旅の空にある鳥の気持ちになって詠んでいる歌で、その宿の庭先の木にとまっています、というのですね。

明石の君は、光源氏とおつき合いするなんて、いやもう滅相もない、そんな気はないという感じで自分で返事を書きませんでした。そこで父親である明石の入道が代筆をして、娘も同じ気持ちだと思いますというようにして、源氏に歌を送ります。このときの紙は「陸奥国紙」に書かれています。これは公式文書などに使うような、さらに格式張った紙で、男女の歌のやりとりに使うならば興ざめです。第三回に末摘花が、この紙で源氏に歌を送ってくる場面がでてきました。ここでは父親による代筆なのでこの紙でもよいわけですね。

ながむらん同じ雲居をながむるは思ひも同じ思ひなるらむ

あなたが眺めている空を同じように眺めているので、娘の思いもあなたと同じ思いでしょう、という歌です。「眺む」、「思ひ」のことばをわざわざ二つ重ねて、さらに同じということばを二回くり返すことで、二人がまったく同じように思い合っているのだと強調するような歌になっています。

代筆できたので、源氏はそれに対して「宣旨書きは見知らずなん」と文句を言います。「宣旨」というのは天皇の述べたことを人に伝える役職なので、代筆のことを「宣旨書き」と言っていました。代筆で歌をもらうのに慣れていませんので、という意味です。そしてもう一度、源氏は歌を送ります。こんどは、直接明石の女君にあてたとすぐにわかるように、「いといたうなよびたる薄様《うすやう》に、いとうつくしげに」書きました。やわらかい薄紙の、女性向けの繊細なものに書いたのですね。はじめの歌は「えならず引きつくろひて」とあっていつもより念を入れてきちんとした感じで書いたのですが、こんどは「いとうつくしげに書きたまへり」とあるので、流麗な筆致で書かれていたのではないかと想像されます。

いぶせくも心にものをなやむかなやよやいかにと問ふ人もなみ
（「明石」五四六頁）

鬱々と悩んでいます、さあさあどうしたのと聞いてくれる人もなくて、という歌です。こんどは、明石の女君は自分で返歌を書きます。「浅からず染《し》めたる紫の紙に、墨つき濃く薄く紛らはして」書きました。紫の紙に、お香を濃くたきしめて、よい香りをつけています。筆跡は墨の濃いところ薄いところがまじりあうような美的な書きぶりです。

思ふらん心のほどややよいかにまだ見ぬ人の聞きかなやまむ

私のことを想ってくれるというあなたの心のほどはいったいいかがなものでしょう、まだ会ったこともなく聞いただけで何を悩むというのですか、という歌です。私のこと、知らないくせにという、ツンデレ調。女の返歌の基本形で返しています。源氏の使った「やよいかに」をくり返していますが、このことばで節のある歌のようなノリのいい軽みとユーモラスな感じが出ていますね。

このあと、場面が京の都へと転じます。台風の夜にものすごい雷が鳴り、源氏の異母兄である朱雀帝の夢に亡くなった桐壺院が登場します。「御階《みはし》のもと」にあらわれたとあって、朱雀帝がいる庭先に立ってじっと怒った顔でにらんで見ています。朱雀帝が畏まっていると、桐壺院はくどくどと訓戒をします。言い聞かせているのは源氏のことなのでしょう、と語り手が注釈をいれています。夢のなかの話なのに、第三者の推測が入っているのは面白いところですね。おそろしくなった朱雀帝は、弘徽殿女御に源氏を許すべきではないかと言いますが、弘徽殿女御は、こんな嵐の晩にはそんな気にもなるでしょうが、軽々しい決断をするものではありませんとにべもありません。目と目を合わせて桐壺院に睨まれた朱雀帝は目を患い、そうこうしているうちに右大臣が亡くなるなど凶兆がつづきます。

再び場面が明石に戻って、源氏と明石の君がともに夜を過ごします。二人が関係を結ぶにあたっての源氏の口説く歌です。

むつごとを語りあはせむ人もがなうき世の夢もなかば覚むやと　（「明石」五五八頁）

「むつごと」は仲睦まじい、親しい会話つまりは男女が関係して交わすような会話です。むつごとを交わし合える人がいたらいいなぁ、都を追われたこんな悲しい夢もなかば覚めるのではないかなぁ、という歌です。明石の君は次のように返します。

明けぬ夜にやがてまどへる心にはいづれを夢とわきて語らむ

明けない夜の闇のなかで迷う心でいるわたしは、あなたといる方、それともいない方のどちらを夢だと区別して語ればよいというのでしょう、という歌です。このあとに面白いことが書かれています。「ほのかなるけはひ、伊勢の御息所にいとようおぼえたり」。明石の君というのは伊勢にくだっていった六条御息所――生霊になった人ですね――にどことなく雰囲気が似ていると書いてあるんですね。六条御息所は、元東宮妃で夫を失って未亡人となった人ですが、たいへんな風流人で、歌はうまいし、筆跡もすばらしい。何をやっても欠点がみえないほどの人です。それがかえって気詰まりになって源氏は六条御息所から離れていくのですが、その六条御息所に似ているというのは、どういう評価でしょうね。田舎に存外にしっかりとした教養のある女性がいたということでしょうか。明石の君は気位高く、源氏を拒むそぶりをみせますが、結局は、この晩、二人は関係します。

このあとの物語展開として面白いのは、源氏は、とたんに都に残してきた紫の上にこの関係がバレてしまうのではないかと心配しはじめるところです。風のうわさで知ってしまったら、隠し事をしたと疎まれてしまうのではないかと思って、源氏は、うわさになる前に、紫の上に、そういう関係があったとあらかじめ手紙で告白してしまおうと考えるのです。それで、こうして正直に打ち明けたのだから、あなたのことを第一に思っていることを分かってくださいね、と書くわけです。その手紙につけられた源氏の歌です。

しほしほとまづぞ泣かるるかりそめのみるめは海人のすさびなれども

しおしおとあなたを思い出して泣いています、かりそめにちょっと関係したのはほんの遊びです、という歌です。「みるめ」が逢瀬を暗示していますが、それは「かりそめ」でありちょっとした手すさびのようなもので、真剣なつきあいではないという言い訳をしているのです。それに対して紫の上の返事ですが、あぁやっぱりね、という感じです。源氏は夢語りの中にほのめかします。「忍びかねたる御夢語りにつけても、思ひ合はせらるること多かるを」、つまり夢の話にも、ああ あのことかと思うところが多いので、と言って次の歌を送ってくるんですね。

うらなくも思ひけるかな契りしを松より波は越えじ物ぞと

裏表なく無邪気にあなたの約束を信じて待っていたなぁ、浜の松を波が越えるとは思っていなかったので、という歌です。ここには『古今和歌集』一〇九三番の次の東歌が踏まえられてます。

君をおきてあだし心をわが持たば末の松山波も越えなむ

あなたをさしおいて、あだし心つまり浮気心を私が持つことがあれば、海辺の松山を波が越えてしまうでしょう、という歌。つまり浮気するなんてことはありませんよ、そんなことは、防風林超えの大波がくるぐらいありえないことですよ、というのですね。だから、「松より波は越えじ物ぞ」というのは、源氏がずっとあなたを思っているから待っていておくれと言った「契り」をさしていて、その約束が破られたというのですね。源氏が浮気を告白したのに対して「うらなくも思ひけるかな」つまり「真っ正直に信じていました」と言ってきているのは、いかにもかわいらしく、いじらしいですよね。源氏は、この返事を見て、その手紙を下に置くことができず、ずっと見ていてその日の晩は明石の君との逢瀬はなかった、とあります。本命と浮気とのせめぎ合いのなかで、紫の上の歌が源氏の心を引き止めて、浮気すらもとどめてしまったわけです。

とはいえ、その後、明石の君とはさんざん関係をもって子どもまでできてしまうのですけれども。このくだりは、現代人のみなさんにも想像しやすいところではないでしょうか。

源氏、都に帰る

さて、そうこうしているうちに朱雀帝からの都に戻ってこいというお達しが源氏のもとに届きます。ちょうど明石の君の妊娠が分かったときでした。源氏が許されて都に戻るのはもちろんよいことですが、明石の君側から見るとそれは別れを意味します。一方、紫の上側から見るとやっと戻ってくるのでうれしい。読者はこの二人の関係を双方の視点でそれぞれ読むことができるようになっています。読者も引き裂かれる思いをするわけですね。

源氏は明石の君と別れるときに琴を渡します。

「逢ふまでのかたみに契る中の緒《を》の調べはことに変はらざらなむ

この音たがはぬさきにかならずあひ見む。」

（「明石」五七六頁）

逢うまでの形見として互いに約束しましょう、琴の弦（緒）の調べと二人の仲は変わることがないように、という歌です。形見とお互いにという意味の「かたみに」が掛け詞になっていて、「琴の中の緒」の「中」に二人の「仲」を掛けています。琴のような弦楽器というのは放っておくと弦がゆるんで音がずれてしまいますから、この琴の音がずれないうちにまた会いましょうと言うのです。のちに「松風」巻で源氏が明石の君に会いに来たときに、その琴の音が変わらないうちに着ましたよとこの歌をふりかえる場面があります。

契りにし変はらぬことの調べにて絶えぬ心のほどは知りきや

（「松風」『源氏物語㈢』二五二頁）

約束したとおりにかつてと変わらない琴の調べで、あなたを思うわたしの心が絶えていないこと、想いの深さはわかってもらえただろうか、という歌です。琴の緒が絶えるという言い方があるので、「絶えぬ」といっているのです。この歌に対して、明石の君は次のように返します。

変はらじと契りしことを頼みにて松の響きに音《ね》を添へしかな

心変わりしないと約束したことを頼りに待ち暮らし、松の響きに泣く声を添えてきました、という歌です。「松」と「待つ」はおなじみの掛け詞ですね。「音《ね》」には琴の音と泣き声がかかっています。今でも「音を上げる」という表現に、声の意味が残っていますね。泣きながら、琴を弾きながら、信じてずっとお待ちしておりました、という歌です。

さて「明石」巻にもどって、源氏が都に帰ったあと、朱雀帝と対面する場面をみていきましょう。十五夜の晩で、そんな晩には音楽会をするのが常なので朱雀帝は「管弦の遊びなどもしなくなって、昔聞かせてもらった源氏の弾く楽器の音色を聞かなくなって、久しいことですね」というと源氏は次の歌を詠みかけます。

わたつ海にしなえうらぶれ蛭《ひる》の子の脚《あし》立たざりし年は経《へ》にけり

（「明石」五八八頁）

「わたつみ」は「海」をさしていますが、神話的世界が読み込まれていることばです。海にうちしおれ、うらぶれて、蛭の子の脚が立たなかった三年という年は過ぎ去りました、という歌です。これに対する朱雀帝の返歌。

宮柱めぐりあひける時しあれば別れし春のうらみのこすな

宮柱をめぐる神話のように、めぐりあったのだから別れた春のうらみを残すなというのです。このやりとりが面白いのは『日本書紀』の神話を踏まえているところです。ちなみに紫式部は、『源氏物語』を読んだ一条天皇に、この人は『日本書紀』を読んでいるだろうと賛嘆されたというので「日本紀の局」とあだ名をつけられたと『紫式部日記』に書いています。『日本書紀』は漢文で書かれているので、それを読んでいるというのは男性なみの知識があるということ。「日本紀の局」というのはほめているというよりはナマイキな女と揶揄するような言い方なのでしょう。

両者とも『日本書紀』のイザナギとイザナミの国造りの神話を引いています。この話は『古事記』にもおなじものがあります。平安時代には『古事記』よりも『日本書紀』のほうが読まれていたと言われているのですが、『日本書紀』でヒルコを生んだが三年たっても足が立たなかったので天磐櫲樟船《あまのいはくすぶね》にのせて風のまにまに放ち棄てたとあるのは、日神《ひのかみ》、月神《つきのかみ》を生んだ後、素戔嗚尊《すさのをのみこと》を生む前で、「蛭の子」が天の御柱をめぐる話と直接に結びついて語られるのは『古事記』のほうなのです。

『古事記』によると、イザナギノミコト、イザナミノミコトという男女の神が夫婦となって国生みをします。天《あめ》の御柱《みはしら》のまわりを、男神が左からめぐり、女神が右からめぐり、出会ったところで、女神が「あなにやし、えをとこを」（なんとまあ、いい男）と言い、男神が「あなにやし、えおをとめを」（なんとまあ、いい女）といい、交わります。そして産まれた子どもは「水蛭子《ひるこ》」で、この子は葦船に入れて流してしまいます。次の子も「淡島」といって、ちゃんとした子ではなかった。そこでイザナギとイザナミが天つ神に相談したところ、女が先にいうのがいけないと言われる。そこで柱のまわりをまわって、「あなにやし、えおをとめを」「あなにやし、えおとこを」と最初に男から言うかたちでやり直して、ようやくきちんとした子が生まれてきます。ということで、最初に生まれてきたのがヒルコと呼ばれています。『日本書紀』にちなんで大江朝綱という人が『日本紀竟宴和歌』（『本妙寺　本日本紀竟宴和歌　本文・索引・研究』翰林書房、一九九四年、二七〇頁）で詠んだ歌に次のようなものがあります。

　　父母《かぞいろ》は哀れと見ずや蛭子《ひるのこ》は三歳《みとせ》に成りぬ足立たずして

両親はその子のことを哀れと思わないのだろうか、蛭の子は足が立たないまま三年が経ちました、という歌です。この歌で、蛭子は三年経っても足が立たない、というフレーズが定着しました。先の源氏の歌で「年は経にけり」と言っているのはつまり三年が経ったという意味になります。大江朝綱の歌が頭に浮かんでいないときちんと理解できない歌です。蛭の子の足のたたない時期である三年が過ぎました、と源氏が言うと、帝はすこし恥ずかしく思って、「宮柱」をめぐってもう一度めぐりあえたのだから過去の恨みは残さないようにしましょう、といったのです。

須磨、明石と流離してついに光源氏は都に戻りました。物語にとってこの流離の意味は何だったのでしょう。光源氏が過酷な運命を経験した理由はどこにあったのでしょうか。「澪標」巻で、明石の女君が光源氏の子を産みます。女の子でした。この子どもが生まれたこと自体、すでに運命づけられていたと物語は語ります。「宿曜に、「御子三人、みかど、后かならず並びて生まれたまふべし。中の劣りは、大政大臣にて位を極むべし。」と勘《かむが》へ申したりし事、さしてかなふなめり」とあります。「宿曜」というのは占いのこと。子どもは三人、帝と后になる子が生まれ、そして少し劣った位として太政大臣になる子が生まれる、という占いです。葵の上が男子を産んでいますが、この男子が太政大臣になる夕霧です。藤壺との密通による子は、表向き桐壺帝の子ですから天皇に即位します。すると明石の君が産んだ女子というのは、占いでいわれた后になる子なんだ、と源氏はピンときているわけです。この占いがどこで行われたのかは書いていないのですが、光源氏の運命はすでに決まっていたということになります。「子どもは三人」と運命づけられているのですから、紫の上とのあいだには子どもは生まれません。

明石で産まれた女子の乳母として源氏は父桐壺帝に宣旨として出仕した女房の娘を選んでいます。宣旨の娘も宮中に来ていたので源氏とは顔見知りです。結婚をして子をなしたのだけれど、夫が亡くなって困窮しているというわさを聞きつけたのです。源氏は事情を話して、必ず都に呼び寄せるからしばらく辛抱して明石に行ってくれるよう依頼します。この人を明石の姫君の乳母として送り出す前に、光源氏は、この人と男女の関係を持ちます。そのときに源氏と乳母役の女が詠みあったのが次の歌です。

かねてより隔てぬ中とならはねど別れはをしき物にぞありける

（「澪標」『源氏物語㈢』三〇頁）

まず源氏の歌。前々から仲良しというわけではなかったけれどもこうして二人で過ごすと別れが惜しくなってしまったなぁ、という歌です。この歌のあとに「慕ひやしなまし」と続けています。あなたを追いかけていきたいな、という意味ですが、この言葉をうけて女は笑って次の歌を詠みます。

うちつけの別れををしむかことにて思はむ方に慕ひやはせぬ

こういうふうにちょっとした別れにことよせて明石にいるあなたの慕っている女性を思っているのでしょう、という返しです。この返しはこの人がまちがいなくいい女房であることを証し立てています。この人はこれから明石の君に仕えるわけですが、女主人に仕える女房は、その女主人の夫とも性的関係にあることがしばしばありました。そんなとき、頼れる女房ならあくまで女主人をたてるのです。たとえば、「夕顔」巻で光源氏が六条御息所のもとで一夜を過ごした朝、見送りに出た女房に光源氏は魅力を感じて歌を詠みかけます。

咲く花にうつるてふ名はつつめどもをらで過ぎうきけさの朝顔　（「夕顔」『源氏物語㈠』二五八頁）

咲く花の美しさに心をうつしたという評判は憚られますが、こんなにも美しい今朝の朝顔を手折らずに通り過ぎるのはつらいです、という歌。あなたが美し過ぎて、このままお別れするのにしのびない、という求愛の歌ですね。「てふ」には花から花へと移りゆく蝶の姿も掛けられているでしょう。この歌のあとで光源氏は「いかがすべき」（どうしょう）と添えています。この女房の返歌が次です。

朝霧の晴れ間も待たぬけしきにて花に心をとめぬとぞ見る

朝霧が晴れるのを待たずに出ていくとは、朝顔の花に心を奪われているとみえますね、という歌で、あぁそう、朝顔が美しすぎるから、御息所の寝所を早々に出ていらしたのね、といった返しです。光源氏は、この女房のことを「今朝の朝顔」といっているのですが、庭に咲いている朝顔の花が気に入ったのね？と返して、自分への求愛を埒外のものとして置くのです。ここに、「をかしげなる侍童《さぶらひわらは》の、姿このましうことさらめきたる、指貫の裾露けげに花のなかにまじりて朝顔をりてまゐるほどなど、絵にかかまほしげなり」とあって、庭に美しい童が降り立って、朝顔を折り取っているのを見ながら、二人は歌を詠みあっているということがわかります。

光源氏に誘われながら、女主人をたててかわした女房の見事な切り返しです。明石の姫君の乳母に選ばれた人も、こうした資質をもっているということが描かれているのです。ともあれ、光源氏は、自らの子の乳母役の女房に対して、一度男女の関係を結んでから送り出していることが重要です。このように女主人に仕えている女房たちの何人かはその夫と性的関係を結んでいて、そういう女房をとくに召人《めしうど》と呼んでいました。紫の上についていた女房たちも光源氏と関係をもっていたのですが、紫の上が亡くなったあと源氏がしみじみと語り合うのも、こうした召人の女房なのです。女主人とその侍女が一人の男性と同時に性愛関係にあるなどというのは、いまでは理解しがたいことかもしれませんが、女主人を同じように慕っていた二人として、紫の上の死後には誰よりも寄り添いあえる関係となるわけです。

光源氏の政界復帰の裏に

のちに、源氏は明石から明石の君との子どもである女子を都に呼び寄せ、その子を正妻格である紫の上の猶子として育てます。一夫多妻婚の場合、別の女性が生んだ子どもを正妻格の女性の子どもとして育て、より高い社会的地位を付与することはよく行われていました。たとえば道長の息子の頼通は鷹姫と結婚しますが、この正妻になかなか子どもができず、召人との子どもを養子のようにして育てます。系をつなぐために一夫多妻婚を行って、正妻格の女性が生めなくてもほかの女性との子どもを正妻格の女性が養育してつないでいくということはよくなされていました。「薄雲」巻には、紫の上も幼い女の子のかわいらしさに、明石の君のこともすっかり許してしまったとあります。

明石の女君が産んだ女子はのちに入内し天皇の后となります。のちに明かされることですが、これはすべて明石の入道が住吉明神に祈願したことが成就したのでした。光源氏の栄華は、どうやらすべて神仏の采配によって運命づけられていたようです。すると光源氏と関わった女たちも、その運命は光源氏と一体なのでしょうか。

光源氏が須磨、明石に行く前の、右大臣家に権勢が移っても光源氏を裏切らなかった女たちは、源氏の都への帰還をじっと待っていました。都に戻ってから源氏は「須磨」「明石」巻の前に登場した女たちを一人一人訪ねていき、ねぎらい、生涯をともにします。花散里は光源氏の息子の夕霧の教育係として引き取られます。経済的後ろ盾を失って困窮の極みにあっても光源氏を待ち続けた末摘花も救い出されます。光源氏と一度関係しながらも、夫の手前、拒絶し続け伊予に下った空蝉の後日談も「関屋」巻で描かれます。

光源氏と関わった女たちは、恋愛以上のなにかを手にしているのです。この後、光源氏もしだいに年を重ね、若者たちの勢いに気圧されるようになります。その中年となった光源氏像については、また別の機会にお話しましょう。

今回は、飯田有子の短歌に倣って女子歌を詠んでみましょう。


【みんなの女子歌】

制服でテーマパークに行けるのは女子高生の特権である

「特権である」と言い切っているのがいいですね。制服をきた女子高生がパワーを持っている感じがしてきます。

ブラジャーのホックを初めてとめた時女になったと覚悟を決めた
大きさを気にし始めた私の胸誰のために何のために

これぞ女子ならではの歌。一首めは、はじめてブラジャーをしたときに女になったと「覚悟を決めた」というのがいいですね。もう子供時代はおしまい！という感じ。二首めの胸の大きさを気にしはじめたのは、いったい誰のためなんだろう、それで何だというのだろうという逡巡も女子らしい悩み方ですね。

毎日のガールズトーク「それな」って返していれば成り立つな

いまどきのガールズトークが活写されていていいです。

本当にジェントルマンかは月一の生理痛の日に明らかになる
イライラと暴飲暴食止まらない月に一度の魔の七日間
なぜ今日と叫びたくなる朝7時ナプキンつっこみ駅へ駆け出す

こちらも女子ならではの生理歌。どうしたって生理のときにはイライラしてしまったり、元気がなくなったりするのですが、恋人がほんとうの「ジェントルマン」かどうかはその日のふるまいにかかっているというのですね。二首めは、イライラだけでなく、暴飲暴食もとまらなくなるという歌。三首めは寝坊して時間がないのに突然生理になったと気づいた日の朝の歌。

眉毛だけ書いときゃいいでしょバイトだしどーせマスクで顔見えないし
オンラインお陰で寝坊がなくなった起床時刻は開始5分前

コロナ禍女子短歌です。マスクしているのだからといってメイクがいい加減になっている人、たくさんいると思います。授業がオンラインになって、遅刻も寝坊もない世界。5分前に起きればいつでも授業に出られるようになりましたね。

華やかになるね女性がいたならば言うあんたらが華なれジジイ

女性がいると華やかになっていいね、などと年配の男性に言われたという歌。職場に華がほしけりゃ、女性にそれを求めないで自分が華になってみろや、と言い切る感じがいいですね。

ふとたまに壊したくなる性別という名の概念猫になりたい

性別なんてない世界が「ふとたまに」ほしくなるのですね。「猫になりたい」と結ばれているのがいいです。考えてみたら猫はかわいいだけで性別は関係ないですものね。

カレシとは背伸びばっかで疲れるし双子コーデであの子とデート

百合風味の女子歌。「カレシ」とカタカナなのがいいですね。男といると背伸びしてばかりで疲れる。仲の良い女の子とお揃いの「双子コーデ」でおでかけしたいという歌。

【みんなのコメント❽】

● 短い期間にこんなにも歌に触れたのは人生で初めてです。その中で短歌に対する見方も変わっていったように感じます。それまで、私にとって短歌とは作るものでした。はじめて短歌を書いた時は書き方もわからず、まさに「作った」短歌でした。しかし、短歌を書くうちに自分の思った通りに書けば良いのだということに気づきました。当たり前といえば当たり前のことですが、実際にやってみると思ったことを表現するのは難しいことでした。大学生ともなるといつも自分の思っていることを軽々しく口にすることは憚られますし、世間一般の考え方なども相まって知らず知らずのうちに自分の気持ちを覆い隠して、それを表現する方法を忘れかけていたのかもしれません。短歌を作ることで、自分はこれについて本当はどう思っているのだろうと考えることができて良かったと思います。

● 授業の冒頭で紹介された女子歌のなかにＧＬのような、女子同士の恋愛がうたわれたものがありました。海外ドラマなどではそのような場面や設定が多くあるような気がしますが、海外に比べ日本では漫画や一部のドラマに限られている、とても珍しいものだというイメージでした。授業でＧＬの歌を聞いて、わたしには刺激が強すぎると思いました。三十一文字でこんなにも生々しく情景を描写できるのはすごいと思いました。

●女子歌の内容に少し驚いたのですが、女子にしかわからないような共感の嵐だわこの歌！みたいなのもあって面白さを感じました。官能的な攻めたような歌もあって他にもどのような歌があるのか知りたいです。

●飯田有子さんの歌、女子だからこそ共感できる部分があって面白いです。「女子だけが集められた日」だけで生理とかナプキンの説明会だなとぱっと出てくるから、言葉選びがドンピシャなんだなと思います。ｄｒｒｒｒっていう効果音を短歌に用いるのがとても斬新で楽しかったし、短歌を作ってる飯田さん自身も楽しんでるのが伝わってきました。自由な作風で素敵です。

●源氏が紫の上に浮気してしまったことを報告する歌を見たとき、源氏としては紫の上のためを思って手紙を出したのだろうけど、「あれは遊びで、本気で愛しているのは君なんだ」なんて言われても説得力のかけらもないですし、紫の上を傷つけるだけで何の得もないので、黙っていた方が良かったのにと思ってしまいました。きっと源氏は、手紙を書いている時点では「浮気してもそれを隠さず話して妻を大切にする夫」という自分に酔っていたのかなと思います。『源氏物語』を読んでいく中で源氏は優しいところもたくさんあるということは知っていますが、流石にこの場面の源氏は思いやりが足りないなと感じました。

● 後で知って悲しませたくないからと手紙で浮気を伝え、それによって大事に思っていることを伝えるのが浮気をしたくせにどこか誠実に思えて面白いなと思った。それに対して、ピンとくるようなことが多くてという返事もよくドラマで見るような光景だなと感じた。

● 明石の君との浮気を自分から紫の上に伝えてしまう源氏になんだか笑えてしまいました。紫の上も、腹は立っていたけれど明石の君の子供を育てているうちに許してしまったというのを聞いて、それくらい心が広くないと源氏の相手はできないのだと思いました。

● 入道の野心がすごいと思いました。結果的に明石の君と源氏は結ばれ、子供もできたのでよかったと思うと同時に紫の上が可哀想で悲しくなりました。紫の上は子供もできなかったので、心配していた源氏が浮気して相手が妊娠したと知ってどれだけ悲しかっただろうかと苦しくなりました。紫の上の手紙を読んで固まる源氏に良い気味だと思ってしまいました。明石の君には申し訳ないですが、源氏が明石の君を連れて帰らずに紫の上の元に戻ってきてくれて嬉しかったです。明石の君の子供を可愛がり明石の君のことも許せるようになる紫の上は本当に素晴らしい女性だと強く感じました。

● 別れの歌のなかでも、琴の音が変わらないうちに会いましょう、という歌が素敵だと思いました。近いうちにまた会う約束を弦の弛まぬうちに、と表現してるのが粋だなと思いました。

第九回　禁忌の恋の歌――『伊勢物語』その一

短歌から物語へ

今回は、萩原慎一郎の『滑走路』（KADOKAWA、二〇一七年）という歌集を紹介します。歌人の萩原慎一郎は、この原稿を出版社に送ったあと、刊行を見届けることのないまま亡くなっています。つまり『滑走路』は萩原慎一郎の第一歌集であり、遺稿でもあり、歌人の生きた証ともなるものです。たとえばこんな歌があります。

非正規という受け入れがたき現状を受け入れながら生きているのだ
挫折などしたくはないが挫折することはしばしば　東京をゆく
ヘッドホンしているだけの人生で終わりたくない　何か変えたい

これらの歌からは、不本意ながら東京で非正規雇用というかたちでの職についていること、挫折感のなかで、なんとかしたいともがいているさまがみえてきます。ヘッドホンをして外界から遮断されて自分のなかに閉じこもることもできますが、そこから出ていきたいとも願っている。とはいえ、職場では、恋の気配もあります。

作業室にてふたりなり　仕事とは関係のない話がしたい
あこがれのままで終わってしまいたくないあこがれのひとがいるのだ
こんなにも愛されたいと思うとは　三十歳になってしまった
ただ好きと言えばいいわけじゃないのだ　大人の恋はむずかしいよね

現状を打破したいという思いは、恋する気持ちにも通じているかもしれません。三十歳にもなると、ただ好きだと相手に伝えればそれが恋愛になるわけではないことはわかっているから、「むずかしい」。でもこの片恋の状態をなんとか突破したいと願っている。そういう切実な日常が刻まれています。そうした日常のなかで、短歌を詠むことが支えになっていたのでしょう。こんな歌があります。

抑圧されたままでいるなよ　ぼくたちは三十一文字で鳥になるのだ
日記ではないのだ　日記ではないのだ　こころの叫びそのものなのだ
かっこよくなりたい　きみに愛されるようになりたい　だから歌詠む

三十一文字という短歌のかたちで、自由に羽ばたくこともできるし、心の叫びを吐き出すこともできる。短歌は、身近な題材をとってまるで「日記」のように個的な日常を詠みこむことがしやすいわけですが、それでいて「歌」として完成された形式でもあります。だからこそ、歌を詠むことで、歌人という別次元の自分になれる。それは希望でもあったのです。

だだだだだ　階段を駆けあがるのだ　だだだだ、だだだ　駆けあがるのだ

「だだだだだ」と靴音を大きく響かせて、「階段を駆けあがる」その飛翔の可能性が、短歌を詠むことそれ自体にあるのだということが暗示されます。この歌集のタイトルが「滑走路」になっていることからも、はばたいていく希望がつまった歌集でもあるのだと思います。

実は、この歌集は同じく『滑走路』というタイトルの映画（大庭功睦監督、二〇二〇年一一月二〇日公開）になりました。歌集から映画になった例は過去にもあって寺山修司の歌集『田園に死す』（一九六五年）が、寺山修司脚本、監督で『田園に死す』（一九七四年）という映画になりました。ただ、こちらは寺山が自分の歌集からつくったわけですから、『滑走路』の例のように、読者の読みから物語を立ち上げていくのとはちょっと違うかもしれません。非常に短い形式の短歌が、歌人の人となりを浮かび上がらせ、それが物語の登場人物へと発展していったということでしょう。『滑走路』の歌集から映画へのアダプテーションは、和歌から物語を立ち上げていった歌物語のジャンル、たとえば『伊勢物語』の世界によく似ています。

『伊勢物語』とは

では、さっそく『伊勢物語』に入りましょう。まず、前提知識として大事なのは、『伊勢物語』は『源氏物語』よりも前に書かれた作品だということです。『古今和歌集』にも『伊勢物語』に載る和歌が

いくつも採られています。ですから、『古今和歌集』をふまえて書かれた『源氏物語』のなかに、『伊勢物語』の世界が和歌の引用として、あるいは物語イメージの引用として取り込まれています。

『伊勢物語』がどのような経緯で、いつごろ誰によって書かれたのかはわかっていません。古典文学作品は往々にして作者や詳しい成立年代がわからないことがありますが、ともかく引用によって先後関係を詰めていくことが大切です。

ちなみに『源氏物語』の成立年は、寛弘五（一〇〇八）年ということになっています。これは『紫式部日記』に書かれた次の記事から決めたものなので、実際にいつだったかははっきりとはわかっていません。

内裏のうへの、源氏の物語人に読ませたまひつつ聞こしめしけるに、「この人は日本紀をこそ読みたるべけれ。まことに才《ざえ》あるべし」と、のたまはせけるを、ふと推しはかりに、「いみじうなむ才がある」と、殿上人などにいひ散らして、日本紀の御局とぞつけたりける、いとをかしくぞはべる。

（新編日本古典文学全集『和泉式部日記　紫式部日記　更級日記　讃岐典侍日記』小学館、一九九四年、二〇八頁）

一条天皇が女房に音読させて『源氏物語』を聞いていると、「この人は、日本書紀を読んでいるにちがいない。ほんとうに学識があるようだ」と言った。それを殿上人に言いふらして、「日本紀の御局」とあだ名されるようになったというエピソードです。これが寛弘五年の記事なので、一〇〇八年に『源氏物語』は完成されていたはずだというわけです。でも、これだけの情報では、本当はもっと前にできていたのか、あるいはこのときはまだ途中までしか書かれていなかったのか、実はよくわからないですね。

さらに言えば、『源氏物語』の後半部、光源氏が亡くなったあとの世界を描いた宇治十帖と呼ばれる巻々を紫式部が書いたのか、あるいは別人が書き継いだのかが議論されてもいました。現在では、すべて紫式部の手になると了解されているようですが、このように古典文学作品では物語作者が不明であることも多いのです。

菅原孝標女《すがわらたかすえのむすめ》が書いた『更級日記』には「この源氏の物語、一の巻よりしてみな見せたまへ」といつもお祈りしてきた甲斐があって、「源氏の五十余巻」の櫃に入ったものを手に入れたと書かれています。それをわくわくしながら一人で読んだとも書いてあります。

（…）源氏の五十余巻、櫃に入りながら、在中将、とほぎみ、せり河、しらら、あさうづなどいふ物語ども、一ふくろとり入れて、得てかへる心地のうれしさぞいみじきや。はしるはしるわづかに見つつ、心も得ず心もとなく思ふ源氏を、一の巻よりして、人もまじらず、几帳のうちにうち臥して引き出でつつ見る心地、后の位も何にかはせむ。昼は日ぐらし、夜は目のさめたるかぎり、灯を近くともして、これを見るよりほかのことなければ、おのづからなどは、そらにおぼえ浮かぶを、いみじきことに思ふに、夢にいと清げなる僧の、黄なる地の袈裟着たるが来て、「法華経五の巻をとく習へ」といふと見れど、人にも語らず、習はむとも思ひかけず。物語のことをのみ心にしめて、われはこのごろわろきぞかし、さかりにならば、かたちもかぎりなくよく、髪もいみじく長くなりなむ。光の源氏の夕顔、宇治の大将の浮舟の女君のやうにこそあらめと思ひける心、まづいとはかなくあさまし。

（新編日本古典文学全集『和泉式部日記　紫式部日記　更級日記　讃岐典侍日記』

小学館、一九九四年、二九八～二九九頁）

今までは『源氏物語』の全巻を見ることができなくて、話がとびとびでじれったく思っていたのを、一巻から全部、たった一人で、几帳の裏に引きこもって心ゆくまで読む気持ちは、后の位にのぼる幸いなどにはとうてい及ばないほどの幸せだというのです。昼は日ぐらしずっと、夜は眠くなるまでずっと、灯を近くにともして読み耽っているので、頭に浮かぶのは『源氏物語』のことばかり。するとある日の夢に、黄色の袈裟を着たきれいな僧が現れて、「法華経の五の巻をすぐに学びなさい」と言った。法華経の五の巻には、女人往生の物語が語られています。要するに来世で幸せになるためには、そんな物語などではなくて、法華経を読まなければいけないと叱られたわけですね。けれども、そんな夢を見たことは人には告げず、また法華経を学ばなきゃなどと思い立つこともなく、物語のことを思うばかりでいたというのです。物語を読むことは、勉強することとは違って、極上のお楽しみだったのですね。『更級日記』の作者は、自分はいまのところ器量はよくないが、大人になったら、美人になって、髪ももっと長くなって、『源氏物語』の登場人物のような恋愛ができると思っていたというのです。彼女のお気に入りの登場人物は、頭中将と光源氏の恋人であった夕顔と薫と匂宮の恋人であった浮舟です。つまり彼女の夢見る恋愛は、二人の男性に愛されるということだったのでしょうか。

『更級日記』は寛仁四（一〇二〇）年の記事からはじまるのですが、このときには宇治十帖を含めた『源氏物語』全巻を書写したものが箱入りで出回っていたことがわかります。

さて、『更級日記』の作者はこのとき『源氏物語』だけではなく「在中将、とほぎみ、せり河、しらら、あさうづ」などの物語も手に入れているのですが、「在中将」というのが『伊勢物語』だとされています。他の作品は、当時人気のあった物語なのでしょうが、現存していません。当時は、もっとたくさんの物語がつくられ、読まれていたのですね。その大部分はどこかで散逸してしまったわけです。逆にいうと、現在まで伝わってきた物語というのは時代を越えて常に読まれ、書き写されながら現在に至っているということになります。

「在中将」が『伊勢物語』だといえるのは、在中将が在原業平をさしているためです。まず当時、この物語は『伊勢物語』という名前で呼ばれていないらしいことにも注意が必要です。実はこの作品がなぜ『伊勢物語』と呼ばれるようになったのかもはっきりとはわかっていないのです。

また物語といっても『伊勢物語』は、『源氏物語』とはあきらかにスタイルが異なっています。『古今和歌集』にも収められた在原業平の歌が含まれていますが、どうも和歌が先にあって、和歌の読みから物語が想像的にふくらんでいって出来上がったようなのです。

ほかに、似たスタイルのものに『大和物語』、『平中物語』がありますが、いずれも『源氏物語』より前に成立し、歌物語とジャンル分けされています。

特徴としては、まず物語が語られて、そこに歌が登場します。そしてそのあとに暴露話が付くパターンのものがいくつかあります。この暴露話が事実かどうかもわかりません。『伊勢物語』の章段の多くは「昔、男ありけり」ではじまります。この「男」が業平だとは書いてありません。「男」の逸話として物語は進み、最後に実はこれは業平とだれそれの密通の話なんですよ、と結ばれるわけです。

一方で、『古今和歌集』には同じ歌を業平の歌として収めています。物語の短さを考えると、業平歌があって、そこに物語がついて、さらにそれにまつわるゴシップがつく、というふうに膨らんでいったのではないか、と推測されます。

『伊勢物語』第一段に「初冠」が置かれて、物語の登場人物の「男」が元服したところからはじまり、最後の段では死にゆく男が語られて終わる構成です。それでこの「男」の統一的なストーリーを感じられるのですね。

「初冠」を読む

第一段「初冠」の段は次のようにはじまります。

むかし、男、初冠《うひかうぶり》して、奈良の京春日の里に、しるよしして、狩にいにけり。その里に、いとなまめいたる女はらからすみけり。この男かいまみてけり。思ほえず、ふる里にいとはしたなくてありければ、心地まどひにけり。男の、着たりける狩衣《かりぎぬ》の裾をきりて、歌を書きてやる。その男、信夫摺《しのぶずり》の狩衣をなむ着たりける。

(新編日本古典文学全集『竹取物語　伊勢物語　大和物語　平中物語』小学館、一九九四年、一一三頁)

元服して初めて恋愛がはじまるというのは、『源氏物語』で「桐壺」巻に光源氏の元服を語って、次の「帚木」巻ではいきなり十七歳の青年として恋愛を開始するのにも似ていますね。

さて、元服した男が奈良の京であった春日のほうへ知った縁があって、狩りに出かけます。在原業平は平城天皇の孫にあたっていて、平城天皇は嵯峨天皇に譲位して上皇となって古い都であった奈良の平城京に住まいました。ところが大同五(八一〇)年に「薬子の変」として知られる嵯峨天皇への謀反の事変に関わったことから、平城上皇は出家して政界を去ります。薬子は服毒自殺したと知られていますね。長子の阿保親王は太宰府左遷となりました。この人が在原業平の父親です。業平と兄の行平は、父親が嵯峨天皇に許されて京都に戻ったあとで生まれた男子です。二人とも、「在原」という氏をもらって臣籍降下つまり皇族から臣下に下っています。このあたりも、桐壺帝の男子として生まれながら源という氏をもらって臣籍降下した光源氏に似ています。父親の阿保親王もまた承和九（八四二）年に「承和の変」といわれる事変にかかわって失脚しますので、在原業平はもとより政界で優位にたつ可能性はなかった貴族です。そのあたりがいったんは須磨、明石に蟄居を余儀なくされたにもかかわらず准太上天皇にのぼりつめる光源氏とは大きくちがっています。逆に言えば、『源氏物語』は業平が果たせなかった政界復帰を夢のように実現させてしまった物語といえるかもしれません。

そんな縁の深い奈良の春日の里で美しい女姉妹がいるのを男は垣間見します。里に出て垣間見して女を見出すというのは、宮廷物語の定石になっていきます。たとえば『源氏物語』では、生涯の妻となる紫の上を北山で垣間見して見出す設定としています。

業平の時代は、もう平安京に遷都してだいぶたつわけですから、春日の里は、田舎になっているはずです。ところが思いがけず、そんなところに美しい女性たちがいたので、男は「心地まどひにけり」というわけです。歌を贈ろうとして、着ていた衣を切ってそこに書くのですが、その衣が「しのぶずり」という染めの捩れ模様のついたものだった。そこに書いたのが次の歌です。

春日野の若むらさきのすりごろもしのぶの乱れかぎりしられず

春日野に咲く若い紫草のようなあなた方に紫の信夫摺の模様のように心乱れて、忍ぶことつまり思いを押し殺していることができません、という歌です。「信夫摺」の衣に書いたので「忍ぶの乱れ」という表現が出てきます。ここでは渡した物自体と歌ことばとが掛け詞となっているわけです。女は「はらから」というわけで姉妹ですから似ています。その関係をさすのが紫草です。これは『源氏物語』で藤壺と姪の紫の上の関係を示唆するのに使われていました。紫草は地下茎がつながっている植物だから、根が通っている、血筋が通っているという連想になるのですね。

つづけて、『伊勢物語』はこの和歌を解釈する種明かしをつけています。

　　みちのくのしのぶもぢずりたれゆゑに乱れそめにしわれならなくに

といふ歌の心ばへなり。昔人は、かくいちはやきみやびをなむしける。

これは、みちのくのしのぶもぢずりのように、だれのせいで心が乱れはじめたというのでしょうね、あなたのせいですよ、という歌を引用してつくられた歌だと解説しています。そして昔の人はこうしてすぐに当意即妙な歌を詠んで「みやび」をなしたのだ、というのです。この「みちのくの……」の歌は『古今和歌集』に七二四番歌として収められていて「河原左大臣」すなわち源融の和歌だとされています。先の業平の歌は、そうした先行する歌を下敷きにして詠まれたもので、こうした応用力が「みやび」だというのですね。

『古今和歌集』の和歌をもじってすぐに歌を詠むというのは、『源氏物語』の登場人物がやっていたことてもあります。みやびな人というのは、こういうものですよという模範がすでに『伊勢物語』に示されていたのですね。

「西の京」を読む

次に第二段をみてみます。都が奈良から京都にうつっても、いまだ京の都は十分に整備されていない時期であることがわかります。まだ奈良に深いつながりをもっていた時代です。

むかし、男ありけり。奈良の京ははなれ、この京は人の家まだ定まらざりける時に、西の京に女ありけり。その女、世人にはまされりけり。その人、かたちより心なむまさりたりける。ひとりのみもあらざりけらし。それをかのまめ男、うち物語らひて、かへり来て、いかが思ひけむ、時は三月のついたち、雨そほふるにやりける。

おきもせず寝もせで夜を明かしては春のものとてながめくらしつ

（『伊勢物語』一一四頁）

京の都の西側に女がいて、その女は世の女よりもうんと美しかったのですね。なにがかというと、容姿よりも心が美しい人だったというのです。独り身というわけでもないようだった。それなのに、例の真面目な男が情をつうじて、帰ったあと、どう思ったのか、時は三月一日の雨のそぼふる朝、後朝の歌を送った。「うち物語らひて」は単に話をするというのではなくて性的関係をもつことをさしています。

起きあがらずに、眠りもしないで夜を明かして、春らしく長雨が降るのを眺めてすごしています、という歌です。長雨と眺めが掛け詞になっています。眺めるとは、この場合、物思いにふけっていること、つまり恋しい気持ちで悶々としていることをさしています。

この歌は、『古今和歌集』六一六歌に「在原業平朝臣」の歌として収められています。詞書に次のようにあります。

弥生の朔日《ついたち》より、忍びに人にものら言ひて、のちに、雨のそほ降りけるによみてつかはしける

『伊勢物語』では、この歌は、女と一夜を過ごして帰ってから詠まれたことになっていますが、なぜそこにわざわざ三月一日の雨の日のことだと言っていたのかというと、『古今和歌集』に三月一日から人目を忍んであっていた女とあるのに呼応しているからですね。

ところで、歌人の俵万智が『伊勢物語』(21世紀版 少年少女古典文学館 第二巻『竹取物語・伊勢物語』講談社、二〇〇九年)を現代短歌に訳しているのですが、この歌を次のように訳しています。

起きもせず眠りもせずに夜を明かし春の長雨ながめて暮らす

「長雨」と「ながめて」を分けて、掛け詞の存在を明らかにしているわけですね。会いたくて悶々としているという、この歌の肝を理解するためには『伊勢物語』が語ったその女が世にも稀なる心ばえのいい人で、なおかつ独り身ではなく、他に男がいる女であったといった文脈が必要になります。『古今

和歌集』の詞書と『伊勢物語』とではほぼ同じ説明がされているわけですが、詞書で「忍びに人にものら言ひて」という密やかな関係がどういうものであったのか、女はどういう人なのかが具体的に備わっているのが『伊勢物語』です。このように、歌が出てきた背景や人物造形がなされることで、はじめて歌が物語になる、歌物語が出来上がるのだということがわかります。

「西の対」を読む

第一段を読むと『伊勢物語』より先に『古今和歌集』が成立しているようにみえますし、第二段も『古今和歌集』の業平歌を利用してつくられたものとみることができます。ところが、次の第四段「西の対」の章段を読むと、いったいどちらが先にあったのかがわからなくなります。第四段をみてみましょう。

むかし、東の五条に、大后《おほきさい》の宮おはしましける西の対に、すむ人ありけり。それを、本意《ほい》にはあらで、心ざしふかかりける人、ゆきとぶらひけるを、正月の十日ばかりのほどに、ほかにかくれにけり。あり所は聞けど、人のいき通ふべき所にもあらざりければ、なほ憂しと思ひつつなむありける。またの年の正月に、梅の花ざかりに、去年を恋ひていきて、立ちて見、ゐて見、見れど、去年に似るべくもあらず。うち泣きて、あばらなる板敷に、月のかたぶくまでふせりて、去年を思ひいでてよめる。

月やあらぬ春やむかしの春ならぬわが身ひとつはもとの身にして

とよみて、夜のほのぼのと明くるに、泣く泣くかへりにけり。
（『伊勢物語』一一五〜一一六頁）

むかし京都の東の五条のところに大后の宮という人が住んでいたがその邸の西の対にすんでいる女がいた。そこへ本命というわけではないけれど、深く思っている男が通っていた。ところが正月十日ごろに、女はどこかへいなくなってしまった。どこへ行ったのかは聞いたけれども、おいそれと通えるところではなく、男は女に会えなくなった。女を忘れられない男は、翌年の正月の梅の花盛りに、去年女と一緒に花見をしたことを思い出して東の五条の邸にやってきて、梅の咲くさまを立って見て、座って見てとためしてみたけれど、去年と同じようには見えない。男は泣いて、がらんとした板敷に月が西方に傾いていくまで臥せっていた。そこで次の歌を詠みます。

月は昔の月ではないのだろうか、春は昔の春ではないのだろうか、時が巡っても私はもとのままでいるのに。

このように歌を詠んで男は、夜明けに泣きながら帰っていったと結ばれています。

この和歌は、『古今和歌集』七四七番に「在原業平朝臣」の歌として収められていますが、そこには、次のような長い長い詞書がついています。

五条の后の宮西の対に住みける人に、本意にはあらでもの言ひわたりけるを、睦月の十日余りになむ、ほかへ隠れにける。在り所は聞きけれど、えもの言はで、またの年の春、梅の花盛りに、月のおもしろかりける夜、去年を恋ひてかの西の対にいきて、月の傾くまであばらなる板敷に臥せりてよめる

『古今和歌集』の詞書には、『伊勢物語』とほぼ同じ濃さの物語が語られています。『古今和歌集』ではこの歌の作者を在原業平と特定していますが、『伊勢物語』では、「むかし」という物語調にしてあって、通ってきた男が業平だとはいっていないという違いがあります。

こうしてみると、どちらが先に成り立ったのかを見極めるのは非常に難しくて、単純に業平歌から物語が発生したともいえなくなってきます。『古今和歌集』と『伊勢物語』が互いに互いをみながら、同時につくられていったようにもみえます。

さてこの歌の俵万智による現代語短歌では次のように訳されています。

おなじ月おなじ春ではなくなっておなじ心の我だけがいる

「おなじ」をくり返すことで、「月やあらぬ春やむかしの春ならぬ」とした箇所を表現しています。さらに「おなじ心」とつづけることで、変わってしまった月や春に対して変わらぬ自分を対置しています。もとの歌と比べてみてどうでしょうか。今回はみなさんに第二段の歌とこの歌の現代語訳に挑戦してもらいたいと思います。

ところで、この章段にも『源氏物語』に引き継がれているエッセンスがあると思いませんか。たとえば、五条に忍んで通っているところなど。五条は夕顔の女との恋がはじまる場でもあります。また夕顔は、頭中将の恋人でしたが、北の方の嫉妬のさや当てにあって、逃げるように彼の元から去ってしまいました。また、どこへ行ったかわかっても、そこは到底近づくことのできない高貴な場所だというところでは、手に届かない女君への恋というので、光源氏と朱雀帝の寵妃となった朧月夜との恋なども浮かんできます。『源氏物語』の光源氏の恋は、『伊勢物語』の世界を映してつくられたのでしょうし、読者も『伊勢物語』を思いうかべながら楽しんだのでしょう。

「関守」を読む

次の第五段「関守」を読んでみましょう。

むかし、男ありけり。東の五条わたりに、いと忍びていきけり。みそかなる所なれば、かどよりもえ入らで、わらはべの踏みあけたるついひぢの崩れより通ひけり。人しげくもあらねど、たび重なりければ、あるじ聞きつけて、その通ひ路に、夜ごとに人をするゑて守らせければ、いけどもえあはでかへりけり。さてよめる。

人しれぬわが通ひ路の関守はよひよひごとにうちも寝ななむ

とよめりければ、いといたう心やみけり。あるじ許してけり。二条の后に忍びて参りけるを、世の聞えありければ、兄たちの守らせたまひけるとぞ。

（『伊勢物語』一一六〜一一七頁）

また東の五条が登場していますね。そこへこっそり通っている男がいた。門から堂々と入るわけにはいかないので、土塀が崩れている穴から出入りをしていた。ところが、男が通っていることが家の主人、つまり女の父親にバレてしまうのですね。穴のところにはガードマンのような見張りがつけられた。それで男は女に逢いにいけなくなってしまって、詠んだ歌が次です。

人に知られぬ通い路に関守がいるけれど、毎夜毎夜ちょっと居眠りしてくれればいいのに、という歌です。

女はこの歌を受け取って、父親のせいで男が来られなくなったことを知って心を病むのですね。それをみた父親は男が通うのをとうとう許したとあります。ここでお話は一度完結しているのですが、そこにゴシップのような暴露話が付加されています。これは男が二条の后に忍んで通っているというのを聞いた后の兄弟たちが妨害したのだそうだ、というのです。

『伊勢物語』にたびたび登場する「二条の后」は、藤原長良の娘高子で清和天皇の女御となった人だと言われています。業平は清和天皇の后と密かに通じ合っていたというわけですね。このエピソードもまた『源氏物語』で父桐壺帝の后である藤壺と通じて子をなした光源氏像に引き継がれています。

二条の后との恋

二条の后との恋は、非常に短い第三段にも出てきています。

むかし男ありけり。懸想じける女のもとに、ひじき藻といふものをやるとて、

思ひあらばむぐらの宿に寝もしなむひじきものには袖をしつつも

二条の后の、まだ帝に仕うまつりたまはで、ただ人にておはしましける時のことなり。

（『伊勢物語』一一四〜一一五頁）

むかし、男が、恋している女に「ひじき藻」を贈るのに添えた歌。私への思いがあるのなら、むぐらの宿のようなみすぼらしいところでも二人で寝ましょう、引敷物には袖をしいて、という歌です。あなたと二人なら、どんなところでも平気ですという歌ですね。「ひじき藻」に引敷物が掛けられているわけです。このエピソードに次の暴露話がつきます。このときひじき藻をおくられた女というのは二条の后で、いまだ天皇に入内する前で、ただ人でいたときのことの話だというのです。

情熱の男

『伊勢物語』に描かれる主人公は、天皇の后であろうが危険をかえりみず、恋に突っ走り、恋に生きた色好みの男のイメージでした。その情熱の深さが、第六十五段「在原なりける男」で説明されています。

むかし、おほやけ思してつかうたまふ女の、色ゆるされたるありけり。大御息所とていますがりけるいとこなりけり。殿上にさぶらひける在原なりける男の、まだいと若かりけるを、この女あひしりたりけり。男、女がたゆるされたりければ、女のある所に来てむかひをりければ、女、「いとかたはなり。身を亡びなむ、かくなせそ」といひければ、

思ふにはしのぶることぞまけにけるあふにしかへばさもあらばあれ

といひて、曹司におりたまへれば、例の、このみ曹司には、人の見るをもしらでのぼりゐければ、この女、思ひわびて里へゆく。されば、なにの、よきこと、と思ひて、いきかよひければ、みな人聞きて笑ひけり。つとめて主殿司《とのもづかさ》の見るに、沓はとりて、奥になげ入れてのぼりぬ。

（『伊勢物語』一六七〜一六八頁）

「おほやけ」は天皇を指しています。天皇がつかっていた女房で、高貴な人しか着ることができない色の衣を着ることが許されるほど寵愛を得ていた人がいた。その人は大御息所と呼ばれている人のいとこにあたる人です。

「殿上にさぶらひける在原なりける男の、まだいと若かりけるを、この女あひしりたりけり」とあって、在原業平が童殿上していたころに、宮中で天皇に寵愛された女性に会っていたわけです。童殿上というのは元服前つまり成人前の童姿で宮中に仕えることです。

『源氏物語』でいうと、「帚木」「空蝉」巻で光源氏が空蝉との関係をとりもってもらうことを期待して、空蝉の弟の小君を自らの従者として引き取りますが、その小君はまだ童姿だったのでした。小君は、光源氏をこっそり空蝉の寝所に連れ込もうと画策しますが、このとき小君は女たちのいる部屋で眠って

います。成人男性であれば、恋人でもないのに女たちの部屋で共に寝ることなどあり得ません。まだ子ども扱いをされているのですね。

童姿であることで、小君がそうであったように女のいるところに自由に出入りができるわけです。そうこうしているうちに関係してしまったということなのでしょう。ずいぶんとませた子です。女は、こういうことはよくないことだ、帝の妻でありながら男と密通するようなことをして、私たちは身を滅ぼしてしまうでしょう、もうやめましょう、別れましょうと言う。そこで男は歌を詠みます。

あなたへの思いが強くて、恋心を忍ばせて我慢することはできない、会えるのだったらどうなってもいい、という歌です。あなたといられるのなら、どうなってもいいというやぶれかぶれの恋に走る男。女が天皇のもとから下がって曹司にいれば、人に見られることにも頓着せずにやってくる。女はおそろしくなって里邸すなわち実家に帰ります。宮中にいるよりかえって好都合だというので、男は女の里邸に通ってきます。ここにわざわざ「みな人聞きて笑ひけり」とあって、どうやらまわりの大人たちは、いたいけな少年が大人の女に入れ込んでいるさまを面白がっているらしい。男は朝帰りすると、履いていた沓を奥に投げ入れて殿上するなどしています。

かくかたはにしつつありわたるに、身もいたづらになりぬべければ、つひに亡びぬべし、とて、この男、「いかにせむ、わがかかる心やめたまへ」と、仏神にも申しけれど、いやまさりにのみおぼえつつ、なほわりなく恋しうのみおぼえければ、陰陽師、神巫よびて、恋せじといふ祓《はら》への具してなむいきける。祓へけるままに、いとど悲しきこと数まさりて、ありしよりけに恋しくのみおぼえければ、

恋せじとみたらし河にせしみそぎ神はうけずもなりにけるかな
といひてなむいにける。

（『伊勢物語』一六八〜一六九頁）

こうして禁断の恋に堕ちて、やがては身の破滅となるだろうと思った男は抑えがたい恋心を鎮めるために仏や神に恋愛断ちの祈願をしますが、恋心は強くなるばかりなので、陰陽師や巫女を呼んで恋愛封じのお祓いをしてもらいます。お祓いをするとどんどん悲しくなってきて、ますます女が恋しくなってしまったので歌を詠みます。

もう恋はしないぞと御手洗河で禊をしたのに神はそれをかなえてくれなかったなあ、という歌です。もう恋なんてしないと誓って「御手洗河」で禊ぎ祓えをしたわけです。京都の賀茂神社に流れる「御手洗河」に限らず、海や川で悪いものを水に流す祓えは、当時一般によく行われていたことで、「辛崎の祓」「鴨川の祓」「七瀬の祓」などが行われたことが藤原行成の日記『権記』に出てきます。この歌は『古今和歌集』五〇一番歌に「読人知らず」として収録されています。恋する気持ちを捨て去るためにお祓いをするというイメージがあまりに鮮烈で、恋に生きる男、業平の歌として物語化したということでしょうか。

さてその後の展開がすごいです。

この帝は、顔かたちよくおはしまして、仏の御名を御心に入れて、御声はいと尊くて申したまふを聞きて、女はいたう泣きけり。「かかる君に仕うまつらで、宿世つたなく、悲しきこと、この男にほだされて」とてなむ泣きける。かかるほどに、帝聞しめしつけて、この男をば流しつかはしてければ、この女のいとこの御息所、女をばまかでさせて、蔵にこめてしをりたまうければ、蔵にこもりて泣く。

あまの刈る藻にすむ虫のわれからと音《ね》をこそ泣かめ世をば恨みじ

と泣きをれば、この男、人の国より夜ごとに来つつ、笛をいとおもしろく吹きて、声はをかしうてぞ、あはれにうたひける。かかれば、この女は蔵にこもりながら、それにぞあなるとは聞けど、あひ見るべきにもあらでなむありける。

（『伊勢物語』一六九頁）

天皇がお経を読んでいます。この天皇は顔もハンサムで声もすばらしい。例の女は、こんなにすばらしい天皇にお仕えしないで、つたない運命のせいか悲しいことに、あの男の情にほだされてしまったとはげしく泣きだすのです。それで天皇が二人の関係を知ることとなり、少年は左遷されます。また女のいとこである御息所が、女を里邸に戻し、さらに蔵に閉じ込めてしまいます。女が蔵に閉じ込められて歌を詠みます。

「われから」には、ワレカラという名の虫がいるのですが、その虫と「我から」とが掛け詞になっています。藻を刈るのは、海人というわけで、海人の刈る藻のなかにいる虫が鳴いている、それはワレカラ、我からの自業自得なので、声をあげて泣いても、二人の関係をうらめしく思ったりはしない、という歌です。世というのは男女の仲をさしているのですね。この歌も『古今和歌集』の八〇七番歌にあります。しかも作者が明示されていて、典侍藤原直子朝臣《ないしのすけふぢはらのなほいこのあそん》とあります。この人は清和天皇から、陽成天皇、光孝天皇、宇多天皇、醍醐天皇の代にいたるまでずいぶん長く宮中に仕えていたらしいことがわかっている女房です。好きになったのは私なのだから後悔はしないという女の恋の想いの強さが出ている潔い歌ですね。業平のお相手が藤原直子だったというわけではないでしょうが、女のこういう恋への強い想いは業平物語のなかにぜひとも置いておきたいと思わせたのでしょう。

「海人の刈る藻」が「われから」を引き出す歌は、『伊勢物語』五十七段にもでてきます。物語は短くてほとんど詞書のレベルです。

むかし、男、人しれぬもの思ひけり。つれなき人のもとに、

恋ひわびぬあまの刈る藻にやどるてふわれから身をもくだきつるかな

(『伊勢物語』一六〇頁)

男が、つれない女に歌をおくります。恋に悩んでいます、海人が刈る藻にやどるというワレカラのように「我から」身を投じていることですけれど、という歌です。この恋に苦しむのも無理もない、自分から恋したんだからというのですね。

さて、先ほどの話に戻りましょう。女が泣いていると、京都を追われたはずの男が夜ごとにやってきて、蔵の前で笛を吹き鳴らしたり、とてもよい声で歌ってなぐさめます。蔵に閉じ込められている女は、男がそこにいるとはわかっても、会うことができずにいます。そこで女は次の歌を詠みます。

さりともと思ふらむこそ悲しけれあるにもあらぬ身をしらずして

と思ひをり。男は、女しあはねば、かくし歩きつつ、人の国に歩きて、かくうたふ。（一七〇頁）

「さりとも」というのは、そうであってもということで、男がやってきているのは、そうであっても会えるかもしれないと思っているからにちがいないと女は考えます。でも会えない、だから悲しいというのです。もう自分は生きているのかどうかもわからない（あるにもあらぬ）身でいるというのに、それをあの人は知らないで、期待しているのだ、という歌ですね。

男が、女に会えないままに、左遷された場所へ戻っていって詠んだ歌が次です。

いたづらにゆきては来ぬるものゆゑに見まくほしさにいざなはれつつ

水の尾の御時なるべし。大御息所も染殿の后なり。五条の后とも。（一七〇頁）

「いたづらに」は徒労に終わるままにという意味。ただむなしく行っては帰ってくるのだけれど、会いたいという気持ちに誘われて、また出かけてしまうのだ、という歌です。「見る」は男女の関係においては「会う」つまり寝所をともにするという意味です。この歌は『古今和歌集』六二〇番歌に収められていますが作者未詳です。

この段には、最後に暴露話がついています。「水の尾の御時なるべし」とありますが、清和天皇代をさしています。大御息所というのは染殿の后だったようだ、あるいは五条の后とも言われている、とあります。清和天皇代で、「染殿の后」が藤原明子だとすると、そのいとこは、二条后高子にあたることになるといわれています。二条后は陽成天皇の母ですから、清和天皇の正妻です。そんなとんでもない人に業平は恋していたというわけです。

『伊勢物語』における業平と二条の后との恋は、二人の物語をさまざまに想像させる最大のゴシップとして機能していて、実際は二人の歌ではないものを組み合わせて、こんなことがあったかもしれないとさまざまに想像力を働かせることになったようです。二条の后との恋愛が、元服前の童時代のことだとすると、だいぶ早熟ですね。このイメージは、桐壺帝の正妻、藤壺と恋に落ちた光源氏が、すでに元服前に藤壺に心惹かれていたという設定と関わっているでしょう。桐壺帝は元服前の童姿の光源氏を女たちのもとへ連れ歩いて、そのおかげで光源氏は、色好みの天皇であった桐壺帝のすべての女性をみていたと「桐壺」巻に書かれています。色好みのレッスンはすでに童時代に行われていたのですね。『伊勢物語』にあるように、大人たちはおませな童を笑ってみていたかもしれません。それが『源氏物語』のなかでは藤壺との間に子をなすという大事に発展していくのです。

ここまで読んでみて、第一段「初冠」の意味がようやくわかってきます。元服したてのころに、旅先で美しい女を見初めて、さっそく誘いかける歌を詠みかける。そんなことも業平ならあっただろうという気がしてきます。

今回は次の業平歌を現代短歌に訳してみましょう。

おきもせず寝もせで夜を明かしては春のものとてながめくらしつ
月やあらぬ春やむかしの春ならぬわが身ひとつはもとの身にして

【みんなの現代語訳】

起きもせず眠りもしないで朝迎え春の雨ただ眺めて過ごす
月だって春だって次に進むのになのに私は去年のまんま

どちらも元歌をうまく現代語におきかえています。「次に進む」としたことで失恋のあとというイメージがあざやかに浮かび上がってきますね。

ボーッとしながらオールして長く降る雨をぼんやりと眺めている
月と春時間とともに変化する私だけなの?変わってないの

「夜を明かして」は現代でいえば「オールして」になるというのがおもしろいです。「ながめ」を「長く降る雨」と「ぼんやり眺めている」とに訳し出しているのが絶妙です。

起きてても寝ててもずっと夢心地あ〜きっと春のせいだなぁ
なんか全部違って見える2017年あたりをもっかいやらせて

「おきもせず寝もせで」を「ずっと夢心地」の状態ととっているのがいいですね。「春のものとて」を「あ〜きっと春のせいだなぁ」としているのがうまいです。月やあらぬの歌のほうは、思い切って意訳して、「なんか全部違って見える」と言ってしまっているのが潔くて、そこに「2017

年あたりをもっかいやらせて」とつづくのがおもしろいところです。なんかぜんぶやり直したいという感じなのですが、なぜかそれが2017年あたりからであるというのもいいです。

【みんなのコメント❾】

●『滑走路』と言う歌集に興味が湧きました。歌集ではありますが、萩原慎一郎さんの思いや心の叫びが綴られている「日記」のようで、どこで間違ってしまったのか、人生が思うようにいかず、振り返れども時間を巻き戻す術もない、そんな声が聞こえてきそうでした。そんな中で抱いた恋心をどう扱えばよいのかもわからず、もてあますかのように憧れの人を思い続けている姿も目に浮かんできました。しかし、幾度か立ち上がろうとしたのです。奮起し、負けないと心に誓った日もあったはずです。社会で揉まれる日本の若者の姿をよく描いていると思いました。映画の『滑走路』も是非観てみたいと思いました。

●性行為をすることを物語る、という言葉を使うのがなんだか綺麗でオシャレだなぁと思いました（笑）。

●在原業平というとモテモテイケイケというイメージがあったが、未練たらたらのような歌や大人ゆえの恋の悩みがあったことに驚いた。リアル光源氏のような人物像を思い描いていたが、もっと落ち着いた大人の男性のような気がしてきた。

●歌は、「はっきりと言う」というよりかはなんとなく匂わせているというような感じがしました。「みちのくのしのぶもぢずりたれゆゑに乱れそめにしわれならなくに」の歌の「たれゆえに」は誰でしょう？という意味でありながらあなたのことですよ、と言っており、「おきもせず寝もせで夜を明かしては春のものとてながめくらしつ」の歌はぼんやりと長雨を見ているという歌でありながら相手への恋心に心を占められている様子が伝わってきて、はっきり言わないからこそ伝わるドキドキ感や恋の気持ちがあるということを感じました。

●『伊勢物語』は、『源氏物語』のもとになっているところも多いのですね！『源氏物語』を読んでいると、『伊勢物語』を彷彿とさせるところがちょこちょこ出てくると言うのは面白いです！今だったら、「パクリ」等と言われてしまいそうですけどね（笑）。ただ、『伊勢物語』を読んだ後に『源氏物語』を読むと「あ！ここ、『伊勢物語』のあれじゃん‼」と言う感じになって、話題を共有できるのが楽しみの一つだったのでしょうか。『源氏物語』自体、何も知らずに読んでも面白いのでしょうが、『伊勢物語』を読んでから読むと楽しさが倍になるのでしょう。紫式部はこうした効果も狙っていたのでしょうか。もし狙っていたとしたら、彼女はやはり天才だなと思いました。

●『源氏物語』がストーリー中心でミュージカル的な要素が強い作品だとするならば、『伊勢物語』は歌の中にストーリーを想像するオペラ的なものなのかなと考えました。私は、ストーリーが主体の物語の方が読みやすくて今まで好きだったけれど、読まれた歌の意味だけでなくその歌を読んだ人や読まれた背景まで妄想できるという点で『伊勢物語』は歌の本当の楽しさを知ることができそうなので、今から読むのが楽しみになりました。

● 『伊勢物語』で着ていた着物の切れ端をわたすシーン、私の中で結構上位にくる好きなシーンなんですが、好きな人がつけてたものとか好きな人の匂いがついている何かとか、現代にも通ずる感情だなと思います。手紙に香水振りかけたり借りたものを返す前に洗濯したりするのは、現代だけの文化じゃないんだなとしみじみ思いました。『源氏物語』なんかは名前じゃなくてその人との思い出の品(出会ったときに持っていた花とか)で名前がつけられたりしますが、それも結構今の若いカップルがやっていることだし、不思議な気持ちです。

● 同衾することをあらわす婉曲表現が古語にはたくさんあって面白いです。「物語る」という表現があることを初めて知りました! 昔の男女の関係って今よりもダイナミックな印象があるのに、誘い方とか表現方法とかは上品でしたたかで奥ゆかしいです。

第十回　旅の歌――『伊勢物語』その二

災厄を詠む

短歌や俳句は、一般からの投稿で新聞に掲載されることもあり、専属の歌人や俳人以外にも、さまざまな職業についている人々の、しかも全国津々浦々の人々の作品が続々と集まってきます。二〇二一年三月一一日は、二〇一一年の東日本大震災から十年の節目でしたが、これを機に、これまでの震災短歌がアンソロジーとしてまとめられました。そこには俵万智のような歌人として名のある方の作品もありますが、新聞歌壇から選ばれたものも多くありました。

たとえば、『現代詩手帖』二〇二一年三月号には「震災アンソロジー」として、震災をよみこんだ俳句、短歌、詩が並びました。短歌の選者は歌人の斉藤斎藤です。斉藤斎藤は、俳句の選者の関悦史、詩の選者の山田亮太と行った鼎談「事後と到来のただなかで」のなかで、短歌では一種のドキュメンタリー性が発揮されると述べています。

もともと短歌には、スマホで撮ったショートムービーみたいなところがあって、近代以降、一人称で実体験に基づいて書くことを積み上げてきた。比較的ドキュメンタリー性の強い詩型なわけです。

また斉藤斎藤はアンソロジーを編むにあたって、プロの歌人のものよりも、被災された方の歌を多く入れることになったのは、「被災した方が、生まれて初めて作った短歌がすごくいい、ということもしばしばある」からだと述べています。被災した詠み手の側も、短歌という形式は思いを吐露するのに適していると感じていたかもしれません。小説などの文学作品を書くのは敷居が高いですが、短歌などの短詩形はすぐにも参加できますし、文学的形式にすることで気持ちの整理がつくこともあるのだと思います。

少し震災短歌をみてみましょう。

三陸はほぼ壊滅とラジオからその大津波階下に来てる（石巻市　木村譲）
走れよと妻の背中を突き出してつんのめつた手で津波を掴む（佐藤成晃）
裏山に逃れてふるさと見下ろせば流れし屋根に助けてーと叫ぶ（宮城県山元町　阿部修久）
三週間ぶりに電気が通じたり堤防越ゆるつなみの映像（宮古市　三田地信一）

津波の被災地で詠まれた歌です。ドキュメンタリーのような臨場感があるのがわかります。津波の報をラジオできいていると自分の家の階下にも水がせまってきているのに気づいたという歌。津波から走って逃げていく歌。裏山の高台から流された家の屋根の上に人が助けてと叫んでいるのがみえたこと。被災地では電気、ガス、水道などのインフラが壊滅状態になりましたから、テレビ映像で津波をみつめていたのは、実は被災地の外にいた人たちでした。三週間ぶりに電気がつうじてテレビをはじめてみて、津波の映像を知ったという歌。

原発の空のしかかるふるさとのここにいるしかなくて水飲む（福島　美原凍子）

ブルドーザーずかずかと来て百年の母校の土を剝がし始める（宮城県丸森町　須郷柏）

子を連れて西へ西へと逃げてゆく愚かな母と言うならば言え（俵万智『オレがマリオ』）

「福島の人は居ませんか（福島でなければニュースにならない）」と言はる（大口玲子『桜の木にのぼる人』）

福島第一原子力発電所のメルトダウン事故で放射性物質が流出しました。避難指示が出たところ以外の地域にも放射性物質は降っていましたが、避難指示がないところでは、自主避難する余裕がなければそこにい続けることしかできません。水も汚染されているだろうと思いながら、それを飲んでいるという歌。放射性物質が検知された土地では、それを「除染」するためにブルドーザーで土を剝ぎ取って、フレコンパックに入れて各所に積み上げています。とくに子どもたちの利用する学校は優先的に「除染」が行われました。放射性物質に汚染されたことの理不尽が「ずかずかと来て」に響いています。

歌人の俵万智は震災当時、仙台に住んでいたといいます。放射能の被害がどれほどのものかがわからないので、西へ退避した人、国外に避難した人などが多くいました。とくに母子避難というかたちでとりあえず子どもを逃がそうとした母親が多くいました。しかし、逃げるなんて大袈裟だ、そんなに心配することはないという人もいました。それで「愚かな母と言うならば言え」というのですね。

大口玲子の歌は、福島の人の被災を取材したいという報道関係者が来ている状況でしょうか。避難先に取材に来た報道陣は、被災の度合いの大きい人を探して報道しましたから、そのなかで選ばれない人たちは、自分はほんとうの被災者とは言えないと思い続けていたかもしれません。そんなことを考えさせる歌です。

震災の映像見せられ涙出る本物と言われくやしくなった（石巻市・小4 高橋幸桜）
解体の駅舎の壁に潜んでた万歳の声啜り泣く声（宮城県山元町　島田啓三郎）

「小4」とわざわざ明記してあって、震災当時、非常に幼かった人の歌だとわかります。後年、震災の映像を見て、こんなことが起きたんだとはじめて知ったのです。その映像は映画の特撮のようであるのに、本物だといわれて、「くやしくなった」というのです。ここで、くやしいという言い方をするのもある若さを示していると思います。

津波で被災した駅舎が解体されることになったのですが、駅舎の壁には万歳の声や啜りなく声が塗りこめられていて、解体と同時に弾け出したかのようです。かつて、この駅舎から万歳三唱されながら戦地に送り出された兵隊の姿が想像されます。送り出す方は、万歳ともいい、けれど戦場での死を思って啜り泣きもした、そんな歴史が込められていた駅舎だというのです。島田啓三郎さんは『河北新報』の歌壇の常連で、歌壇をみている人たちにはお馴染みの存在だったようです。しばらく島田さんの歌が掲載されなかったときには、新聞社に島田さんの安否を気遣って問い合わせのおたよりがきたそうです。震災後十年の特集を組んだ『短歌研究』二〇二一年三月号に「河北新報歌壇と「島田さん」」として島田啓三郎氏の作品五十首が掲載されています。島田さんは九五歳。震災当時は農家を営んでいましたが津波でいっさいが流されてしまったといいます。

『現代短歌』八四号（二〇二一年）の「震災10年」の特集には、歌人の川野里子選による歌が並びます。

歌集として出版されたものから選ばれているので、プロの歌人の歌が多く並んでいます。『現代詩手帖』の「震災アンソロジー」の選者、斉藤斎藤の次の歌も入っています。

うさぎ追いませんこぶなも釣りません　もう　しませんから　ふるさと

（斉藤斎藤『人の道、死ぬと町』）

「うさぎ追いしかの山、こぶな釣りしかの川」とはじまる曲「ふるさと」を引きながら、ふるさとが壊滅的被害にあっていることを「うさぎ追いません」「こぶなも釣りません」と表現しています。本当ならうさぎを追うこともこぶなを釣ることもできなくなっているのに、しません、ということで、災害を神のしわざとみて、もうしませんから許してくださいというほうへと流れていくのですね。

ありがたいことだと言へりふるさとの浜に遺体のあがりしことを（梶原さい子『リアス／椿』）

水が欲し　死にし子供の泥の顔を舐めて清むるその母のため（柿沼寿子）

黙禱のたびにおとずれる闇のどの暗さも死後の闇とはちがう（大森静佳『てのひらを燃やす』）

まだ恋も知らぬ我が子と思うとき「直ちには」とは意味なき言葉（俵万智『オレがマリオ』）

「これは、まだ東北で、あっちの方だったから良かった」あっちの方に生きるわれらは

（本田一弘『あらがね』）

津波の被災は、多くの行方不明者を出しました。現在でもまだご遺体のみつからない方もいます。そ

うであればこそ、遺体が地元の浜にあがったならば、「ありがたいこと」だと言われていたのでしょう。

柿沼寿子の歌は、泥にまかれてみつかった子供の顔を舐めて清める母親の姿をみつめながら、この母親のために水をあげたいと思っている歌です。インフラが止まったわけですから、水は手に入らないし、飲み水も十分にはない状況にあったことを思い出させます。

大森静佳の歌は、震災以後、毎年くり返されてきた「黙禱」の時間について、つかのま目をつぶったときの闇とその後死者が眠る闇とはちがうのだと思い知らされるということを詠んでいます。

俵万智の歌は『オレはマリオ』から。先ほどの歌と重ねてよむことができます。放射性物質が降り注ぎましたが、当時の政府は「直ちに（健康に）影響はありません」とくり返していました。まだ恋も知らない幼い子どもの、これからの人生を考えるならば、「直ちに」影響がないと言われても、いつかは影響がでるかもしれないのだから、そんなことばでは安心できるはずもありません。

本田一弘の歌は、震災が東北だったからよかった、東京だったら大変なことになったと発言した政治家のことばを引いています。あっちのほうでよかった、といわれた、そのあっちに住んでいる自分たちはどうなるのだという憤りがみえます。

震災短歌をみると、短歌のドキュメントとしての側面がみえてきます。災厄を詠むということは、現在のコロナ禍でも行われています。

犬飼楓『前線』（書肆侃侃房、二〇二一年）は、コロナの最前線にいる医療従事者の歌集です。

息継ぎの時と場所とを探しつつ泳ぎ切らねばならぬ一日

致命的事態となれば耳を刺す一オクターブ違うアラーム

緊張の顔を見せれば伝わってしまうと言われどうしたらいい
文句言う先がなければゴミ箱に黙って手袋深く沈める

緊迫した医療現場で、ほっと息をつけるときなど、そんな場所などありません。それでもそれを探しつつ、一日を乗り切らねばならない。「泳ぎ切る」という水泳のイメージから「息継ぎ」という言葉が出てくるのですね。患者の命が危ない事態になると、いつもとは異なるアラームが鳴るのでしょう。その音を聞けば誰かが危篤状態にあるのだとすぐにわかったはずです。そうした危機的状況にある患者と向き合うとき、顔がこわばっていると患者に伝わってしまうと言われたのだが、やっぱりこわばってしまうという歌。病院全体がこの状況、そして日本中の医療機関が、さらには世界中の医療機関がこの状況にあるとわかっているから、「文句言う先がな」い。手袋をはずしてゴミ箱にぶすっと押し込むことでこらえるしかないという歌。

呼吸器をつけませんか　つけますか　レジ袋はもう有料です

この歌は、呼吸器をつけますかという問いが、コンビニやスーパーでのレジ袋はつけますかという問いに重なって、「レジ袋はもう有料です」に結ばれている、ズラしがきいている一首です。

年越しを迎える前に防護服五分だけでも脱いで待ちたい

コロナ禍の最初の年越しでは、防護服を脱ぐ暇もなかったのですね。五分でもいいから防護服からのがれて新年を迎えるということをしてみたいという歌。短歌のドキュメントとしての強さがよくあらわされていて医療現場の様子が克明につたわる歌集です。みなさんがいま短歌を詠むなら、きっとコロナ禍の日常があらわれでることになるでしょう。そうしてそれは、後年振り返ってみたときには、ある歴史の一コマを記録するものともなるのです。

「東下り」を読む

さて『伊勢物語』のつづきを読んでいきましょう。第九段「東下り」からみていきます。

むかし、男ありけり。その男、身をえうなきものに思ひなして、京にはあらじ、あづまの方にすむべき国もとめにとてゆきけり。もとより友とする人、ひとりふたりしていきけり。道しれる人もなくて、まどひいきけり。

(『伊勢物語』一二〇頁)

これまでのお話よりももう少し具体的になりましたね。「身をえうなきもの」つまり立身出世ができない状態になったので東国のほうへと下っていったというわけです。なぜそのようなことになったのかは語られませんが、これまでの章段をよんできた読者には、二条の后との恋愛沙汰が問題となって都にいられなくなったのではないかと想像するでしょう。恋愛沙汰で都を離れる物語は『源氏物語』で光源氏が須磨、明石へと下る展開に応用されています。

「もとより友とする人、ひとりふたり」と連れ立ってでかけますが、東国に縁のある人たちではないらしく、道に迷いながらの旅となります。

三河の国八橋といふ所にいたりぬ。そこを八橋といひけるは、水ゆく河のくもでなれば、橋を八つわたせるによりてなむ、八橋といひける。その沢のほとりの木のかげにおりゐて、かれいひ食ひけり。その沢にかきつばたいとおもしろく咲きたり。それを見て、ある人のいはく、「かきつばた、といふ五文字《いつもじ》を句のかみにするゑて、旅の心をよめ」といひければ、よめる。

から衣《ころも》きつつなれにしつましあればはるばるきぬるたびをしぞ思ふ

とよめりければ、みな人、かれいひの上に涙おとしてほとびにけり。

三河の国八橋に着きます。ここが八橋と呼ばれるのは、細い川筋が蜘蛛手のようにひろがっている場所で、そこに八つの橋がかかっているからだと説明されています。川というより沢というべき場所で、ちょうどかきつばたが咲き誇っています。だれかが、「かきつばた」の五文字を句頭にすえて旅の心を詠もうといったので歌を詠みます。

「から衣《ころも》」は女性の装束の一枚で、たくさんの衣を重ね着した時に一番上に着る「唐衣《からぎぬ》」をさしますが、「着る」を引き出す枕詞で深い意味があるわけではありません。着なれた衣のように慣れ親しんだ妻を都に残してきたので、こうしてはるばるきた旅路を思う、という歌です。ここには「から衣」に導かれた縁語がつぎつぎによみこまれています。「なれる」は、衣がしんなりとやわらかくなること、妻は衣の「褄」と掛け詞になっています。「はるばる」のところにも布地を「張る」という連想がありますす。この5775 7の各句あたまのところをとると「かきつばた」になりますね。この歌をきいてみな都が恋しくなって泣きます。「かれいひ」というのは乾燥させたお米ですが、そこに涙が落ちて、乾燥した米もやわらかくなった、という話です。

この歌は『古今和歌集』四一〇番に在原業平朝臣の歌として、次のような詞書とともに収められています。

東《あづま》の方《かた》へ、友とする人ひとりふたりいざなひていきけり。三河国八橋といふ所にいたれりけるに、その川のほとりに、杜若《かきつばた》いとおもしろく咲けりけるを見て、木のかげにおりゐて、「かきつばた」といふ五文字を句のかしらにすゑて、旅の心をよまむとてよめる

『伊勢物語』とほぼ同文ですね。ただし、涙してかれいひがほとびた話がありません。『伊勢物語』のほうがほんの少しだけ詳細です。けれどもかれいひがほとびるなんて、大袈裟すぎるし、あまりリアリティはないのでいらぬ注解かもしれません。旅は続きます。次に駿河の国に着きます。

ゆきゆきて、駿河《するが》の国にいたりぬ。宇津《うつ》の山にいたりて、わが入らむとする道はいと暗う細きに、蔦かへでは茂り、もの心細く、すずろなるめを見ることと思ふに、修行者あひたり。「かかる道は、いかでかいまする」といふを見れば、見し人なりけり。京に、その人の御もとにとて、文かきてつく。

駿河なるうつの山辺のうつつにも夢にも人にあはぬなりけり

駿河の宇津の山越えをします。ここは現在、静岡県の宇津ノ谷峠と呼ばれるところで、『伊勢物語』に蔦かえでが茂っているとあるように、うっそうとした山道だったようです。そんな山道で、修行者らしき人とすれ違います。修行者は、都の貴族とあきらかにわかる人たちがいるので、「なぜこんな道を歩いているのか」と声をかけたのですね。そこでふとみると知り合いだったわけです。修行者が京に向かっているというので、男は手紙を書いて都にいる女性に届けてもらうことにします。その手紙に歌を添えます。

駿河のうつの山辺にいるということを伝え、うつの山から「うつつ」（現実）が引き出され、夢うつつの「夢」が引き出されるわけですね。現実にも夢にもあなたに会えないままでいます、という歌です。さて、駿河の国の名所といえば富士山です。

富士の山を見れば、五月のつごもりに、雪いと白うふれり。

時しらぬ山は富士の嶺《ね》いつとてか鹿子《かのこ》まだらに雪のふるらむ

その山は、ここにたとへば、比叡の山を二十《はたち》ばかり重ねあげたらむほどして、なりは塩尻のやうになむありける。

富士山をみると、五月末だというのに雪をかぶっています。季節外れの雪だというので「時しらぬ山」というのですね。まだらに雪の残る様子を鹿の子とたとえています。これはバンビで知られるように小鹿の背の白い斑点をさしているのですね。ところで関東に住んでいるとさまざまなところから富士山の姿を見ることができますが、京都からは見えません。それで京都の人にもわかるように、高さは比叡山を二十倍にしたぐらいで、かたちは塩尻のようだと説明をいれているわけです。塩尻というのは、塩田につまれた塩の山です。私たちにとっては富士山から逆に塩尻のかたちを想像することができますね。

このように都にいては見えない旅の景が描かれているところにも『伊勢物語』「東下り」の大きな意味がありました。つづきを最後まで見てしまいましょう。

なほゆきゆきて、武蔵《むさし》の国と下《しも》つ総《ふさ》の国とのなかにいと大きなる河あり。それをすみだ河といふ。その河のほとりにむれゐて、思ひやれば、かぎりなく遠くも来にけるかな、とわびあへるに、渡守《わたしもり》、「はや船に乗れ。日も暮れぬ」といふに、乗りて渡らむとするに、みな人ものわびしくて、京に思ふ人なきにしもあらず。さるをりしも、白き鳥の、はしとあしと赤き、鴫の大きさなる、水の上に遊びつつ魚《いを》を食ふ。京には見えぬ鳥なれば、みな人見しらず。渡守に問ひければ、「これなむ都鳥」といふを聞きて、

名にしおはばいざ言問はむみやこどりわが思ふ人はありやなしやと

とよめりければ、船こぞりて泣きにけり。

さらに旅をつづけると、武蔵の国と下総の国のあいだの大きな河に出ます。その名を隅田河というのだと書いています。ずいぶん遠くまで来たものだと感慨に耽っていると、向こう岸へと渡す舟の渡守《わたしもり》が、日が暮れるからはやく乗れとせかします。みな都においてきた恋しい女を思っていたところ、白くて、嘴と足が赤くて、鴫ぐらいの大きさの京の都ではみかけない水鳥が魚をとったりしているのをみかけます。渡守に名を尋ねると「都鳥」というのだと教えてくれます。そこで詠んだ歌。都鳥という名がついているなら、さあ聞いてみよう、私が恋しく思う人はいまどうしていますか、という歌です。都鳥というなら都のことを知っているでしょう、と問いかけるのですね。

この歌も『古今和歌集』四一一番に「かきつばた」の歌と並んで、次の詞書をともなって収められています。

武蔵国と下総国との中にある、隅田河のほとりにいたりて、都のいと恋しうおぼえければ、しばし川のほとりにおりゐて、「思ひやれば、かぎりなく遠くも来にけるかな」と思ひわびてながめをるに、渡守、「はや舟に乗れ。日暮れぬ」と言ひければ、舟に乗りて渡らむとするに、みな人ものわびしくて、京に思ふ人なくしもあらず、さる折に、白き鳥の嘴と足と赤き、川のほとりに遊びけり。京には見えぬ鳥なりければ、みな人見知らず。渡守に「これは何鳥ぞ」と問ひければ、「これなむ都鳥」と言ひけるを聞きてよめるこちらも『伊勢物語』とほぼ同文の長大な詞書です。このあたりを考えると、『伊勢物語』「東下り」が『古今和歌集』の編纂より前に出来上がっていて、そこから採られたという気がしてきます。ところが『古今和歌集』が収めているのは、かきつばたの歌と都鳥の歌であって、あいだの二首はとられていないのです。これらはのちに『新古今和歌集』(新日本古典文学大系、岩波書店、一九九二年)に収められます。駿河の歌は『新古今和歌集』九〇四番に「駿河国宇津の山にあへる人につけて、京につかはしける」、また富士の歌は業平朝臣の歌として一六一六番歌に「五月のつごもりに、富士の山の雪白く降れるを見てよみ侍りける」という簡潔な詞書をともなって収められています。

『新古今和歌集』は鎌倉時代に入ってから編纂されているので、もうこの頃にはこれらの歌は『伊勢物語』の歌として十分に知られていたので詳しい物語は必要でなかったということでしょう。そうだとすると、『古今和歌集』があれほど長い詞書を添えているのは、『伊勢物語』がまだそれほど知られていないときだったはずで、両者はほぼ同時に出来上がったのかもしれないと思われるのです。

ところで「東下り」の段はかなり後の時代まで一種の旅行ガイドとして参照されつづけました。たとえば、『更級日記』の書き手、菅原孝標女は父親の孝標の赴任にともなって東国で過ごしますが、『更級日記』の冒頭は、『伊勢物語』とちょうど逆順に京にのぼる道中記です。ここで菅原孝標女は『伊勢物語』を引用しています。たとえば隅田河で詠まれた都鳥の歌について、『更級日記』には「武蔵と相模との中にゐて、あすだ川といふ、在五中将の「いざこと問はむ」と詠みける渡りなり。中将の集にはすみだ川とあり」と書かれています。

富士山の様子については、京の人には知りたい情報だったはずで、『更級日記』にはより詳しく次のように描写されています。

富士の山はこの国なり。わが生ひ出でし国にては西面に見えし山なり。その山のさま、いと世に見えぬさまなり。さまことなる山の姿の、紺青を塗りたるやうなるに、雪の消ゆる世もなくつもりたれば、色濃き衣に、白き衵《あこめ》着たらむやうに見えて、山のいただきのすこし平らぎたるより、煙は立ち上る。夕暮は火の燃えたつも見ゆ。

（『更級日記』二八九頁）

富士山は東国の家からは西側に見えていたと書いています。世にもめずらしい姿の山だというのは、やはり京にはこのようなかたちの山がないからですね。紺青の衣に白い上着を着ているようだというのは、私たちが思い浮かべる富士山そのままです。ただしこの当時は、富士山はいまだ活火山だったようで、平らになっている頂上からは煙が立ち上り、夕暮れて暗くなると火が燃えたつのも見えると書かれています。

「東下り」の段のうち、かきつばたの歌とかきつばたの咲く三河の八橋の景は、『伊勢物語』を代表するものとなっていきます。『伊勢物語』といえば「東下り」、「東下り」といえば、三河八橋、かきつばたという連想がすぐに成り立つほどに。みなさんにも心当たりがあるのではないでしょうか。たとえば京都のお土産の代表格の八ツ橋は、この八橋からきているのですね。いまでは生八ツ橋にあんこをはさんだものが幅を利かせていますが、もともとは橋のように丸みをもたせて焼いた菓子でした。さまざまなブランドがありますが、たとえば聖護院八ツ橋の缶の絵をみてみてください。かきつばたが咲くところに橋が渡されている図柄で、『伊勢物語』を引いていることがすぐにわかるはずです。この図柄は文化的意匠となって受け継がれてきました。とくに桃山時代の琳派の作に多く使われていますが、東京国立博物館所蔵の尾形光琳作「八橋蒔絵螺鈿硯箱」はウェブサイトでみることができますからぜひ検索してみてください。同じく尾形光琳作の「八橋図屏風」にもかきつばたと八橋が描かれています。こちらはニューヨーク、メトロポリタン美術館の所蔵でやはりウェブサイトでみることができます。

さらに八橋は、その後の旅行者たちが必ず立ち寄りたい場所であったようで、『更級日記』にはつぎのように出てきます。

（……）三河の国の高師《たかし》の浜といふ。八橋は名のみして、橋のかたもなく、なにの見どころもなし。

（『更級日記』二九二頁）

けっこう期待して行ったんだと思いますが、「八橋」とは名ばかりで橋などはなかったし、当然かきつばたも咲いてはいなかったのでしょう。「なにの見どころもなし」とあります。

鎌倉時代になると鎌倉に幕府がひらかれますので、京都と鎌倉を行き来する人が増えます。女性たちも例外ではありません。後深草院に仕えた二条という女房は、都を追われて東国、西国とあちこち旅しました。二条が記した『とはずがたり』によると、東国旅行のさいに、やはり八橋をたしかめにいっているのですね。

八橋といふ所に着きたれども、水行く川もなし。橋も見えぬさへ、友もなき心地して、

我はなほ蜘蛛手に物を思へどもその八橋は跡だにもなし
（新編日本古典文学全集『建礼門院右京大夫集　とはずがたり』小学館、一九九九年、四二七頁）

八橋に行ってみたけれども、「水行く川もなし」「橋も見えぬ」といいます。さらに「友もなき心地」だと加えているのは、『伊勢物語』の東下りは「もとより友とする人、ひとりふたりして」行ったとあるからですね。そして男たちはかきつばたの歌を詠みあったのでした。二条の歌は、千々に乱れて物思いをしていることを「蜘蛛手に物を思」うと表現していて、その蜘蛛手に川が分かれているところに八橋があるはずなのに、「その八橋は跡だにもなし」、かげもかたちもないというのですね。

いまでも観光地として有名でも行くとがっかりする場所がありますが、このあとも続々と女たちは八橋にでかけていってはがっかりしています。もはやがっかりするために八橋をみにいっているかのようです。鎌倉時代に何度も京から鎌倉にでかけた阿仏尼は、『うたたね』に次のように記しています。

三河国八橋といふ所を見れば、これも昔にはあらずなりぬるにや、橋もただ一つぞ見ゆる。かきつばた多かる所と聞きしかども、あたりの草も皆枯れたる頃なればにや、それかと見ゆる草木もなし。業平の朝臣の「はるばるきぬる」と歎きけんも思ひ出らるれど、「つましあれば」にや、さればさらんと、少しをかしくなりぬ。（新日本古典文学大系『中世日記紀行集』岩波書店、一九九〇年、一七三〜一七四頁）

このときには、八つの橋はなかったようですが、一つ橋がかかっていたようです。かきつばたが咲くと聞いたけれども、季節違いである上にそれらしい草木もみえなかった。業平朝臣は「はるばるきぬる」と遠くまで来たことをここで嘆いたわけだが、それは都に妻を残してきたからこその感慨であって、自分にはそういう人はいないのでなにもかもが違ってちょっとおかしかったというのです。

阿仏尼は、さらに後年の鎌倉行きを『十六夜日記』に記して、性懲りもなく八橋を訪ねています。

「八橋にとどまらむ」と人々言ふ。暗さに橋も見えずなりぬ。

ささがにの蜘蛛手あやふき八橋を夕暮かけて渡りかねつる

（新編日本古典文学全集『中世日記紀行集』小学館、一九九四年、二七八頁）

八橋に着いたころにはすでに日が暮れていて暗くて橋は見えなくなっています。ささがにの足のような蜘蛛手にひろがる川にかかる八橋は夕暮れどきで危くて渡るに渡れなかった、という歌です。それが本当にあったことかどうかはわかりませんが、とにかく三河についたら八橋を確認しなければならないのですね。

さらに作者未詳の『東関紀行』でも、同じように八橋をみにいったことが記されます。

行き行きて、三河国八橋の渡《わたり》を見れば、在原業平、牡若の歌よみたりけるに、みな人乾飯《かれいひ》の上に涙おとしける所よと、思ひ出でられて、そのあたりを見れども、かの草とおぼしきものはなくて稲のみぞ多く見ゆる。

花ゆゑに落ちし涙の形見とや稲葉の露を残しおくらむ

（新編日本古典文学全集『中世日記紀行集』一一七頁）

この筆者が、三河国八橋を訪ねるのは、在原業平がかきつばたの歌を詠んで、みんながかれいひの上に涙を落としたところだという物語があるからなのですね。それであたりをみるのだけれども、かきつばたと思われる草はなくて稲ばかりが生えていたというのです。

このように『伊勢物語』「東下り」の段は、文化的意匠として、そして旅行ガイドとして長く参照されつづけたのです。

「狩の使」を読む

次に六十九段の「狩の使」を読んでいきましょう。

むかし、男ありけり。その男、伊勢の国に狩の使にいきけるに、かの伊勢の斎宮なりける人の親、「つねの使よりは、この人よくいたはれ」といひやれりければ、親の言《こと》なりければ、いとねむごろにいたはりけり。

（『伊勢物語』一七二頁）

ある男がいました。その男が伊勢の国に狩の使に行きます。「狩の使」というのは、鷹狩をして宮中の宴会用の野鳥をとらせるために諸国につかわした勅旨だといいます。男は「狩の使」として都から離れて伊勢へ行くわけです。「伊勢の斎宮」とは、天皇家の未婚の皇女から選ばれて、祭祀者として伊勢神宮で過ごす女性です。

二〇一九年に平成から令和となって天皇の代替わりがありました。宮中でもさまざまな儀式をしましたが、あたらしく即位した天皇と皇后は伊勢神宮にも参詣しています。伊勢神宮に祀られているのはアマテラスです。『古事記』や『日本書紀』を読むと、天皇代の話に先立って神代の話があります。そのようにして、天皇代は神々の世界に連なって置かれていたのです。

古くから天皇家の人々とくに女性の皇女が神を祀る祭祀者としてかかわっていました。伊勢神宮には斎宮を、また京都の賀茂神社には斎院を配し、天皇の代替わりや斎宮、斎院の身内の不幸があると交代することになっていました。未婚の皇女が祭祀となるのですから、この間、結婚はできませんし、男性関係も制限されていました。

ところが、伊勢にやってきた「狩の使」に対して、斎宮の親が、そこらの使いとは違ってよくもてなすよう言ったので、斎宮は親のいいつけを守ってねんごろに接待したというのです。

朝《あした》には狩にいだしたててやり、夕さりはかへりつつ、そこに来させけり。かくて、ねむごろにいたつきけり。二日といふ夜、男、われて「あはむ」といふ。女もはた、いとあはじとも思へらず。されど、人目しげければ、えあはず。

斎宮は、朝は送り出して、夕方におかえりなさい、と迎えていた。まるで夫婦のようです。そうしてすっかり情愛が芽生えてしまう。そこで二日たった夜、男があえて「あはむ」と言ってきます。デートに誘っているような感じですが、この場合の、「あふ」は寝所をともにするという意味です。女もあわないとは思わなかったのですが人目があったのであえる状態ではありませんでした。

使ざねとある人なれば、遠くも宿さず。女のねや近くありければ、女、人をしづめて、子一つばかりに、男のもとに来たりけり。男はた、寝られざりければ、外の方を見いだしてふせるに、月のおぼろなるに、小さき童をさきに立てて人立てり。男、いとうれしくて、わが寝る所に率て入りて、子一つより丑三つまであるに、まだ何ごとも語らはぬにかへりにけり。

この男は、宮中から送られてきた大切な客人ですから、女の寝所の近くに泊まっていました。女は人々が寝静まったあと、「子一つ」つまり夜の十一時から十一時半のころ、男の寝ているところにやってきました。男も悶々と眠れず、庭のほうを眺めていました。すると、おぼろな月あかりのなか、小さい童を先に立たせて女が立っていることに気が付きます。男はうれしくなって女を中に招き入れます。「丑三つ」つまり夜中の二時から二時半ぐらいまで一緒にいたけれどもまだ十分に情愛をかわすまもなく女は帰ってしまいます。ここでいう「まだ何ごとも語らはぬにかへりにけり」の箇所をどう読むかで、ことの顛末の重大さが変わってきます。「まだ何ごとも語らはぬ」を情事がないままにと解釈するのならば、ただただ惹かれあった男女が逢瀬の機会をもてないままに別れた話ということになります。ところが、ここで情事があったとするならば、斎宮という、男との性的関係が禁忌とされている女へ挑んだ掟破りの男の像が浮かびあがります。わざわざ時刻を克明に記しているあたり、どう理解すべきでしょうか。夜中の十一時から二時。この時間、好きあった大人の男女がなにもなく二人で過ごすと考えるのは妥当でしょうか。
続きです。

男、いとかなしくて、寝ずなりにけり。つとめて、いぶかしけれど、わが人をやるべきにしあらねば、いと心もとなくて待ちをれば、明けはなれてしばしあるに、女のもとより、詞《ことば》はなくて、

君や来しわれやゆきけむおもほえず夢かうつつか寝てかさめてか

男、いといたう泣きてよめる、

かきくらす心のやみにまどひにき夢うつつとは今宵さだめよ

とよみてやりて、狩にいでぬ。

男は女が恋しくてかなしくて眠れない夜を過ごします。朝、女に後朝の歌でも送りたいところですが、こちらから従者を送るのははばかられて、女からなにか言ってきてはくれまいかと待っている。ふつうは夜の逢瀬のあとには、男のほうから女に歌を送るのですが、女のほうから歌が来ます。手紙のことばはなくて、ただ歌だけが届けられました。

ゆうべは、あなたが来たのでしょうか、私が行ったのでしょうか、二人の逢瀬は夢だったのでしょう

か、現実だったのでしょうか、という歌ですね。男は泣きながら、あなたへの想いにかきくれて心の闇をさまよっています、あれが夢だったたか現実だったかは今夜きめてください、という再度の誘いの歌をおくります。

野に歩《あり》けど、心はそらにて、今宵だに人しづめて、いととくあはむと思ふに、国の守《かみ》、斎《いつき》の宮《みや》の頭《かみ》かけたる、狩の使ありと聞きて、夜ひと夜、酒飲みしければ、もはらあひごともえせで、明けば尾張の国へたちなむとすれば、男も人しれず血の涙を流せど、えあはず。

男は狩りにでかけますが、もう女のことで胸がいっぱいで心ここにあらずの状態です。今夜、さっさとみんなを寝かせて、すぐにも女にあおうと思っています。ところが、伊勢の地方官で、斎宮でのお役目を兼ねている役人が都から狩りの使いが送られてきたと聞いて、これは接待しなければと思いたち、一晩中、もてなされ宴会で酒を飲むはめになったのでした。そういうわけでその夜は女にあいにいくひまがなかった。しかも次の日には尾張の国に行かなければならない。男は血の涙を流したけれども、あうことができずにいます。

夜やうやう明けなむとするほどに、女がたよりいだす盃《さかづき》のさらに、歌を書きていだしたり。取りて見れば、

かち人の渡れど濡れぬえにしあれば

と書きて末はなし。その盃のさらに続松《ついまつ》の炭して、歌の末を書きつぐ。

またあふ坂の関はこえなむ

とて、明くれば尾張の国へこえにけり。斎宮は水の尾の御時、文徳天皇の御女《むすめ》、惟喬《これたか》の親王《みこ》の妹。

いまや夜が明けようというころになって、女のほうから盃が送られてきます。盃をのせた皿には歌が書かれているので、手に取ってみてみると、上の句だけがあります。

「かち」というのは歩くという意味です。「かち人」つまり歩いている人が川などをわたっても衣を濡らさない程度の、浅瀬のような、浅い縁なので、という句です。歌ことばの世界では、水深で想いの深さをはかることになっていて、浅瀬は縁が浅い、想いがないということになります。

男はこの盃の皿に炭で下の句をつけます。また逢坂の関を越えてあいましょう、こう残して男は尾張国へ去っていきました。ここに、暴露話がついています。この斎宮というのは、水の尾の御時、すなわち清和天皇のころに斎宮を務めた、文徳天皇の娘で惟喬親王の妹、恬子内親王だというのです。

恋に生きる男の業平像

業平物語が「伊勢」物語と呼ばれるのは、この段があるからで、男は業平だということになります。

というのも、「君や来し」の歌、「かきくらす」の歌は贈答歌として『古今和歌集』六四五番、六四六番に収められており、次の詞書がついているのです。

業平朝臣の伊勢の国にまかりたりける時、斎宮なりける人にいとみそかに逢ひて、またの朝《あした》に、人やるすべなくて思ひをりけるあひだに、女のもとよりおこせたりける

ここでは「狩の使」がやってくる話としてではなく、業平が伊勢で斎宮とやりとりした話になっています。ただし女の歌のほうには「読人しらず」と書かれていて、恬子内親王だとは名指されてはいないのです。これに対して「返し」という返歌のほうには「なりひらの朝臣」と名指していて、斎宮と業平のやりとりだったことが示されています。『伊勢物語』が情事の有無をあいまいにしていたとしても、『古今和歌集』では「斎宮なりける人にいとみそかに逢ひて」とあるのですから、二人の逢瀬があったことは明白です。

業平は二条の后や斎宮など、禁忌の恋におぼれる男として造形されていて、この造形こそが『源氏物語』の光源氏像に反映されているのでしょう。

禁忌の恋のファンタジー

斎宮が男性と関係を持つ話は、禁忌の恋の妄想かきたてて、物語を次々と増殖させていきました。斎宮は伊勢に行く前に京都の嵯峨野にある野宮神社で精進潔斎をします。『源氏物語』でも六条御息所が

東宮とのあいだに産んだ娘が斎宮に選ばれますが、源氏への愛を断ち切るために六条御息所は娘について伊勢に下って行きます。六条御息所と源氏が最後の別れをするのは野宮です。六条御息所との野宮での別れがつづられる「賢木」巻では、かねてから心を寄せていた朝顔の姫君が賀茂神社の斎院に決まって光源氏が残念に思っていることがわざわざ書かれています。こうした斎宮、斎院とのエピソードによって『伊勢物語』を引き寄せながら、他ならぬこの巻で藤壺と再び関係し、藤壺が光源氏との関係を断ち切るために出家してしまう展開が語られるのです。当時の読者は『伊勢物語』をすぐにも連想するはずだと当て込んで、藤壺密通の裏に、業平の禁忌の物語を響かせているのです。

さらに別の話として、斎宮が野宮にいるときに起こった密通事件があります。それは寛和（九八五～九八七年）の斎宮のときに起こったとされていて、『十訓抄』中、五ノ十に次のように書かれています。

寛和《くわんな》の斎宮、野宮《ののみや》におはしけるに、公役滝口平致光《くやくたきぐちたひらのむねみつ》とかやいひけるものに名立ち給ひて、群行《ぐんかう》もなくて、すたれ給ひけり。
それより野宮の公役はとどまりにける。（新編日本古典文学全集『十訓抄』小学館、一九九七年、一九六頁）

「滝口」というのはガードマンのような役割をする役人です。野宮で警護をしていた平致光という人物が、斎宮と恋愛関係におちいったという話です。それでこのときの斎宮は送り返され、またそれ以後は滝口の役人が野宮に送られることがなくなったというのです。

このスキャンダルと、『伊勢物語』「狩の使」の段とが、禁忌の斎宮との密通ファンタジーに火をつけるかたちで、『小柴垣草子』という鎌倉時代の春画に発展します。物語は次のようにはじまります。

寛和の頃滝口平致光とて聞えある美男、ならびなき好色あり。見る人恋にしづみ、聞く者思ひをかけぬはなかりけり。斎宮、野宮におはしましける公役に参りたるを、御簾の中より御覧じければ、見目有さま、所のしなじなすきて、はれやかなる姿、世の人に勝れて見えけるを、男の影さす事もまれなるに、たまたま御覧じける御心のうち、いかが思しめしけむ。

（林美一、リチャード・レイン『定本浮世絵春画名品集成一七　秘画絵巻【小柴垣草子】』河出書房新社、一九九七年、五三頁）

はじめから、寛和の頃に滝口として仕えた平致光と名前があかされてでてきます。この男が世に名高い美男で、比類のない色好みである、と。そんな男が警護のために野宮にやってきた。斎宮が簾ごしにのぞき見ると、あまりにいい男だったわけです。「男の影さす事もまれ」な野宮という場で、こんない男をみた斎宮の気持ちはいかばかりのことだったでしょうか、と、こうして話がはじまります。ところで、斎宮密通物語が、なぜ「小柴垣」草子と呼ばれているかというと、おそらく小柴垣が野宮の景に欠かせないものであったからでしょう。『源氏物語』「賢木」巻で、光源氏が野宮に六条御息所を訪ねて行った場面には次のようにあります。

ものはかなげなる小柴垣を大垣にて、板屋ども、あたりあたりいとかりそめなり。黒木の鳥居ども、さすがに神々しう見わたされて、わづらはしきけしきなるに、神官《かむづかさ》のものども、ここかしこにうちしはぶきて、おのがどちものうち言ひたるけはひなども、ほかにはさま変はりて見ゆ。

（「賢木」『源氏物語(二)』二五〇頁）

小柴垣という小枝を組んで垣根にしたものが貴族の田舎趣味のような感じで流行っていたのでしょう。野宮ではそうした小柴垣に板屋のかりそめの小屋があったのですね。「黒木の鳥居」とあります。鳥居というのは木でできています。木の皮をむいて白木にしてそれを赤く染めたりしてつくります。いまでも京都の野宮神社にいくとみられますが、野宮神社の鳥居は、木の皮が付いたままで組まれています。それで黒木の鳥居と呼ばれているのです。めずらしいのでそれが神々しく見えるわけです。

『伊勢物語』の「狩の使」はもちろん、『十訓抄』にも「小柴垣」はでてきませんから、『源氏物語』の野宮のイメージが合わさって『小柴垣草子』ができたとすると、逆に、光源氏が精進潔斎している野宮に訪ねて行って、六条御息所と会うこと自体が「狩の使」や『十訓抄』で語られた斎宮との禁忌のようにもみえてきます。

鎌倉時代の春画『小柴垣草子』については、『妄想古典教室』（青土社、二〇二一年）で書きましたので、そちらを読んでいただくとしてここでは省きましょう。

「あまの釣船」を読む

つづく第七十段「あまの釣船」も「狩の使」の続編のようにつらなっています。

むかし、男、狩の使よりかへり来けるに、大淀のわたりに宿りて、斎《いつき》の宮《みや》のわらはべにいひかけける。

みるめ刈るかたやいづこぞ棹《さを》さしてわれに教へよあまのつり船

（『伊勢物語』一七五頁）

むかし、男が、「狩の使」から帰る道すがら、大淀のわたりで宿をとったとき、斎宮がしたがえていた童に歌を送った。もちろん斎宮に歌を送りたいわけですが、それにはさしさわりがあるというとき、そば近くに仕えている二人の関係をよく知った侍女の童を宛先にするのです。

「みるめ（海松布）」は海藻のことですが、「見る目」が掛け詞になっています。海松布（見る目）を刈る潟（方）はどこですか、あなたを見ることのできるのはどこですか、海人の釣船よ棹さして、私を乗せて連れていってください、という歌です。この歌はのちに鎌倉時代につくられた『新古今和歌集』一〇八〇番歌に「業平朝臣」の恋の歌としてとられています。

「神のいがき」を読む

つづいて七十一段「神のいがき」を読んでいきましょう。

むかし、男、伊勢の斎宮に、内の御使にてまゐれりければ、かの宮に、すきごといひける女、わたくしごとにて、

男、

ちはやぶる神のいがきもこえぬべし大宮人《おほみやびと》の見まくほしさに

恋しくは来ても見よしかしちはやぶる神のいさむる道ならなくに

（『伊勢物語』一七五頁）

むかし、男が伊勢の斎宮にところに天皇の使いとしていったところ、伊勢には、好色な女がいて、男に歌を詠みかけてきた。

「ちはやぶる」は「神」を引き出す枕詞ですね。「神のいがき（斎垣）」は神域として入ってはいけないとしている場所。その「神の斎垣」の垣根を越えてしまいそう、大宮人、つまり都からやってきたあなたに会いたくて、という歌です。

男の返歌。恋しいなら来てごらんなさい、恋というのは神がいさめる道ではないので、という歌です。

「狩の使」の段に呼応するように、ここでも斎宮が「すきごといひける女」なのであって、女から男に歌がおくられるのですね。ここで男の返歌が神は恋路をいさめることはしないと断言しているのがおもしろいですね。斎宮が未婚の皇女でなければならないとされているのに、恋をするな、なんて神はいわないと言い張っている。実際に、どうして斎宮が未婚でなければならないのかは、納得のできないことだったのかもしれません。

「大淀の松」を読む

つづく七十二段「大淀の松」でも伊勢の話は続きます。

むかし、男、伊勢の国なりける女、またえあはで、となりの国へいくとて、いみじう恨みければ、女、

　大淀の松はつらくもあらなくにうらみてのみもかへる浪かな

（『伊勢物語』一七六頁）

むかし、男が、伊勢国の女に再び会うことができずに隣の国へいくので、女のことを恨んだ。そこで女が男に歌をおくります。

大淀の「松」には「待つ」が掛けられています。待つのはつらくはないでしょうが、ただ恨むばかりで帰っていく浪なのですね、という歌です。「恨みて」には「浦見て」という海の縁語が隠されています。ただ恨み言をいうだけで帰ってしまうのね、という歌ですね。この歌も『新古今和歌集』一四三三番歌にとられています。「大淀」は斎宮が禊をする海辺で、同じく『新古今和歌集』一六〇六番歌に、斎宮となった娘にともなって伊勢に下った徽子《よしこ》女王の次の歌があります。

むすめの斎王に具して下り侍りて、大淀の
浦に御禊《みそぎ》し侍るとて

女御徽子女王

大淀の浦にたつ浪かへらずは松のかはらぬ色を見ましや

大淀の浦に寄せては返す波のように、かえることがなかったら、待っていて、変わらぬままの松の色をみることができたのかしら、という歌です。「松」は「待つ」との掛け詞です。「大淀の浦」というのは、伊勢国と結びついた歌枕で、「大淀の浦」といえば伊勢といっているのも同然という、伊勢を示す地名です。海辺には松が植えられているところが多くありましたから、『伊勢物語』が「大淀の松」の歌を「伊勢の国なりける女」のものとして物語化するのは、この歌枕から当然みちびかれるものだったわけですね。

ちなみに徽子女王自身も十歳から十七歳までのあいだ斎宮として伊勢で過ごしています。のちに村上天皇の後宮に入り、斎宮女御として知られ、和歌の才能を発揮して、『拾遺和歌集』、『後拾遺和歌集』にも和歌が収められていますし、『斎宮女御集』という歌集も編まれました。また藤原公任が選んだ三十六歌仙にも入ってもいます。「大淀の浦」の歌の詞書にあるように、斎宮にえらばれた娘の下向にともなって伊勢に下ったのですが、これが『源氏物語』の六条御息所の伊勢下向のモデルになっているとされています。

さて、斎宮をめぐる禁忌の恋は、徹頭徹尾、女のほうから誘ってきたことになっていました。これまでみてきたように、ふつうは男女の和歌のやりとりでは、男が女に先に詠みかけるのですが、斎宮物語では誘うのは女のほうなのです。それは男がいない場所にいる女は好色な気持ちを持て余しているはずだという妄想のせいですが、神域をおかしてまで、女の色好みに応えてくれるのが恐れを知らぬ業平だというわけです。「狩の使」の段から次々に派生して、こんな歌も詠んだかもしれない、こんなこともあったかもしれないと広がって行ったさまが、これらの短い章段からみえてきます。

実は、この業平と斎宮との恋愛事件は、物語として楽しまれただけではありませんでした。のちに歴史的に重要な意味を持つ一大事として扱われることになります。

藤原道長が頂点にのぼった瞬間は、娘の中宮彰子が産んだ皇子が次代の天皇の位を約束される東宮についたときでした。一条天皇には中宮定子が産んだ第一皇子がすでにいましたので、彰子が産んだのは第二皇子だったのです。ふつうに考えれば、第一皇子が即位するべきですが、一条天皇に第二皇子の即位を説得した人物がいます。藤原行成という能書家で道長の側近であった人です。この人の残した『権記』という日記は現在、倉本一宏による現代語訳で講談社学術文庫から出ていますので誰でも読むことができます。

『権記』寛弘八（一〇一一）年五月二十七日条によると、一条天皇は、天皇の位を退くにあたって第一皇子（敦康親王）について、いかがすべきであろうかと行成に相談しました。そこで行成は、清和天皇の話を持ち出します。文徳天皇の第一皇子であった惟喬親王ではなく、第四皇子であった惟仁親王を即位させ清和天皇となった。それは清和天皇の外祖父が藤原良房という権力者であったからだというのです。つまりいま定子も死に、定子の父親の道隆も死んでいる第一皇子が即位するよりも、道長という強力な後ろ盾をもつ第二皇子が即位するのは妥当で、しかも前例があるということです。

さらに行成は、そもそも第一皇子の即位は具合が悪いとして、亡くなった定子の外戚の高階氏の先祖

（高階師尚）は、斎宮の事件の後胤の者であるので、皆が和すことができないといいます。定子の母親は高階貴子という人で、三十六歌仙にもはいっている人です。『大鏡』によると、円融天皇の後宮に高内侍《こうのないし》と呼ばれて女房出仕していて、行幸、節会などの漢詩文をつくるときには、男たちにまじって漢詩をつくり披露したと書かれています。清少納言を見出し、重用したのは、高階貴子だったかもしれませんね。その貴子の父親が高階成忠、その父親が高階良臣、その父親が高階師尚。高階師尚という人がどうも恬子《やすこ》内親王と業平の密通によってできた子だと言われていたようです。この関係を隠すために当時の伊勢の役人が自分の息子の高階茂範に育てさせたということになっています。

『権記』で行成は、この密通関係について伊勢大神宮には祈り謝る必要があるとまでいっていますから、宮中に出入りする人たちには周知の事実だったのかもしれません。ところが密通という秘事ゆえか、はっきりとそれとわかる史料はないのです。むしろ『権記』に書かれていることから確定的史実になっているようです。

恬子内親王と業平の密通は、『伊勢物語』あるいは『古今和歌集』などの物語世界の出来事としてではなく、伊勢大神を怒らせるレベルのとんでもないスキャンダルで、一条天皇もそれを否定できないと感じていたということでしょう。

『源氏物語』が藤壺中宮と光源氏の密通で生まれた子が冷泉帝として即位することを描き、光源氏は、後年、正妻女三の宮が生んだ薫を柏木との密通によってできた子だと知りながら我が子として育てたことが描かれたのも、『伊勢物語』の業平像だけでなく、当時の宮廷社会に流布する業平と斎宮の秘事を意識してのことだったかもしれません。

さて、今回は、自由にみなさんの日常を歌にしてみましょう。

【みんなの日常の歌】

何がいい？　ロールキャベツで何がいい？　ロールキャベツでどうして聞くの

夕飯のリクエストを聞かれたときでしょうか。何がいい？ならわかるけれど、ロールキャベツで何がいい？っていったい何を聞いているの？という歌ですね。

バイト行き初めて気づく空の色デジタルよりも優しいひかり
想像の10倍くらいつまらない18歳の大学生活
高額なYouTubeだな大学は　授業中には広告はない
朝起きて学校行かずに画面前もはや今ってSFの中
コロナ禍でステイホームが増えたから暇さえあればジャニーズ動画

コロナ禍の大学生活。授業はオールオンラインで、バイトは平常どおり。バイトに行くので見上げた空が、パソコン画面とは違った「優しい光」だったという歌。せっかく大学生になったというのに、ずっとオンラインばかり。「想像の10倍くらいつまらない」というのも無理もないですね。大学の授業を受けるといっても、画面で動画をみるばかり。高い学費を払ってYouTubeをみているみたい。ただし、そこにはYouTubeのように広告がはさまったりはしないというシニカルな歌ですね。朝、起きても大学に向かうのではなく画面に向かう。まるでSFのなかの世界のようだという歌。ステイホームを充実させるためにジャニーズ動画をみまくるという選択をした人もいます。

顔見れぬZoom授業で知れるのはミュート外した　その時の声
顔出さず　喋り続ける　教授にね　つけたあだ名は　FM梅子

Zoomでおこなわれる授業はもはや定番になってしまいました。大人数の授業ではビデオオフが基本になっていますから、ミュートを外して発言したときの声だけで学友の存在をはかるしかないのですね。なんとなんとZoom授業でビデオオフなのは学生ばかりではないのですね。オフのまま授業をしている教授もいる。まるでラジオのようなので、つけたあだ名が「FM梅子」とは笑えます。津田梅子先生が今も教えていたとしたら、Zoomでどんな授業をしたのでしょうね。

【みんなのコメント⑩】

●震災の歌を見て今ある日常がある日突然崩れることが本当にあるのだと気づきました。震災当時は小学二年生でした。テレビで見ていても何が起きているのか正直よくわかっていませんでした。遺体が地元の岸にうちあげられて嬉しい、という歌をきいて本当に胸が締め付けられました。三十一文字と考えられないくらい、いろいろな想いが詰まっているなと感じました。

● 57577調ではなく、普通に語りかけた方が被災の酷さやその人の思いが伝わりやすいはずなのに、こんなにも抽象的で短い言葉なのにただ語りかけられるよりも伝わってくるものが多すぎて胸にくるものが多くて不思議な感じがしました。

● 震災10年や戦争の現代短歌を初めて読み、心を動かされました。テレビで映像を見たり、新聞で記事を読んだりするのとはちがう、どんなメディアからも受け取ったことのない気持ちを受け取ったようでした。私自身の勉強不足を実感するとともに、もっともっと多くの人に読んでもらいたいと切実に思いました。

● 「小説を書くのはハードルが高いが、短歌は簡単に自分の想いを発現できるツールであり、気持ちをやり過ごすために必要なメディア」という言葉が心に残りました。「日常を詠む」という課題が出されてから、思いついたことや感じたことをメモするうちに自分の中で整理がつくことがあったため、これは個人的に続けてみます。

● かつて福島県の浜通りに住んでいました。「ふるさとのここにいるしかなくて水飲む」には非常に共感しました。放射能の線量も高く、本当は水道水なんて飲みたくないし、使いたくない。まだ小学生だった私は恐怖心に襲われながら震えながら、でも仕方なく使っていました。生活するには水道の水は必要だけど安全なんて保障されていない、そんな不安しかない日々を過ごしていました。それをふと思い出しました。また、母校の土を剝がすという歌から祖母の家を思い出しました。原発から40㎞くらいの場所にあったため何度も除染をする運びとなりました。祖母の家の庭は広くかつては四季折々の花が咲き乱れ野菜や果物が取れました。でも、除染のため、ほとんどの木を伐りました。また、土もかなり剝がしたので野草や菫等一年草はすべてなくなり、禿げた庭になりました。今、かなり殺風景な風景が広がっています。すごく寂しかったこと、祖母の長年の庭の手入れの努力が一瞬でなくなったことを思い出しました。短歌は自分の気持ちを詠むだけではなく、相手の感情や記憶に寄り添うものなのだと今回の授業を受けて考えました。

●震災をよんだ歌がとても印象的だった。私自身地元の福島で被災した。当時は作文などで自分の気持ちを表して良いからねといった声かけがあったが、短歌で気持ちを表そうとは学校では言ってもらえなかった。三十一文字の中にこんなにも自分の不安な気持ちを託すことができたのだと今回の授業で作品に触れることで知った。震災直後の小学生の自分が短歌をよんでいたら作品にどのような気持ちを込めたのか、今ではもう表現することはできないけれど、強烈な悲しみや悔しさや苦しみや怒り、はたまた嬉しさや喜びや驚きなどの心が動いた瞬間を切り取りずっと保存できるところが短歌の魅力であり、強みであるのではないかと考える。五七五七七というリズムも耳に残りやすいのかもしれないと個人的には思う。

●東日本大震災があった時は小学生で、あれからもう10年経ってしまうのか、と歌を聞きながら妙にしんみりした。当時、自分は中学受験に合格してあとは卒業式するだけだ！というウキウキしていた時に震災が起こった。多感な時期だったので報道を見ながら色々考えたりしたのを思い出した。そういう気持ちをその時は悩んで人に相談するだけで終わったが、今なら歌にして消化することもできるのかな。そういう感想を持つくらい、短歌は日常や瞬間瞬間の気持ちを簡単に込められることがこの授業でわかった。俳句より長いし難しいなという意識が少し消えた。

● 私なんかより男性との出会いが少ないはずの斎宮の方がずっと沢山恋愛してそうで、やはり出会いは待っているだけではなく自分から掴みに行かなくてはいけないのだと思いました。恋愛に積極的になる斎宮というのは、初め聞いた時は意外に思いましたが、世俗の生活を捨てたけれど、逆にそのように抑圧しようとすることで、男に対する欲が増してしまったということもあるのかなとも思いました。

● 『伊勢物語』が書かれた時代から、プレイボーイはもちろん、プレイガールもいたのだと分かった。私たちの時代のプレイボーイ、プレイガールと言えば、女遊びが激しいタイプや男遊びが激しいタイプ、というようにあまりいいイメージがない上に、プレイボーイは女を泣かせる男、プレイガールは男を泣かせる女というイメージがあると思っていたが、この時代のプレイボーイ、プレイガールは一つ一つの恋愛に真剣で、別に相手を泣かせようとしている感じはしないと思った。

● 女性は女性だけの環境にいると積極的になるような気がします。伊勢の斎宮が、滅多にない男との関係をチャンスだと思って積極的になったように、女子校の友達は彼氏づくりに必死です（笑）。最近は消極的な男子が増えているからか、女性が積極的になるのもわかる気がしますが、女性だけの環境というのは女性の積極性に大きく関係しているように思います。女性だけの環境で生活していると、男性の役割も女性で担うことがあります。いろいろな役割を担ってこなしている子は自信があるように感じます。その自信が積極性につながっているのかなと思いました。逆に、男性のいる環境では、女性としての自分を意識する機会が多く、あまり積極的になれないようにも感じました。

● 女だけの生活による出会いのなさの見えるこの巻は、女子大の学生には通じるものがある気がした。

第十一回　色好みであること――『伊勢物語』その三

同性愛を詠む

きょうは、小佐野彈『メタリック』（短歌研究社、二〇一八年）を紹介しましょう。二〇一七年に短歌研究新人賞を受賞し、この歌集が第一歌集。注目の歌人です。最近は、小説作品も発表しています。短歌というのは、タイトルをつけて章立てし、その下にいくつかの歌を並べて発表されるのですが、歌集を開くと、最初の章の前に、次の歌が一首掲げられています。

家々を追はれ抱きあふ赤鬼と青鬼だつたわれらふたりは

節分の鬼は外！というかけ声は、家から赤鬼、青鬼を追い払うものですが、まるでその鬼たちのように追われているような二人が詠まれています。なぜ追われたのでしょうか。そのなぞかけとともにこの歌集の世界が開かれます。「無垢な日本で」と題された章には次のような歌が並んでいます。

革命を夢見たひとの食卓に同性婚のニュースはながれ

論旨解雇されたる友の性癖がいまもネットに曝《さら》されてゐる

ぬばたまのソファに触れ合ふお互ひの決して細くはない骨と骨
セックスに似てゐるけれどセックスぢやないさ僕らのこんな行為は
赤鬼になりたい　それもこの国の硝子を全部壊せるやうな

小佐野彈は一九八三年生まれで若手ですが、あえて旧仮名遣いで表記することを選んでいる歌人です。それによって語られている現代の出来事が、どこか距離のあるものにもみえますし、格調高い感じも醸し出しています。

「革命」というのはこの世の政治体制を変えることを意味しますが、その革命を夢見たひとはいま同性婚が法的に認められたというニュースをきいているというのです。小佐野彈は台湾に住んでいます。台湾では二〇一九年五月に同性婚が法的に認められていますが、まずは、同性婚を認めないのは憲法違反であるという訴訟を起こすところからはじまりました。その結果、二〇一七年五月に台湾の最高裁判所が同性カップルに結婚の権利が認められないのは違憲であるとして二年以内に法改正をすることを求めました。それを受けて、二〇一八年一一月に国民投票が行われ、同性同士の婚姻ができるようになったのです。『メタリック』は二〇一八年五月に刊行されていますから、まだ同性婚が実際にできるようになってはいないはずですが、一気に実現へと駆け上がった台湾の盛り上がりを感じさせます。一方で、この同性婚の実現という「革命」は日本社会ではいまだ達成できずにいるわけで、その革命を夢見つづけている人が、他国で続々と同性婚が認められていくニュースをきいているというふうにも読めます。

会社をクビになった人の「性癖」がネットでさらされている状況がある。同性愛者であることを暴露されているのかもしれません。それは身に迫る恐怖のようでもあります。

「ぬばたまの」は古典では、黒の縁語を引き出す枕詞で、夜、髪などが連なりますが、ここでいう「ぬばたまのソファ」は黒いソファを意味するのでしょう。その上で絡み合う二人は骨太の者同士。男性同士だということが暗示されてます。

その上で、「セックスに似てゐるけれどセックスぢやないさ」を読むと、「僕ら」が男性二人をさしているように読めます。

「赤鬼になりたい」の歌は、巻頭に置かれた歌と呼応して、鬼のように排除された者が「赤鬼」という最強の鬼になって、ゲイである自分を縛るこの国の見えないシステムを破壊したいという歌になるわけですね。

しかたないしかたないよとつぶやいて深夜のゲイのしかたなさかな
多様性多様性つて僕たちがざつくり形容されて花ふる

差別や制度の不備など、ままならない社会を生きる自分達を仕方ないとなぐさめあう、その人々が「ゲイ」であることがはっきりでてくる歌もありますし、「多様性」ということばで、あるいはLGBTなどということばで、ざっくりとまとめられていることを詠んでいる歌もあります。「あとがき」によれば、自分のセクシュアリティを認めたくないというせめぎ合いの時期があって、そのときにも短歌でなら、ほんとうの自分を鏡のように映し出す歌を詠めたとあります。それらは自分だけのもので人にみせるためのものではなかった。その後、三〇歳になってから、人に見られることを前提に短歌を発表しはじめるようになったとあります。ですから、この歌集は、オープンリーゲイの詠む歌という帯が付せられて発表されたのでした。
もう一冊、オープンリーゲイの歌集として、鈴掛真『愛を歌え』（青土社、二〇一九年）を紹介しましょう。鈴掛真は『ゲイだけど質問ある？』（講談社、二〇一八年）を出版しており、あらかじめゲイの歌人として登場した人です。口語体の素直な詠みぶりの歌で、恋愛を詠んだ歌は、異性愛の歌としても読めるようなものが多く、みなさんにも共感しやすいのではないでしょうか。

なんで嘘ついたんだろう　さよならと言ったり好きと言わなかったり

素直になれずにすれ違ってしまった、こんな経験は恋するカップルにはよくあることでしょう。それがもう過去のことになっていて別れたあとで後悔している歌と読めます。

ドアの音を立てずに彼は出て行った　ぜんぶ無かったことかのように
あと少し勇気があれば運命は何か変わっていたの？　神様
自分にはせめて優しくなりたくて弱酸性のビオレで洗う
心まで強くなれないヤクルトをたとえ毎日飲み続けても
呆気なく恋が終わった夜だから主題歌くらい流れてほしい

彼が出ていってしまった。しかも、バーン！とドアを閉めて出ていったのなら、怒りにまかせた喧嘩別れで、また元の鞘に戻ることもあり得たかもしれませんが、「音を立てずに」出ていったのは、もう

「ぜんぶ無かったことかのように」、決定的な別れであることを意味します。うまくいかない関係、終わってしまった関係について、「あと少し勇気」をだしていたらよかったのかなと後悔することがあったとしても、それは「運命」なのだから「神様」に問いかけるしかないという歌。ふられた自分を優しくいたわることを「弱酸性のビオレで洗う」と言っているのがおもしろいですね。ヤクルトは腸を強くしてくれそうですが、毎日飲んでも心までは強くはしてくれないという歌。テレビドラマなら、失恋した場面でテーマ音楽が流れたりする。それを流しておくれよ、という歌。

　ドの音が出ないピアノのようだった　君に出会ってなかった僕は

「君に出会ってなかった」ころは、不完全な楽器のようで、しかも最初の一音が出ないピアノのようだったというのですから、その上に構築される自分も不安定な状態だったという感じでしょうか。

　正しくは変換できないままでいる【どうせいこん】と入力しても
　出身を聞けば「火星」と真剣に答えるような男の寝顔

入力ソフトの漢字変換は、世に流布していることばをあらかじめ単語登録してくれていますよね。同性婚はいまだ正しく変換できない。世に流布していないという歌。
いま隣に眠る恋人は、出身はどこなのときくと「火星」などと真顔で答えるような人なんだ、という歌。この応答は、ユニークなようでいて、なにかをはぐらかされているようでもありますね。ヘテロセクシュアル（異性愛者）の読者が、ゲイ短歌に自分の恋愛を重ねて読むことができるというのは歴史的にはたいへん新しく、画期的です。というのも、これまで長い間、世界のマジョリティの恋愛物語はほとんどすべて異性愛で出来上がっていたわけですから、ゲイ、レズビアンの人々は、それをクィアに読み解いたり、異性愛関係を同性愛関係に当てはめて、ようやく自分の世界と重ねることができたのでした。ところが、いまやゲイ短歌によって、そうした当てはめの関係が逆転しているわけですね。どの歌も共感をよぶと思いますし、自分でも歌を詠んでみたい気になってきませんか。

好色な女たち

ひきつづき『伊勢物語』を読んでいきましょう。まずは二十四段の「梓弓」を読んでいきたいと思います。

むかし、男、かたゐなかにすみけり。男、宮仕へしにとて、別れ惜しみてゆきにけるままに、三年《みとせ》来ざりければ、待ちわびたりけるに、いとねむごろにいひける人に、「今宵あはむ」とちぎりたりけるに、この男来たりけり。「この戸あけたまへ」とたたきけれど、あけで、歌をなむよみていだしたりける。

あらたまのとしの三年を待ちわびてただ今宵こそ新枕《にひまくら》すれ

といひいだしたりければ、

あづさ弓ま弓つき弓年を経てわがせしがごとうるはしみせよ

といひて、いなむとしければ、女、

あづさ弓引けど引かねどむかしより心は君によりにしものを

といひけれど、男かへりにけり。

（『伊勢物語』一三八〜一三九頁）

むかし、男が郊外に住んでいた。「かたゐなか」というのは面白い言い方ですね。その男が京の都に宮仕えすることになって、別れを惜しみながら京にのぼった。それから三年が経って、待ちくたびれた女は自分に求婚してきた別の男に「今夜会いましょう」と言われ寝所をともにしていたところ、ちょうどそのときに三年ぶりに男が帰って来たのですね。なんとも間の悪い男です。「この戸を開けてください」と男が言いますが、女は戸を開けずに歌を詠んでさし出した。

「あらたまの」は「とし」を引き出す枕詞です。三年待ちわびて今夜私は別の人と新枕するところです、という歌。

そこで男が返した歌、「あづさ弓ま弓つき弓」の「あづさ弓」は弓を「引く」、弓を「射る」、弓を「張る」などの弓の縁語を引き出す枕詞ですが、ここでの「あづさ弓ま弓つき弓」は「年」を導く序詞と解されています。序詞は、枕詞と似たようなものですが枕詞よりも長いのが特徴です。「あづさ弓ま弓つき弓」はもう意味が分からない言葉ですが、響きとリズムがいいですよね。比較的古い歌に、こうした呪術的な、音で聞かせるようなものがあります。男は、年来私にしてきたように相手を愛してくださいね、といいます。そんな歌を残して男は行こうとしますが、女はさらに歌を詠みかけます。男のうたから「あづさ弓」を引き取って、「引く」を導いています。「引けど引かねど」弓を引くようにあなたが私の心をひこうがひくまいが、昔から心はあなたのことを想っていたのに、という歌です。

「心は君によりにしものを」は『万葉集』(新編日本古典文学全集『萬葉集③』小学館、一九九五年、三二五頁)の二九八五番にある「梓弓　末はし知らず　然れども　まさかは君に　寄りにしものを」、後々のことはどうか知らないが、いまはあなたに心ひかれている、という歌に似ています。

あづさ弓は弓の用法だけではなく、弓を射るときのかたちからも連想されて、「よる」ということばを引き出したりもします。なぜなら、弦が引っ張られると、弓の上下の部分が近くに「寄る」からです。このようにことばだけではなく、モノの状態も枕詞にかかわっているのはおもしろいですね。女が、いまさみしくて他の男といるけど、あなたのことを想っていたのよ!と言ったのに男は去ってしまいます。

女いとかなしくて、しりにたちておひゆけど、えおひつかで、清水のある所にふしにけり。そこなりける岩に、およびの血して書きつけける。

あひ思はで離れぬる人をとどめかねわが身は今ぞ消えはてぬめる

と書きて、そこにいたづらになりにけり。

そこで女はどうしたかというと、男を追いかけていくのです。けれども追いつくことができずに、清水のあるところにばったり倒れます。そしてそこにあった岩に、指ににじんだ血で歌を書きつけます。両思いにならずに離れてしまった人を引き止めることができずに、我が身は今や消え果ててしまいそうだ、という歌です。そして、女はそこで死んでしまったというお話です。

『伊勢物語』には鬼に食われて女が死んでしまう話があるなど、登場人物が死んでしまうことに躊躇がないのですが、そこが説話らしいところかもしれません。この話の面白いところは、三年も放っておいたら、女はしっかりあたらしい男をつくっているというところです。こうした展開は『源氏物語』にはみられないので、女はいつも待つばかりだと思っているかもしれませんが、『伊勢物語』の女たちは、男に負けず劣らず恋に積極的です。

嫉妬する男

つづいて四十二段を読んでみましょう。

むかし、男、色好みとしるしる、女をあひいへりけり。されどにくくはた、あらざりけり。しばしばいきけれど、なほいとうしろめたく、さりとて、いかではた、えあるまじかりけり。なほはた、えあらざりける仲なりければ、二日三日ばかりさはることありて、えいかでかくなむ、

いでて来しあとだにいまだ変らじをたが通ひ路といまはなるらむ

ものうたがはしさによめるなりけり。

（『伊勢物語』一五〇～一五一頁）

むかし男が、色好みの女だとしりながら、その女と関係をもっていた。この、浮気な女とわかっていてつきあうという心情が、ここにくり返される「はた」（やはり、それでも）によく表されていますね。けれども、憎たらしいとはやはり思っていなかった。しばしば通っていたけれども、やはり別の男が気がかりで、だからといって、どうしたってやはりつきあいをやめられるわけでもなかった。あるとき二、三日ほど物忌みなどのさしさわりがあって行けなかった。それで男が詠んだ歌。

あなたのところから出てきたばかりで、私の痕跡もいまだそこにあるだろうに、そこへいま誰が通っているのだろう、という歌ですね。これに対して、女の愛を信じられない疑心暗鬼で詠んだ歌だと注釈がついています。

『伊勢物語』の男、すなわち在原業平は色好みということになっていますが、これはポジティブな意味です。色好みというのは、単に浮気性の男という意味ではなく、魅力があって、霊力すら感じられるような存在です。『源氏物語』の光源氏も同じですが、人を魅了する力をもっているということはよいことなのです。いまのみなさんの感覚ではもしかするとそうした性質は男だけのものだと思っているかもしれません。しかし、「色好み」というのは、男をさすばかりではありませんでした。色好みの女もしっかりでてくるのです。平安時代の恋愛は、通い婚で、男が女のもとへ通ってくるかたちをとりましたから、どうしたって待つ女というイメージがわきます。しかし、男と同居していないということは、女のほうでも他の男をつれこむことが可能だったということなのです。当時は、一夫多妻制でしたが、同時に一妻多夫制でもあったわけです。ですから、男は、女のもとに数日行けないとなると、誰か別の男を連れ込んでいるのではないか、と疑わざるを得ない。つまりそれは女にも複数の男と同時に恋愛する自由があったということですが、『伊勢物語』ではもう少し突っ込んで、女の性欲を積極的に描いています。

「つくも髪」を読む

では、女の性欲を描いた章段、六十三段「つくも髪」をみてみましょう。

むかし、世心《よごころ》つける女、いかで心なさけあらむ男にあひ得てしがなと思へど、いひいでむもたよりなさに、まことならぬ夢がたりをす。子三人《みたり》を呼びて語りけり。ふたりの子は、なさけなくいらへてやみぬ。三郎なりける子なむ、「よき御男ぞいで来む」とあはするに、この女、けしきいとよし。こと人はいとなさけなし。いかでこの在五中将にあはせてしがなと思ふ心あり。狩し歩きけるにいきあひて、道にて馬の口をとりて、「かうかうなむ思ふ」といひければ、あはれがりて、来て寝にけり。
(『伊勢物語』一六四〜一六五頁)

「世」は男女の仲をあらわすことばとしてよく使われます。「世心つける女」というのは男女の仲、つまり性愛にとりつかれた女です。どうにかして情のあつい男と関係したいものだと思うのだが、それを言い出すことができなくて、これは夢でみた話だといって息子たちに語ります。夢でみたならそれは夢告なので、叶えてやらなきゃいけないと思ってくれると考えたのでしょう。

三人の息子のうちの二人はそっけなくてとりあわない。三男だけが、「きっといい男があらわれるでしょう」と夢解きをしたので女はよろこびます。そうはいったものの、いったいどこにそんな男がいるというのでしょう。そこで三男が思いついたのが、世に名高い色好みの在原業平です。

そのへんの人ではダメで、どうにかして在五中将に会わせてあげたいと思う心が三男にはあった、とあります。この在五中将というのが在原業平です。ここはちょっとおもしろいところですね。『伊勢物語』では、登場している「男」が在原業平だとたびたび暴露し、私たちも業平物語として読んでいるわけですが、まるで私たちが『伊勢物語』を読んで業平の色好みぶりを知るように、登場人物がここは業平に登場してもらわねばならぬと思っている。劇中劇のような入れ子状になっているようにも読めます。いい男はいないかしらというとき、業平に来てもらうしかないだろう、と思う。それが他ならぬ『伊勢物語』に描かれた業平像に重なっているのです。

さて、三男は、業平が狩りに来ているところへでかけて、業平が乗っていた馬の口をとって引きながら、こういうことがあるのですが、と事情を話した。するとさすがは業平、来て寝てくれます。業平が来るというのは、あこがれの芸能人が来てくれたような感じでしょうか。母親は喜んだでしょうね。

さてのち、男見えざりければ、女、男の家にいきてかいまみけるを、男ほのかに見て、

百年《ももとせ》に一年《ひととせ》たらぬつくも髪《がみ》われを恋ふらしおもかげに見ゆ

とて、いで立つけしきを見て、うばら、からたちにかかりて、家にきてうちふせり。

業平は、一度は来てくれたのですが、そののち来てくれなくなる。そこで女は男の家に行って覗き見をするんですね。すると男のほうは、女が覗き見していることに気づいて、こんな歌を詠みます。百年に一年足らぬつくも髪よ、私を恋しく思っているらしい、おもかげに姿が見えたよ、という歌です。「百年に一年足りない」というのは九十九です。「九十九」は「つくも」と読みますね。「つくも髪」は九十九歳とまではいかないでしょうが、非常に年老いて白髪になっている髪のこと。年をとった老女が自分に恋をしているらしい、それが面影に見える、という歌です。この歌を詠んで男が出かけるそぶりを見せたので、自分のことを思い出してくれているとわかった女はあわてて家に帰ります。あまりにあわてていたので、道々のいばらやからたちにひっかかりながら家にとんで帰って寝ます。このあわてぶりはなんだかマンガのようですね。

男、かの女のせしやうに、忍びて立てりて見れば、女嘆きて寝《ぬ》とて、

さむしろに衣《ころも》かたしき今宵も恋しき人にあはでのみ寝む

とよみけるを、男、あはれと思ひて、その夜は寝にけり。世の中の例として、思ふをば思ひ、思はぬ

をば思はぬものを、この人は思ふをも、思はぬをも、けぢめ見せぬ心なむありける。

男は女の家に行って、女がしたようにこっそりと覗き見をしてみます。すると女は嘆息しながら寝ていて、歌を詠みます。むしろの上に半分だけ自分の衣を敷いて今夜も恋しい人とは会えないで一人寝るのでしょうか、という歌です。男女の寝所では、互いの脱いだ衣を敷いて寝ているわけですが、一人なので片方しか敷いていないという意味で、「片敷《かたじ》き」というのですね。

そのように女が詠んだのを聞いて、男はかわいそうだなと思って、その日は女のところに泊まります。ここに『伊勢物語』の根幹を説明するような一文がついています。

世の中の例として、自分が恋しく思っている女を思って、恋しく思っていない人は思わないものなのに、この男つまり在原業平は、恋しく思う女に対しても、別に恋しいとも思わない女に対しても分け隔てなく心をかける人だったのだ、と結ばれているのです。

自分がいいと思っていない人であっても、相手が望んでいるのであれば、相手の気持ちをおもんばかっていとおしいと思う。これぞ色好みの男、在原業平の愛し方だというわけです。自分の好みを云々しないで、愛してくれる人にたっぷりの愛で返す。なんだかファンサービスをするアイドルのようではありませんか。

これぞ天下の色好みなのです。この業平の色好みの造形が、光源氏に引き継がれているとすれば、光源氏があれほど多くの女性たちと関わったのも当然というものです。

たとえば「つくも髪」の段によく似ているのは、源典侍との関係でしょう。「紅葉賀」巻で十七歳の光源氏は、父桐壺帝に仕えている女房、御年五十七、八歳の源典侍と関係します。桐壺帝は、上臈の女房はもとより、「采女、女蔵人」などの下級の官人にいたるまでよりすぐりの美女をそろえていました。なかでも源典侍は「いみじうあだめいたる心ざま」の色好みの女として名高い人だったので光源氏は興味をひかれます。四十歳も年下の男と性的関係をもつというだけでもすごいですが、かの光源氏をおとしたというのですからたいしたものです。しかも源典侍は、光源氏だけではなく、源氏のライバル的存在のもう一人の貴公子、頭中将とも関係をもっていたのでした。さすがは色好みの名に恥じない源典侍です。

色好みであること

『伊勢物語』が歌物語のなかに色好みを描いたことで、なにより和歌の力で相手の心をつかむことが色好みの条件となったのだと思います。『伊勢物語』は匿名の「男」の話としておおむね展開するのですが、固有名が挙がる人も何人かいます。十六段は「むかし、紀《き》の有常《ありつね》といふ人ありけり」とはじまります。紀有常は三代の天皇に仕えたけれども、のちの代替わりで勢力を失い、貧しく暮らしていました。妻は耐えかねて尼となって出て行ってしまいます。そこで紀有常が「ねむごろにあひ語らひける友だち」のもとに歌をおくってやりとりをします。この「友だち」の歌は、のちに『新古今和歌集』、『続千載和歌集』にそれぞれ入るのですが、そこには業平の歌と記されているのです。実際には紀有常は、業平の妻の父親で、義理の父なわけですから「友だち」どころではないのです。三十八段にも紀有常と男が歌を詠み合うエピソードが載ります。ここでも義父との関係というより、光源氏と頭中将のような男同士の友愛の雰囲気が漂うものになっています。

むかし、紀の有常がりいきたるに、歩きて遅く来けるに、よみてやりける。

君により思ひならひぬ世の中の人はこれをや恋といふらむ

返し、

ならはねば世の人ごとになにをかも恋とはいふと問ひしわれしも

（『伊勢物語』一四六頁）

男が紀有常のところを訪ねていくと、出かけていて遅くなってようやく帰ってきたので詠んだ歌。君によって、思い知ったよ、世の中の人はこの気持ちを恋というのだね、という歌です。相手の帰りを待ち焦がれているときの気持ち、これが恋だね、と男が男にいうのです。それに対する紀有常の返歌。私は恋にはうといので、世の人ごとになにをもって恋というのか問うたのです、わたしこそが恋とはなにかを知りたいのです、という歌です。

最初の男の歌は『続古今和歌集』（和歌文学大系38、明治書院、二〇一九年）九四四番に「業平朝臣」の歌としてとられていますので、この贈答歌は業平と紀有常のやりとりだということになります。男同士のやりとりにも濃厚な恋の気配を漂わせていることもまた色好みの条件になるでしょう。

『伊勢物語』で「天《あめ》の下《した》の色好み」と名指され固有名まで出されている人がいます。三十九段にでてくる源至《みなもとのいたる》という人です。むかし、淳和天皇の娘崇子《たかいこ》が亡くなり、隣家の男がこっそり女車に入り込んで葬送を見送ろうとしました。そこへ「天の下の色好み、源の至といふ人」がやってきて、この車を女車だとみて「寄り来てとかくなまめくあひだに」（そばに寄ってあれこれ色めかしいことを言いながら）、蛍をとって車の中にいれるのです。蛍の光で女の顔がみえるのではないかと思ったのですね。中にいるのは男ですが歌を詠みます。

いでていなばかぎりなるべみともし消ち年経ぬるかと泣く声を聞け　（『伊勢物語』一四七頁）

柩がでてしまったならばこれが最後となるのでしょう、灯火が消えて魂が消えたように真っ暗な闇の中で、まだ若かったのにと偲んで泣いている声を聞け、という歌です。これに対して源至の返した歌。

いとあはれ泣くぞ聞《きこ》ゆるともし消ちきゆるものともわれはしらずな

なんと悲しいことだ、泣く声が聞こえようとも、灯火を消すように消えるものとは私はしらなかった、女への思いが消えるとは私は思わないよ、という歌です。ここに「天の下の色好みの歌にては、なほぞありける。至は順《したがふ》が祖父《おほぢ》なり」と注釈がつきます。天下の色好みの歌にしては凡庸じゃない？というのです。また源至は源順の祖父であるとわざわざ書いています。源順は、三十六歌仙の一人であり、多くの和歌が勅撰集にとられ、また自身も『後撰和歌集』の選者をつとめた人です。天下の色好みの末裔が源順だというわけですが、天下の色好みたるもの和歌の上手でなければならないということを源至の歌をくさすことで示し、やっぱり業平はすばらしいのだ、彼こそ天下の色好みなのだと言っているようにもみえます。
ちなみに蛍を放って女の顔をみようとするのは、『源氏物語』「蛍」巻で、光源氏が頭中将と夕顔の子である玉鬘を引き取ったあと、顔をみようと几帳の裏に蛍を放った場面に受け継がれます。
なによりも和歌の力こそが色好みの条件だとする『伊勢物語』の色好みの男を引き受けたのが光源氏だとすれば、色好みの女像を引き受けたのが、和泉式部だったのではないでしょうか。次回から、『和泉式部日記』を読んでいきましょう。
今回は色好みの女になりきって歌を詠んでみましょう。

【みんなの色好み歌】

これ飲めば？　飲みかけポカリ差し出してみる　君の反応楽しんで

飲みかけのポカリスエットのペットボトルを差し出してみる。間接キスになってしまう！とあわてる「君」の反応を余裕でみている女の、惑わせる感じがいいですね。

ぶかぶかのパーカーを着て萌え袖し上目遣いで男は落ちる

長い袖で半分手を隠すのを「萌え袖」というのですね。ぶかぶかのパーカーを着るのも「萌え袖」も上目遣いもかわいい女の子の記号。それで男は簡単にひっかかるという冷めた態度がいいですね。

甘い声微笑みながら囁くの「あなたのミューズになってあげる」

これはちょっと大人の女の雰囲気ですね。「ミューズ」というのがまたファムファタールのようで大時代なところがいいです。

肩を出し際どい服の勝負服見せないところは本性です

露出の多い、いわゆる誘う服を着ているけれども、本性は隠しているという歌。「見せないところは本性です」という言い方がいいですね。

男にはビッチと言われていいけれど女に言われると傷つく

男にビッチといわれても痛くも痒くもないけど、女に言われと傷つくというのは誰もが思うことではないでしょうか。ビッチであることは、女たちの連帯のしぐさでもあるのですね。

わざとなのガラスの靴を落としたの　あなたの本気試したくなって

シンデレラの引用ですが、ガラスの靴をわざと落として、あなたの本気を試しているというのをあとから言い訳するように述べている感じがいいですね。

「愛してる。」「君が一番。」嗚呼陳腐 そんな言葉は聞き飽きたのよ

「君が好き」「お前が欲しい」もう十分　愛は要らない　スパイス不足

この二首は似たタイプの歌。「愛してる。」だの「君が一番。」だの喜んでもらえると思ってくり返している相手に対して「嗚呼陳腐」「そんな言葉は聞き飽きた」と言い放つ歌。「君が好き」「お前が欲しい」はそれぞれ別の人のことばでしょう。どいつもこいつもぬるい手でせまってきてうんざり、という歌ですね。「スパイス不足」で刺激のない「愛は要らない」という歌。

着信の音が鳴れども未読無視まだまだ焦らす恋の駆け引き

LINEメッセージのやりとりでしょうか。着信しているとわかっているけど、飢えているみたいに即レスなんかはしない。みていないフリをして焦らすのだという「恋の駆け引き」の歌ですね。実際は見たくてうずうずしている感じがかわいいです。

いつ会える？　夜中に送るコピペ文その傍らには昨日の相手

こちらはもっとしたたか。お相手が横にいながら、別の人に「いつ会える？」と誘うようなメッセージを送る。それも一人にではなく複数の相手に。だから「コピペ文」なのですね。

【みんなのコメント⑪】

● 小佐野彈さんの歌も、鈴掛真さんの歌も、俵万智さんの歌のように、状況をイメージしやすい身近なワードが使われていて、世界に入り込みやすいと感じた。ゲイ男性が、自分たちの立場を赤鬼や青鬼に例えているところが非常にユニークだと感じた。

● 現代短歌というと俵万智さんのような異性愛をうたった歌がほとんどだと思っていたので、新たな発見ができました。彼らが詠む歌には、私の見方ではとても思いつかないような表現であったり、何気ない日常のさりげない哀しみが表現されていて、とても美しいと思いました。

● 「家々を追はれ抱きあふ赤鬼と青鬼だつたわれらふたりは」は『ないた赤鬼』を想起させた。『ないた赤鬼』は取り方によってはＢＬっぽいので何か作者に思わせることがあったのではないかと思った。鬼というだけで人間から迫害されていた鬼と、ゲイというだけでマジョリティから疎外される筆者が重なるようにも思った。

● 小佐野彈さんの「ぬばたまの」の歌がとても印象的でした。「決して細くはない骨と骨」という部分が特に好きです。夜にソファで身を寄せているとき、ふたりはまるで世界にふたりだけのような気持ちだったのかなと勝手に想像しました。

● 色好みの女の歌を考えながら、本来なら咎められてしまうようなキャラになりきり、実際とは異なる性格や言動の自分を想像して歌を詠むことの面白さ、楽しさを感じました。歌の世界におけるコスプレのような、普段の自分と異なる自分に出会えるような感覚になれます。新しい歌の楽しみ方を知ることができました。

● 『伊勢物語』の業平のイメージが、『源氏物語』の光源氏には引き継がれていると感じる。どちらにも、かなり年上の女性と、好きになったわけではないが、何となくで、曖昧なけじめのない関係を作ってしまうシチュエーションが登場するし、女性に対しての分け隔てない接し方なども共通して見られる。読者は、業平≒光源氏と思い浮かべながら読むことになるだろう。別の物語で、主人公も別人であるが、こうした繫がりが見られるのが面白いと思った。少しずれるかもしれないが、二次創作のクロスオーバーに近いものを感じた。

● 「梓弓」の話では、お互いに詠んだ歌が儚いものだなと感じました。最後にはバットエンドで話が終わっているところや未練がないような、女に相手がいることを認めているというところが現代と違って面白いなと感じました。自分が一番だと相手が思わなくても一緒にいることを望むということは当時の感覚では普通だったとは思いますが、複雑な気持ちを持つことはあったのではないかなと感じました。また、「つくも髪」の業平の色好み像が『源氏物語』に反映されているとは知らなかったです。歳が離れていようが、好きな人であっても好きではない人であっても分け隔てを見せない、という当時の感覚はとても新鮮で興味深かったです。

●『伊勢物語』と違い、『源氏物語』では、色好みの女が出てこないわけではないが、そういう部分は、あまり書かれていないと知りました。作品によってどこに焦点を当てているのか、読み取るのも、面白いなと思いました。今現在も読まれ続ける『伊勢物語』は、千年以上前の平安時代の作品だと考えると感慨深いものがあります。後世の人たちが、この物語の魅力にハマり、大切にしてきたことを改めてうかがい知ることができました。

第十二回　恋のはじまりの歌——『和泉式部日記』その一

公の歌——歌会始について

現在でも、皇族は和歌を詠むことをしているのですが、それが一般に披露される機会は、毎年新年に行われる歌会始です。この歌会には、応募して選ばれれば誰でも参加することができます。作歌にはルールがあって、題詠というかたちをとります。毎年事前に「題」が発表されますので、その言葉を入れ込んで歌をつくります。宮内庁の歌会始のサイトには、昭和二二年からの記録がアーカイブされていますが、今回は、令和初の歌会始として行われた令和二年の歌を紹介しましょう。令和二年の題は「望」でした。漢字の読みを自由に選んでいいし、熟語にして入れこむこともできます。

まず新しい天皇と皇后の歌です。

学舎《まなびや》にひびかふ子らの弾む声さやけくあれとひたすら望む
災ひより立ち上がらむとする人に若きらの力希望もたらす

天皇の歌は、「望」の字を「のぞむ」と読んで入れ込んで、希望に満ちた、未来志向の歌になっています。学校の校舎に、子どもたちの弾む声が響いている。「弾む声」なのですから子どもたちは楽しそうです。どうか子どもたちの未来が明るいものでありますようにと、「ひたすら」に望んでいるという歌ですね。「さやけく」はさやけしという古語で明るいという意味です。

皇后の歌は、被災者を詠んだもの。被災して、立ち上がろうとする人たちに、若者たちの力が希望をもたらしている、という歌ですね。若者たちの力は、具体的には被災地に集まったボランティアをさしているかもしれませんし、そのまちの若者が再生復興の力になるのだということかもしれません。「希望」ということばで題を入れて、やはり新年らしく明るい歌になっています。

現天皇には男子がいませんので、東宮すなわち皇太子にのぼる人はありませんでした。皇太子は、次の天皇になる人なので、明治以降は天皇の長男が自動的に即位してきました。その代わりに天皇の弟の秋篠宮が皇嗣というかたちで皇位継承者であることが決められています。秋篠宮とその妃の歌は次です。

祖父宮《おほぢみや》と望みし那須の高処《たかど》より煌めく銀河に心躍らす

高台に移れる校舎のきざはしに子らの咲かせし向日葵《ひまはり》望む

那須には皇室の御用邸があるので、子ども時代に那須にいって「祖父宮」すなわち昭和天皇と高台から満天の星をみた思い出をうたっているのでしょう。昭和天皇からの時の連なりを強調することで昭和生まれの人々をも星空の下につつみこむような歌です。この眺めるの意味の「のぞむ」の使い方がかなりたくさん出てきます。

皇嗣妃の歌のほうは、被災地に慰問にいったときのものだなとわかります。高台に校舎が移ったということは津波の被災地だろうと想像できます。沿岸部で被災した学校は、山寄りの高台に移転したのでしょう。「きざはし」は階段です。階段に子どもたちが咲かせた向日葵の植木鉢が並んでいるのでしょう。それを見ているという歌ですが、高台移転したあたらしい場所で花を咲かせたこと、それが向日葵というといかにも元気のでそうな花であることで、この学校の明るい未来をみていることがわかります。

そのほかにどのような人が歌を詠んでいるのかというと、歌を詠むようにと特別の依頼をうけた召人という人がいます。それから応募作品を選んだ選者がいます。この方たちは歌人なので、やはり自作の歌を披露します。召人の歌も見ておきましょう。今回の召人は歌人の栗木京子です。

観覧車ゆふべの空をめぐりをりこれからかなふ望み灯して

観覧車という言葉を入れると、新しい歌の感じがしますね。夕焼け空を背景に観覧車がまわっています。その灯りが、これからかなう望みだと詠んだ歌です。

召人控には、作家の加賀乙彦が選ばれています。

いねぎはに妻の遺影に目を合はせ天への旅の無事望む夜

「いねぎはに」は寝入るちょうどその前にという意味ですね、眠りに落ちるその前に、遺影である写真の中の亡くなった妻と目を合わせて、無事に天国へ旅立ってほしいと願った夜のことを詠んでいるのですね。

選者は、篠弘、三枝昻之、永田和宏、今野寿美、内藤明の五人でした。『日本経済新聞』で穂村弘とともに選者をしている三枝昻之の歌をみてみましょう。

丘陵に街に暮らしの歩をとめて人は仰げり望月立てり

丘や街、至るところで人々が立ち止まって、夜空を仰ぎ見ている、するとそこには満月がかかっている、という歌です。「人は仰げり望月立てり」として「仰げり」「立てり」の重なる響きの良さがあるのと望月が立つと表現しているところが面白いところです。それから、歩みを止めて月をみた人物を物語のなかの人物のように少し遠くから描写しているのもいいですね。

入選者の歌も見ていきましょう。歌会始でよまれるのは十名の歌です。その他に佳作も選ばれています。今回の歌会始で最年少の新潟県の篠田朱里さんの歌を見てみましょう。

助手席で進路希望を話す時母は静かにラジオを消した

篠田さんは十七歳の高校生。新聞インタビューよりますと、これからセンター試験を頑張りますとのことで大学受験を控えていたわけです。車で送り迎えをしてくれているのでしょうか、母親はいつもはラジオをかけていますが、進路について話し出すとそれを消して向き合ってくれたことを詠んでいるのですね。みなさんにもおぼえのある情景ではないでしょうか。

このように和歌は皇室の伝統行事として受け継がれているのですが、応募すれば誰でも参加できる開かれた行事でもあります。次の年のお題は「実」です。「み」とよんでも「じつ」とよんでも、熟語にしてもかまいません。今回は、みなさんに「実」を詠みこむ題詠歌をつくってみてもらいましょう。

和泉式部とその周辺

今回から、『和泉式部日記』を読んでいきたいと思います。日記と言っていますが、この時代の女たちの書いた日記はいわゆる日記ではありません。男性が漢文で書く日記は、いまの日記の形式に似て、日付をつけて順々に記録する、日次記《ひなみき》のかたちをとっていましたが、女たちの手になる『蜻蛉日記』や『更級日記』などは、回想録のかたちで後から書かれており、物語のように書かれ、読まれたものです。たとえば、『和泉式部日記』に先行する女の日記に『蜻蛉日記』がありますが、書き出しは次のようにあります。

かくありし時過ぎて、世の中にいとものはかなく、とにもかくにもつかで、世に経《ふ》る人ありけり。かたちとても人にも似ず、心魂《こころだましひ》もあるにもあらで、かうものの要《えう》にもあらであるも、ことわりと思ひつつ、ただ臥《ふ》し起き明かし暮らすままに、世の中に多かる古《ふる》物語のはしなどを見れば、世に多かるそらごとだにあり、人にもあらぬ身の上まで書き日記《にき》して、めづらしきさまにもありなむ、天下《てんげ》の人の品高きやと問はむためしにもせよかし、とおぼゆるも、過ぎにし年月《としつき》ごろのこともおぼつかなかりければ、さてもありぬべきことなむ多かりける。

（新編日本古典文学全集『土佐日記　蜻蛉日記』小学館、一九九五年、八九頁）

まず冒頭に、こうして人生を過ごして、世の中に頼りなく、どうにもならないでいる人がいました、「〜人ありけり」とあって、『伊勢物語』の「むかし、男ありけり」に似た物語らしさがあります。この「人」が作者自身をさしているわけですが、自伝的内容をもっていながら私語りとしてはじめられているのではないのです。外からつき離したように物語の登場人物のように書いているのです。まあ、世にもつまらない人生をおくっている女がいました、という自虐ではじまり、さらに容姿も、心魂もいまいちで、と自己卑下がつづくのですが、暇にまかせて世にあふれている物語なぞを読んでいると、なんとそらごとが多いことか。女の人生なんてそんなものじゃないわよ、私の人生を書いて日記にしてみたらば、かえって目新しい読み物になるんじゃないかしら、と思ったので書いたというのです。たしかに『伊勢物語』などを読んでいても、年老いた女のところに名だたる貴公子の業平が会いにくる「つくも髪」なんてちょっとあり得ない話でしたし、『源氏物語』はまだ存在していませんから、女のリアルが書かれている物語なんてないわと思うのも無理もありません。『蜻蛉日記』の作者は、道長の父親、兼家の何番目かの妻になった人で道綱という息子を産みましたから、藤原道綱母《ふじわらのみちつなのはは》と呼ばれています。兼家には正妻がいて、道長らは正妻の子です。つまり道綱と道長は異母兄弟にあたるわけですね。道綱母は、一夫多妻制のなかでの何番目かの妻である女の人生について、赤裸々に書いてみせたわけです。だからといってここにまったくの粉飾がないとは限りません。それに自分の話のはずなのに、物語にあるような文体で書かれているので、ある女の真実を描いた物語として読めるわけです。

こうした作者自身が主人公のような日記作品のひとつが『和泉式部日記』です。『和泉式部日記』には、恋人であった為尊親王《ためたかしんのう》の死後、その弟の敦道親王《あつみちしんのう》とつき合いだし、敦道親王の邸にひきとられるまでの恋愛の顛末が書かれています。和泉式部は歌人として知られている人ですから、敦道親王と交わした多くの和歌を含み、歌日記のようでもあります。

為尊親王、敦道親王は、いずれも冷泉天皇の皇子で、三条天皇の同母兄弟です。母親は、兼家の娘である藤原超子です。つまり超子と道長は同母姉弟の関係にあります。道長が中宮彰子を入内させたのは一条天皇。すでに中宮定子が一条天皇の第一皇子を産んでいるなかで、なんとか一条天皇の気をひこうと彰子サロンに送り込まれたのが、紫式部や和泉式部だったわけです。

そもそも一条天皇が即位するにあたって、藤原氏は、その前に天皇だった花山天皇をだまして出家させて退位させています。花山天皇は、冷泉天皇の息子で、為尊親王、敦道親王とは異母兄弟にあたっています。為尊親王、敦道親王はこうした政権争いのど真ん中にいる親王で、その二人と恋愛したのが和泉式部というわけです。為尊親王は一〇〇二年に亡くなったのですが、敦道親王も一〇〇七年に亡くなってしまいます。和泉式部は紫式部とともに、中宮彰子のもとに女房出仕していますが、敦道親王の死後、彰子のもとへ女房出仕したと考えられています。皇室に非常に近いところにいたのですから、当然、道長の目にもとまったはずですね。

紫式部と和泉式部は階級的にはほとんど同じ、受領という地方官になる人を父親や夫に持っている中流貴族の女性です。和泉式部は、和泉国に任官された夫がいたので和泉式部と呼ばれているようです。紫式部は一〇〇八年の中宮彰子の皇子出産を記した『紫式部日記』を残していますが、ここに当時名の知られた女房たち、清少納言や赤染衛門、そして和泉式部がどんな人なのか、人物評を書いています。敵対勢力である定子に仕えた清少納言についてなんと言っていたのか、興味があるところですね。

清少納言こそ、したり顔にいみじうはべりける人。さばかりさかしだち、真名《まな》書きちらしてはべるほども、よく見れば、まだいとたらぬこと多かり。かく、人にことならむと思ひこのめる人は、かならず見劣りし、行末《ゆくすゑ》うたてのみはべれば、艶《えん》になりぬる人は、いとすごうすずろなるをりも、もののあはれにすすみ、をかしきことも見すぐさぬほどに、おのづからさるまじくあだなるさまにもなるにはべるべし。そのあだになりぬる人のはて、いかでかはよくはべらむ。

（新編日本古典文学全集『和泉式部日記　紫式部日記　更級日記　讃岐典侍日記』小学館、一九九四年、二〇二頁）

（清少納言は、得意顔をして偉そうにしていた人。あれほど利口ぶって漢字を書き散らしているのも、よくみればまだひどく劣っていることが多い。こうして、人よりすぐれているとみせようと思う人は、きっと見劣りし、ゆくゆくは悪くなってゆくばかりで、風流ぶる人は、ものすごくつまらないことにも、感動してみせて、興あることをみすごさないようにしているうちに、軽佻浮薄な態度にもなるのでしょう。そういう軽佻浮薄な人の成れの果てがどうしてよいものでありましょう。）

だいぶいじわるな批評にみえますが、清少納言は、漢文ができるというけどたいしたことがないという評など、それが判断できるのは、ひとえに紫式部の漢文の知識がより優れているからだと考えると、ここでの清少納言評は、ふつうは漢文が読めないと言われている女同士の挑み合いでもあって、逆に漢文が読めないふりをするのがつつましさだと言われている世の中で、リスペクトを送っているようにも読めます。

では彰子に仕える同僚はベタ褒めかというとそうでもなくて、和泉式部については次のように書かれています。

和泉式部といふ人こそ、おもしろう書きかはしける。されど、和泉はけしからぬかたこそあれ。うちとけて文はしり書きたるに、そのかたの才《ざえ》ある人、はかない言葉の、にほひも見えはべるめり。歌は、いとをかしきこと。ものおぼえ、うたのことわり、まことの歌詠みざまにこそはべらざめれ、口にまかせたることどもに、かならずをかしき一ふしの、目にとまる詠みそへはべり。それだに、人の詠みたらむ歌、難じことわりゐたらむは、いでやさまで心は得じ。口にいと歌の詠まるるなめりとぞ、見えたるすぢにはべるかし。恥づかしげの歌詠みやとはおぼえはべらず。（『紫式部日記』二〇一頁）

（和泉式部という人とは、興味深いやりとりがあった。けれど、和泉はけしからん人である。気を許してやりとりしていると、その方面の才能のある人は、はかない言葉にも色艶がみえるものです。和歌はたいへん興のあるもの。古歌のおぼえ、和歌の約束事からみれば、正統とはいえないものの、口にまかせて詠んだ歌に、かならず興ある一節、目にとまるものが添えられてある。それでも人の詠んだ歌を批評するにはさほど心得がない。口をついて歌が出てくるタイプなのでしょう。恐縮するほどの歌詠みとは思わない。）

和泉式部は、正統の歌人としての知識には欠けているが、さっと詠んだ歌に深みがあって、生来の天才だというのですね。この評をみると、和泉式部という人は、古歌を上手に引用するだとか、お作法ばかりに閉ざされていた和歌世界を革新した人だったのかもしれません。現代短歌のように、もっと自由に感じることを述べていこう、という、そんな歌を詠んでいたのかもしれません。

ではさっそく『和泉式部日記』の冒頭から見ていきましょう。

夢よりもはかなき世の中を、嘆きわびつつ明かし暮らすほどに、四月十余日《よひ》にもなりぬれば、木《こ》の下《した》くらがりもてゆく。築土《ついひぢ》の上の草あをやかなるも、人はことに目もとどめぬを、あはれとながむるほどに、近き透垣《すいがい》のもとに人のけはひすれば、たれならむと思ふほどに、故宮にさぶらひし小舎人《こどねり》童《わらは》なりけり。

あはれにもののおぼゆるほどに来たれば、「などか久しく見えざりつる。遠ざかる昔のなごりにも思ふを」など言はすれば、「そのこととさぶらはでは、なれなれしきさまにやと、つつましうさぶらふうちに、日ごろは山寺にまかり歩きてなむ。いとたよりなく、つれづれに思ひたまうらるれば、御かはりにも見たてまつらむとてなむ、師宮《そちのみや》に参りてさぶらふ」と語る。

（新編日本古典文学全集『和泉式部日記　紫式部日記　更級日記　讃岐典侍日記』小学館、一九九四年、一七頁）

夢よりも儚い世の中を嘆いている、というのは、書き手つまり和泉式部の恋人が亡くなってしまったからです。為尊親王の死は、長保四（一〇〇二）年六月十三日でした。この嘆きが恋人の死をさすとすると、四月十余日は、その翌年の春をさしていることになります。ぼんやりと庭先を眺めていると、「透垣」という、透けてみえる垣根のあたりに、人の気配があった。「故宮」とあるのは亡くなった宮、為尊親王ですが、その為尊親王に仕えていて和泉式部とのメッセンジャーをやっていた「小舎人童」という元服前の童の姿がみえました。

小舎人童というのは、『源氏物語』で言えば、光源氏が空蝉との密通のためにつかった空蝉の弟の小君のような存在です。元服前の子どもだとあまり警戒されないのでメッセンジャーとしてよく使われていました。

ちょうど亡くなった宮のことを考えているときに童が来たので、どうしてこれまで来なかったの、思い出したいこともあるのに、と問いかけます。童は、何の用もなくて来るのはちょっとなれなれしい感じがするので控えていました、と言います。続けて、山寺に行っていたともいい、仕えていた主人を失って、どうしたものかと思っていたところだったので「師宮」に仕えることにしたというのです。「師宮」は為尊親王の弟の敦道親王です。大宰帥《だざいのそち》の略で、太宰府の任官ですが、名目だけで、実際に太宰府に行くことはない役職です。親王なので「宮」とついているのですね。

「いとよきことにこそあなれ。その宮は、いとあてにけけしうおはしますなるは。昔のやうにはえしもあらじ」など言へば、「しかおはしませど、いとけぢかくおはしまして、『つねに参るや』と問はせおはしまして、『参りはべり』と申しさぶらひつれば、『これもて参りて、いかが見たまふとてたてまつらせよ』とのたまはせつる」とて、橘《たちばな》の花をとり出でたれば、「昔の人の」と言はれて、「さらば参りなむ。いかが聞こえさすべき」と言へば、（……）

女は、それはよかったじゃない、その宮はすごく気品があって近づきがたい感じの人なんですってね、故宮のようではないんでしょう、と言っています。亡くなった為尊親王はもっと色好みの男だったけれども、弟の敦道親王のほうは厳しい感じなのかな、と和泉式部は思っていたわけです。童は、敦道親王に和泉式部のところにはよく行くのかいときかれて、行きますよ、と答えたら、これを持って行けと言ったんですよ、と言って橘の花の一枝を出してくる。花橘を見て、女はふと「昔の人の」と口にする。これは『古今和歌集』一三九番の次の歌の一部です。

五月まつ花橘《はなたちばな》の香《か》をかげば昔の人の袖の香ぞする

五月をまって咲く橘の花の香りをかぐと昔の恋人の袖の香りがする、昔の恋人を思い出す、という歌です。橘の花を出してくるというのは亡くなった為尊親王のことを懐かしく思っているでしょうねという意味なんですね。ただ橘をみただけで『古今和歌集』の歌がピンときて、童が橘の花を出したときに「昔の人の」と和泉式部はつい言ってしまうわけです。童は、さて、なんとお返事しましょう、と女に問います。

(……)ことばにて聞こえさせむもかたはらいたくて、「なにかは、あだあだしくもまだ聞こえたまはぬを、はかなきことをも」と思ひて、

薫る香によそふるよりはほととぎす聞かばやおなじ声やしたると

と聞こえさせたり。

ここでいきなり口頭で和歌を詠んで童におぼえさせるのもきまりが悪くて、書面で返答したのでしょう。はじめての呼びかけに応えるのは、あまりに浮かれている感じがするとは思うものの、「なにかは」どうでもいいわ、という感じで、大胆に返事をするのです。

橘の花に託すよりは、あなたの声をじかにきいて、亡くなった彼と同じ声だかしりたいものです、という歌。かなり積極的に誘っていますよね。橘の花での昔の人を思い出しているでしょうかという問いかけに対して、あなたの声を聞いてみたいわと返したのです。橘の木にほととぎすがとまって鳴いているというイメージは、和歌の世界に定着していて、『古今和歌集』の「夏歌」の部に、さきほどの歌とともに、「五月」、「ほととぎす」、「花橘」を詠み込んだ歌が並んでいます。

まだ端《はし》におはしましけるに、この童かくれのかたに気色ばみけるけはひを、御覧じつけて、「いかに」と問はせたまふに、御文《ふみ》をさし出でたれば、御覧じて、

おなじ枝《え》に鳴きつつをりしほととぎす声は変はらぬものと知らずや

と書かせたまひて、賜ふとて、「かかること、ゆめ人に言ふな。すきがましきやうなり」とて、入《い》らせたまひぬ。

いまかいまかと和泉式部の返事をまっていた敦道親王は、庭に面したあたりにたたずんでいました。童などは、庭から出入りして奥にいる主人と直接やりとりするのでしょう。童をみつけて、どうだった?と聞くので、文をさしだすと、すぐに返歌を書きます。同じ枝で鳴いていたほととぎすだから声は変わらないものだと知らないのですか、という歌です。そうしてメッセンジャー役の童にもたせながら、このやりとりを人にもらすなよ、好色にみえるだろうから、と口止めするのです。

実際に、為尊親王と敦道親王は同腹の兄弟なのでまさに同じ枝。よく似ているのでしょう。女の恋人が亡くなったところに、その弟がやってきてあなたの好きだった人に良く似ているんですよと言ってくる。似ているんですよというアピールは気持ちも一緒ですよ、ということ。こんな恋愛はほめられたものではなかったのでしょう。しかも親王です。本来なら正式な婚姻を申し込んでくる権力者がいるはずの立場で、市井を浮かれ歩いて女のもとへ出入りするのは、いかにも軽はずみな行為です。それで童に人にもらすなと口止めしているわけです。

親王という立場が、光源氏などの臣下の者とは異なるということは、『源氏物語』宇治十帖の巻々をみるとよくわかります。源氏の子である薫が宇治へ頻繁に通って、八の宮の娘たちに会っていたのに対し、光源氏と明石の君との間に生まれた娘が天皇に入内して産んだ第三皇子である匂宮は、たとえば夕霧が宇治の邸で宴を催したのに参加するなどの口実がなければ、宇治通いは難しく、薫を出し抜きたいと思いながらも恋の成就のためにも薫に頼る他ないのでした。さて、宮の返歌を持って童が女のもとに再び来ます。

もて来たれば、をかしと見れど、つねはとて御返り聞こえさせず。

賜はせそめては、また、

うち出でてもありにしものをなかなかに苦しきまでも嘆く今日かな

とのたまはせたり。もとも心深からぬ人にて、ならはぬつれづれのわりなくおぼゆるに、はかなきことも目とどまりて、御返り、

今日のまの心にかへて思ひやれながめつつのみ過ぐす心を

敦道親王の返事をもらった和泉式部は粋だなと思うものの、そうそう軽薄に返事をするものもよくないと思って、ここでは返事をしていません。するとまたしばらくして敦道親王から歌がきます。こうして敦道親王が歌を贈りはじめたことが、「賜はせそめては」ということなのですが、それは和泉式部に恋の歌を贈りはじめたことでもある。そこで敦道親王から次のような歌が送られてくるのです。自分の気持ちを外に出してあなたに見せてしまうことなどしないままでもよかったのに、あなたがつれないので苦しくなるほど嘆いている今日です、という歌。

これに和泉式部は返歌を送るのですが、そんな女をどこか外側から描写するように書きなしているのが非常に面白いところです。もともと思慮深いタイプの人ではないので、彼が亡くなってさみしいということもあって、こういう歌に目がとまってついお返しをした、というのです。和泉式部の歌は、あなたは「今日」というあいだだけ嘆いているのでしょうけれども、ずっと物思いをして過ごしている私の

心を思いやってみてくださいという歌。あなたが私を想っているのは今日だけなんでしょ？　私はずっと思っているんだから！というのですね。かなり積極的。最初の探り合いから一気に相思相愛のモードに入ってきます。

ところで、現在のわたしたちの感覚では、『和泉式部日記』は、自分を主人公にした私小説のようにみえます。これを英訳するとして、主語をたてるとしたら、私（Ｉ）となるのだと思いますが、このあたりを読んでみて、どうもそう簡単な話ではないという気がしてきます。たとえば、敦道親王が庭先で童を待ち受けている場面は、和泉式部の側からはみることのできない場面なので、書き手が視点人物となる私小説の語りでは表現できません。また、「もとも心深かからぬ人にて」という表現のように、文体としても三人称的につきはなしているところもあります。日記文学というと実際に書いている人と書かれている登場人物が一致しているので、随筆、エッセイのようなものと考えがちですが、読みの感触としては『源氏物語』などの物語を読んでいるのとそんなに変わらないと思います。その意味で、日記文学といっても、Ｉで主語をたてられるような文体ではなくて、物語的なフィクション性をはらんだ書きぶりであるということに注意が必要です。

逢瀬のはじまり

さて、つづきを読んでいきましょう。

かくて、しばしばのたまはする、御返りもときどき聞こえさす。つれづれもすこしなぐさむ心地して過ぐす。

また、御文あり。ことばなどすこしこまやかにて、

「語らはばなぐさむこともありやせむ言ふかひなくは思はざらなむ

あはれなる御物語聞こえさせに、暮にはいかが」とのたまはせたれば、

「なぐさむと聞けば語らまほしけれど身の憂きことぞ言ふかひもなき

生ひたる蘆にて、かひなくや」と聞こえつ。

（『和泉式部日記』二〇頁）

こうして敦道親王から手紙がきて、それに「ときどき」返事をするような交流がはじまって、恋人を失ったさみしさもなぐさめられるような気持ちがして過ごしていると、また手紙がやってきます。こまやかにさまざま書いてあるようですが、手紙の文面は披露されず、そこに書かれた歌だけが明かされます。

直にあって語り合えばなぐさむこともあるのではないですか、それだけの価値のない男だとは思わないでしょう、という歌です。手紙のやりとりの段階から一歩関係を進めませんか、というお誘いですね。つづけて、しっとりとお話しをしたいと思いますが暮れ時に会うのはどうでしょう、訪ねていってもいいですか、ということばがついています。

それに対する和泉式部の返事は、歌です。和泉式部は、なぐさめになるだろうと聞くと一緒にお話ししたいと思いますが、身の憂さが言うかいもないので……と答えています。ここに「生ひたる蘆にて、かひなくや」とありますが、ここには、『古今和歌六帖』（和歌文学大系45）一六八九番の次の歌が引かれています。

何ごともいはれざりけり身のうきは生《お》ひたる葦《あし》のねのみながれて

何も言えない、身の憂さは水際に生えている葦の根のように流されて、音《ね》をたてて泣くようで、という歌です。「ねのみながれて」には「根のみ流れて」と「音のみ泣かれて」が掛けられています。自分の身の憂さ、どうしようもなさというのがここからひかれていることになります。また根が流されやすい葦のようだ、ともいっていて、恋人の死を悲しみながら浮気する自分を憂えているようでもあります。

形式的には、和泉式部の歌は敦道親王のことばをそのまま返しているだけですよね。そこに「生ひたる葦」の歌を取り込んで、ただただ泣いている私、つまり、故宮が亡くなって泣いているばかりの私が表現されています。今日訪ねていきますよ、と言われて、和泉式部は、まだ亡き人の悲しみに沈んでいるので、甲斐がない、意味がないと答えています。和泉式部の返答は、イエスともノーともわからないものでしたが、敦道親王は和泉式部を訪ねてきます。

思ひがけぬほどに忍びてとおぼして、昼より御心設《こころまう》けして、日ごろも御文とりつぎて参らする右近《うこん》の尉《じょう》なる人を召して、「忍びてものへ行かむ」とのたまはすれば、さなめりと思ひてさぶらふ。

こっそり訪ねて行こうと思って敦道親王のほうは昼間から準備をしています。いつも手紙を運んでくれる右近の尉という人に、和泉式部のところに今夜行くよと言うと、ああそうかと了解して準備するのです。「さなめり」というのは「ああやっぱりね」という感じ。この右近の尉という人はもう心得ているわけです。

ところで、「思ひがけぬほどに忍びてとおぼして」いるのは敦道親王ですよね。「昼より御心設けして」いるのも敦道親王です。宮側のところに視点が完全に移行しています。もしこれが私小説のように一人称視点で描写されているのだとしたら、この場面をこういうふうには書けません。和泉式部自身、この場面を見ているわけがない。『和泉式部日記』が物語的に構成されているというはまさにこういうところです。

あやしき御車にておはしまいて、「かくなむ」と言はせたまへれば、女いと便《び》なき心地すれど、「なし」と聞こえさすべきにもあらず、昼も御返り聞こえさせつれば、ありながら帰したてまつらむもなさけなかるべし。ものばかり聞こえむと思ひて、西の妻戸に円座《わらざ》さし出でて入れたてまつるに、世の人の言へばにやあらむ、なべての御さまにはあらずなまめかし。これも心づかひせられて、ものなど聞こゆるほどに月さし出でぬ。

まだ視点は敦道親王の側にあります。敦道親王が乗ってきた車など、和泉式部がみているはずもないのに、「あやしき御車」でやってきたとあります。「あやしき御車」というのは身分を隠して自らの身分より低い身分の者の車に乗っているということです。源氏が夕顔の住む五条に行ったときにも、身分違いの車にわざわざ乗っていって高貴な身分を隠していました。噂になるのを避けるためですが、だいたいは従者でバレています。

来ましたよ、と言われて女は困ったなと思うけれどもいないとは言えないので受け入れるわけです。ここで「女いと便なき心地すれど」とあって、和泉式部は自分のことを「我」ではなく「女」と書いています。物語のなかでも、男、女と書かれるとそこには男女の恋愛の話がはじまるという合図のようになっていますが、それは『伊勢物語』の文体といえるかもしれません。

女は、男の訪れに困惑しつつ、「円座」を出します。藁で編んだ座布団のようなものですが、それを妻戸の外に出して会話することになります。そこに座した敦道親王の姿たるや、女たちがうわさしていたように、並外れた優美さです。素敵な男だったのですね。「これも心づかひせられて」とあって、女も魅力的な男を前にして、すっかりその気になっているのでしょう。話をしているうちに月がのぼってきます。

「いと明《あか》し。古めかしう奥まりたる身なれば、かかるところに居ならはぬを。いとはしたなき心地するに、そのおはするところに据《す》ゑたまへ。よも、さきざき見たまふらむ人のやうにはあらじ」とのたまへば、「あやし。今宵のみこそ聞こえさすると思ひはべれ。さきざきはいつかは」など、はかなきことに聞こえなすほどに、夜もやうやうふけぬ。かくて明かすべきにやとて、

はかもなき夢をだに見で明かしてはなにをかのちの世語りにせむ

とのたまへば、

世とともにぬるとは袖を思ふ身ものどかに夢を見る宵ぞなき

まいて」と聞こゆ。

その日の月は満月だったのでしょうか。月明かりが明るすぎると敦道親王は言います。妻戸の外にいて、月明かりに敦道親王が照らされているのです。自分は古めかしく、奥まったところにいる身なので、こうしたところにいるのに慣れていない。なんだか落ち着かないから、あなたのいるところに入れてくださいな、と言っています。親王という高い身分にいるのですから、戸の外から女に語りかけるようなことには慣れてはいないはずです。「さきざき見たまふらむ人のやうにはあらじ」というのは、これまで会っていた男のようではありませんということで、あなたが会っていた恋人めいた真似はしませんよという意味です。男がこういうことをいうときは、ただ話をして帰るつもりなどはさらさらないのですが、一方で女からしてみると、男を招き入れるのに、こうしたセリフが言い訳になりますよね。なにもしないっておっしゃったから、という。ここは駆け引きです。和泉式部は「あやし」とそのことばを疑い、あなたは今宵かぎりのお相手だと思っています。「さきざき」というのはいつのことでしょう。誰のこと?と押し返します。こんなやりとりをしているうちに、夜がふけていく。敦道親王は、状況突破のために歌を詠みかけます。

儚い夢さえも見ないで夜を明かしては何を後の世語りにするというのだろう、という歌です。男が女のもとを訪れて、朝帰って来れば、性的関係があったと人には思われます。それが世語りとなるのです。『源氏物語』「夕霧」巻で、光源氏と葵の上の息子、夕霧が、友人の柏木の亡きあと、柏木の正妻だった落葉の宮を訪ねたとき、落葉の宮は身の潔白のために夜が明ける前に出て行ってほしいと夕霧にたのみますが、それでも、目撃者たる僧侶に男女の仲を疑われ、母親に報告されることになりました。僧侶は後夜といって夜中に勤行するので出歩いていたのです。すると落葉の宮の邸の「かの西の妻戸より、いとうるはしきをとこの出で給へるを、霧深くて、なにがしはえ見分いたてまつらざりつるを、この法師ばらなむ、「大将殿の出で給ふなりけり」と、「よべも御車も帰してとまり給ひにける」と口々に申しつる」（『源氏物語㈥』二五〇頁）のでした。ここで「西の妻戸」から出てきているとあるところを思い浮かべる読者もいたかもしれません。

宮の歌にいう、「夢」をみることとは、ここでは逢瀬をすることとなっていて、あなたとの逢瀬もなく朝を迎えるなんてありえないよ！と迫るわけです。

それに対する和泉式部の返歌。「よとともに」の「よ」にはここでは男女の仲を意味する「世」と「夜」が掛けられています。寝るの意味が「ぬる」に入っていますが、ここには「濡れる」という意味も重なっていて、「濡れる」ので袖につながっていきます。なぜ袖と「濡れる」が結び付くかというと悲しいときに涙と拭くのが袖だからですね。ですから袖が濡れるというのは泣いているという意味になります。ずっと泣いて袖を濡らしているのですから、「夜に共寝する」ことなんて、ゆっくりと夢を見る宵なんて、亡くなったあの人を思うともうないのです。そこに「まいて」は、ましてあなたとは、と付け加えています。読者としては、ああ、夜が明けてしまいそうだけど、いったいこの二人はどうなるのかしらと展開にドキドキし始めますね。

「かろがろしき御歩きすべき身にてもあらず。なさけなきやうにはおぼすとも、まことにものおそろしきまでこそおぼゆれ」とて、やをらすべり入りたまひぬ。

いとわりなきことどもをのたまひ契りて、明けぬれば帰りたまひぬ。すなはち、「今のほどもいかが。あやしうこそ」とて、

恋と言へば世のつねのとや思ふらむ今朝の心はたぐひだになし

御返り、

世のつねのことともさらに思ほえずはじめてものを思ふ朝《あした》は

と聞こえても、「あやしかりける身の有様かな、故宮のさばかりのたまはせしものを」とかなしくて、思ひ乱るるほどに、例の童来たり。御文やあらむと思ふほどに、さもあらぬを心憂しと思ふほども、すきずきしや。

敦道親王は、ふらふら出歩ける身分じゃないのだから、あなたにこうしてちょくちょく会えるわけではないのだよ、チャンスはないんだ、思いやりがないと思われるかもしれないけれど、自分の心がそら

おそろしく感じられるほどなんだ、といって、なにかに突き動かされるようにして敦道親王は、「やをらすべり入りたまひぬ」のです。御簾ごしに会話していたのですが、御簾の内側へ、女のもとへとすべり入るのですね。これは恋物語によく出てくる展開です。『源氏物語』「若紫」巻で幼い紫の上に会いにきて、女房たちと御簾ごしに会話していたところ、ちょうど紫の上がやってきた。源氏は御簾の下から紫の上の手をつかんで、逃げようとする紫の上に引かれるようにして、「すべり入り」ます。

そこからの具体的な展開は明示されませんが、「やをらすべり入りたまひぬ」から「いとわりなきことども」のあいだに二人が関係したということがわかります。このように性的関係というのはあからさまには書かれませんが、夜通し男女二人が過ごしていれば、性的関係はふつうはあるものだと読者は了解しています。関係のあと夜明けまで、おそらくは、また会おうね、手紙ちょうだいね、というようなよしなしごとを約束して、夜明けに、敦道親王は帰っていきました。男女が夜を過ごしたら、帰って行った男が後朝の文といって、昨日は楽しかったよ、という手紙を送ります。早ければ早い方が愛が深いということになるわけですが、「すなはち」とあって、ほんとうにすぐに手紙がきたのですね。「いまどうしていますか、自分でも不思議なくらいあなたのことを考えています」という手紙とともに次の歌が送られてきます。

恋なんて、世にありふれたことだと思うのに、今朝の自分はこれまでにない気持ちでいます、という歌です。こういう熱烈な歌がやってきたのです。「いまどうしてる」「恋ってみんなしてるけど、こんなのはじめて」のような感じですね。和泉式部の返歌です。

恋なんてありふれている、「世のつね」のこととはやっぱり思えない、こんなに物思いをしている朝は、というのですね。いままでの恋とは違ったわ、はじめてこんな物思いをしているの、ということです。こうした歌を返しながら、女は、なんて奇妙な身のありさまだろう、亡くなった宮様があんなにも思ってくれていたのにと、我ながら変わり身のはやさに悲しくなった、とあります。そこへいつものメッセンジャーの童がやってきます。童の姿が見えたので、あっ宮様からのお手紙かしら、と思うのですが、違ったんですね。あ、違うんだ、とがっかりして、そのがっかりしてしまう自分をなんて好き者なのだろうか（「すきずきしや」）、と自分で自分につっこみを入れています。

この二人の歌は、これまで読んできた物語のなかの歌よりも、ぱっと読んでわかりやすい。いまはじまったばかりの恋愛のわくわく感が全面に出ています。『源氏物語』の登場人物のやりとりなどは、もっと作り込んでありますが、こうしたストレートな表現は、実際に男女が交わした歌らしく感じます。『源氏物語』の歌というのはフィクショナルな歌ですよね。それに対して本当はこのぐらい直接的なことを言いあっていたのかなという感じがするような歌がならんでいるのが『和泉式部日記』の面白さです。和歌はわかりにくいと思っていても、『和泉式部日記』を読めば、なるほどこういう感じね、というのがすぐわかる。ですから和歌について知りたければ『和泉式部日記』をまずおすすめしたいです。

さて、いま読んだところは、亡くなった為尊親王のことを想いながらつれづれ過ごしていたところに美男子の弟がやってきて、熱烈な恋に堕ちる瞬間でした。かなり現代風に感じられると思いますがどうでしょうか。あんなにも亡くなった彼のことを想っていたのに、また別の人をこんなにも好きになってしまうなんて、と自分で思っていて反省している。しかし童の姿をみとめると、手紙かしら、と思って色めきだち、違ってすごくがっかりする。こんな自分はなんなの、と自分で言っているのですね。和泉式部、面白い人だなぁと思いますね。個人的には非常に好きなタイプです。

つづきです。

帰り参るに聞こゆ。

待たましもかばかりこそはあらましか思ひもかけぬ今日《けふ》の夕暮

御覧じて、げにいとほしうもとおぼせど、かかる御歩きさらにせさせたまはず。北の方も、例の人の仲のやうにこそおはしまさねど、夜ごとに出でむもあやしとおぼしめすべし。「故宮のはてまでそしられさせたまひしも、これによりてぞかし」とおぼしつつむも、ねんごろにはおぼされぬなめりかし。

童が戻るらしいので、和泉式部は歌を託します。もしあなたが来るのを待っているとしたらこんな感じなのかしら、思いもかけずつらく思っている今日の夕暮です、という歌です。実際には今夜の約束はないのですね。でも会いたい。あなたを待つってこんな感じかしら、という歌で、来て、と伝えているわけですね。

女の歌をみて、敦道親王も心が揺れます。しかし毎夜毎夜でかけるわけにはいかない。というのも、敦道親王には正妻、北の方がいるのですね。北の方とは、ふつうの夫婦のような仲ではなく、ことに気を遣わなくてはいけないというわけではないけれども、毎夜毎夜出かけて行くのはさすがにまずい。

そもそも亡くなった為尊親王が最後まで悪口を言われていたのも、和泉式部との恋愛のことだったのでした。だから自分はそうはならないぞと思って、この恋に入れ込んでいるわけではないらしい、とあります。「おぼされぬなめりかし」と推測になっているのは、宮からの返歌がきたのがすでに暗くなってからだからなのですね。

暗きほどにぞ御返りある。

「ひたぶるに待つとも言はばやすらはで行くべきものを君が家路に

おろかにやと思ふこそ苦しけれ」とあるを「なにか。ここには、

かかれどもおぼつかなくも思ほえずこれも昔の縁《えに》こそあるらめ

と思ひたまふれど、なぐさめずはつゆ」と聞こえたり。おはしまさむとおぼしめせど、うひうひしうのみおぼされて、日ごろになりぬ。

暗くなってからようやく和泉式部に返事がきます。一途にただ待つと言ってくれれば迷わずあなたのところに行ったのに、という歌です。私があなたのことを本気で思っていないと思われて苦しいのです、とある。そこで女の返歌。

いえぜんぜん、こんな関係でもおぼつかないとは思いません、これも昔からの故宮（為尊親王）との縁で結ばれているからなのでしょう、という歌。そうは思うのですけれど、「なぐさめずはつゆ」と続きます。ここには『後撰和歌集』一〇三一番歌が引かれています。

女のもとより「いといたくな思ひわびそ」と

たのめおこせて侍りければ

慰むる言の葉にだにかからずは今も消《け》ぬべき露の命を

この歌もまた、女から送られた歌です。「そんなにひどく思い悩むなよ」と期待させるようなことを男が言ってきたので送った歌。慰めてくれる言葉さえもないならば、いまにも露のような命は消えてしまう、という歌です。ですから、「なぐさめずはつゆ」というのはなぐさめてくれなければ私の命は消えてしまうわ、と言っているということになります。

歌のなかでは、別に心細いことはないです、亡くなった人と縁が結ばれているあなただから、と言っておきながら、もっと頻繁に来てくれないと私は消えてしまうわ、と言い添えているのです。それを読んだ敦道親王はどうしたか。

行こう行こうと思っているけれども、なんだか恋に浮かれているという感じがするので、ためらっているうちに時間が経ってしまいます。このように『和泉式部日記』では二人の恋愛話が続いていきます。

今回は、「実」を題として題詠歌を詠んでみましょう。

【みんなの題詠歌】

夢かなと何度起きても現実で２０２０はもう暮れていく

「現実」に「実」が読み込まれているのですね。コロナ禍はまるで夢の世界のように非現実的。そんな生活のままに年が暮れていくという歌ですね。

「一年間は実家ね」あたしのキャンパスライフはどうなるんですか？

オンラインで授業できるなら東京に出る必要はないわね、ということになってしまったのでしょう。思い描いていたようなキャンパスライフが送れないという、これも大学生ならではのコロナ禍短歌ですね。

大阪の実家に帰ることできず一人ぼっちではおせちを買えず

逆に東京に出てきてしまった学生は、二〇二〇年の暮れには非常事態宣言が出されていましたから、県境を超えて移動をしないように言われていましたし、とりわけ感染者が多かった東京から戻ってくることを高齢のご家族がいる家では嫌がったとも聞きます。一人で年越し。おせちは買えないという歌ですね。

現実を見ろよとたとえ言われてもやめられないの推しへの愛は

推しへの愛は、自己満足の世界。架空のものへの投機のようなもの。「現実」をみていては「推し」はできないのですね。

実際に会ってみないと分からない顔はアプリで加工してます

写真アプリで加工して盛るのはオンライン社会の常識なのでしょう。どうなるのだろう。私もやってみたい。

好きだよとあしらい気味に言われたがそれは実《まこと》か？　信じて良いか？

実を「まこと」と読ませているのですね。「あしらい気味」に「好きだよ」と言われれた。うれしいけれど、詰めて確認したくなるのですよね。

「実は、あの……」俯きながら話しだす聞きたくないよ余計な暴露

こちらは「実は」とはじまる会話のなかに取り込んだ歌。なんだか嫌な話ができそうな雰囲気なのですね。

「遺憾の意」だったらぼくはみかんの実！　ニュースに飽きて叫ぶ甥っ子

いかんのい、はたしかに、みかんのみ、に似ている。幼い甥っ子くんがかわいいです。

聞き飽きた「昔だったら美人顔」逆に傷つく瓜実顔よ

うりざねがお、に「実」を入れ込んでいるのがすごい。よく思いつきましたね。

【みんなのコメント⑫】

● 新年に歌会始と呼ばれる行事が行われていることを初めて知った。テレビでも短歌や俳句などを詠んで格付けなどが行われているように日本には現在も短歌の心が残っていると感じられた。

● 最近、毎回短歌が授業で褒められるようになりました。最初は短歌すら浮かばずに、短歌を作るのではなくただ感想を書くだけでしたが、授業で紹介される短歌や、俵万智さんの短歌を見て、全てのことを言い表すのではなく、読む人に想像を膨らませる余韻がある歌が多いなと思い、それを意識すると自分でもスルスルとアイディアが浮かぶようになりました。全てを言いあらわそうとし過ぎていた時は、字数も足りずに四苦八苦でしたが、現在は、強調したいところだけを選ぶようになって字数も楽ですし、我ながらですが、全てを言い表さない余白のある歌の方が、どこまでも想像できて味わい深い気がします。この調子で、どんどん調子に乗って、来年は歌会に応募してみたいと思います。

● 上皇が琉球言葉で読んだ和歌が沖縄戦のドキュメンタリーで取り上げられており、印象に残っていました。沖縄は、やはり、本土戦があった場所であり、天皇に対してよく思っていなかった人が多かったそうですが、時間をかけて信頼を取り戻そうとしたのが上皇だったようです。その時間をかけて信頼を回復しようとした姿勢が、沖縄の人の言葉を和歌の中で使うことに現れている気がしました。相手の国や地域の言葉を使ってみるというだけで、相手の心にグッと近づけると思います。

● 紫式部の和泉式部評を聞いて、和泉式部は相当な魔性の女だったということがわかりました。そんな女性が書く日記にはどんなことが描かれているのか非常に興味が湧きました。昔の時代にも魔性の女というものはいたんだなと面白かったです。

● 平安時代の男性は、行事や自分の仕事について記録を残すために日記を書いたと古文の授業で習った記憶があるが、部屋にずっとこもって生きていた女性が日記を書いていたのは、今でいうSNS的な意味合いがあったのかなと思った。会う人は限られているが、一応華やかな世界の片隅にいる自分の生活を誰かに読んでもらえるといいかもなみたいな気持ちがあったのではないか。

● 亡き宮を思う女の気持ちがとても切なくて胸がきゅんとする。亡き宮との恋を女は夢よりも儚いと述べていて、私も会いたくてももう二度と会うことのできない人がいるので少し気持ちがわかる気がした。昔の人は特に現在みたいにすぐに会えなかったため遠くにいる人や愛している人のことを部屋で一人思うことが多かったが、現代の人々はすぐにスマホ一つでつながっていられるため相手の存在の大きさになかなか気づくことができないような気がする。誰か一人のことに日々思いを馳せる美しさをもっと古典を通じて感じたい。

●即レスが愛の深さに繫がるというのが面白いなと思いました。今の時代、SNSがあるので返事は早ければ秒単位ですることができます。しかし、すぐに返してしまうと好意が見え透いてしまうため、わざと焦らすというようなことがよくあります。しかし、当時は手紙のやりとりだから、早く返事をしないと他の人に気持ちが揺らいでしまう可能性もあって、即レスが原則であるのかなと思いました。

第十三回　すれちがう恋の歌――『和泉式部日記』その二

かわいい短歌を読む

今回ご紹介する歌集は岡野大嗣の『たやすみなさい』（書肆侃侃房、二〇一九年）という作品です。黒地に虹色に光る箔押しをほどこした大変美しい装丁です。表紙に人と犬が手をつないでいる絵がついていますが、中にもところどころに絵が入ったかわいい本です。開いて最初の扉に載っているのが次の歌。

たやすみ、は自分のためのおやすみで「たやすく眠れますように」の意

これで『たやすみなさい』という歌集のタイトルの意味がわかります。犬の絵がたくさん描かれているのですが、犬を主題にした歌も多いです。

写ってる犬はとっくに居なくって抱いてる僕はほんとうに僕？

昔、飼っていた犬を抱いている自分の写真を見ているということがわかる歌ですね。きっと今よりも幼い頃の写真なのでしょう。自分のはずなのに自分ではないような遠い感覚がするのですね。

すきな原曲のカバーがいいときのしっぽがあればふりたい気持ち

ある曲を別のアーティストがカバーすることがありますね。それがとてもうまくはまっているときに、いい！としっぽをふりたくなる。しっぽなんてないけど、自分が犬みたいなしっぽをもっていたなら、そのくらいうれしい気持ちなのだ、というかわいい歌ですね。次は、コロナ禍を生きる全人類にとって共感できる歌でしょう。

赤ちゃんがマスクのぼくをじっと見るできるだけ目で笑ってあげる

電車で向かいの席に赤ちゃんがいてじっと見てくるとき、にっこりわらってあげたりすることがありますね。けれどマスクをしているのでにっこりしても口元はみえていない。でも目は出ているので目だけで笑っているとわかるようにしているというのですね。

次の歌もみなさんにとって親しみのあるシチュエーションではないでしょうか。

こんな絵文字あるんやね、ってこんな絵文字をなんどか送りあって本題へ

絵文字とありますがLINEでスタンプを送るような感じでしょうか。こんなのあるんだね〜と言い合ってスタンプを送り合ってからようやく話がはじまる感じ。スマホを持っている人たちのコミュニケー

ションの世界が描かれています。
ふつうに発話したなにげないことばそのままのような歌もいくつかあります。

もう一軒寄りたい本屋さんがあってちょっと歩くんやけどいいかな

これはぱっと見るとただの台詞ですが、二人で歩いていて本屋を巡っていたのだということ、そして「ちょっと歩くんやけど」と気遣うような二人の関係性もわかる歌です。

写メでしか見てないけれどきみの犬はきみを残して死なないでほしい

また犬を主題にした歌です。飼い主よりもだいたいペットのほうが先に死んでしまう。それはいつも悲しいことです。願わくば、そんな悲しいおもいをきみにはさせないでほしい、という歌。写メという言葉も現代という時代性を感じさせます。日常のうれしいことをうたった次のような歌もあります。

並の服屋で流れてきたイントロがその場かぎりで泣けそうにいい

いかにも今風だという感じがします。「並の服屋」ですからおしゃれなところではないですよね。それなのに「泣けそういい」曲がながれてきた。「その場かぎりで」と言っていますから、よく知った曲というわけでもないのでしょう。日常のふとした一瞬を切り取った歌です。

いつのだか忘れたけど、が件名で餃子の羽根がきれいな添付

餃子を焼くと溶けた小麦粉のところがハネと呼ばれるぱりぱりのおせんべいみたいになります。それがきれいに焼けたよーという写メをかつて撮った友人がいた。その写メが「いつのだか忘れたけど」という件名で添付ファイルとしてメールで送られてきたということですね。食べ物を写真でとって送るといういまの時代をうつした歌だといえると思います。

「もう夏やなあ」
「どっか行くん？」
「や、特に。行くん？」
「ないなあ、まあまた明日」

段下げで二人の会話が連なっています。これでちょうど三十一文字。立派に短歌です。このぐらい短歌は自由なのです。

次の歌もとてもかわいい。

たった今うれしい夢をみていたようれしかったのだけがわかるよ

夢は起きるとすぐに忘れてしまう。しかしうれしい夢だったということだけは覚えていたりします。そういうことをうたった歌ですね。後半のひらがなの連なりでますますかわいらしく見えますね。

走馬灯になんにも映らないんです再起動とか間に合いますか

これは焦りますね。死ぬ直前に、これまでの人生が倍速再生みたいに一気に脳のなかに流れてきて、ああ楽しかった、といった感じで死んでいく。これを走馬灯のようにうんぬん、とよく表現します。それが何も出てこない。死ぬ直前ですよ。再起動と簡単にいうけど、再び立ち上がってくるのに、ちょっと間がありますよね。再起動して間に合うのか、と焦りはつのります。

ときどき横書きで書かれた歌も入っています。

404 not found
初夢のどこにあなたは隠れていたの

「404 not found」はよくあるコンピュータのエラーメッセージです。これも57577のなかに入っているのですね。

かわいくて楽しくて、短歌、おもしろいじゃないか!と思えたのではないでしょうか。いま短歌はちょっとしたブームで、若手歌人の新しい歌集が続々と刊行されています。本屋さんに行ってぜひ短歌コーナーをチェックしてみてください。

すれちがう二人

前回は恋のはじまりのわくわく感いっぱいのところを読みました。もともと和泉式部は恋多き女と評判でした。他にも男がいるのではないかと疑心暗鬼になっていく男というのが今回のメインのテーマです。

前回のつづきから読んでいきましょう。

晦日《つごもり》の日、女、

ほととぎす世にかくれたる忍《しの》び音《ね》をいつかは聞かむ今日もすぎなば

と聞こえさせたれど、人々あまたさぶらひけるほどにて、え御覧ぜさせず。つとめて、もて参りたれば見たまひて、

忍び音は苦しきものをほととぎす木高《こだか》き声を今日よりは聞け

とて、二三日ありて、忍びてわたらせたまへり。

(『和泉式部日記』二四頁)

「晦日《つごもり》の日」とは月末のことですね。はじまりが、「四月十余日」とありましたから、四月の末になったということでしょう。女から歌を送ります。和泉式部は自分から歌を送る人なのです。

ほととぎすの世に隠れての忍びなきをいつかは聞くことができるでしょうか、今日が過ぎれば、という歌です。ほととぎすは五月に鳴く鳥として『古今和歌集』の「夏歌」によく読まれています。たとえば、一三七番歌。

五月まつ山郭公《やまほととぎす》うちはぶき今も鳴かなむ去年《こぞ》のふるこゑ
（五月をまっている山のほととぎすよ、すぐに羽ばたいて今すぐに鳴かないかしら、去年の古声で）

ほととぎすは、五月になったら鳴きだす鳥ですが、もう去年の声でいいから、今から鳴いてくれないかしら、という歌です。ほととぎすは五月になってようやく鳴き出す鳥だという歌は他にもあって、たとえば一三八番の女性歌人伊勢の歌のように五月になる前だけれど声をきかせておくれという歌があります。

五月来《こ》ば鳴きもふりなむ郭公まだしきほどの声を聞かばや
（五月がくれば鳴き声も古めかしくなるだろう。ほととぎすよ、まだその時期じゃないうちの声を聞かせてくれないかしら）

あるいは、一四〇番歌「いつのまに五月来《き》ぬらむあしひきの山郭公今ぞ鳴くなる」は、ああ、ほととぎすが鳴いたということは、五月になったのだなぁ、という歌ですね。『古今和歌集』に恋歌としておさめられている紀貫之の五七九番歌もあります。

五月山《さつきやま》こずゑを高み郭公なく音《ね》空なる恋もするかな
（五月の山では梢が高くみえて、ほととぎすが鳴く声も空から降ってくるよう。わたしの泣き声もうつろに空にひびくような、うわついた恋をしているものだな）

この歌によって、ほととぎすが、恋する人のイメージと結ばれています。ですから和泉式部の歌の「かくれたる忍び音」は、ほととぎすの鳴き声を経由して、彼女の恋心を暗示することになるのですね。

さて、せっかくの情熱的な和泉式部の歌ですが、男はお取り込み中で、周りにたくさん人がいて、すぐに手紙を受け取ることができなかったんですね。手紙の交換については、最初に小舎人童という人が出てきましたが、少し身分の低い人が入ってこられるところでこっそりやりとりします。たとえば廊下とか庭先とかからこそっとわたしたりするのですが、ここでは周囲に人がいるのでそれができなかったのです。翌朝になって、ようやく手紙は渡されました。敦道親王は和泉式部からの歌を見て、返歌します。

かくれ忍んで声をだすのは苦しいものですよ。五月になったのですから今日からは声を張り上げて鳴きましょう、という歌です。これは忍ぶ恋は苦しいから、堂々といたしましょうという宣言です。この歌を送ってから二、三日たって敦道親王は、やっぱり忍んで、こっそりと和泉式部に会いにきます。

女は、ものへ参らむとて精進《さうじ》したるうちに、いと間遠《まどほ》なるもこころざしなきなめりと思へば、ことにものなども聞こえで、仏にことづけたてまつりて明かしつ。つとめて、「めづらかにて明かしつる」などのたまはせて、

「いさやまだかかる道をば知らぬかなあひてもあはで明かすものとは

あさましく」とあり。

女のほうでは、宮の訪れがなかったので、もう本気の恋ではないのかしらと思って、物参りの精進潔斎に入っていました。物詣でといって、平安時代の女たちは石山寺や長谷寺に遠路はるばる参詣に行っていました。石山寺は滋賀県、長谷寺は奈良県です。京都からはかなり距離がありますがわざわざ行ってお参りしていたのです。平安時代の女性たちは十二単の衣装を着ているイメージのせいで、遠距離の移動をしていないと思われがちなのですが、こうした寺社参詣にはたびたび出かけています。それはおそらく、現在の私たちがちょっとした国内旅行に行くのとおなじ感覚で、女房たちにとって、もの参りは仏道精進を口実にしたお楽しみだったにちがいありません。お参りに行くときは精進潔斎と言って穢れがないように自分の身体を清めます。念仏を唱え、男女の関係を控えるのです。そういうわけで和泉式部は、やっと訪ねてきた敦道親王に、もの参り前の精進潔斎をしていることを理由に会わなかったのです。

敦道親王は、無為に一晩を和泉式部の邸で過ごしたようです。だれか他の女房がお相手をしたのかも

しれません。そうして翌朝です。敦道親王から、異例の夜明かしをしたよ、と言って歌が送られてきます。

なんとまぁ、こんな道を知らなかったなぁ、女に会いに行っても会わないで夜明かしをするなんて、という歌です。そこに「あさましく」と付け加えられています。あきれましたよ、ということですね。

和泉式部は、さぞあきれているだろうと思って歌を返します。

さぞあさましきやうにおぼえしつらむといとほしくて、

「世とともにもの思ふ人は夜《よる》とてもうちとけて目のあふときもなし

めづらかにも思うたまへず」と聞こえつ。

これまでずっと物思いをしている自分などは夜になったからといって、リラックスして目を閉じて寝てしまうなどということはぜんぜんないのです、という歌です。そんな夜明かしは私にはちっともめずらしくもないのですけれど、という返事。そんなふうにせっかく訪ねてきてくれた宮とのデートをすっぽかして、またしばらくすると、宮から、「今日はもの詣でにでかけるころでしょうか。それでいつお帰りになるのですか。今までにまして、どんなにか待ち遠しいことです」という手紙が来ます。

またの日、「今日やものへは参りたまふ。さていつか帰りたまふべからむ。いかにましておぼつかなからむ」とあれば、

「折すぎてさてもこそやめさみだれて今宵あやめの根をやかけまし

とこそ思ひたまふべかりぬべけれ」と聞こえて、参りて、三日ばかりありて帰りたれば、宮より「いとおぼつかなくなりにければ、参りてと思ひたまふるを、いと心憂かりしにこそ、もの憂く恥づかしうおぼえて。いとおろかなるにこそなりぬべけれど、日ごろは、

過ぐすをも忘れやするとほどふればいと恋しさに今日はまけなむ

あさからぬ心のほどを、さりとも」とある、御返り、

まくるとも見えぬものから玉かづら問ふひとすぢもたえまがちにて

と聞こえたり。

敦道親王の、いつ帰ってくるの、早く会いたいよという手紙に、和泉式部は歌を返しました。

折すぎれば五月雨がやむでしょう、今宵はさみだれに泣き濡れて、あやめの根のように、音をあげて

泣きます、という歌です。「あやめの根をやかけまし」は、当時の慣用句だったようで、根に音《ね》が掛けられて、声をあげて泣くことを意味します。『栄花物語』巻第三「さまざまのよろこび」にも、兼家の病悩に人々が泣いて嘆いていることが次のように書かれます。

摂政も辞せさせたまふべう奏せさせたまへど、なほしばし、なほしばしとて、過ぐさせたまふほどに、御悩みまことにいとおどろおどろしければ、五月五日のことなればにや、菖蒲《あやめ》の根のかからぬ御袂なし。
(新編日本古典文学全集『栄花物語①』小学館、一九九五年、一七一頁)

五月五日の端午の節句に、いまでも菖蒲湯といって菖蒲の葉を浮かべた風呂に入りますが、平安時代にも、同じように厄除けのために菖蒲の葉でつくった薬玉をかけていたらしいのです。それで菖蒲の根を「かける」がでてくるわけです。ここでは五月の雨の五月雨から、五月の節句のあやめが引き出されているのですね。

女は絶好のチャンスというべきときが過ぎてしまって、五月雨の雨さえも止んでしまうほどに時間が経ってしまって、今宵は泣き濡れています、という歌を詠みます。それから物参りに行くのです。三日ほどして帰ってくると、宮から、手紙がきます。

「おぼつかない」というのは安心できないということです。会えないままでいるので、あなたのところに行こうかなと思うのですが、訪ねて行ったのに会ってもらえなかったということがあったので、ちょっとがっかりだし、恥ずかしくも思うので、だから行かないのです、というのですね。「いと心憂かりしにこそ」というのが訪ねて行って会ってもらえなかったことです。冷たくあしらっているように見えるかもしれないですが、近頃は……とあって、歌がつづきます。

これまでは何日かあなたと会わないでいれば忘れられるのではないか、と思っていましたが、時間が経つとますます恋しくなって、今日は恋しさについに負けました、という情熱的な歌です。忘れようと思っても忘れられないのだよ、という歌ですね。

深くあなたを想っていることが、さすがにお分かりでしょう、と付け加えられています。それに和泉式部が歌を返します。

恋しさに負けただなんて、とてもそうは見えませんけど？という歌ですね。「玉かづら」は「たえ」るをひきだすための枕詞です。問うてくる、つまり手紙を送ってくるというのも絶えまがちなので、恋しいなんて言われても信じられません、というのですね。前回の会いたい会いたい、家に帰ってもまだ会いたいと言っていたところから、女が会いたいと送ったのに意地をはってすぐに来てくれなかった男。男が会いに来たのに、精進潔斎していますと言って無為に一夜を過ごさせる女。こういう意地の張り合いをしているのですね。その意地の張り合いもすべて歌によって表現されているところが見どころです。

さて、こっそりと宮は女を訪ねてきます。

宮、例の忍びておはしまいたり。女、さしもやはと思ふうちに、日ごろのおこなひに困《こう》じて、うちまどろみたるほどに、門《かど》をたたくに聞きつくる人もなし。聞こしめすことどもあれば、人のあるにやとおぼしめして、やをら帰らせたまひて、つとめて、

「あけざりしまきの戸口に立ちながらつらき心のためしとぞ見し

憂きはこれにやと思ふも、あはれになむ」とあり。

例の、とあって、いつものように前触れもなく宮はお忍びでやってきたのです。しかし女は来訪をまったく予期していなかったようで、日中に仏事（おこなひ）を一生懸命やりすぎて疲れて眠ってしまっていた。まどろんでいるときにとんとんと門をたたく音がしたのだが、その音を聞きつけて出て行ってくれる人がいなかった。

「聞こしめすことどもあれば」とは、宮が女について聞き及んでいるうわさ話です。和泉式部は恋多き女性だと聞いていたので、という意味。宮は、「人」がいるのだろうと思う。「人」はもちろん男です。別の男が来ているのだろう、と思って帰っていったというのです。そして、翌朝歌を送ってきます。開けてくれなかった真木の戸口に立ちながらあなたの薄情な心の現れとみましたよ、という歌です。つづけて、「憂きはこれにや」、憂しというのはこういうことなのだ、と思って悲しいです、とあります。和泉式部は、この手紙を読んでやっと、宮が昨夜やってきたことを知るのです。

「昨夜《よべ》おはしましけるなめりかし、心もなく寝にけるものかな」と思ふ。御返り、

「いかでかはまきの戸口をさしながらつらき心のありなしを見む

おしはからせたまふめるこそ。見せたらば」とあり。

「夕べいらしてたらしい。なんと不用意にも寝てしまったことだろう」と思ったので、女は返事を書きます。
どうして戸口が閉まっているのに中にいる人が薄情な心を持っているとか、持っていないとかいうことが見えるのですか、という歌です。
そこに、邪推をなさっているのですね、私の本当の心を見せたいわ、と付け加えています。せっかく来てくれたのに、会えなかった！　これは女の失態ですが、素直に「見せたらば」、見せたいわ、私の本心を！と女がいってきたので宮は仕切り直して会いたいと思うのです。けれども宮の立場がそれを許しません。

今宵もおはしまさまほしけれど、かかる御歩きを人々も制しきこゆるうちに、内《うち》、大殿《おほとの》、春宮《とうぐう》などの聞こしめさむこともかろがろしう、おぼしつつむほどに、いとはるかなり。

誤解だったのかなと思える歌が返ってきたので、今夜も行こうと宮は思いますが、こう軽々しく夜歩きをするものではありません、と注意されているので躊躇われるのです。「内、大殿、春宮」などの耳に入ったらどうしようとも思います。「内」は一条天皇、「大殿」というのは摂政関白の位にいる人なので道長です。「春宮」は、為尊親王、敦道親王の同母兄でのちの三条天皇になる人。天皇や道長や皇太子などが耳にすると軽々しい振舞いをしていると思われるだろうとまごまごしているうちに、時間が経ってしまいます。

宮は色好みの女である和泉式部が自分とだけつきあっているとは思っていません。訪ねて行っても別の男が先に来ているという例があると思っているわけです。今回はそうではないことになっていますが、宮はいつも他の男の訪れを念頭においています。このようにああ男が来ているから扉を開けてくれないんだなと思って男が帰ってしまうことはよくあることだったのです。いま考えるような恋愛観とは少し違いますね。

雨うち降りていとつれづれなる日ごろ、女は雲間なきながめに、世の中をいかになりぬるならむとつきせずながめて、「すきごとする人々はあまたあれど、ただ今はともかくも思はぬを。世の人はさまざまに言ふめれど、身のあればこそ」と思ひて過ぐす。

雨が降って和泉式部はぼんやり外を眺めています。「ながめ」というのが恋に落ちているときのキーワードですので、恋の悩みで悶々としているわけです。もうどうなってしまうのかしら、と思っている。この続きがおもしろいところです。自分が相手にしている男たちはたくさんいるけれど、今はそういう人たちに会いたいとは思わない。世の人はいろいろと言うんだけれども、「身のあればこそ」だわ、と思って過ごしている、とあります。「身のあればこそ」には、『拾遺和歌集』九三〇番歌が引かれています。

いづ方に行き隠れなん世中《よのなか》に身のあればこそ人もつらけれ

どこかへ行って消えてしまおうか、世の中に身をおいているからこそ、あの人もつらくあたるのだ、という歌です。恋がうまくいかなくて、もうなにもかも放り出してどこかに消えてしまいたいと思う気持ちは、現代でもよくある感覚ではないでしょうか。

ところで、ここで和泉式部が「すきごとする人々はあまたあれど」と自分でさらっと言っているのがおもしろいところですね。つき合っている男はいろいろいるけど、いまはそういう気分じゃないので、宮のことが気になっているのよ、という感じです。でも人は多情な女だとか色好みだとかいろいろと言ってくるのでしょう。だから、もういや！　どこかに行ってしまいたいわ！と思うのです。そんなときに宮から手紙が来たのです。

宮より、「雨のつれづれはいかに」とて、

おほかたにさみだるるとや思ふらむ君恋ひわたる今日のながめを

とあれば、折を過ぐしたまはぬををかしと思ふ。あはれなる折しもと思ひて、

慕《しの》ぶらむものとも知らでおのがただ身を知る雨と思ひけるかな

と書きて、紙のひとへをひき返して、

「ふれば世のいとど憂さのみ知らるるに今日のながめに水まさらなむ

待ちとる岸や」と聞こえたるを御覧じて、立ち返り、

「なにせむに身をさへ捨てむと思ふらむあめの下には君のみやふる

たれも憂き世をや」とあり。

宮からの、雨のつれづれをいかがお過ごしでしょう、という手紙に歌が添えられています。あなたはふつうの五月雨だと思って見ているでしょうけれども違います、君に恋をしている私の涙なんだよ、という歌ですね。

その手紙を見て、和泉式部はぴったりと息があっていまの気持ちをきちんとつかんで折よく歌を送ってくれたことを「をかし」、つまり、すてき！と思っているんですね。自分もまさにそう思っていましたよ、と歌を返します。

あなたが私のことを想ってくれている雨だとは知らないで、自分の身の不遇を知らせる雨だと思っていたわ、という歌です。ここには、『古今和歌集』の在原業平の歌、七〇五番歌が引かれています。

かずかずに思ひ思はず問ひがたみ身を知る雨は降りぞまされる

思ってくださるのか、思ってくださらないのか、さまざま問いがたくて、身のほどを思い知らせる雨がますます降るばかりです、という歌です。ここには、次のような詞書がついています。

藤原敏行朝臣《ふじわらのとしゆきのあそん》の、業平朝臣の家なりける女をあひ知りて、文遣はせりける詞に「いままうで来《く》、雨の降りけるをなむ見わづらひ侍る」と言へりけるを聞きて、かの女に代りてよめりける

藤原敏行が業平の家の女と恋仲になって、手紙を送ってきた。その手紙に「いますぐに来ようと思いつつ、雨が降っているのを見て躊躇しています」と書いてあったのです。それをみた業平が、女に代わって読んだ歌、ということです。つまり業平の歌といっても、女の歌として代作して詠んだものなのですね。

これは『伊勢物語』百七段にある物語で、業平代作の、私は雨が降っているから会いに行けないといわれる程度の女だってことね、と泣いています、という歌を受け取った敏行が「みのもかさも取りあへで、しとどにぬれてまどひ来にけり」とあります。男はあわてて雨よけの蓑や傘を用意するまもなく、びしょ濡れで女を訪ねてきたというのですね。

すると、和泉式部の歌の「身を知る雨」には、雨だからといって訪ねてこない程度の女なの？　来てくださいな、ということが暗示されていることになります。さらに、和泉式部は、歌を書いた紙の一枚を裏返してもう一首付け加えます。「紙のひとへをひき返して」とありますが、いまでも手紙を送るときに、便箋を一枚余分に重ねて送ることがありますね。平安時代にも薄い紙に書いた手紙は、何枚か重ねて送ることがあったようです。ラブレターというのはなるべく薄い紙に書くのです。いまでも、

厚紙に黒々と太い文字で書かれるより、薄い紙に、薄くて細い文字で書いてあるラブレターのほうがロマンティックですよね。『源氏物語』でいえば、デリカシーがなくて、厚紙でラブレターを送ってきたのが末摘花です。末摘花は古式ゆかしい宮家の御嬢さまでいい紙を持っているのですが、それは恋愛のやりとりには使わないようなものでした。

さて、和泉式部は重ねた紙の一枚を裏返して、次の歌を書きます。

「ふれば世の」のふるは、雨が「降る」と世を「経る」の掛け詞。世を経るは長らえる、生きているということですね。生きていると憂いばかりがつのって、今日の長雨で水が増える、増水してしまわないだろうか、という歌。「ながめ」には「長雨」と「眺め」がかけられていますね。もう悩みすぎて、長雨が降りすぎて増水しちゃいそう、ということです。そこに「待ちとる岸や」と付け加えています。増水すると、洪水になって流されてしまう、流されてしまった私を受け止めてくれる岸辺はあるだろうか。「水まさらなむ」で洪水の水にさらわれてしまうイメージが出てくるのは、さきほどの『伊勢物語』百七段の藤原敏行の恋愛譚がここにも引かれているからです。「かずかずに」の歌の前に、『伊勢物語』には、次の贈答歌があります。

つれづれのながめにまさる涙河《なみだがは》袖のみひちてあふよしもなし
あさみこそ袖はひつらめ涙河身さへながると聞かば頼まむ

敏行が、つれづれに恋の物思いにふけっています。その物思い（ながめ）／長雨が涙の河となって袖を濡らすばかりで会うてだてがありません、という歌を女に送ります。女の代作として業平は、浅瀬だからこそ袖が濡れるのでしょう、涙河に身を流されたと聞きましたら、あなたの愛情を信用できるのに、という歌を返します。

このやりとりは『古今和歌集』六一七番歌、六一八番歌に、「としゆきの朝臣」の歌、「なりひらの朝臣」の歌として、次の詞書をともなって収められています。「業平朝臣の家に侍りける女のもとに、よみてつかはしける」。

つまり『古今和歌集』では別々に入っていた歌をまとめて、敏行と業平の家の女との恋物語にしたてたのが『伊勢物語』というわけですね。ここで業平代作の女の歌は、身さえ流れるほどの涙河だと言ってくれたなら、どれほど泣いたかわかるのに、袖が濡れただなんて、ただの浅瀬じゃないの、たいして泣いてないじゃないの、と返しているわけです。

ここから、「ながめに水まさらなむ」が身さえ流れるほどの長雨という連想につながって、「待ちとる岸や」がでてくるわけです。向こう岸に流れてしまうということは、彼岸へ流れ着くことなので、出家する。もういっそ出家してあなたのことをあきらめたいという意味がひびいてきます。

それで宮の返歌は、どうして身を捨てるなんてことを思うの、天の下にはあなたのみが生きているのではないですよ、あなたを想う私がいるんです、という歌です。「あめの下」には「天の下」と「雨の下」が掛けられています。そこに「誰でもこの世はつらいものなんです」（たれも憂き世をや）と付け加えています。

ここまで行き違いすれ違いばかりでしたが、ちょうど和泉式部が彼のことを想っているときに折よく歌がくる。そこから本音の歌のやりとりが続く。長雨に降り込められて互いに激情が高まっていくのですね。

面白いのははじめに女が書いた「慕ぶらむものとも知らで」の歌が表向きの返歌なのに、さらに踏み込んだ歌を紙の裏に書いているところです。裏に本音を書く。その裏の歌のほうに、宮は返歌をしている。つまり和泉式部の本気に宮は返歌してきた、というやりとりだったわけです。ほんとかなと思いますが、和泉式部ならやっていそうですよね。

身分違いの恋

五月五日になりました。この五月雨、長雨がなかなか止みません。いまの梅雨の時期なのですね。

五月五日になりぬ。雨なほやまず。一日《ひとひ》の御返りのつねよりももの思ひたるさまなりしを、あはれとおぼし出でて、いたう降り明かしたるつとめて、「今宵の雨の音は、おどろおどろしかりつるを」などのたまはせたれば、

「夜もすがらなにごとをかは思ひつる窓うつ雨の音を聞きつつ

かげにゐながらあやしきまでなむ」と聞こえさせたれば、なほ言ふかひなくはあらずかしとおぼして、御返り、

われもさぞ思ひやりつる雨の音をさせるつまなき宿はいかにと

(『和泉式部日記』二九頁)

先日のやりとりでは女がずいぶん思いつめているようだったので、宮は気にかけています。すごい大雨が降った翌朝に宮から「昨夜の雨の音は、おそろしいほどだったね」という手紙が届きます。和泉式部はそれに対して、夜通しあなた以外のなにを考えたというのでしょう、窓うつ雨の音を聞きながら、あなたの訪れがないかと思っていました、という歌を送ってきます。

「窓うつ雨」だなんてしゃれているというか外国っぽいと思いませんか。ここは漢詩文が引用されているところです。『白氏文集』〇一三一番の「上陽白髪人」（新釈漢文大系97『白氏文集㈠』明治書院、二〇一七年、五七二～五八頁）の次の一節から引かれています。

秋夜長
夜長無睡天不明
耿耿殘燈背壁影
蕭蕭暗雨打窓聲

秋夜《しうや》長し
夜長くして睡《ねむ》る無く　天明けず。
耿耿《かうかう》たる殘燈　壁に背く影、
蕭蕭《せうせう》たる暗雨　窓を打つ聲。

この漢詩は、玄宗皇帝のもとに召されながら、楊貴妃にうとまれて上陽宮に閉じ込められ、一人寝を重ねて年老いていった女の嘆きの詩です。夜眠ることができずに、灯りをともすと、それが影をつくっている。暗い雨音が窓を打つという一節です。

女の歌に添えた「かげにゐながらあやしきまでなむ」には、『拾遺和歌集』九五八番歌の紀貫之の次の歌が隠されています。

降る雨に出《い》でても濡れぬ我が袖の蔭《かげ》にゐながらひちまさる哉《かな》

外に出て降る雨に濡れたわけでもないのに、私の袖は屋根の下にいながら濡れています、泣いています、という歌です。「かげにゐながら」あやしきまで袖が濡れています、という意味になるのですね。さきほどの白楽天の漢詩と重ね合わせると、会えないままに一人寝を重ねてさびしく老いていく女の身の上を憂えて泣いているということになるわけです。ものすごく凝っていますよね。宮は、「なほ言ふかひなくはあらずかし」（やはりつまらない女じゃなかった）と思って返歌をする。ここ、どうですか。こんなにも凝りに凝った歌を送って、宮に「なほ言ふかひなくはあらずかし」と言わせているのですよ。物語としてふつうに読み流してしまいそうですが、これを和泉式部が書いているとすると、ものすごい我ぼめの展開ですよね。宮の返歌です。

私の方でもさぞやつらかろうと心配していました、雨の音をさせるつまがない宿にいるあなたを、という歌です。「つま」には軒端の端《つま》と夫《つま》がかけられています。古語では、夫も妻も同じく「つま」と言われます。「せうと」が兄も弟もさすのに似ています。夫のいない宿にいるあなたを心配していました、という宮の歌は、あれほどの凝った女の歌に対して、ぼんやりした返歌に感じます。ここは和泉式部の歌がすごいとわかればよいところなのでしょう。

さて、この長雨でほんとうに川が増水したようです。

昼つかた、川の水まさりたりとて人々見る。宮も御覧じて、「ただ今いかが。水見になむ行きはべる。

大水の岸つきたるにくらぶれど深き心はわれぞまされる

さは知りたまへりや」とあり。御返り、

「今はよもきしもせじかし大水の深き心は川と見せつつ

かひなくなむ」と聞こえさせたり。

昼ごろ、川の水が増水したぞというので野次馬が集まっています。高貴な人はふつう話を聞くだけなのですが、敦道親王はどうやら川まで見に行ったようです。それで、和泉式部に、「いまどうしていますか、川の水が増水しているのを見に行ってきましたよ」と手紙を送ります。そこにつけられた宮の歌。大水で岸にのぼるほどの水にくらべてもわたしがあなたを思う心のほうが深いよ、という歌です。歌の世界では想いの深さは水深ではかりますので、増水して水深が深くなっているのをみて、これよりもっと想っているぞ、というのです。それに「知っていましたか」と付け加えています。

和泉式部は、いまはまさか来てはくれますまい、大水より深い心を見せるといいながら、それは、あちらがわの話なんですね、という歌を返します。「岸」が「来し」に、「川」が「彼は」に掛けられていています。大水よりも深い心があると言いながらいまは来てくれないのでしょう、ぜんぜんうれしくないわ、というのです。

そう言われたからには、訪ねてやろうじゃないかと宮は思ったのです。いそいそと身繕いをしている。するとと乳母がやってきて説教します。

おはしまさむとおぼしめして、薫物《たきもの》などせさせたまふほどに、侍従《じじゅう》の乳母《めのと》まうのぼりて、「出でさせたまふはいづちぞ。このこと人々申すなるは。なにのやうごとなききはにもあらず。使はせたまはむとおぼしめさむかぎりは、召してこそ使はせたまはめ。かろがろしき御歩きは、いと見苦しきことなり。そがなかにも、人々あまた来かよふ所なり。便なきことも出でまうで来なむ。すべてよくもあらぬことは、右近の尉なにがしがし始むることなり。故宮をも、これこそゐて歩きたてまつりしか。夜夜中《よるよなか》と歩かせたまひては、よきことやはある。かかる御供に歩かむ人は、大殿にも申さむ。世の中は今日明日とも知らず変はりぬべかめるを、殿のおぼしおきつることもあるを、世の中御覧じはつるまでは、かかる御歩きなくてこそおはしまさめ」と聞こえたまへば、(……)

女に会いに行くとなれば、男はおめかしをします。なにをするかというと薫物をたいて、衣類にいい香りをつけるのですね。そこへ侍従の乳母《めのと》という人がやってきます。乳母というのは近代でいう「うば」で、敦道親王の育ての親です。育ての親は実際にお乳を与えて、子育てをした人ですから、実母よりもより身近な存在です。教育係を担ってもいますから、口うるさくいうのも乳母なのです。「どこにお出かけですか」といわれて宮はぎょっとしたでしょう。乳母が言います。

「女房たちがあなたが女のところに通っていると言っています。そんな大した身分でもない女でしょう。そんな人はここで使用人としてつかえばいいのであって、ここに女房として召してつかわせなさい」と言うのですね。和泉式部は紫式部と同じように一条天皇の后の彰子に仕えた人だと言われていますが、女房階級で敦道親王の正妻格にはなり得ない人です。だから自邸に呼んで、この邸の女房にして会ったらいいではないか、と乳母は言っているわけです。

乳母のお小言はつづきます。「軽々しい女通いはたいへん見苦しいことです。しかも、いろんな男が通ってくるところだというじゃありませんか。ろくでもないことがいまに起きますよ」。

そのろくでもないこととは、たとえば男同士の嫉妬でいきなり刺されたりなどの喧嘩沙汰を心配しているのです。というのも、花山院が、藤原為光の四女のもとへ通っていたところ、為光の三女のもとへ通っていた伊周と遭遇し、従者同士が闘乱となった事件があったのです。伊周は弟隆家と共謀し、花山院に矢を射かけ、袖を射抜いたといいます。この花山院襲撃事件が長徳二（九九六）年に起きているのです。花山院は冷泉天皇の息子で、敦道親王にとっては、腹違いの兄にあたっています。自分の親族がそんな目にあっているのですね。乳母の心配も故なきことではありません。

乳母が心底怒っているのは、敦道親王の恋の手助けをしている右近の尉のことです。

「こういうよくないことは右近の尉とかなんとかがはじめたことでしょう。故宮（亡くなった為尊親王）

をこそこそ連れ歩いていたし。夜の夜中にふらふら出歩いて、いいことなんてあるわけがない。こういうお供をする人のことは道長にも言いつけますよ。世の中は今日明日とも知らず変わりそうであるのに、道長がお心に決めていることもあるのに。世の中の情勢を見届けるまでは、こうした女通いをするのはおやめなさい」。

今日明日にも情勢が変わるようなことというのは、具体的にどういうことを指すかはわからないのですが、天皇や東宮の譲位などの動きがあったのかもしれない、と注にはあります。史実としてそういうことは結果的にはありませんでした。ただ敦道親王は冷泉帝側の息子で親王ですので、なにかあった場合に皇位継承者になる可能性があったのです。とすると、天皇になるような人が女漁りのために夜中うろうろしているということになる。しかも他の男も通わせている女のもとへです。

さて乳母に叱られて、宮は言い訳をします。

「いづちか行かむ。つれづれなれば、はかなきすさびごとするにこそあれ。ことごとしう人は言ふべきにもあらず」とばかりのたまひて、「あやしうすげなきものにこそあれ、さるは、いと口惜しうなどはあらぬものにこそあれ。呼びてやおきたらまし」とおぼせど、さてもまして聞きにくくぞあらむ、とおぼし乱るるほどに、おぼつかなうなりぬ。

「どこへいくのです？」と詰問されたので「どこへ行くものか」、出かけやしないよ、答えるのです。いまの親子喧嘩にも通じるやりとりですよね。「退屈だったから、ちょっと遊んでいるだけだよ。そんながたがた騒ぐことではない」とだけ言います。そして心の中で、「身分が低くてないがしろにされてはいるけれど、まったくいいところがないわけでもない。呼び寄せてここに置こうか」などと逡巡します。いやしかし、和泉式部を召し入れたというのは外聞がわるいだろう、などと思い悩んでいるうちに、また関係が遠のくのです。

さて先に結末を言いますと、物語は、和泉式部が宮の邸に引き取られて終わります。正妻がいますから、その正妻と同じ邸に連れ込むわけで、激怒した正妻は実家に帰ってしまいます。

女房階級の女と親王の恋愛というのはむずかしいのです。『源氏物語』で言えば、宇治十帖で匂宮という親王が光源氏の息子の薫と張り合って宇治の女君と恋愛をするのですが、天皇の子であっても臣下にくだって、好き勝手に女通いをした光源氏の息子、薫のように自由はありません。宇治へまで遠出して女通いをすることを両親に咎められ、訪れもままならない。匂宮は天皇に即位する可能性もある親王だからです。

ちなみに薫は表向きは光源氏と朱雀院の娘、女三の宮の子ですが、実際には、頭中将の息子、柏木が女三の宮と密通して生まれた子です。それに対して、匂宮は、光源氏と明石の君のあいだにできた明石の姫君の子ですから、光源氏の孫にあたっているのです。匂宮は幼い頃は、光源氏最愛の女君である紫の上のもとに育ち、光源氏の里邸であった二条院を譲り受けています。

「総角」巻で匂宮は、薫の手引きでかろうじて宇治の中の君のもとに二晩続けて通うのですが、三日めのいよいよ婚姻成立という晩に宮中から抜け出せずにいます。薫が匂宮にかわって宮中にとどまることにして送り出しますが、薫は匂宮の母、明石中宮に「匂宮は出かけたようね。あきれて困ったことです。人にどう思われるでしょう。天皇がこのことを耳にして、きちんと諫めおかないからだとおっしゃるのがつらい」と文句を言われます。

そして明石中宮は匂宮に軽々しい外歩きはつつしむよう、「御心につきておぼす人あらば、ここにまゐらせて、例ざまにのどやかにもてなし給へ。筋ことに思ひきこえ給へるに、軽びたるやうに人の聞こゆべかめるも、いとなむくちをしき」（『源氏物語㈦』五三六頁）と明け暮れ小言をいうのです。つまり、気に入っている女がいるなら、ここに参らせて、ふつうやるようにのどやかにもてなしなさい。天皇は、即位を考えてさえいるのに、軽々しく女通いをして世間にとやかくいわれてることがとても残念です、というのです。女房としてひきとって、それで寵愛したらいいでしょう、というのですね。恋人のように寵愛する家の女房は召人と呼ばれています。召人は、正式な婚姻の相手とはみなされず、また子を産んでも認知されないのですが、そば近くにいて気軽に寝所に呼び出せる関係でもあります。たとえば、宇治十帖で、宇治の八の宮は、宇治の邸で育てている二人の娘の他に、昔仕えていた女房との間に娘をもっていて、それが物語さいごのヒロインとして登場する浮舟なのです。召人の子は認知されないと言いましたが、八の宮も浮舟の母親を邸から追い出して面倒はみませんでした。召人や召人の産んだ子は、そんな扱いを受けるのがふつうでしたが、『源氏物語』では物語のさいごに、そうした不遇の女君をヒロインにしたてあげたのですね。

ところで『源氏物語』宇治十帖の匂宮の恋は、読めば読むほど『和泉式部日記』の敦道親王との恋に似ています。この当時、『和泉式部日記』がどのように読まれていて、どの段階で宇治十帖が書かれているのか分かっていないのですが、宇治十帖の匂宮の悩み方とこの宮の悩み方は似ていて、両作品が影響関係にあるように、いまから読むと思えます。

さて、今回は、自由に恋の歌を詠んでみましょう。

【みんなの恋歌】

わたしには追われる恋は向いてない蛙化現象克服したい
好きだけど振り向かれると嫌になるこれがもしや蛙化現象?

「蛙化現象」というワード、知りませんでした。好きだと思っていたのに告白されたとたんに相手のことが気持ち悪くなるという現象なのだそう。恋に慣れていないと陥る現象だというのを踏まえた歌ですね。

パン咥えぶつかるとこから始まる恋運命的な出会いがしたい

朝、遅刻しそうになって朝ごはんのパンを咥えたまま飛び出し、角でぶつかった相手と恋がはじまる、という恋愛漫画やドラマのお約束があったことをはじめて知りました。ドラマのような出会いはないものかしらという歌ですね。

女子校で6年過ごした結果なの恋ってなんなの愛ってなんなの
津田塾で出逢いなさすぎ挙句には片想いさえ羨ましくて

恋のお題を出されても困ります!という歌二首。いま女子大にいるというだけでなく、中学高校も女子校で過ごした人もいます。恋愛など遠い話すぎて「恋ってなんなの愛ってなんなの」と問いたくなるレベルだというのですね。二首めは恋人がいるいない以前に、もはや「片想い」している人が羨ましいという歌です。

戻りたいただ好きというものさしで恋愛できた中高時代

思えば「中高時代」の恋愛は、好きだという気持ちだけで純粋だった。いまはもっと社会的な関係のなかで相手をジャッジするようになってしまっているのですよね。

告白の台詞考え行き詰まり頼った先はYahoo!先生
ファーストキスレモンの味はしなかった思ったよりもあっけないな

告白の台詞も、インターネット検索で調べられるご時世。そんなので調べていちゃダメだという自虐が響いてくる歌です。二首めはファーストキスをすませたという歌。キスはレモンの味だと聞いていたのに違ったという実感ととても劇的なことだと思っていたのに案外あっけなかったというところがリアルです。

マブなんか？　それともウチを好きなんか？　仲が良すぎて言い出せぬ日々

仲が良すぎて一緒にいることが普通で、いまさら恋愛モードにするのがむずかしい関係。「マブ」だちだというだけなのか、それとも「ウチ」を好きなのかということばづかいがいいですね。

女はねマスカラより口紅を汚す男を選ばなきゃダメ

そうかとおもえば大人の女の歌もありますよ。マスカラがくずれるのは泣いているとき、口紅はキス。泣かせる男なんかを選んじゃダメだと恋に熟達した頼れる姐御がさとしているような歌。

画面越しそれでも満ちる恋ごころ課金で実る君とのデート
どうして画面から出て来ないんだろう　恥ずかしがり屋なわたしの推し

もう恋愛は、全部仮想空間でまかなっています、というオタク歌。「課金で実る」というのがシビアでいいです。二首めは妄想が炸裂しすぎてもういっそ画面から出てきてくれるような気さえしてくるという歌。

会いたいと会いたくないの積み重ね繰り返すごと大人になった
幼くてわからなかった人魚姫エンディング読み初めて泣く夜

恋愛を積み重ねて少しずつ大人になっていくという歌ですね。二首めは大人になってはじめてわかる恋愛物語もあるという歌。人魚姫を読み返したらなんて悲しいお話なんだろうと気づいてしまったのですね。

「友達に戻ろう」なんてそれは無理元カレは元カレホントそれだけ

別れたカレに「友達に戻ろう」と言われたのですね。「それは無理」からあとの言い回しがいいですね。

通知音期待に胸を膨らませ確認するとfrom 父

通知きて脈あげながらLINEみるもう6回目のおめえじゃねえよ

いまどきの恋愛はLINEなくしては始まらないのですね。好きな人からの連絡を待っているのに父親からのメッセージだったというのは萎えます。「from 父」とあるのがユーモラスでいいですね。通知がくるたびにドキドキしているのに、開くと違う人からのメッセージ。「おめえじゃねえよ」ともう6回も思っているという歌。こちらもユーモラスです。

【みんなのコメント⑬】

● 「たやすみなさい」という言葉がとても印象的で心に残りました。きっとこれからもいろいろな場面で救われるだろうなという言葉と久しぶりに出会うことができて良かったです。

● 岡野大嗣さんの短歌について、珍しい会話調のものや、「しっぽがあればふりたい気持ち」や、「404

not found」など、独特の心情、情景描写が印象的でした。

●「こんな絵文字あるんやね〜」の、まるで小説のような、日常会話を切り取っただけのようなことばが短歌になるのを見て、リズムの悪い字余りや字足らずに私が悩まされている中で友人に送るメッセージにも何気なくリズムのいい文章は混ざっているのかもしれないな、そういうリズムに気づける人になりたいなと思いました。また「404 not found」を見るときは大抵イライラするときなのに、それを短歌にしてしまうセンスに脱帽しました。

●最近この授業がきっかけで短歌や詩歌などにハマりました（笑）。個人的には現代短歌が好きで、まずは有名な方の短歌を色々見ています。たった三十一文字の中でその人の感情や日常生活の中のふとした出来事など、色々なことが分かってくるのが面白いと思います。自分で歌を詠もうとすると伝えたいことが多すぎて三十一文字に収まらないなんてことがあるので少ない文字数の中でも物足りなさを感じさせず満足できる歌を詠むことができる人はすごいなと思います。先生が紹介していた『たやすみなさい』もとても面白そうなので読もうと思います。

●昔の人はどうやってあんな素晴らしい贈答歌を作っていたのかと思うと、本当にすごいなと思いました。高校の時も読んだことはありましたが、一段と今になって良さがわかるようになってきたような感じがします。贈答歌ならではの、カップル間でしかわからないような言葉の表現もあったのかなあと思うと、今の時代と違ったロマンチックさがあって、そこが胸キュンポイントだと思いました。

●和歌の才能を持つ和泉式部と敦道親王の恋の駆け引きが贈答歌によって繰り広げられていくのがロマンチックだなと思うと同時に、歌でしか会話しないのでたまに誤解が生まれてしまうのが面白いなと思いました。北の方は知ってか知らずか親王を不審に思っているようでしたが、これから彼女が和泉式部にたいしてどう行動をしていくのか気になりました。

●和泉式部のぐずぐずする感じが女らしくてリアリティがあるなと思った。ついに宮と交わった後に後ろめたさを感じている様子も印象深い。宮が和泉式部にガンガンアタックしていて、いい男だなと思った。つき合った後も手紙ではほととぎすの歌のように、あなたの声が聞きたいと甘い言葉を言い合っているものの、実際に会ったら様子をうかがっている感じも現代のカップルのようで面白いなと思った。

●「死んでしまいそうです」は流石に嘘だろと思ってしまった。しかし、恋煩いで死んでしまったり体調を崩したりするストーリーが王道のこの時代なので、歌が大袈裟なのも当然であるし、そもそも恋愛というものに今以上に心を使っていたのかもしれないと思った。

●古典で読む女性は、特に恋愛に関しては現代ではある程度イメージができている「強い女」とは、かけ離れているイメージもあり自分の気持ちをあまり出さないのかな?と思っていた。好意があっても、一度は断るそぶりを見せるような歌を返す、という話も聞いたことがあった。そのため、和泉式部のまっすぐでツンデレ要素を感じるところがとても興味深かった。恋愛という視点で考えてみたときに、現代の自分と何ら変わらないと感じる感覚や行動が多くあり、もっとこの先を見てみたい、その時代の女性たちの感情を知りたいと思った。

第十四回　ままならない恋の歌――『和泉式部日記』その三

大学から生まれる短歌

今回は、藪内亮輔の『海蛇と珊瑚』（角川書店、二〇一八年）という歌集を紹介します。帯には「第58回角川短歌賞を史上最高得票で受賞した著者の待望の第一歌集」とあって、永田和宏の解説によりますと、この歌集の冒頭に収められている「花と雨」と題した五十首の短歌群が四人の選考委員が全員一致で推して受賞した作品です。一九七〇年以降の生まれの若手の歌人たちを紹介した、山田航編著『桜前線開架宣言 Born after 1970 現代短歌日本代表』（左右社、二〇一五年）によると、藪内亮輔は大学の授業で和歌にふれ、大学の短歌会で腕を磨いたそうです。

藪内亮輔は大学で和歌の講義を受けたことをきっかけに短歌を始め、「京都大学短歌会」に参加した。現代短歌を入口とする若手歌人が多いなか、貴重な出自である。さらに、専攻は数学。細胞生物学者である永田和宏や情報工学者である坂井修一らをはじめ、理系の歌人は意外と多いのだが、数学専攻はかなり珍しい部類であると思う。（中略）

数学科出身の歌人というとなんだかロジカルな歌を作りそうなイメージがしてしまうが、そんなことはない。旧仮名のまま吐き捨てるような口語を使い、若々しい格好良さを放った歌を好んで作る。

文語脈の歌に混じえて決め台詞のような口語をたまに見せられたとき、そのギャップについ魅了されてしまう。

（山田航編著『桜前線開架宣言』二四〇頁）

それでは、高評価を得た角川短歌賞受賞作「花と雨」の冒頭歌からみていきましょう。

傘をさす一瞬ひとはうつむいて雪にあかるき街へ出でゆく
わが肺にしづかな痛《つう》をおいてゆく冬の空気かあたたかくはく

傘を開こうとするとき、一瞬うつむくというのは、折りたたみ傘ではなくて長傘を持っている感じでしょう。傘を開いて歩き出すのは雪の降る街です。つづけて、その空気の冷たさが肺に静かな痛みをもたらすという歌。けれども歌ことばとしてでてくるのは逆に「あたたかくはく」で息の暖かさをいうのですね。静かな雪の日が浮かんできます。こうして二首をならべると、映像のように場面が動くのが感じられますね。藪内亮輔の短歌のおもしろさは短歌をならべることで刻々とすぎゆく時間がうたわれていることだと思います。

少しとばして、大切な人の亡くなるまでとその後を詠んでいる歌を引きます。実際の並びではなく、少しとばしながら引用しますので、はっきりと時間の経過がわかると思います。

いつか死ぬあなたは死ぬと貝類を煮殺しながら泣くのだ俺は
七日間は持たないといふ予定にて動くしかなく雲しぼる空

自分が死ぬわけではないと安堵する自分もゐたりくらく照る雲

とても親しい人の死が近づいている。貝類の煮付けをつくっているのを「貝類を煮殺しながら」と表現することで、「あなた」の死が不穏なものとして立ち上がります。「七日間は持たない」と言われてそれで日常が拘束されるのですね。「雲しぼる空」は降り出しそうな暗い空を想像させます。とても悲しいのですが一方で「自分が死ぬわけではないと安堵する自分も」いる。まったくの絶望ではない。「くらく照る雲」でさきほどの暗い空模様がほの明るい雲に詠み替えられています。「自分が死ぬわけではないと」の歌に次の三首がつづきます。

あまり会ひに来てくれないと(ゆふぞらだ) つよくなんども叱責されて
草の花は地面ぎりぎりに咲くからに泥がつくんだ花びらのうへ
あをき手をさするゆつくりさするうち凪ぎといふべき眠りへおちる

病院にお見舞いにいったのでしょう「あまり会ひにきてくれない」と「つよくなんども叱責され」たのですね。あいだのかっこにはいった「(ゆふぞらだ)」は、叱られながらふと窓の外をみやって、あ、夕空だ、と心で思ったところでしょう。病人の「あをき手」をさすってあげていると静かに眠ってしまう。この歌のあいだに草の花は地面ぎりぎりに咲くから花びらの上に泥がつくんだという気づきの歌が挟まっています。このようにして、時を動かす出来事と時間に拘束されずにでてくる思いとが一体となって世界を構成しているのです。次の歌も出来事というより情景を詠んだものですね。

雨といふにも胴体のやうなものがありぬたりぬたりと庭を過ぎゆく

雨の日、庭をみていると、風になびいた雨足がかたまりのように見えることがあります。それを「ぬたりぬたり」と「過ぎゆく」というのがいいですね。

さて次の三首は、大切な人が亡くなったあとの時間を詠んでいます。

白鷺をつばさは漕いでゆきたりきあなたの死《しに》に間に合はざりき
夜がひかりのやうに静かだ家までを骸《むくろ》とともに帰り着きたり
鼻をかみしちり紙をもて目をふけり一時間かけてひとは焼かれつ
1時間とはひとを焼く時間

かけつけたのに「あなた」の死にめには会えなかったのですね。死後の世界に向かっていくように白鷺が飛んでいる景を「つばさは漕いでゆ」くと表現しているのがいいですね。ここでは「ゆきたりき」そして「間に合はざりき」とわざと「き」という過去の助動詞をくり返して使うことで、間に合わなかったとりかえしのつかなさが強調されています。

次の歌で病院から亡骸と自宅に戻っていったことがわかります。さらに次の歌では、火葬場で荼毘にふす日のことだとわかります。この歌には「一時間かけてひとは焼かれつ」とあるのに、さらにダメ押しのような「1時間とはひとを焼く時間」という「左注」がつきます。歌のまえに「詞書」といって説明がつくものを和歌では多くみてきましたが、歌のあとに注釈がつくものもあります。その形式をつかっているのですね。歌ことばの「一時間」を数字の「1時間」に置き直していますから、数値的な事実を述べている注釈とみえますが、実際にはほとんど同じことを言っているのでくり返しの効果をねらったものでしょう。

雨はふる、降りながら降る　生きながら生きるやりかたを教へてください
死の瞬間をゐられなかつた　なまなまと自転車に巻きつく泥とみづ

第一首が雪の日をうたっていましたから季節が移ったのでしょう。「花と雨」とあるとおり花と雨の歌が折り込まれて一人の親しい人の死の時間を詠んでいる連作です。亡くなって葬儀があって外に目が向いていくという一連の流れが、この連作を読んでいくと感じられます。ひとつの短歌は三十一文字しかありませんが、このように並べるとより広い時空間を見せることができます。

こういうのは現代短歌の特徴であって、古典和歌の世界にはなかったことだと思います。たとえばこれまで読んでいた『伊勢物語』を考えると物語のなかに和歌が入っていて、おそらくは物語と和歌が一対のものとして読者のなかには刻まれていたと思います。ただ、暗唱するフレーズとして出てくるのは物語ではなく和歌のほうだったにちがいありません。『伊勢物語』の歌がまず出てきて、物語がその歌にくっついて情景として出てくる。似たような場面だと思う歌を同じ物語のなかに取り込んで並べてみたり、そんな作られ方をしたように感じます。

さて藪内亮輔『海蛇と珊瑚』には、二〇一一年の東日本大震災、とりわけ福島第一原発の事故を受け

て詠まれた「愛について」という歌群があります。「詞書」をいちいち歌の前につけて、その詞書の広がりとともに歌を読み進める構成になっていて、短歌と詩の融合のようなユニークな形式をとっています。

　　役に立ちすぎない方がいい。それは詩だつておなじ。

むかしよりひと殺め来し火といふを点けたりうまく手懐けながら

　　きれいな日の出だね。　（原子力的焔ではない）

飯喰へり。めし喰ふわれの右ほほをしづかに照らすどくだみの白

　　大きな時間とともに、あなたは腐敗をはじめた。
　　それでも私はあなたのことが好きだつたのだ。だつてあなたは、
　　人類と同じ横顔をしてゐたから。

子が親に似るといふこと原子炉が人類に肖《に》てゐるといふこと

　　あなた、と呼んでいいですか。

あなたから全人類に配られる数マイクロシーベルトほどの愛

　　放射線量は距離の二乗に反比例する。おそらく、愛も。

致死量の愛、其れはすなはち一〇ベクレル、もちろんわれも死に至るなり

津波は流されてきた。
ゆるやかな小波であつた筈なのに大津波となりて陸《くが》へ　感情は
　そして、
シーベルトのなかに広大な海がある。其処のひとつに触れてゐたのさ
　そして、
ほそく降る月のひかりに照らされてあなたは青い鈍器のやうだ
　許すべからざる悪なんだ。きみも。きつと、私も。
被曝限界量をしづかに上げるとき身体のどこか雪の降りゐる
　死があるからこそ、愛が生まれるんだよ。
チェルノブイリのプール泳ぎてあのひとが止めにゆきしよ彼《あれ》が心臓

「愛について」冒頭からいくつか紹介しました。山田航の解説によると、この歌は震災後、「原発はむしろ被害者、ではないか小さな声で弁護してみた」「原子核エネルギーへの信頼はいまもゆるがぬされどされども」（岡井隆『ヘイ龍《ドラゴン》カム・ヒアといふ声がする（まっ暗だぜつていふ声が添ふ）』思潮社、二〇一三年、

二一三、二一五頁）のような歌を発表した歌人岡井隆への「カウンター」なのだそうです。たしかに岡井隆の作品にこうして詞書を多用するものがみられます。

二〇一一年に発表した連作「愛について」は、原子炉に「あなた」と呼びかけ、原子力の理想を決して届かない愛に喩えるというものだ。これは岡井隆が原発事故発生後に原発擁護的な歌を作ったことへのカウンターで、岡井のレトリックを周到にコピーしながら、思想的には「反」の立場で真っ向からぶつかるというとてもロックな作品に仕上がっている。（『桜前線開架宣言』二四一頁）

歌と詞書は直接的には連関しておらず一つの歌への説明というよりは、詞書を含めて順々に読んでいくと歌世界が立ち上がってくる感じです。映像的なイメージが浮かびやすい「花と雨」の短歌群に対して、ことばそのものに重きをおいた歌群で、「被爆致死量」とか「ベクレル」などといったかつては馴染みのなかったことばがここではすでに歌ことばとして定着していることを実感できますね。

震災詠といって、震災を詠んだ歌、あるいは原発事故についての歌は他にもありますが、「愛」の歌として原子炉を詠んだものは他にないでしょう。しかも放射性物質による汚染を被る人間の立場から詠むのではなくて、もっと広い人類あるいは宇宙規模の主題として詠んでいる。非常にあたらしいことをやった短歌群だと感じます。

現代短歌の世界も刻々と動いていています。伝統の上にじっとうずくまっているのではなくて、社会の変化に即応しながら日々刷新されていっている。それが短歌世界なのです。

女を連れ去る

前回は、敦道親王が、和泉式部との関係を、ふらふら出歩いたりしないで女房として仕えさせて関係を持てばいいじゃないかと乳母にしかられる場面をみました。女房としてひきとるというのは、正式な婚姻相手としてではなく、召人扱いをするということですから、浮舟の母のような憂き目をみることでもあるわけです。つづきを読んでいきましょう。

乳母にしかられ、宮はまた和泉式部のところにしばらく行くことができなくなってしまいましたがなんとかやってきます。

からうじておはしまして、「あさましく、心よりほかにおぼつかなくなりぬるを、おろかになおぼしそ。御あやまちとなむ思ふ。かく参り来ること便悪《びんあ》しと思ふ人々、あまたあるやうに聞けば、いとほしくなむ。大方もつつましきうちに、いとどほどへぬる」とまめやかに御物語りしたまひて、「いざたまへ、今宵ばかり。人も見ぬ所あり。心のどかにものなども聞こえむ」とて車をさし寄せて、ただ乗せに乗せたまへば、われにもあらで乗りぬ。人もこそ聞けと思ふ思ふ行けば、いたう夜ふけにければ、知る人もなし。やをら人もなき廊にさし寄せて、下りさせたまひぬ。月もいと明ければ、「下りね」としひてのたまへば、あさましきやうにて下りぬ。

（『和泉式部日記』三一〜三二頁）

「からうじておはしまして」とあって、やっとのことでようやくやってきたのです。宮のことば。「あきれるほど心ならずも関係が途絶えていたけれど、いいかげんだとは思わないでおくれ」といいつつ、「あなたが悪いと思うよ（御あやまちとなむ思ふ）」というのです。「ここに私が通ってくるのをよくないことだと思っている男がたくさんいると聞いたので、悪いなと思って遠慮するうちに、こんなに日が経ってしまったんだよ」と言っています。要するに、ここには男がいっぱい通ってきているから私は遠慮していたのだというのですね。

といって、宮の態度は「まめやかに御物語したまひて」とあるように、うわついた調子ではないんです。きわめてまじめに彼女に向き合っています。そして、さあ行こう、今宵だけは。人に見られないところがあるんだ。そこでゆっくりと過ごそうよ、といって、どこかへ誘い出します。宮の車に乗せて、ともに出ていくのですが、女は人のうわさになったら嫌だなと思いながらもついていきます。夜更けに車から下りたところには人気《ひとけ》はなかった。車を庭に面した縁側みたいなところに寄せてそこに降りた、とあります。

「月もいとあかければ」と月明かりの明るい晩です。男女の関係というのは基本的に男が夜に女のところにたずねてきますので、灯かりは自分のそばには置かず、非常に暗いなかで会っています。月明かりで自分の顔が見られるというのはかなり恥ずかしいことなので、和泉式部としては、ちょっと待って、と焦りますが、降りないわけにはいかないので、「あさましきやうにて」（情けないと思いながら）、車から降りたということです。

「さりや、人もなき所ぞかし。今よりはかやうにて聞こえむ。人などのある折にやと思へば、つつましう」など、物語あはれにしたまひて、明けぬれば、車寄せて乗せたまひて、「御送りにも参るべけれど、明くなりぬべければ、ほかにありと人の見むもあいなくなむ」とて、とどまらせたまひぬ。

敦道親王が、ほら誰もいないところでしょう、と言って、これからはこういうところで会いましょうよ、と誘っています。あなたのところで会うと、他の男とバッティングしそうで遠慮するから、というのです。乳母の忠告は、夜歩きをするなというものだったと思いますが、女を争って花山院のように矢でも射かけられては困ると思ったのでしょうか。男同士の争いになるのを避けたいというのです。逢瀬のあと、ほんとうなら女の家まで送っていきたいところだが、もう明るくなってしまうだろうから、男がいると人に知られるのはよくないからと言って宮はとどまりました。

女、道すがら、「あやしの歩きや、人いかに思はむ」と思ふ。あけぼのの御姿の、なべてならず見えつるも、思ひ出でられて、

「宵ごとに帰しはすともいかでなほあかつき起きを君にせさせじ

苦しかりけり」とあれば、

「朝露のおくる思ひにくらぶればただに帰らむ宵はまされり

さらにかかることは聞かじ。夜さりは方ふたがりたり。御迎へに参らむ」とあり。あな見苦し、つね

にはと思へども、例の車にておはしたり。さし寄せて、「はや、はや」とあれば、さも見苦しきわざかなと思ふ思ふ、ゐざり出でて乗りぬれば、昨夜の所にて物語したまふ。

一人車に揺られる帰り道、女は「奇妙な夜歩きだこと。人はなんと思うだろう」と考えます。通い婚スタイルですから、男が訪ねてくることがあっても、女が夜歩きすることはふつうはないのです。それにしても、明け方の宮の姿は比類なき美しさだったと思い出されて、女は歌を詠みます。ここで女から後朝の文を送っているのも注意したいところです。ふつうは女と別れて自邸に帰り着いたあとで男のほうから送ってくるものですが、女のほうが移動しているのでここでは女から送られています。男女の立場が入れ替わっているのですね。

宵のうちにあなたをお帰しするということはしてきたけれども、暁がたに起こしてしまってあなたに申し訳ないです、という歌。「心苦しゅうございました」と添えて。男の返歌。

朝にあなたを見送る思いにくらべても、会わずに宵のうちに帰ってくるほうがよほどつらかった、という歌です。「さらにかかることは聞かじ」と付け加えて、あなたの家で会うより、こっちのほうがいいのだからね、と念押しします。さらに今夜は「方ふたがり」で、あなたのところへは泊まれないからまた迎えに行きますとあります。「方ふたがり」とは陰陽道の方位占いのことです。日によって行ってはいけない方角があって、方位除けをする必要があります。この「方ふたがり」があると、「方違え」と言って場所を変えるということをします。『源氏物語』「帚木」巻で空蝉と出会ったときがまさにこれでした。光源氏が、正妻の葵の上のいる左大臣邸に行っていると、ここは方位が悪いですよと言われる。源氏は面倒だからいいよと言いますが、それはなりませんということで紀伊守の邸へ「方違え」することになります。女のいない旅寝はさみしいものだからと紀伊守にいい含めてあったとおり、自分が寝ている部屋のとなりに空蝉が寝かされていて、そこで出会います。複数の人とつき合うときには「方ふたがり」「方違え」が口実として便利に利用されていました。

さて、連夜の外泊に女は、「あな見苦し」(ああ、みっともない)と思いながらも、また例の車がやってくる。ぎりぎりのところまで車を寄せて「早く早く」と急かされて、まったくみっともないことだと思いながらも車に乗って、また昨夜と同じところにいくんですね。「物語したまふ」とあります。さきほども「物語あはれにしたまひて」と出てきましたが、ここでの「物語」というのは二人でお話するだけではなくて、男女が性的関係をもつことをさしています。

宮に連れられて知らない邸に夜でかける、この場面を読むと、『源氏物語』「夕顔」巻を思い出します。夕顔は、源氏が乳母の見舞いにでかけたところ歌を詠みかけてきた女で、乳母の家の隣家に住んでいます。邸があったのは五条という場所です。五条というのは、いまの京都でも暗くてなにもないところですが、当時も立派なお邸が立ち並ぶ地域ではありませんでした。二人で過ごしていると裏の家で石臼を回している音や人々が会話している声など生活音が聞こえてきたりする。これはいくらなんでもムードがないというので、光源氏は自分の所領としている、誰も使っていない邸に夕顔を連れて行って二人で過ごしました。夕顔は素直についていきますが、その邸で夕顔は女の物の怪にとり殺されてしまいます。

『和泉式部日記』では物の怪にとり殺されるというホラーは起こりませんが、夜に男に誘われるがままに女が出かけるというのはかなり異例で、道ならぬ恋をしている感じがぬぐえません。しかも、ここは敦道親王の邸なのです。

上は、院の御方にわたらせたまふとおぼす。
明けぬれば、「鳥の音《ね》つらき」とのたまはせて、やをら奉りておはしぬ。道すがら、「かやうならむ折は、かならず」とのたまはすれば、「つねはいかでか」と聞こゆ。おはしまして、帰らせたまひぬ。しばしありて御文あり。「今朝は鳥の音におどろかされて、にくかりつれば殺しつ」とのたまはせて、鳥の羽に御文をつけて、

殺してもなほあかぬかなにはとりの折ふし知らぬ今朝のひと声

御返し、

「いかにとはわれこそ思へ朝な朝な鳴き聞かせつる鳥のつらさは

と思ひたまふるも、にくからぬにや」とあり。

敦道親王の北の方は、宮の父の冷泉院のところへ行っていて不在なのだろうというのです。夜明けを告げる声は鶏の鳴き声。夜明けは男女の逢瀬の終わり、別れの時間ですから、「鳥の音《ね》つらき」というのですが、ここには『古今和歌六帖』二七三〇番の次の和歌が隠されています。

恋ひ恋ひてまれに逢ふ夜《よ》の暁《あかつき》は鳥の音《ね》つらきものにざりける

恋して恋してまれに逢う夜が明けてしまった、もうお別れしなければいけないと告げる鳥の音というのはつらいものだな、という歌です。こんどは宮も車に同乗します。道すがら宮が「こういうときは必ず会おうね」と言えば、女は「そう何度もくるのはどうかしら」と返します。「かやうならむ折」というのは、北の方が留守のときにはという意味なのでしょうか。そうだとすると、なかなか喜べないお誘いではあります。帰り着いて、こんどは宮から後朝の文を送ってきます。

今朝は鳥の鳴き声で起こされて、にくらしいから殺しちゃったよといって鳥の羽に文がつけられていました。うちのしつけの悪い鳥は始末しておいたよと、いきなりのマッチョアピールにびっくりしますが、ここには漢詩が引かれているようです。『樂府詩集』巻第四十六「清商曲辭」三　讀曲歌八十九首のうちの第五十五首の次の一節です。

打殺長鳴雞、彈去烏臼鳥、願得連冥不復曙、一年都一曉。
「長鳴き雞を打《う》殺ち、烏臼鳥を彈《う》去ち、願はくは冥《よ(やみ)》を連ねて復《ふたたび》は曙《あ》けず、一年《ひととせ》さへ一たびの曉《あさけ》とならんことを。」

『万葉集』歌の漢詩引用を研究する烏谷知子は、次のように解説しています。「「烏臼鳥」は烏臼樹の実を好んで食べ、顔の黒い鳥より小型の鳥である。「打殺」は棒状、或いは杖状のもの、または手で打つこと、「彈去」は弓で打つこと、「殺」にはころす意味も兼ねて「打ち殺す」、あるいは「殺す」、「殺」「去」は対応して用いられている様から、動作の強め、継続を示すともみられる」とのこと（『神語から天語歌へ」『学苑・日本文学紀要』第九五一号、二〇二〇年、五頁)。意味は長鳴き鶏を打ち殺し、烏臼鳥を射殺して、願わくば、夜を重ねて暁は来ないで、一年の長い時間を一夜として過ごしたい、というので「殺してもまだ気が済まない、今朝の、風情を知らぬげに鳴く鳥の一声だったたね」という歌をつけてきたのです。和泉式部の返歌です。

鳥、つまり鶏が鳴いて朝を告げ、お別れする、その別れのつらさというのは私こそが朝ごとに思ってきたのですよ、憎たらしくないはずがありません、といった感じで、凝りに凝った敦道親王の歌の返事にしてはだいぶあっさりしています。こういうところを読むと、もしかして『和泉式部日記』の恋の贈答歌は和泉式部の自作自演なのではないかという妄想が膨らんできます。

次回にみるように、敦道親王は和泉式部に別な女に贈る歌の代作を頼んできたりするのですが、歌の上手な女に男が自分の歌を代作させることはよくありました。そう考えると、『和泉式部日記』の敦道親王の歌も和泉式部がつくった創作の部分はないのだろうかという疑問がわくのです。

『源氏物語』で紫式部は、登場人物のキャラクターに合わせてさまざまな歌を「代作」していたわけですよね。恋愛の達人で、歌の達人だったのですから、和泉式部の手にかかれば、自分を主人公とした恋の歌物語を作り上げることもたやすいことだったのではないでしょうか。このやりとりは、敦道親王のほうに力を入れすぎたので、女の返歌は凡庸なものにしておいてもよい。そんな力加減、手加減も按配されているかのようにみえてくるのです。

月見の歌

つづきです。

二三日ばかりありて、月のいみじう明き夜、端に居て見るほどに、「いかにぞ。月は見たまふや」とて、

わがごとく思ひは出づや山の端の月にかけつつ嘆く心を

例よりもをかしきうちに、宮にて月の明かりしに、人や見けむと思ひ出でらるるほどなりければ、御返し、

ひと夜見し月ぞと思へばながむれど心もゆかず目は空にして

と聞こえて、なほひとりながめゐたるほどに、はかなくて明けぬ。

宮の邸で夜を過ごしてから二、三日後、月のたいそう明るい夜に、和泉式部は月を眺めています。そこへ、折よく宮から「どうしてますか。月をご覧になっていますか」という手紙とともに歌が送られて

きます。

私と同じように思い出しているでしょうか、山の端に浮かぶ月をみながら会えないことを嘆いています、という歌です。山の端の月は宵のうち、ちょうど逢瀬の時間にのぼる月のイメージなのでしょう。たとえば少しあとの後冷泉天皇代の歌ですが、『後拾遺和歌集』八三七番、大蔵卿長房の月を詠んだ歌では、山の端に浮かんだ月よりも更け行くころのほうが月明かりが増すのだと言っています。


月かげは山のは出づるよひよりもふけゆく空ぞ照りまさりける

逢瀬の時間だというのに、こうして別れ別れに月を眺めていることを嘆くのです。女もちょうど月を眺めているときでしたから、「例よりもをかしきうちに」というのですね。ちょうど先日、宮の車ででかけたときに月がやけに明るくて、人に見られないかと心配したことを思い出していたので、こんな返歌をします。

あの晩見た月だと思うから眺めるのですが、心が晴れず目はうつろです、くっきりと美しい月だというのに、ぼんやりして見えません、という歌です。そのまま一人で月をながめているうちに、逢瀬のかなわぬままに夜が明けてしまいます。

さて、またも恋のすれ違いです。


またの夜おはしましたりけるも、こなたには聞かず。人々方々に住む所なりければ、そなたに来たりける人の車を、「車はべり。人の来たりけるにこそ」とおぼしめす。むつかしけれど、さすがに絶えはてむとはおぼさざりければ、御文つかはす。「昨夜は参り来たりとは、聞きたまひけむや。それもえ知りたまはざりしにやと思ふにこそ、いといみじけれ」とて、

松山に波高しとは見てしかど今日のながめはただならぬかな

とあり。雨降るほどなり。「あやしかりけることかな。人のそらごとを聞こえたりけるにや」と思ひて、

君をこそ末の松とは聞きわたれひとしなみにはたれか越ゆべき

と聞こえつ。

別な日に宮がやってきますが、女のほうではそれを知らされていませんでした。和泉式部が住んでいる一角にはたくさんの女たちが住んでいて、和泉式部とは別な女を訪ねてきた男の車が止まっていました。すると宮がそれを見て、男を連れ込んでいるのだなと思ってしまうんですね。宮は不快に思っていますが、さすがにこれで二人の関係をおしまいにはしたくないので手紙を送ります。

「昨日私が来たのを聞いていませんか、それも知らないのかと思うとやりきれないので」とあって、歌です。

「松山に波高し」というのは知っていたけれど、今日見てしまって、私の物思いはただならぬものに

なった、という歌です。「松山に波高し」は第八回でみた、紫の上が明石の君との浮気を知らされたときに引いていた『古今和歌集』一〇九三番の東歌からの引用で、ここでは男が盛んに寄ってきている浮気な女という意味。

君をおきてあだし心をわが持たば末の松山波も越えなむ
（君をさしおいて浮気心を私が持つなら、末の松山を波が越えてしまうだろう）

この歌では、浮気なんかしないよという意味で、浮気するようなことがあれば、末の松山を波が越すような大事だよ、というのですが、逆に「松山に波高し」が浮気の代名詞のようになっているのですね。ここに「雨降るほどなり」と説明を入れているのは、宮の詠んだ歌に「今日のながめはただならぬかな」とあるからですね。長雨／眺めで恋の悩みを訴えています。

女は、なんてことなの、誰かがウソを言ったんだわ、と思って返歌します。

あなたこそ「末の松」つまり浮気者だと聞いています。ひとしなみにだれが越えるものでしょう。この「ひとしなみ」には波が掛け詞になっているので、「越ゆべき」がくるのですね。あなたこそ浮気しているのではないですか、私はとてもそんなことはできませんよ、というのです。

宮はこの晩の一件を根にもってしばらく手紙を送ってきません。

宮は、一夜のことをなま心憂くおぼされて、久しくのたまはせで、かくぞ、

つらしともまた恋しともさまざまに思ふことこそひまなかりけれ

御返りは聞こゆべきこともなきにはあらねど、わざとおぼしめさむも恥づかしうて、

あふことはとまれかうまれ嘆かじをうらみ絶えせぬ仲となりなば

とぞ聞こえさする。

ここの言い方がおもしろいですね。「久しくのたまはせで、かくぞ」もうすっかり懲りて恋愛関係が終わるかと思いきや、宮から、こんな歌がきた！という感じ。

つらい恋しいとかいろいろ思っていて心に暇がないです、という歌です。あなたのことを考えて頭がいっぱいですという非常に素直な歌です。

女のほうも、あの日の夜のことは誤解だとか、いろいろなことを言いたいけれど、そんなことをしいて言うのも気まずいと思ってただ歌を返します。

あなたと会うことはとにもかくにもいろいろあっても嘆くということはないのだけれど、恨みが絶えない仲で、あなたとの関係が絶えてしまったならば私は嘆きます、という歌です。このまま終わってしまうなんて悲しすぎます！という歌ですね。

泣き言をいってきたかと思いきや、宮の手紙はまたも途絶えるのですね。そこで女から歌を贈ります。

かくて、のちもなほ間遠なり。月の明き夜、うち臥して、「うらやましくも」などながめらるれば、宮に聞こゆ。

月を見て荒れたる宿にながむとは見に来ぬまでもたれに告げよと

樋洗童《ひすましわらわ》して、「右近の尉にさし取らせて来《こ》」とてやる。

月の明るい夜、宮への思いがつのります。「うらやましくも」というところには、『拾遺和歌集』四三五番の藤原高光の歌が引かれています。

かく許《ばかり》へがたく見ゆる世中《よのなか》にうら山《やま》しくもすめる月哉《かな》
（これほどに生きにくい世の中で、うらやましくも澄んでいる月だな）

「澄める月」は「住める」と掛け詞で、住みにくい世の中に澄／住んでいる月という意味です。この歌には詞書がついていて、「法師にならんと思ひたち侍ける頃、月を見侍て」というので、もういっそ出家してしまいたいという気持ちが込められていることになるわけですね。

女からの歌は、月を見て荒れたる宿でもの思いをして、あなたを思っていることを、宮は見にはこないのだし、いったい誰に告げたらいいのでしょう、という歌。この歌を樋洗童に託して右近の尉に渡すよう言った。この「右近の尉」というのは以前、乳母があの男がいろいろやっているのでしょう、と言っていた恋の取次係ですね。樋洗童というのはトイレ係です。トイレは、いまのようにトイレという場所があったわけではありません。どうやら箱のようなところでして、それを下女が蓋をして運んでいって専用のところに捨てていたのです。その箱は洗ってまた部屋にお持ちするわけです。樋洗童はですから汚物洗いのような役割をしている人です。汚物洗いの人ですからかなり身分は低いですが、トイレの箱を扱うわけですから、貴族の身近にはいるわけです。邸のおそらく一番はじにある糞尿を捨てるところまで行くので行動範囲も広い。ですから貴族のそばで何かを受け取って外にいる童などに渡すということができるのですね。たとえば、自分の側に仕えている女房に手紙を言づけても、その女房の行動範囲は邸のなかだけです。外に行って届けるなんてことはできません。そういうことができる存在、なおかつ顔も見知っていて自分の側にいる使用人のひとりが樋洗童なわけです。

こういうキャラクターは『源氏物語』の恋愛場面には登場しません。おそらくは下の世話の話題はロマンティックではないということなのだと思います。ですから近江の君というとびきり下品な女君の登場シーンにしか出てはこない。けれど、貴族の生活の現実はこのようなものだったはずです。それをおかまいなしに書いているのが『和泉式部日記』のおもしろいところです。

御前に人々して、御物語しておはしますほどなりけり。人まかでなどして、右近の尉さし出でたれば、「例の車に装束せさせよ」とて、おはします。

女は、まだ端に月ながめてゐたるほどに、人の入り来れば、簾うちおろしてゐたれば、例のたびごとに目馴れてもあらぬ御姿にて、御直衣などのいたうなえたるしも、をかしう見ゆ。もののたまはで、ただ御扇に文を置きて、「御使の取らで参りにければ」とて、さし出でさせたまへり。女、もの聞こえむにもほど遠くて便なければ、扇をさし出でて取りつ。

右近の尉が手紙を持ってきたとき、宮は女房たちとつれづれに話をしていたようです。女たちが去って宮がひとりになったところに右近の尉が手紙を渡します。読むとすぐに宮は「いつものように車の支度をしてくれ」と言って女のもとへやってきます。

女はまだ一人で月を眺めていました。簾をあげて、庭のそばで月をみていたのでしょう。人が入ってきたので簾を降ろして座しています。その簾越しに見た宮の姿がもう何回も会っているのにあまりに素敵なんですね。直衣という普通に着ている着物ですが、これが「なえたる」と書かれています。「なえる」というのは布が柔らかくなっているということです。ごわごわの布地よりしっとりと馴染んでいるもののほうが色っぽいわけです。前に外で会った場面で暁方に別れたときも、和泉式部は立っている宮の姿を見て素敵だなと思っていたのですが、かなり美しい貴公子として描かれていて、何度もこの人の姿を素敵だなと思ったとわざわざ書かれています。

宮が、返事を取らずに使いの者が帰ってしまったから自分で持ってきたよ、といって扇の上に文をのせて差し出します。女は宮のそばによって扇をさしだして自ら手紙を受け取ります。正式な対面なら、間に仲介の女房がいるものですが、いまさらそんな気取ったことはしないのですね。宮は庭先から女に手紙を差し出したようです。

宮も上りなむとおぼしたり。前栽のをかしきなかに歩かせたまひて、「人は草葉の露なれや」などのたまふ。いとなまめかし。近う寄らせたまひて、「今宵はまかりなむよ。たれに忍びつるぞと、見

あらはさむとてなむ。明日は物忌《ものいみ》と言ひつれば、なからむもあやしと思ひてなむ」とて帰らせたまへば、

こころみに雨も降らなむ宿すぎて空行く月の影やとまると

人の言ふほどよりもこめきて、あはれにおぼさる。「あが君や」とて、しばし上らせたまひて、出でさせたまふとて、

あぢきなく雲居の月にさそはれて影こそ出づれ心やは行く

とて、帰らせたまひぬるのち、ありつる御文見れば、

われゆゑに月をながむと告げつればまことかと見に出でて来にけり

とぞある。「なほいとをかしうもおはしけるかな。いかで、いとあやしきものに聞こしめしたるを、聞こしめしなほされにしがな」と思ふ。

宮は上がってくるかと思いきや、庭をぶらついているのです。「前栽」というのは縁側のようなところから一番近くの植え込みで、そこには季節の草花が植えられているはずです。そこを宮が歩きながら、

「人は草葉の露なれや」というのです。ここには『拾遺和歌集』七六一番歌を引いています。

我が思ふ人は草葉の露なれやかくれば袖のまづそほつらむ
（私が思う人は、草葉にかかる露なのかしら。思いをかければまず袖が濡れ、泣き濡れてしまいます）

という歌です。

私の思う人は草葉の露なのでしょうか、草葉の露が私の袖が濡らすように、涙で袖を濡らしてしまう、そんなふうにつぶやきながら歩いている宮の姿はとても魅力的なんですね。

宮は近くに寄ってきたかと思うと、「今夜はこれで帰るよ」と言い、「誰かがこそこそここを訪ねてきていやしないか見てやろうと思って来たんだ。明日は物忌と言われていて家に引きこもらないといけないからいないのはまずいから」と言って帰ろうとするのです。

女は歌を詠みかけます。ああ、ためしに雨が降ってこないかしら、この宿をとらずに行ってしまう月の影がここにとどまってくれるだろうから、という歌。雨宿りしてくれるように雨が降らないかしらと言っているのですね。帰らないで！という意味です。宮は、人が噂するよりも素直でかわいいなと思って、いとおしくてたまらなくなって、思わず「あが君や」（ああ、君よ）という感じで上にのぼってきます。そうして抱き合ってしばし過ごしたのでしょう。いよいよ帰るという段になって宮の歌。

残念ながら、雲井をわたる月に誘われて私の姿は出て行きますけれども、心は出て行きません、あなたのところに残ります、という歌です。

でもやっぱり宮は帰ってしまった。帰ったあとで、女ははじめに扇の上にのせて渡してくれた手紙をみます。そこに歌がありました。

私のために月を眺めていると言っているから本当かなと思って見に来たのですよ、という歌でした。とてもシンプルで言いたいことがそのまま三十一文字になっているかのようです。

女はこれをみて、ああ本当に素敵な人だな、私の悪口をいろいろと聞いているみたいだけれども思い直してくださらないかしら、と思うのです。


宮も、言ふかひなからず、つれづれの慰めにとはおぼすに、ある人々聞こゆるやう、「このごろは、源少将《げんせうしやう》なむいますなる、昼もいますなり」と言へば、また、「治部卿《ぢぶきやう》もおはすなるは」など、口々聞こゆれば、いとあはあはしうおぼされて、久しう御文もなし。


非常に美しくロマンティックな月夜の逢瀬の場面でした。まさに相思相愛の二人なのですが、いろんな邪魔だてが入るのです。女の家には、来ていた男車を和泉式部を訪ねてきたのだと「そらごと」を伝えるような人がいるし、宮のまわりにも和泉式部の悪口をいう女たちがいるのです。宮は、たまに会いたい女だと思ってはいるのだけれど、女房たちが次のように言い合っているのを耳にします。「和泉式部はこのごろは源少将という男とつき合っていて、男は昼も入り浸っているらしいですよ」。「治部卿ともつき合っているらしいですよ」。

当時のその役職に誰がついていたか、いつ誰が昇進したかを突き止めた『公卿補任』などの史料があります。それによると、この二人の男性は源雅親と源俊賢だそうです。ここでつき合っているというのがいずれも源氏であるというのは面白いと思います。源氏や平氏はもともとの出自が親王です。光源氏がそうであったように、皇族から臣籍降下すると源氏になったり平氏になったりしたのです。当時、道長の全盛期でトップクラスの貴族はみんな藤原一族が占めているとすれば、傍流の男たちということになります。こうして女房たちが口々にいう和泉式部の噂話をきいて、宮は自分が軽率に感じられて、またしばらく手紙もやらないという状態になってしまいます。宮に仕える小舎人童がやってきました。

小舎人童来たり。樋洗童例も語らへば、ものなど言ひて、「御文やある」と言へば、「さもあらず。一夜おはしましたりしに、御門に車のありしを御覧じて、御消息もなきにこそはあめれ。人おはしまし通ふやうにこそ聞こしめしげなれ」など言ひて去ぬ。

「かくなむ言ふ」と聞こえて、「いと久しう、なにょかよと聞こえさすることもなく、わざと頼みきこゆることこそなけれ、ときどきもかくおぼし出でむほどは、絶えであらむとこそ思ひつれ。ことしもこそあれ、かくけしからぬことにつけて、かくおぼされぬる」と思ふに、身も心憂くて、「なぞもかく」と嘆くほどに、御文あり。「日ごろは、あやしき乱り心地のなやましさになむ。いつぞやも参り来てはべりしかど、折あしうてのみ帰れば、いと人げなき心地してなむ。

よしやよし今はうらみじ磯に出《い》でて漕ぎはなれ行く海人《あま》の小舟《をぶね》を」

とあれば、あさましきことどもを聞こしめしたるに、聞こえさせむも恥づかしけれど、このたびばかりとて、

袖のうらにただわがやくとしほたれて舟ながしたる海人《あま》とこそなれ

と聞こえさせつ。

宮方の小舎人童をみつけて、和泉式部方の樋洗童は、お手紙はないの?と話しかけます。すると、手紙などあるわけがないよ、先だっての晩、ここに来たら、門口に車が止まっているのを見て、それから手紙がなくなったでしょう、別な男が通っているということが耳に入ったようですよ、というのです。これは大変だということで樋洗童は和泉式部のところに行ってこのことを話します。女が思うに、「ずっと長い間、なんだかんだと言い立てることもなく、ことさらにおすがりするわけでもなかったけれど、どきどき思い出してくださるうちは、仲が絶えないでほしいと思ってきた。それがこともあろうに、こうしたよからぬ噂で、別れようと思いきめてしまったのだ」と、身も心もぐったりとして、「なぞもかく」と嘆きます。この「なぞもかく」には『古今和歌集』九三四番の歌が引かれています。

いく世しもあらじわが身をなぞもかく海人《あま》の刈《か》る藻《も》に思ひ乱るる
(幾代も生きられない我が身だというのに、どうしてこうも海人の刈る藻みたいに思い乱れるのだろう)

とうてい長生きできる身とは思えないけれども、なぜこんなにも悩ましいことばかりなのだろう!と嘆いているところへ、宮から手紙がきます。「ここのところ、なんだかあれこれ心をかき乱されて苦しんでいまして。いつぞやも来てみたら、都合が悪そうで帰るなど、人並みに扱ってもらっている感じがしないので」とあって、歌がついています。

「よしやよし」は調子を合わせるような言い方で、ああもういいんだ、今はうらまないよ、磯にでて漕ぎ離れていく海人の小舟を、という歌。あなたが私のもとから離れて行ってしまっていても、もううらみませんよ、というのですね。例によって「うらみ」は「浦見」と掛け詞なので、海の縁語の「小舟」「漕ぐ」「海人」などがでてくるわけです。女は、あきれられるようなひどい噂が耳に入っているというのに返事をするのも気が引けるけれども、今回だけはと思って返歌をおくります。

袖のうらを涙で濡らすのをただ私の役目とばかり思って、舟を流した海人となりました、という歌です。こちらも袖の「裏」と「浦」、「役」と塩「焼く」が縁語です。「藻塩焼く」など、よく出てくることばですが海の産業である塩田にかかわる言葉です。当時の海の景には塩田があったのですね。いまでも瀬戸内などに行くと見ることができます。「しほたれて」は、一言で言うと「泣いてしまう」という意味です。舟を流してしまった海人のように見放されてしまった私はただただ泣いてしまうだけです、という歌です。宮が小舟を離れていく女として詠んだのに対して、和泉式部の歌では小舟を宮として詠み替えて、離れていったのはあなたです、といっているのですね。

七夕は恋の祭

七月になりました。四月にはじまった恋がそろそろ夏を迎えます。

かくいふほどに、七月になりぬ。七日、すきごとどもする人のもとより、織女《たなばた》、彦星《ひこぼし》といふことどもあまたあれど、目も立たず。かかる折に、宮の過ごさずのたまはせしものを、げにおぼしめし忘れにけるかなと思ふほどにぞ、御文ある。見れば、ただかくぞ、

思ひきや棚機《たなばた》つ女《め》に身をなして天《あま》の河原《かはら》をながむべしとは

とあり。さはいへど、過ごしたまはざめるはと思ふも、をかしうて、

ながむらむ空をだに見ず棚機に忌《い》まるばかりのわが身と思へば

とあるを御覧じても、なほえ思ひはなつまじうおぼす。

七月七日の七夕の日には、恋人に歌を贈る風習があったようですね。バレンタインデーにチョコレートを贈るではないですが、七夕は織姫と彦星が年に一度だけ会える日というわけですから、和泉式部のもとにすきごとする男どもからたくさんの「織女《たなばた》、彦星」を詠み込んだ歌が届くわけです。たくさん届いたけれども目に止まるようなものもない。待っているのは宮の文だからなのですね。こういうときに宮は折を逃さず絶対に文をくれたものだけれど、やっぱり私のことなんて忘れてしまったのかしらと思っていたところ宮からの文がきました。見ると歌だけが書いてある。

自分が七夕の織女になって天の川を眺めることになろうとは思いもしませんでした、という歌です。私があなたを待つ七夕女のようになっていますよ、という歌ですね。織女、彦星が年に一度会うという

今夜の逢瀬もなく、天の川を眺めて思い悩んでいるなんて、ということです。

女はこのところ音信不通になっていても、こういう時には歌を送ってくださるんだ、と思ってうれしくてお返事を書きます。

あなたが眺めているという空さえも見ていません、織女から嫌われている私なので、という歌を返します。宮が織女に自分をなぞらえて歌を贈ってきたのですから、織女に嫌われています、というのは宮に嫌われて悲しいです、という返事になるのですね。

宮はこの返事を見て、やはり彼女とは別れられないな、と思うのです。

ここまで見てきて、面白いのは、歌の力で恋愛が引っ張られたり盛り上がったりしているところですね。『伊勢物語』は歌物語と呼ばれていて、歌が先にあってそこに長めのストーリー解説があるような文芸でした。『和泉式部日記』におけるこの二人は周りの噂などによって恋が終わりそうになったりするけれども、切れそうになるとド直球の好きです！という歌をお互いに送って、また盛り上がる。今回読んだところでもそうしたことを数回くり返していますよね。ちょっとツンデレっぽい、もういいよ、という態度をとったかと思いきや、好きですという歌を投げてくる。和泉式部からも宮からもそういう感じですよね。これは『源氏物語』にはないものでしょう。『源氏物語』のように確固とした構築された物語世界があるのとは違って、恋のリアルがここにあるように思います。もう、別れちゃおうかなぁと何度も思うのに、やっぱり行かないで！と思ってしまう。そういう揺れ動く気持ちが和歌から伝わるのが『和泉式部日記』のおもしろいところだと私は思います。

もう少しつづきを読んでいきましょう。七夕のやりとりをした七月の下旬に、宮から文がきます。

晦日《つごもり》がたに、「いとおぼつかなくなりにけるを、などかときどきは。人数におぼさぬなめり」とあれば、女、

寝覚めねば聞かぬなるらむ荻風《をぎかぜ》は吹かざらめやは秋の夜な夜な

と聞こえたれば、立ち返り、「あが君や、寝覚めとか。『もの思ふときは』とぞ。おろかに。

荻風は吹かば寝《い》も寝《ね》で今よりぞおどろかすかと聞くべかりける」

かくて二日ばかりありて、夕暮に、にはかに御車を引き入れて、下りさせたまへば、まだ見えたてまつらねば、いと恥づかしう思へどせむかたなく。なにとなきことなどのたまはせて、帰らせたまひぬ。

宮は手紙に、随分とご無沙汰だけれども、ときどきはおたよりをください、私はものの数にも入っていないのでしょうか、と書いてよこします。数いる男性たちのなかにも入っていないのか、といった意味ですね。そこで女がおくった歌です。

夜寝られないでいるわけではないので聞こえないのでしょう、あなたを招く荻風が吹かないことがあるでしょうか、秋の夜な夜なに、という歌。荻風は招《お》ぎ風と掛け詞になっています。あなたを招く風を秋の夜な夜な送っているのにあなたは夜寝られないでいるわけではないのでそれをわかってくれないの

でしょうね、私はあなたをよんでいますよ、という意味ですね。
するとと宮から返事があります。「ああ君、寝覚めだって、「もの思ふときは」だよ、いい加減な愛ですね」とあります。「もの思ふときは」は紀貫之の次の『貫之集』五三八番歌の引用です。

人知れず物思ふ時は難波潟葦のそらねもせられやはする

（和歌文学大系19『貫之集・躬恒集・友則集・忠岑集』明治書院、一九九七年）

そら寝は寝ているフリをすることですね。そら「ね」には葦の「根」と「寝」が掛け詞になっています。難波の景物として川辺の湿地帯のところに生える「葦」がよく詠まれます。『古今和歌集』六〇四番の紀貫之の歌にも難波の葦を詠んだものがあります。

津の国の難波《なには》の葦《あし》のめもはるに繁《しげ》きわが恋人《ひと》知るらめや

津の国、つまり摂津国、大阪あたりの難波の浜で葦が一面に芽をだして繁っているように私の恋も盛り上がっていることをあの人は知っているのかしら、という歌です。難波の葦を詠む歌が恋歌になっているところも引用歌と似ています。
さて、女のいう「寝覚め」に対して宮は本当に物思いをしているのなら「寝覚め」だなんてとんでもない、「そら寝」でしょう、ぜんぜん眠れないのが本当だよ、ということばとともに、荻風がもし吹くならば眠らないで、今吹いてくるかと聞いていたのに、という、招く風なんて吹いてないじゃないか、本当に招いてなどいないんじゃないの、という文句の歌がついています。

このやりとりのあと二日ほど経って、宮が夕暮れ時に急に車で訪ねてきました。恋人の逢瀬には少し明るすぎる時間帯です。それで、こんなことは今までになかったので、「いと恥づかしう」と感じるのですね。そんな時間に男女の関係をすれば顔もあからさまに見えてしまいますから。何ということのないあれこれを語って宮は帰っていきました。それから何日かたって、また音信がとだえたので、女は歌をおくります。

そののち日ごろになりぬるに、いとおぼつかなきまで音もしたまはねば、

「くれぐれと秋の日ごろのふるままに思ひ知られぬあやしかりしも

むべ人は」と聞こえたり。「このほどに、おぼつかなくなりにけり。されど、

人はいさわれは忘れずほどふれど秋の夕暮ありしあふこと」

とあり。あはれにはかなく、頼むべくもなきかやうのはかなしごとに、世の中をなぐさめてあるも、うち思へばあさましう。

「くれぐれと」は心が滅入っている様子。うつうつと、というべきところでしょうが、夕暮れどきに

訪ねてきたことと掛けているのですね。「秋」には「飽き」が掛かっています。くれぐれと滅入った気持ちで秋の日々を過ごしているうちに「あやしかりしも」ということを思い知りました、という歌です。「あやしかりしも」には『古今和歌集』五四六番歌が引かれています。

いつとても恋しからずはあらねども秋の夕べはあやしかりけり

いつだって恋しくないときはないのだけれど、秋の夕暮れどきは不思議に恋しくなるものよ、という歌です。宮からすぐに返事がきます。「このところ無沙汰がつづいていました。けれど」、人は知りませんが私は忘れませんよ、秋の夕暮れにあった、あなたと会ったときを、という歌です。宮は返事をくれはするのだけれど、前より頻繁に気にかけてくれるわけではない。間があくと和泉式部のほうから誘いかける歌を送り、宮が応えるというくり返し。「はかなし」、無益だと思わざるを得ないのですね。こんなあてにならない関係で自分を慰めているのも、思い返せば「あさましう」、あきれてしまう、とあります。

恋がうまくいかなくなると当時の女性は石山寺にお参りに行くのです。『蜻蛉日記』にも『更級日記』にも石山寺に参詣したことが書かれています。石山寺でみた夢は将来を占う夢だということになっていたので、そこで眠ってこれから先を占いたいという気持ちもあったでしょうし、単純に女が外を出歩き遠出すること自体が気散じになったのだと思います。次回は石山寺詣での話題からはじめましょう。

今回は、短歌二首を並べて時間を動かしてみましょう。

【みんなの短歌】

口癖は「綺麗な顔ね、女優みたい」しわくちゃの手が髪を梳かして
口紅の赤が一層映えていた花に囲まれ祖母は旅立つ

祖母の死を詠んだ歌ですね。いつも「綺麗な顔ね、女優みたい」といってかわいがってくれた祖母。二首めでは花に囲まれて柩のなかにいる、さいごのお見送りのときの祖母の姿ですね。

かっこいい そう思うたび戸惑って 別に好きとか思ってないのに。
気がつけば 奴の隣は7年目 悪くないかも、結婚しても

恋人との時間を詠んだ歌。はじめは恋心を意識してなくて「かっこいい」と思うたび、どぎまぎしていたのに、つきあって七年が経っている。結婚してもいいかなと思い始めたという歌ですね。

雨なのに傘も持たずに走る君急いで行けば追いつけるかな
傘一つ君と二人で歩いてる空はだんだん晴れていきそう

天気の変化で時間を詠み込んだ歌です。雨のなか傘をもたずに走っている「君」をみつけて追いかける。二首めでは相合い傘の中に二人がいます。けれど「空はだんだん晴れていきそう」で二人でくっついて歩いている

のももうすぐおしまいになりそうなのがせつないですね。

ザクザクと河原を歩く。買ったばかりの夏の思い出を運んで
控えめに手元を照らし　すぐ消える線香花火はどこか儚い

河原を歩く音が小石の上を歩くような「ザクザク」であるのがいいです。「買ったばかりの夏の思い出」がなにをさしているのかは、二首めでわかるようになっています。河原で花火をしたのですね。線香花火の光を「控えめに手元を照らし」というのがぴったりの雰囲気です。

すぐいくからと言ったらまだ来るなと言って笑ったときの頬ボネ
なんであの川を渡ったの悲しくてあなたの青いホネを食べた

生前、すぐいくよと言ったら、まだまだ生きなさいと笑った。そのときの頬ボネのかたちが印象に残っているのですね。亡くなってしまって、三途の川を渡ってしまった。お骨になった「あなた」の「青いホネを」こっそり「食べた」としているのが印象的ですね。

【みんなのコメント⓮】

● 藪内亮輔さんの歌の、複数の歌を連ねて書くことでストーリー性を持たせるという手法は、短歌の表現性が広がるとても面白いものだと感じた。

● 藪内亮輔さんの歌集は、まるで小説を読んでいるかのような、次、次、と止めることができない中毒性のある歌だなと感じました。亡くなるまでの過程に独特な表現と視点が反映されていて、三十一文字の中に込めたリアルな思いとともに複雑な思いも表現されているなと感じました。

● 原子力発電所に関する短歌は詞書のあるせいか、小説のようなエッセイのような感じがしました。文学チックに原発事故を風刺していて好きです。おばあちゃんの亡くなる前後の歌も、三十一文字の制限がある中で情景が浮かび上がるように表現していてすごいと思いました。一つ一つの短歌をそれぞれの作品とするのではなく（もちろんそれだけでも作品ですが）、いくつか並べることで徐々に登場人物の心情や状況がわかるのも面白いと思います。

● 藪内亮輔さんの歌は、何だか薄暗いような、肌寒いような世界観を感じました。彼の心に潜む闇の部分を、覗き見ている気分になります。そして、私もその闇を持ち合わせているように思えて、言い知れぬ不思議な印象を受けました。彼の歌に多用されている「死」という題材は、生きている読み手にとって現実味の薄い概念かもしれませんが、誰しもいつか絶対に迎える現実であり、気づいていないだけで常に隣り合わせの概念と言えます。そのことが、あるいはそのことに対する恐怖心や喪失感、虚無感というような感情が、藪内さんの歌に込められているように感じました。

● 今まで短歌に対して苦手意識がありましたが、課題で短歌を書くにつれてだんだん短歌を書くのが楽しくなってきました。また、現代短歌を読んで短歌のイメージが変わりました。

● すれ違い、ツンデレといった要素がこの時代の和歌にあったことに驚いた。歌の返しなどで深読みしてしまったりと少女漫画的な要素盛りだくさんだと思った。歌の内容も返答の仕方にそれぞれ個性があり、そういった表現をしている作者の技量に驚いた。文通だけの恋愛であるから、すれ違いなどもよくあったのか、そのような描写が他の作品でも多いのかが気になった。

● 二人の想いが燃え上がったらすぐにくっついて終わりというわけではなく、好きと憎いが交互に押し寄せている感じがリアルだと思った。

● 関係している男は一人だけではないだろうにあたかもそうであるかのように少し被害者ぶって記す女子は今も昔も同じなのだなと思ってクスッと笑ってしまった。実際私も元おつきあいしていた方に全然恋愛経験ないとピュアぶっていたが男性経験はあったので……(笑)。女性は恋愛に関してはピュアのままでいたほうがかわいいと思われるだろうと無意識に思って本当のことは言えないのだろうなと思った。

●噂話で誰々と付き合っているというのが出て、確かに他に付き合っている人がいないなら噂だと言ってしまえばいいのに、全否定していないので、他にも付き合っている人がいるというのは盲点でした（宮にフォーカスしていて他の男性の影はなかったので。ただ確かに一度も否定はしていないので、他の人とも付き合っているということも一夫多妻制の当時だったらあり得ることで）。現在とは結婚の形式も異なるので、結婚していても他に相手がいるというのがどういうものなのかよくわからないですが、結婚しているという関係は続けながら、離れたり惹かれたりというのは、とても不思議だと思いました。

●着物の袖が草花に濡れたのを、自分が流している涙と照らし合わせている、という表現はとてもロマンチックだと思った。今の時代だったら、傘もささずに雨に濡れているような描写だろうが、昔の方が悲しみも綺麗で絵になる描写になるため、失恋もしてみたくなるなと思った。

●和泉式部が、関係を持った男性が押しかけて?というか、訪ねてきたのにあえて知らないふりをして、今までの関係がなかったことにしようとしてる部分が、とても面白いと思いました。昔の女性は、関係を持っている男性のことを大事にするのかなと思っていましたが、逆をついてくるあたりが面白かったです。

●実際に『和泉式部日記』を読んでみると、二人が大変不器用な性格をしているのが見て取れて、とても面白いです。たとえ今より千年も前に生きていた人でも、実際に現代の人と同じように考え、そして恋をしていたというのは大変興味深いです。

第十五回　恋のおわりは歌のおわり――『和泉式部日記』その四

短歌はつくってすぐに応募できるもの

これまで、毎回、現代短歌を紹介してきて、実際につくってみてもらって、短歌にハマりかけてます！　歌集買ってみます！というられしいコメントをいただいています。もしかしたらこれがきっかけとなって将来歌人が誕生したりして、などと妄想します。新聞歌壇には明日にでも応募できますね。歌集になる前に歌人たちがまとまった短歌を発表する場が雑誌です。『短歌研究』、角川書店の『短歌』、そして二〇一八年にあたらしく創刊した短歌ムック『ねむらない樹』などがあります。それぞれの雑誌が新人賞を出しています。たとえば『ねむらない樹』には笹井宏之賞という短歌の新人賞があって、だれでも応募できます。こういうところに応募してデビューする人もあるでしょう。

笹井宏之賞は、没後一〇年の二〇一九年を前に創設された賞です。笹井宏之は、二〇〇九年に早世された歌人で、生前に出たのは『ひとさらい』という歌集、一冊だけですが、たいへん愛された歌人で没後仲間たちが次々と笹井の歌集を出していきます。なかでも決定版歌集『えーえんとくちから』（ちくま文庫、二〇一九年）が手に取りやすくまとめられているので今回はこちらを紹介します。

ねむらないただ一本の樹となってあなたのワンピースに実を落とす

これが、雑誌『ねむらない樹』の由来となっている笹井宏之の歌です。表題歌がこちら。

えーえんとくちからえーえんとくちから永遠解く力を下さい

ひらがなで「えーえんとくちから」がくり返されて「永遠と口から」なのかなと思って読んでいると、「永遠解く力」だったとさいごにわかる。このようにひらがなと漢字の表記で印象を変える歌に、次のようなものもあります。

「雨だねぇ　こんでんえいねんしざいほう何年だったか思い出せそう?」

全体にかぎかっこがついていて、だれかの発話だとわかります。「こんでんえいねんしざいほう」がひらがなになっていて、耳から音できいているのだというのもわかります。受験期に日本史で年号を暗記した記憶がみなさんにもあるのではないでしょうか。この単語、ほとんど日常では使わないし発話することももうないんですけど、なんだか耳に残っていますよね。

この森で軍手を売って暮らしたい　まちがえて図書館を建てたい

森で売るのがなぜ「軍手」なのかわからないのがおもしろいですし、図書館を建てたいというどちらかというとマトモな希望のほうが「まちがえて」いるというのがおもしろいところです。

水田を歩む　クリアファイルから散った真冬の譜面を追って

風が吹いてクリアファイルに入れていた楽譜が冬のかわいた水田に飛んでいったのだと思いますが、「真冬の譜面」とあって「真冬の」が水田ではなく譜面にかかっているのがおもしろいですね。

きんいろのきりん　あなたの平原で私がふれた唯一のもの

ここでもひらがなが効果的で、金色のキリンではない、「き」「ん」が二度くりかえされる字面のおもしろさがあります。そしてそれが「あなたの平原で私がふれた」「もの」だとしていて、詩的なイメージが広がります。

手のひらのはんぶんほどを貝にしてあなたの胸へあてる。潮騒

手のひらをたてにまるめて貝のようなかたちにして「あなたの胸」へあてる。貝を耳にあてると聞こえるといわれる海の音、潮騒が、句点で区切られたあとに、ぽんっとおかれていて胸の奥から潮騒が聞こえてくるかのようです。

寒いねと言ふとき君はあつさりと北極熊の目をしてみせる

「北極熊の目をしてみせる」というけれど、北極熊の目をするっていったいどういうの？　しかも「あつさりと」するというのはどういうこと？と思いつつ、北極熊はどうしたって寒いところにいる熊で、雪の上にいる熊ですから、寒いねというようなときに思い浮かべたくなるイメージではあります。またこの歌は、俵万智の「「寒いね」と話しかければ「寒いね」と答える人のいるあたたかさ」を想起させ、歌人と「君」の関係がほっこりとあたたかいものだと感じさせます。

四ページくらいで飽きる本とかを背骨よりだいじにしています

「四ページ」読んで飽きる本がなぜ大事なのかも謎ですが、「背骨よりだいじに」するという表現が比較の対象にふつうはのぼらないものなので奇妙です。しかも「〜よりだいじ」といいながら、「本とかを」といっていて一冊の本ではないなどいろいろおもしろい歌です。

山田航編著『桜前線開架宣言』（左右社、二〇一五年）では笹井の歌を次のように説明しています。

「澄み切った透明な詩世界」。笹井宏之の世界観はまさにそういうものだ。口語をベースに、思いもよらないモチーフ同士をぶつけ合う二物衝突の技法を用いて、幻想的な世界を描く。その幻想性も、ディテールまで完璧に構築された異世界ではなく、かといって日常と非日常が交じり合うマジック・リアリズムでもなく、まるでおもちゃ箱の中身を適当にぶちまけたときのめちゃくちゃな散らばり具合を楽しむようなささやかで可愛らしい空想である。いうならば、本物の星空ではなくプラネタリウムのような短歌だ。

（山田航編著『桜前線開架宣言』一五八頁）

短歌は字数も少ないですからツイッターで発表することもできるでしょう。歌人の鳥居は、小学生のときに母親が自死して養護施設に入りますが、そこで虐待を受けて、学校に通えなくなってしまい、ホームレス生活を送っています。第二回に新聞に短歌や俳句の載っている面があることは紹介しましたが、ホームレス時代に鳥居は新聞の短歌を読んで短歌を覚え、文字を覚え、そしてデビューした人です。テレビなどでも紹介されたことがあるそうなのでご存じの方もいるかもしれません。鳥居が最初に出した歌集が『キリンの子』です。

前回も紹介しましたが、現代短歌は、タイトルをかかげ、その下にいくつかの歌を寄せるという形式をとっています。『キリンの子』もそのようになっています。たとえば「キリンの子」と題された歌群を見てみましょう。

亡き母の日記を読めば「どうしてもあの子を私の子とは思えない」

「どうしてもあの子を私の子とは思えない」にカギかっこが付いていますから、これが母の日記からの引用だとわかります。愛されたいと願っている母の本音を死後に知ってしまう、そのさみしさ、悲しさ、やるせなさを「さみしい」とは書かずに感じさせる歌ですね。

花柄の籐籠いっぱい詰められたカラフルな薬飲みほした母
くちあけてごはんいれてものみこまず死を知らぬ子は死にゆくひとに
眠るとは死ぬことだから心臓を押さえて白い薬飲み干す
藍色の蚊帳のなかには夢遊病わずらいし母さまよっている
目を伏せて空へのびゆくキリンの子　月の光はかあさんのいろ

最後の歌が表題作になっているわけです。この歌集を読んでいくと母親の死に何があったのかということがうっすらわかってきます。家に帰ったら母親が亡くなっていたのですが、子どもだったので死んでいるとわからず、ご飯を食べさせようとしたり水を飲ませようとしたりして、数日過ごしてしまう。そういうことが綴られています。この歌群の最後には、

母の死で薬を知ったしかし今生き抜くために同じ薬のむ

とあります。「花柄の籐籠いっぱい詰められたカラフルな薬」とありましたが、精神の病気をわずらっていた母親が飲んでいた薬を今度は自分が生きるために飲むんだという前向きな歌です。
このようにこの歌集を読んでいくと歌人像がうかんできます。学校に通えなかったことがテーマになっている歌もあります。

日本人なのに日本語読めぬ人のためにあるＩＭＥパッド

辞書を引きたいが漢字の読みがわからないときにどうすればいいか。パソコンなどにＩＭＥパッドという機能があります。手書きで直接文字を入力できるものですね。手書きで入力すれば読み仮名が出てくるので便利です。

慰めに「勉強など」と人は言う　その勉強がしたかったのです

勉強なんてしなくても、学校なんて行かなくても、別に関係ないよと彼女は言われたんだと思います。行かなくても大丈夫だよ、という「慰め」のつもりでまわりの人も言ったのでしょう。しかし、その勉強がしたかったのだというのです。学校に行くことができなかったので、勉強がしたかった、ということを詠んでいる歌です。

あおぞらが、妙に、乾いて、紫陽花が、路に、あざやか　なんで死んだの

ここでは「あおぞらが」「妙に」「乾いて」「紫陽花が」「路に」のあとにいちいち読点を入れています。普通短歌は句読点は必要としないのですが、あえて句読点を入れる、あるいはカギかっこを使うなどをして現代短歌はいろんな表現を試しています。また「あざやか」と「なんで死んだの」のあいだに空白がおかれることで一瞬の沈黙を読み取ることができますね。

このように、自分の心のなかにわだかまっていることを言語化すること、それは漠然とした不安にこ

とばを与えることでもあるのでしょう。その手だてとして短歌という形式があるというのは大きなことだと思います。いまここで短歌、和歌のことを講義で学んでいますけれども、本来それは独学でもつかみとれる表現なのだと思います。

石山寺詣で

『和泉式部日記』のつづきを読んでいきましょう。宮との関係に絶望して、和泉式部は石山寺へ行きます。

かかるほどに八月にもなりぬれば、つれづれもなぐさめむとて、石山に詣で七日ばかりもあらむとて、詣でぬ。宮、久しうもなりぬるかなとおぼして、御文つかはすに、童、「一日《ひとひ》まかりてさぶらひしかば、石山になむこのごろおはしますなる」と申さすれば、「さは、今日は暮れぬ、つとめてまかれ」とて御文書かせたまひて、賜はせて、石山に行きたれば、仏の御前にはあらで、ふるさとのみ恋しくて、かかる歩きも引きかへたる身の有様と思ふに、いともの悲しうて、まめやかに仏を念じたてまつるほどに、高欄《かうらん》の下《しも》の方《かた》に人のけはひすれば、あやしくて見下ろしたれば、この童なり。

（『和泉式部日記』四三～四四頁）

八月、石山寺に七日間くらい参籠しようと和泉式部は出かけていきました。ところがちょうど入れ違いに宮が手紙を送ろうとするのですが、いつもの童に、石山寺に詣でていますと言われます。宮は、

「では、今日はもう日暮れなので、朝になったらこれを持って石山寺まで届けてこい」と文を書いて託します。

石山寺詣で何をすべきかというと、仏像の前に座って念仏を唱えたりすることなのですが、女は里心がついてむやみに都に帰りたいような、物悲しい気持ちになっていたので外を眺めながら、「仏を念じ」ていたのですね。石山寺は山の上にあって、清水の舞台のような木組みの上に建っています。高欄の下に人の気配があって、見下ろしてみると童がいたのです。

あはれに思ひがけぬところに来たれば、「なにぞ」と問はすれば、御文さし出でたるも、つねよりもふと引き開けて見れば、「いと心深う入りたまひにけるをなむ、などかくなむとものたまはせざりけむ。ほだしまでこそおぼさざらめ、おくらかしたまふ、心憂く」とて、

「関越えて今日《けふ》ぞ問ふとや人は知る思ひたえせぬ心づかひを

いつか出でさせたまふ」とあり。

思いがけず宮の手紙がきたので、女はすぐに開けます。たいそう信心深く思い込んでいるみたいだね、なぜ相談してくれないの、とあります。「ほだし」というのは、いざ出家しようと思う時に心残りになるようなことを指します。私のことは「ほだし」になるほどには思ってくれていないのですね、こうして私を残していってしまうなんて、つらい。そして歌が書かれています。

「関」は逢坂の関、逢坂の「逢」は男女の逢瀬がかけられています。二人を隔てるのが「関」ですね。関を越えて今日あなたにお便りをするとあなたは思いましたか、私のつきない心遣いを分かったでしょう、という歌です。そして、いつ帰ってくるのですか、とある。

近うてだにいとおぼつかなくなしたまふに、かくわざとたづねたまへる、をかしうて、

「あふみぢは忘れぬめりと見しものを関うち越えて問ふ人やたれ

いつかとのたまはせたるは。おぼろけに思ひたまへ入りにしかば、

山ながら憂きはたつとも都へはいつか打出《うちで》の浜は見るべき」

と聞こえたれば、「苦しくとも行け」とて、「問ふ人とか。あさましの御もの言ひや。

たづね行くあふさか山のかひもなくおぼめくばかり忘るべしやは

まことや、

憂きによりひたやごもりと思ふともあふみのうみは打ち出《で》てを見よ

『憂きたびごとに』とこそ言ふなれ」とのたまはせたれば、ただかく、

関山のせきとめられぬ涙こそあふみのうみとながれ出づらめ

とて、端《はし》に、

こころみにおのが心もこころみむいざ都《みやこ》へと来てさそひみよ

近くにいたってなかなか便りをくれないところを、こうしてわざわざ遠くにいるところをたずねて文を出してくれたのがうれしくて、女はすぐに返歌します。

「あふみぢ」は「近江路」ですが、ここに「逢ふ道」が掛けられています。近江路にいる私のことなどもう忘れてしまったのかなと思っていたのに関を越えて問いかけてくれる人はいったい誰でしょうか、という歌です。つまりまだ愛してくれるというあなたは誰?という返事です。

さらにつづけて、いつ帰るのかと言うのですね。生半可ではない気持ちで山籠もりをしているので、と書いて歌です。

「打出の浜」というのは都から石山寺への道筋の地名です。『蜻蛉日記』、『更級日記』の石山寺参籠の場面にも「打出の浜」は出てきています。東国への道筋で八橋について必ず言及するのと同じように、石山寺参詣を描くときの必須の景となっているのです。さらにここでは、「打ち出でる」つまり「ここ

を出て行く」という意味が掛けられているわけです。山にいて憂きこと、つらいことは絶たれるとしても、都へむけてたつなど、いつ打ち出でて、打出の浜をみることができましょうか、という歌です。帰りなんていつになるかは知らないわ、といった感じです。

宮は、すぐさま返事を送ってきます。都から石山寺への往復をする童はもうへとへとでしょう。宮は「苦しくとも行け」と言って童をやったとわざわざ書いてあるのがおもしろいですね。宮の返事。まず女の「問ふ人やたれ」に反応して、「問ふ人とか。あさましの御もの言ひや」、誰かだって、あきれた物言いだな、とあって、歌が送られてきます。

逢坂山を越えて訪ねていったかいもなく、知らんぷりして私を忘れてよいものでしょうか、という歌です。逢坂の関、近江路などとあったところが、逢坂「山」になっているのは、「甲斐」が山の縁語だからです。

「まことや」とあって、もう一首、宮からの歌が書かれています。

「憂きにより」つまりつらいことがあってそこに籠もっているのでしょうけれども、私に逢うために近江の海の打出の浜をみて、出ていらっしゃいよ、という歌です。こんどは「近江の海」になっています。近江の海は実際には石山寺そばの琵琶湖をさします。まあ、出ていらっしゃいな、という優しい誘い文句ですね。

「憂きたびごとに」というようだよというところには、『古今和歌集』一〇六一番歌が引かれています。

世の中を憂きたびごとに身を投げば深き谷こそ浅くなりなめ

悩みがあるたびに身投げをしていたら深い谷も浅くなってしまうでしょう、という変な歌ですが、あまり悩まないように、というのですね。これで和泉式部はほろりとしてしまうわけです。関山に堰き止められないほどの涙が近江のうみへと流れ出るようです、というとても素直な歌を書いて、その紙の端に、さらに歌を添えます。

こころみに、私の山籠りの決意のほどをためしてみましょう、さあ都へと来て誘ってみてください、という歌です。迎えに来てよ！というのですね。

思ひもかけぬに行くものにもがなとおぼせど、いかでかは。

かかるほどに出でにけり。「さそひみよとありしを。いそぎ出でたまひにければなむ、

あさましや法《のり》の山路に入りさして都の方《かた》へたれさそひけむ」

御返り、ただかくなむ、

山を出でて暗き道にぞたどり来《こ》し今ひとたびのあふことにより

宮は、迎えに来て、という文を受け取って、サプライズで石山寺に現れたいと思うのですが、そんな身軽な身分ではないので「いかでかは」とあるのですね。そうこうしているうちに女は石山寺を出て都に戻ってきます。そこで宮が文を送ります。

「さそひみよ」とあったのに、急いで山から出てきてしまったので、とあって歌。

あきれました、仏道の山路に入りかけて途中でやめるなんて、都へは誰が誘ったのでしょう、という歌です。自分じゃない誰かの誘いで戻ってきたのかい、という嫌味ですね。返事に女は、歌だけをおくります。

山を出て煩悩の多い道へと辿り来ました、いまひとたびあなたに逢うために、という歌です。「暗き道」は悟りがひらけずにいる迷妄の状態をいいます。あなたに逢いたくて、帰ってまいりました、というストレートな歌です。

逢いたい気持ちが一致しているのに、身分の差が邪魔をしてなかなか会えないのですね。これほどのやりとりをしてもなお、宮はすぐには訪ねてきてはくれないのです。

女の独白体

そうしてやっと訪ねてくれたのが、「九月二十日あまりばかりの有明の月」の晩です。女は最近、少しも宮が来てくれないと悶々として眠れずにいます。戸を叩く音がしたと思って、そばに寝ている女房を起こして見に行かせるのですが、なかなか起きない上に寝ぼけてあちこちにぶつかってバタバタやっている。ようやく見に行ってくれた人は「誰もいませんよ、空耳で夜中にまどわせて、人騒がせな女たちでありますな」と言ってまた寝てしまった。女は眠れずに文章を書いている。すると宮から、開けてもらえなかったから帰ったよという文がくる。やっぱり宮がきてくれたのだ、それなのに会えなかったのだ、と思って、どんな気持ちで夜を過ごしていたかを知らせるために、夜通し書いていた文章を宮に送ります。この手紙が今までになく長大で既存の和歌の引用、引き歌をふんだんに入れた実に凝ったものになっています。しかも、物語の進行のための地の文とは異なって、女の気持ちが表現された独白体です。『和泉式部日記』は視点が女のところだけではなく、宮にも移りますから、物語の文体で書かれているわけですが、この部分は女の視点でつらぬかれていて、私小説というならこの箇所をいうべきでしょう。直前の、物語の文体で語られた出来事が、彼女の独白体でわざわざ語りなおされているのもおもしろいところです。文体の違いがはっきり見えます。独白体の部分をみてみましょう。

風の音《おと》、木《こ》の葉の残りあるまじげに吹きたる、つねよりもものあはれにおぼゆ。ことごとしうかき曇るものから、ただ気色ばかり雨うち降るは、せむかたなくあはれにおぼえて、

秋のうちは朽ちはてぬべしことわりの時雨《しぐれ》にたれが袖《そで》はからまし

嘆かしと思へど知る人もなし。草の色さへ見しにもあらずなりゆけば、しぐれむほどの久しさもまだきにおぼゆる風に、心苦しげにうちなびきたるには、ただ今も消えぬべき露のわが身ぞあやふく、草葉につけてかなしきままに、奥へも入らでやがて端に臥したれば、つゆ寝らるべきもあらず。人はみなうちとけ寝たるに、そのことと思ひわくべきにあらねば、つくづくと目のみさまして、なごりなう恨めしう思ひ臥したるほどに、雁のはつかにうち鳴きたる、人はかくしもや思はざるらむ、いみじうたへがたき心地して、

まどろまであはれ幾夜になりぬらむただ雁がねを聞くわざにして

とのみして明かさむよりはとて、妻戸を押し開けたれば、大空に西へかたぶきたる月のかげ、遠くすみわたりて見ゆるに、霧《き》りたる空のけしき、鐘の声、鳥の音《ね》ひとつにひびきあひて、さらに、過ぎにし方《かた》、今、行末のことども、かかる折はあらじと、袖のしづくさへあはれにめづらかなり。

われならぬ人もさぞ見む長月《ながつき》の有明の月にしかじあはれは

ただ今、この門《かど》をうちたたかする人あらむ、いかにおぼえなむ。いでや、たれかかくて明かす人あらむ。

よそにてもおなじ心に有明の月を見るやとたれに問はまし

この手紙を受け取った宮は、中に入れ込んである四首の和歌とたった今も消えてしまいそうな露のような我が身と述べている「ただ今も消えぬべき露のわが身」に応答する五首もの返歌を一気に送ってきます。しかも女の歌の初句をそっくりくり返すかたちで返歌していて、お互いの心がぴたりと一致しているやりとりになっています。

最後の一首「よそにてもおなじ心に有明の月を見るやとたれに問はまし」(離れていても同じ気持ちで有明の月を見ていますか、と誰に尋ねたらいいのかしら)に対する宮の返歌だけみておきましょう。

よそにても君ばかりこそ月見めと思ひて行きし今朝ぞくやしき
（離れていてもあなただけは月を見ているだろうと思って出かけていった今朝は会えずにくやしかった）

宮の返歌をみて、女は「なほもの聞こえさせたるかひはありかし」と思います。文を送った甲斐はあったというのですね。

他の女への歌を代作する

九月末、宮が手紙をしてきたかとおもえば、親しくしている女に送る歌を代作してくれといってきます。

かくて、晦日《つごもり》がたにぞ御文ある。日ごろのおぼつかなさなど言ひて、「あやしきことなれど、日ごろもの言ひつる人なむ遠く行くなるを、あはれと言ひつべからむことなむひとつ言はむと思ふに、それよりのたまふことのみなむさはおぼゆるを、ひとつのたまへ」とあり。

「変なことというようだけど、普段語らっていた女で遠くに行く人がいて、その人に「あはれ」と言ってもらえるようなことをひとつ言いたいのだけど、あなたから送ってもらう歌にはいつも「あはれ」と感じいっているので、一つ代作をしてくれないか」というのです。宮は、あなたの歌には心を動かす力があるよ、あなたの歌だけにその力があるんだよ、とほめているのです。けれども、そんなふうに心動かしたい女がいるから代作をひとつよろしく！と言われているのですから、気持ちは複雑です。

こんなふうに男が他の女に送る歌を、女に代作させることはよくあったようです。ですから、男歌、女歌というような、男が誘いかけるような歌をうたうと女がツンデレっぽく返すという和歌の文法は、文体のジェンダーであって、そのようにつくればよいということですから、作り手の性別には一致していなくてもよいのです。紀貫之が『土佐日記』を女性の書く仮名で書くのとおなじことですね。男が詠む女歌もあったでしょうし、女が代作する男歌もあったでしょう。

たとえば『源氏物語』は紫式部という女性が光源氏という男性を主人公にして物語を描いているわけですが、物語の作り手というのは、基本的に自分とは異なるジェンダーに入りこむことが容易に可能で、それは読者にとっても同じです。私たちは宮側に視点があるときは宮の気持ちに、女の側に視点が移れば女の気持ちに入り込んで物語を理解しています。そのもっともミニマルな形式が和歌だとすると、代作というのは、物語を書くこと、読むことの根幹にふれていることになるのかもしれません。

あなしたり顔と思へど、「さはえ聞こゆまじ」と聞こえむも、いとさかしければ、「のたまはせたることはいかでか」とばかりにて、

「惜しまるる涙にかげはとまらなむ心も知らず秋は行くとも

まめやかにはかたはらいたきことにもはべるかな」とて、端に「さても、

君をおきていづち行くらむわれだにも憂き世の中にしひてこそふれ」

とあれば、「思ふやうなりと聞こえむも、見知り顔なり。あまりぞおしはかり過ぐいたまふ、憂き世の中とはべるは。

うち捨てて旅行く人はさもあらばあれまたなきものと君し思はば

ありぬべくなむ」とのたまへり。

「あなしたり顔」、まったくいい気なものね、と思うものの、代作などはお引き受けできません！とつっぱねるのも生意気なので、「ご期待にそえますでしょうか」などとかわいらしく謙遜してみせて次の歌を送ります。

別れを惜しむ涙にあなたの面影が残ってほしい、私が想う心も知らずに秋が去っていっても、という歌です。秋には「飽き」がかかっていますので、秋が去るようにして、あなたが私に飽きて、去っていくのだとしても、ということですね。

その横に、「本当のところ決まりが悪いことです」と代作させられた文句を書いて、自分から宮への歌を添えています。

あなたを置いてその女はいったいどこへ行くというのでしょう、私だってこのつらい関係を捨てきれずに憂き世にとどまっているというのに、という歌です。「憂き世の中」の「世の中」には、この世の中と男女の仲が掛けられていて、うまくいかず悩ましいことばかりの宮との恋愛をさしてもいるのです。

するとと宮から返事がきます。「期待どおりの歌でした、というと、私が和歌がよくわかっているようですね。相手については邪推しすぎですよ、「憂き世の中」だなんて」とあって、歌がついています。

私を捨てて旅立つ人などは、行くなら行け、だよ、またなきものとあなたさえ思ってくれるなら、という歌です。ここに「ありぬべくなむ」とつづいていて、あなたが思ってくれるなら生きていける、というのです。

代作を頼まれた和泉式部は、やっぱりすばらしい歌で宮を魅了するのですね。この依頼自体が、これまで読んできた『和泉式部日記』の二人のやりとりで、なぜ宮がこんなにも和泉式部に入れ込んでいるのかの傍証になっています。彼女の歌の力が宮を引き寄せているのです。そんな力を別の女に使いたいといわれて、まったくもう！と思いつつ、つくってあげます。和泉式部の心情をおもんばかって、気の毒に感じるエピソードですが、この日記が発表されたあと、宮から心にささるすてきな歌をもらったわ！と喜んでいた女は、いったいどう思ったでしょうね。そんな女なんて、どうでもいいんだよ、あなただけだよ、と宮がいってくれたの！と書いているも同然なわけですから。

ところで、ここで和泉式部はなぜ代作のエピソードを入れているのでしょうか。宮の歌をつくったのはわたしよ、という宣言によって、この『和泉式部日記』の宮の歌も和泉式部の代作なのではないのか、つまりすべてが自作自演なのではないかという疑惑がまたも頭をもたげてきます。

宮のもとへ引き取られて

さて、二人の恋の行方やいかに。敦道親王の乳母が夜歩きなどせずに、女を自分の家の女房として仕えさせたらどうだと叱っていましたが、四月からつづいてきた恋物語は、ついに十二月十八日に宮が和泉式部を自邸にひきとることで終結します。

例の、「いざたまへ」とのたまはすれば、今宵ばかりにこそあれと思ひてひとり乗れば、「人ゐておはせ。さりぬべくは心のどかに聞こえむ」とのたまへば、「例はかくものたまはぬものを、もしやがてとおぼすにや」と思ひて、人ひとりゐて行く。

（『和泉式部日記』八二頁）

前回読んだところで宮が車で彼女を外へ連れ出して、彼の邸で逢瀬をとげる場面がありました。「さぁ車に乗りなさい」というから、そんな感じで、またいつものように一晩を過ごすのかなと思っていると、人を連れていらっしゃいと言います。つまり侍女を連れていらっしゃいと言われるんですね。このパターンは、『源氏物語』では夕顔が源氏のもっている所領に連れ出されたときに右近という女房をともなうのに似ています。

恋愛の場面には主人公の男と女しか出てきませんが、女一人ではことが足らないのでそこに頼りになる乳母や乳母子がずっとついています。こうした親しい侍女は、夜寝る時も同じ部屋に寝ているし、恋人と会うときにも一緒についてきます。女が妊娠してしまったときに見つけてくれる最初の人にもなります。なぜかと言うとお風呂に入ったりするときに裸を見ることができるくらいに親しい間柄なのはそういう立場の人だけだからです。妊娠すると乳首が黒くなりますのでそれでわかるのです。この場面で和泉式部はそういう近しい侍女を連れてこいと言われたわけです。そこで和泉式部は、いつもはそんなことを言わないのになぜだろう、もしかしてそのまま住まわそうというのかしらと思って、一人連れていきます。

例の所にはあらで、忍びて人などもゐよとせられたり。さればよと思ひて、「なにかはわざとだちても参らまし。いつ参りしぞとなかなか人も思へかし」など思ひて、明けぬれば、くしの筥《はこ》など取りにやる。

やはりいつものかりそめの逢瀬の場ではなくて、部屋に案内されたんですね。普通、女房出仕するときは嫁入りのようにいろいろな道具や着物などをいっぱい積んだ車と来るものなのに、夜にこっそり連れ出されたわけです。それを彼女はわざわざ目立つようなやり方をしないほうがいいんだな、いつ来たのかわからないというぐらいにいつのまにかいるようにしたほうがいいのだと思って、夜明けになると「くしの筥」などの生活用具をこっそり取りに行かせます。今連れてこられた部屋は外に近く、いかにも臨時の住まい。宮は、真面目な話ですが、夜に、私がここにいないときには注意しなさい。けしからん男たちが覗き見したりもします。もう少ししたら、宣旨の女房の方にでもいっていらっしゃい。あそこなら、ゆっくりできるでしょう、というのです。

その二日後ぐらいに、和泉式部の居所は北の対に移されます。正妻の住まう母屋の一角です。

（……）二日ばかりありて北の対にわたらせたまふべければ、人々おどろきて上に聞こゆれば、「かかることとなくてだにあやしかりつるを。なにのかたき人にもあらず。かく」とのたまはせて、「わざとおぼせばこそ忍びてゐておはしたらめ」とおぼすに、心づきなくて、例よりものむつかしげにおぼしておはすれば、いとほしくて、しばしは内に入らせたまはで、人の言ふことも聞きにくし、人の気色もいとほしうて、こなたにおはします。

「しかじかのことあなるは、などかのたまはせぬ。制しきこゆべきにもあらず。いとかう、身の人げなく人笑はれに恥づかしかるべきこと」と泣く泣く聞こえたまへば、「人使はむからに、御おぼえのなかるべきことかは。御気色あしきにしたがひて、中将などがにくげに思ひたるむつかしさに、頭《かしら》などもけづらせむとてよびたるなり。こなたなどにも召し使はせたまへかし」など聞こえたまへば、いと心づきなくおぼせど、ものものたまはず。

（『和泉式部日記』八三〜八四頁）

和泉式部が母屋である北の対に居所を移すと、女房たちが驚いて、正妻に言いつけにいきます。正妻は、「こんなことがなくても疑わしいことばかりだったけれども、たいした身分でもない女をこんなふうに引き取るなんて」と言うのですが、周りの女房たちが「宮が大切に思う女だから、こっそり連れ込んだのでしょう」と思っているだろうと思うと不愉快で、いつもより不機嫌にしているので、宮は困って、北の方のもとには寄り付かないのです。まわりの女房たちが悪口をいうのが目に見えているからです。それで和泉式部のところにばかり入り浸っている。

北の方は宮に「こういうことがあったそうですが、どうしておっしゃって下さらなかったのですか、言って止められるものではないでしょうけれども馬鹿にされて私が恥をかいているんです」と泣く泣く訴えます。

宮は、あの人は召使いなのに大騒ぎしなさんな、という態度です。人をつかっているのですからあなたにも関係があることです、あなたが機嫌が悪いせいであなた付きの女房の中将などがすごく自分に冷たくあたるので、中将の代わりに私の髪の毛をといてもらうとか、そういうことをさせようと思って呼んだんですよ、と言います。そして、召使いなのですからあなたもここに呼んでお使いなさい、と言うんですね。

この場面に和泉式部は出てきません。自らの境遇を宮と北の方の会話によって書いているのです。階級社会とはいえ、これはかなり屈辱的な状態です。宮は和泉式部を手離したくなくて自邸に呼び寄せるのですが、結局、その身分は妻格ではなく、女房格です。北の方に、ただの召使いなのですから、あなたが気にすることは何もないのですよ、あなたもどうぞあの人をお使いください、と言っている。そういう関係なんです。

和泉式部は男主人のお手付きの女房ということで召人《めしうど》ということになります。北の方にとってみれば、むかつくけどただの下女なので目くじら立てるようなことではない。自分の立場をとられることはない。嫉妬するのは逆に相手を対等にみていることになるのでみっともないのですね。でも北の方びいきの周りの女房たちは騒ぎ立てています。

ところで、十二月十八日の和泉式部を引き取る場面からあと物語の最後まで、和歌が一つもでてきません。いつもそばにいる家の女房ならわざわざ文をやりとりする必要はないわけですから当然といえば当然です。家の女房になってしまえば、男女の性的関係があろうがなかろうが恋人同士というわけではなくなってしまうのです。

和泉式部すなわち召人側の気持ちはどうだったでしょうか。どんなに素敵な恋愛をしても自分はただの侍女、召使にしかなれないという切ない関係です。

かくて日ごろふれば、さぶらひつきて、昼なども上にさぶらひて、御髪《ぐし》などもまゐり、よろづにつかはせたまふ。さらに御前もさけさせたまはず。上の御方にわたらせたまふことも、たまさかになりもてゆく。おぼし嘆くことかぎりなし。

(『和泉式部日記』八四頁)

宮は、和泉式部を夜に男女の関係をするために召すだけでなく、昼間にも側近くに呼んで、髪の毛をすいてもらったりするなどして仕えさせている。男主人の身体に直接触ったり、スキンコンタクトがある人は位の高い女房で、かつ愛人度が高いということになります。宮は北の方のところにはすっかり寄りつかなくなります。ここで「おぼし嘆くことかぎりなし」というのは北の方のほうなのですね。ムカつくことと言ったらありはしないという感じです。

かくして、年は暮れ、正月一日、さまざまな宮中の儀式があります。男たちは新品の衣装で着飾って参内します。敦道親王もきらびやかな衣装をまとっています。それをみて和泉式部は、「いと若ううつくしげにて、多くの人にすぐれたまへり」とみています。宮は、若くて美しく、そこいらの男たちより格段にすぐれてみえるのですね。それに引き換え、自分が恥ずかしいとも和泉式部は思います。あの美しい宮のお相手として自分はとても釣り合わない、そぐわない、と思うのです。北の方付きの女房たちは、宮の美しさなどには見向きもしないで、新しい女はいったいどんな人なの?という興味で、和泉式部を覗き見しようと躍起になっています。

ただの女房、使用人だよと宮が言ったのにもかかわらず、和泉式部の自意識は、いかにこの美しい宮のお相手として自分がそぐうかどうかを考えていますし、正妻に仕える女房たちも、正妻の地位を乗っ取る女はどんなものかと興味を寄せています。かなりの修羅場です。

和泉式部を連れ込んだうわさはまたたくまに広がったのでしょう。北の方の姉で、このときの東宮（のちの三条天皇）の正妻格の人が、最近、そちらに和泉式部が連れ込まれているというのは本当ですか、私もこのことで恥をかいているようなものです、あなたこちらにいらっしゃいな、と里邸に下がるようにすすめる手紙を送ってきます。

北の方は自分も本当に嫌になってしまっているのでわざとこの邸を出て行って目にものをみせてやるわ、つきましてはお迎えを寄越してください、と姉にいいます。仕えている女房たちに、しばらく里邸に下がることを宣言すると、女房たちは口々に和泉式部の悪口を言い出します。

（……）「いとぞあさましきや。世の中の人のあさみきこゆることよ」「参りけるにも、おはしまいてこそ迎へさせたまひけれ、すべて目もあやにこそ」「かの御局にはべるぞかし。昼も三たび四たびおはしますなり」「いとよくしばしこらしきこえさせたまへ。あまりもの聞こえさせたまはねば」などにくみあへるに、御心いとつらうおぼえたまふ。

（『和泉式部日記』八七頁）

「ほんとうになさけないことです。世間の物笑いになっていますわね」「女が邸にあがったときも、宮自らが出かけていって迎えたのですって、あきれるわ」「あの人の局にいるみたいね。昼間にも三度、四度と通っているのです」「しっかりとこらしめなくては。あまりにも無沙汰がすぎますから」などと、女房たちは憎まれ口を言います。聞いている北の方はいたたまれない思い。

この感じは『源氏物語』の「桐壺」巻で、帝が桐壺更衣に夢中で、正妻の弘徽殿女御に何を言われてもめんどうくさいと思うばかりで、周りの諫めも聞かない、というのとよく似ています。

日記の最後は次のようにあります。


宮入らせたまへば、さりげなくておはす。「まことにや、女御殿へわたらせたまふと聞くは。など車のこともものたまはぬ」と聞こえたまへば、「なにか。あれよりとてありつれば」とて、ものものたまはず。

宮の上御文書き、女御殿の御ことば、さしもあらじ、書きなしなめり、と本に。

(『和泉式部日記』八八頁)


宮が北の方の部屋に入ると、北の方はしらっとしている。宮が聞きます。「女御殿のところへ行くというのは本当ですか、なぜ車のことを私に手配させないのですか」。すると北の方は「いえ向こうから車の迎えがありますので」と言ってぷいっと黙り込みます。

最後に、まあこうは書いているけれど、宮の北の方の手紙や姉の女御のことばは、こんなものではなかっただろう、いいように書いたようだ、と本にはある、と添えられています。

ここは明らかに和泉式部たる作者とは別の人の書き込みにみえます。和泉式部が引き取られてからというもの、宮と北の方のやりとりに物語の中心は移って、和泉式部の和歌は一首もないのですから、和泉式部の本心がどうだかしれないままに終わります。

『和泉式部日記』は、和泉式部の自筆本が残っていない上に、これを和泉式部自身が書いたのか、『伊勢物語』のように、和泉式部の残した和歌をもとに書き上げられた物語なのかがわからないとされています。

いずれにしても、この終わり方、奇妙ですよね。和泉式部の恋愛物語なのに、最後は、宮と北の方のバトルで終わっているのですから。こんな居心地の悪い邸でこのあと和泉式部はいったいどうなってしまうのでしょう。最後の一文をみると、もしかするとこれは完全版ではなかったのかもしれないという気もします。和泉式部が書いたエンディングは違うバージョンで、誰かが中途まで写して、こうした本になってしまったのかもしれません。もちろん確かなことは何もわかりません。

これまでみてきたように、平安時代の文学において和歌は文化的にきわめて重要な位置を占めています。『和泉式部日記』を読むと、歌が二人の愛情を高めたり、相手を魅了したりする力があること、そしてけっこう素直に気持ちを示すことのできる表現でもあることがわかります。掛け詞のような約束事がありすぎて、一見、和歌には難しそうなイメージがありますが、『和泉式部日記』を読めば、好きだ、逢いたい、という気持ちを素直に表現できる手段でもあったこともみえてくるでしょう。和泉式部の歌は、素直な読みぶりでわたしたちの恋愛観にもつうじる普遍性をもつ表現を多くもっていたと思うのです。

『和泉式部日記』でキモとなるのはなんといっても宮と和泉式部との歌の贈答なのですから、女房として引き取られ、歌を詠まなくなってしまっては物語をつづけようがなかったのかもしれません。色好みの女として知られ、名高い歌人であった和泉式部がさいごに主婦然として引っ込んでしまうのはなんともたないようにも思います。宮の髪の手入れなんかをするような女になってしまうなんて！　和泉式部らしくないではないですか！　いろんな男たちと和歌を詠み交わし、色好みの女でありつづけてほしいという気もします。皇子さまと結婚をしたのに、シンデレラのようなハッピーエンドにみえないのも興味深いところです。もしかしたらこの結末は結婚しちゃうとつまらないわよ、ということをいうためのものだったのかもしれません。ちなみに『源氏物語』で光源氏の元服と同時に正妻となった葵の上の和歌は一首もないのです。正妻との和歌がないのは、正妻とは恋愛関係にはないからでしょうか。

敦道親王は、寛弘四（一〇〇七）年に二七歳の若さで亡くなってしまいます。和泉式部が中宮彰子のサロンに出仕したのは、敦道親王亡きあとだとされていますから、この『和泉式部日記』も紫式部が『源氏物語』を書いているかたわらで書かれたものなのかもしれません。『和泉式部日記』には、執筆の経緯は書かれていないのですが、同時代の女たちには明らかなことだったのでしょう。和泉式部がこの屈辱的な状況から解放されて、文学的才能を認められ、歌人として、作家として彰子サロンに招かれたことはすばらしい幸いだと当時の女たちも思ったのではないでしょうか。

和泉式部は、為尊親王、敦道親王との恋愛をする前に、和泉守であった橘道貞と結婚して娘を産んでいます。彰子サロンにはその娘の小式部内侍《こしきぶのないし》とともに入ったとされています。小式部内侍も歌人として名をはせた人です。『百人一首』に入っている小式部内侍の歌「大江山生野の道の遠ければ踏みもまだ見ず天の橋立」という歌は、『金葉和歌集』（和歌文学大系34、明治書院、二〇〇六年）五四三番に次の詞書とともに入っています。

和泉式部、保昌に具して丹後に侍けるころ、都に歌合ありけるに、小式部内侍歌よみにとられて侍けるに、定頼卿の局の前に詣で来て、歌はいかがせさせたまふ、丹後へ人は遣はしけむや、使《つかひ》まだ詣で来ずや、など戯れて立てりけるを控へてよめる

和泉式部は、どうやら彰子サロンに出仕したのち、丹後守となった藤原保昌という人と結婚してともに任国に下ったようなのです。また結婚したのですね。そのとき小式部内侍が宮中の歌合に出ることになった。藤原定頼という小式部内侍の恋人がやってきて、「歌はどうするのかな、丹後へ使いを送ったのかい？　使いがまだ帰ってこないのでやきもきしているのかい？」などと言います。有名な歌人である母親に代作を頼んだのではないか、というのですね。そこで小式部内侍が詠んだ歌です。丹後の国とここことを隔てる大江山があって、生野たる丹波の国への道も遠いので、丹後の国の天の橋立をまだ踏んでもいません、という歌です。「踏み」に「文」が掛けられていてまだ文を見ていないというのです。見事な返しで、小式部内侍の歌人としての腕前がわかるエピソードになっています。母譲りの歌の才能を発揮した小式部内侍もやはり恋に生きた女だったようで、いろんな男性と浮き名を流しますが、藤原公成の子を産んだあと若くして亡くなってしまいます。

母娘二代にわたって歌人で色好みというのもすごいことです。ともあれやはりここで重要なのは、色好みであることと歌の才が結びついていることそれ自体でしょう。『古今和歌集』の仮名序で「力をいれずに天地を動かし、目に見えない鬼神を感動させ、男女の仲をやわらげ、猛《たけ》き武士《もののふ》の心をなぐさめるのは歌だ」とあったように、歌には心を揺さぶり、心を捉える力があるのです。それがこんなにも長く短歌形式が残った最大の理由なのでしょう。

さて、今回は、和泉式部と宮との相聞歌を妄想的に詠んでみましょう。

【みんなの相聞歌】

兄上を忘れられずにいるあなたとても健気で愛しく思う

その前に知りたかったこと言っていい？　あなたの声は彼と同じなの？

宮と和泉式部の橘とほととぎすの最初のやりとりを踏まえているのですね。ぴったりの内容です。

急な雨あなたが濡れないように傘をさすのは僕でありたい

傘なんて！　雨を待たなきゃいけないの？　晴れでも来ないと袖が濡れるわ

宮の愛の想いに、それじゃあ足りない！といかにも和泉式部がいいそうな感じで返しているのがいいですね。「袖が濡れる」で泣いてしまうことを意味する古語が取り込まれているのですね。

私が恋する君もまたどこかの男を想っているのだろう。

はい、想っていました、その「どこかの男」とはあなたのことですけど。

宮の疑心暗鬼を逆手にとって、「はい」とひらきなおってみせて、宮への愛を告げる歌ですね。

あなたとの夜に期待し眠れないどうしてこの恋叶えられない
どうしても自分の気持ちに嘘つけない気付けばいつも考えている

女は宮の訪れを期待して眠れずにいる場面が何度かありました。それでいてすれ違ってしまったことも。宮はいったんは離れても、やっぱり戻ってきて率直に想いを吐露する歌を送ってくるのでしたね。

あの夜の月が照らした君の顔思い出すたび恋しく思う
あなたこそ何してるのと想いつつ眺める月はあの日と同じ

月見の歌も印象的でしたね。二人で宮の邸で過ごしたとき、月明かりに女の顔が照らされる場面がありました。同じ晩の思い出を二人が思い合っている場面もありましたね。

心冷ゆ　LINEじゃなくて会いに来て同じ雪花をあなたも見てるの？
君のような雪花を僕も見ている冷えた心を溶かしに行くよ

宮が文を送ってくるのを、今風にするならLINEだろうというのですね。雪の日に交わした歌をふまえているのですね。いかにも宮がいいそう。

しつこすぎ返事遅けりゃ察してよ足跡すぐにつくのもだるい
会えるかなラインの既読つかず今ストーリーには男の声が

こちらは和泉式部は本式の魔性の女という設定。女はときどき返事をしないことがありましたが、それはしつこいと思っていたからだという解釈ですね。ラインの既読がつかないので宮がインスタグラムの投稿を確認してみると、ストーリーといって時限つきで消えていく動画投稿に男の声が入っている。男と過ごしているのだと嫉妬にかられる宮の姿も何度も描かれていましたね。

物忌みが終わると思えば「自粛中。」画面越しでも会えるはずなの
昨日から何度かけても「通話中」君がほんとに好きなのは誰？

疑心暗鬼の二人の歌です。「物忌み」があけたのに、「自粛中」そして「画面越し」に会うという今風の設定に接続しているのがおもしろいところ。宮がせっせと電話をかけてくるのに女はずっと「通話中」で、別の男と恋愛していると疑うのですね。

身の丈に合わないなんて知ってるわ止められないのどうにでもなれ
その意気だこのままふたりどこまでも堕ちていこうよ人目をよそに

乳母にしかられたあとの宮と女の歌のよう。互いに思い切ることができずにかえって恋心が再燃してしまったのでした。

【みんなのコメント⑮】

●　笹井宏之さんの「えーえんとくちからえーえんとくちから永遠解く力を下さい」という歌を知ってあえてひらがなのままにすることの面白さを感じました。笹井さんは歌人ですから「永遠と口から」歌をうたいたいとか、歌を生み出したいとか、そうした意味合いかなと考えたのですが、最後の一節で「永遠解く力」だったのだと知って驚きました。それならば、この歌はどのような意味をもつのだろう、と考え始めたとき、この歌はひらがなによって複数の解釈を得たのだということに気づきました。これまでのひらがなのイメージは、幼い感じやかわいらしい感じをうかがわせる印象でしたが、それだけではなく歌の世界を広げることも可能にするのだということを実感して、さらに惹き込まれました。

●　「こんでんえいねんしざいほう」とあえてひらがなにしている工夫は面白いと感じました。短歌はたったの三十一音に全てを詰め込まなければいけないので、読者にその状況をより正確に伝えるのはこのような工夫が必要なのだと改めて感じました。そして、そのような工夫に気づいたり、ここはこのような意図なのかな、と考えながら読むことができるのも短歌の魅力の一つだと感じました。

●　笹井宏之さんの歌は、非常にオリジナリティ溢れる世界感で、笹井さんにしか持ち得ない見方でこちらも世界を覗かせてもらえるような、味わい深い歌が多いと感じた。亡くなった後も歌集が第三者によって編纂されるほど、彼の歌は大きな人気を得ていたのだなと思った。

●鳥居さんは、壮絶な境遇の中、新聞で文字を学んだり、独学で短歌を学んだりしていて、精神力や向上心のとても強い方だなと驚嘆しました。短い言葉で読み手に想像力を働かせ、強い印象を与えることができる短歌は、表現のツールとして多くの可能性があるのだなと改めて実感しました。

●歌集『キリンの子』は、痛いくらいの気持ちが込められているような歌が多く、胸を締め付けられるような強い衝撃を受けました。感情的というよりは、むしろ第三者として淡々と状況を見ているような視点が、歌のダークさや冷たさ、本質をさらに浮かび上がらせているような気がしました。

●『キリンの子』の作者の境遇があまりにもひどくて私だったら相当追い込まれるはずだが、頑張って生きて学ぶことを諦めず、このような作品を書いていて感嘆した。表題歌である「目を伏せて空へのびゆくキリンの子　月の光はかあさんのいろ」の歌が印象深かった。母についての歌が多かったが、自分を置いていって悲しい、憎いなどのような感情よりも寂しい、会いたいなどの感情が歌から読み取れるのが、不思議だと思った。厳しい環境を乗り越えたからこそ書ける歌が作者の強みだろうと思う。

●先生が最初に短歌はいつでも誰でも参加出来るところがいいところと仰っていて、改めて応募してみようかなと思いました。私自身、歌を詠むのが上手ではないし自信もないけれど、本や新聞にのるのが全てではなく、自分の気持ちや日常のあらゆることについて自分なりに詠んでいけたらいいなと思いました。

●宮様と和泉式部は良い関係だと思った。一見言い合いみたいに捉えてしまいそうになるが、それは言いたいことを素直に言えるからこそできることであり、また、歌のレベルが同じであるからこそなし得る関係性だと思う。二人は今でいうケンカップルで、二人の歌の応酬は喧嘩をしているようでイチャついているという感じがした。

● 和泉式部が平安貴族の女性にしてはかなり積極的で好感を抱いた。モテるわけだ、と思う。「いとまなみ君来まさずはわれ行かむふみつくるらむ道を知らばや」という歌が和泉式部らしくて気に入った。袖なんか濡らしてないでほしいものを掴みに行く強さが好きだ。

● 全体を通して和泉式部の好色の能力に圧倒された。現代で言う「あざとい」女性で、自分も学びたいなあと思った。時代が全然違うけど、共感するところが多く、親近感を覚えることが多かった。現代の恋愛ドラマを見るよりも面白かった。今までこの様な作品に触れる機会が少なかったから、この授業を通して学べてよかった！

● 降ればと経てば、長雨と眺めをかけるなど、そんなアイディアが浮かんでくるなんて本当にすごいと感心しました。恋愛に全力をかけている感じがうらやましく、私も恋をしたいと思いました。

● ほかの女性への手紙の代作の依頼のところで、依頼した男も男ですが、呆れるような怒りを抱えながら「私に上手く書けるかしら〜」と平気で言える女が一番怖いなと思いました。この時代、女の恨みを買ったら迷いなく呪い殺されそうです。

●『和泉式部日記』は、『源氏物語』と比べてよりリアルに感じることができて、どちらも面白いなと思いました。『源氏物語』は読んでいて「あぁドラマや漫画の世界だなぁ」と感じていました（笑）。ですが、『和泉式部日記』は、体験談のようにリアルに伝わってきてすごいな、と感じました。

● 恋の悩みがあるときは石山寺に行く、というのは、同じような境遇にいる人とも会えそうでとても楽しそうだなと思った。お互いの彼の悪口を言っていたりして。

● 最後の一文は、『和泉式部日記』は直筆のもの、オリジナルはないため、書き手が、物語がフィクションっぽいため書き加えたのか、写したものだと示すために書いたのかわからない。この物語自体も宮様たちが本当に言ったことかもしれないし、全て作り話かもしれない。この謎が明らかになるときがきたら、また読んでみるのも面白そうだ思った。

● 宮様に振り回されてプンプンしてるの可愛いです。女の私から見てもツンデレのツンとデレの使い方がプロだなと思うし宮様がたまらないってなるような返しをしてるのがわかります。あざとい。これが計算だったらすごく好きです。宮様は振り回してる、自分の方が一枚上手って思ってるんだけど、それすら計算済みだったらとてもいいです。

おわりに

本書は、『女子大で『源氏物語』を読む――古典を自由に読む方法』（青土社、二〇一六年）の続編として企画され、津田塾大学の講義をもとに構成されています。

津田塾大学では、二〇一七年から四ターム制を導入し、各タームごとに学生が入れ替わることになっているので、実際には、『源氏物語』で一ターム、『伊勢物語』、『和泉式部日記』で一タームを構成した別々の講義を一つにつないで収めています。学生たちの協力を得て、はじめに録音をしたのは二〇一八年の第三、四タームでしたが、文字起こしを経て講義をくり返しているうちに、コロナ禍のオンライン体制に切り替わってしまいました。現代短歌の紹介で扉を開き、実作によって理解を深める構成はオンライン授業でとくに効果を発揮しました。本書のはじめに書いたように、短歌という詩的言語の、感情を救いあげ、それを分有する力を切実に感じることができたからです。

また各講義のはじめの現代短歌紹介の部分については、この四年間に、あたらしい歌集がどんどん刊行され劇的に変化してきたので、順次、さしかえていきました。多くの歌集のなかから任意のものを選ぶことは楽しくも、少々勇気のいることではありました。というのも、小説の批評は、文芸評論家といって小説家とは別の、実作をしない人が書くのが一般的ですが、詩歌の世界では、実作者が行うのがふつうで、短歌について語り、批評をする人は総じて歌人だからです。また古典和歌研究と短歌の世界も決して近しいものではなくて、たとえ和歌の研究者であったとしても実作者でない限り、たとえば歌壇の選者になるようなことはまったくなく、それらは別々の担い手によって別々に行われていることなのです。その上私は、古典文学研究の枠組みでは、散文物語の研究者であって和歌の研究者ではないのです。

考えてみると実に奇妙なことですが、日本古典文学研究では、物語研究は和歌研究とは別の学会を構成し、別々に議論されてきました。本書でみてきたように、『源氏物語』をはじめとした宮廷物語には和歌が必ず含まれているにもかかわらず、それでも物語の研究者は、ある種の自負をこめて、和歌は苦手だと公言することもありましたし、和歌は嫌いだとまで宣言することすらあったのです。それは、散文と韻文の違いといった学問の問題というよりイデオロギーの問題でした。

ここには明治時代に学問領域として成立した国文学が、戦後に一度まっさらなところから再構築されねばならなかった経緯をふまえる必要があるでしょう。日本古典文学の『太平記』などの軍記物語が戦時下において戦意高揚のために教科書に採用された他、戦時下に国体をなすとして国威発揚のためにうたわれた「海行かば」「君が代」などの唱歌は、『万葉集』や『古今和歌集』の和歌からつくられたものでした。そもそも勅撰和歌集は、天皇の命によって編まれた歌集です。このように天皇という制度と近いところにある和歌は、戦時下にさかんに称揚されたぶん、戦後には扱いにくいものとなったのです。

他方で、『源氏物語』は戦時下に「不敬」であるとか「風紀を乱す」などとして糾弾されたこともあって、戦後の研究対象としては安全圏にありました。戦後そして学生運動のさなかにも『源氏物語』研究はさかんに行われ、いまでも最大の研究人口をほこっています。こうした戦後からの研究動向の暗黙の規範がいまだに尾をひいていて和歌と物語が別々に論じられつづけているわけです。そして、いまやそれはイデオロギーの問題とはまったく関係なく、単なる学会の約束事でしかないように思います。

六〇年代の学生運動の残響がかろうじてあるなかに生まれ育ち、いわゆる団塊の世代が教師であった私は、イデオロギーの問題として共感しつつも、結局のところ、この問題を真っ向から考えてこなかっただけなのかもしれないと思っています。なんといっても『源氏物語』をはじめとする宮廷物語には、かならず和歌が含まれているのですから、そろそろ新しい論じ方を考える必要があると思うのです。

そもそも大学の学部向け講義というのは狭い専門性のなかで講じられるものではないですが、とくに津田塾大学で行われた本講義は、本学のすべての学科（私の所属する多文化・国際協力学科の他、国際関係学科、英語英文学科、数学科、情報科学科、総合政策学科）の学生が履修できる科目として設定されていて、ほとんど唯一の古典文学の授業です。他大学の日本文学科のように、古代、中古、中世、近世、近代と各時代の専門がいるわけでも、物語研究と和歌研究が別に準備されているわけでもないのです。その意味でありとあらゆる古典文学を自由に扱えるこの講義は、和歌について踏み出していくにはうってつけの場であったと思います。

講義につきあい、文字起こしをして、伴走してくださったのは、前著にひきつづき菱沼達也さんでした。感謝しています。

四年前の講義に参加した学生の多くはもう卒業してしまったかもしれません。本書の企画にのって、楽しんで短歌を詠んでくれた学生たち、一方通行になりがちな講義に的確なコメントを寄せ、伝わったと実感させてくれた学生たちに感謝します。どうもありがとう。この講義をきっかけに歌人が生まれたらうれしく思います。

二〇二二年一月二〇日

木村朗子

著者　木村朗子（きむら・さえこ）

1968年生まれ。津田塾大学学芸学部多文化・国際協力学科教授。専門は言語態分析、日本古典文学、日本文化研究、女性学。著書に『恋する物語のホモセクシュアリティ』、『女子大で『源氏物語』を読む』、『震災後文学論』、『その後の震災後文学論』、『妄想古典教室』（以上、青土社）、『乳房はだれのものか』（新曜社）、『女たちの平安宮廷』（講談社選書メチエ）。

女子大で和歌をよむ

うたを自由によむ方法

2022年2月25日　第1刷印刷
2022年3月10日　第1刷発行

著者――木村朗子
発行人――清水一人
発行所――青土社

〒101-0051　東京都千代田区神田神保町1-29　市瀬ビル
［電話］03-3291-9831（編集）　03-3294-7829（営業）
［振替］00190-7-192955

印刷・製本――ディグ

装幀――水戸部功

ISBN978-4-7917-7454-8 C0095